La Leyenda
de los Cinco Anillos

EL BESO
DE LA MUERTE

Un misterio de Daidoji Shin

Josh Reynolds

minotauro

Título: *El beso de la muerte*

Copyright © 2022 Fantasy Flight Games. Reservados todos los derechos.
La Leyenda de los Cinco Anillos y el logotipo de FFG son marcas comerciales
de Asmodee Group y/o sus afiliados.

Versión original inglesa publicada en 2021 por Aconyte Books

Título original: *Death's Kiss*

Ilustración de la cubierta: Merilliza Chan
Ilustrador del mapa de Rokugan: Francesca Baerald

Publicación de Editorial Planeta, S.A. Diagonal, 662-664, 08034 Barcelona.
© 2022 Editorial Planeta, SA, sobre la presente edición.

Reservados todos los derechos.

© Traducción: Daniel Casado

Edición revisada por: María Ríos

ISBN: 978-84-450-1164-5
Depósito legal: B. 8.066-2022
Impreso en UE

Inscríbete en nuestro boletín de novedades en: www.edicionesminotauro.com

Web: www.edicionesminotauro.com

Blog: https://www.planetadelibros.com/blog/planeta-fantasy/16

Facebook/Instagram/Youtube: @EdicionesMinotauro
Twitter: @minotaurolibros

*Para Elodie, sin la cual
habría acabado este libro mucho antes.
Y para Sylvie, sin la cual no lo habría escrito.*

LA LEYENDA DE LOS CINCO ANILLOS

Rokugan es un reino de samuráis, cortesanos y místicos, además de dragones, magia y seres divinos; un mundo donde el honor es más fuerte que el acero.

Los siete Grandes Clanes han defendido y servido al emperador del Imperio Esmeralda durante mil años, tanto en batalla como en la corte imperial. Si bien los conflictos y la intriga política dividen a los clanes, la verdadera amenaza yace en la oscuridad de las Tierras Sombrías, más allá de la gran Muralla Kaiu. En aquellos siniestros páramos, una corrupción maligna intenta hacer caer el imperio a toda costa.

Las reglas de la sociedad rokuganí son estrictas: defiende tu honor, de lo contrario, podrías perderlo todo en busca de la gloria.

Tierras del Clan Unicornio

CIUDAD DE LA
RANA RICA

HISATU-KESU

CASTILLO DEL RECOLECTOR
DE LOS VIENTOS

CASTILLO DE LA
ORGANIZACIÓN

Rokugan

CAPÍTULO UNO
El Teatro del Fuego Fatuo

Daidoji Shin se llevó una taza de té a los labios. Un repentino estrépito de maderas cayendo le interrumpió a medio sorbo y el líquido caliente le quemó la lengua. Con un suspiro, dejó la taza con cuidado. A su alrededor, el interior del Teatro del Fuego Fatuo resonaba con el ruido del trabajo. Los operarios se movían de aquí para allá por todo el escenario mientras cargaban herramientas y tablones. Sobre ellos, los obreros colocaban nuevas vigas para el tejado. Más abajo, en los bancos, los artesanos discutían sobre dónde colocar varias incorporaciones estéticas.

Shin estaba sentado en su palco privado, sobre un banco acolchado que aún olía ligeramente a humo. El teatro ya no eran unas ruinas quemadas, que era lo que había sido hacía tan solo unos pocos meses. Y tampoco conservaba el aspecto que había tenido antes de aquello, pues el nuevo propietario del teatro había decidido incorporar lo que —según la opinión de Shin— eran unas mejoras que necesitaba desde hacía mucho tiempo; entre ellas, extender el escenario, expandir los vestuarios y renovar por completo la zona tras bastidores. Todo ello era muy caro, pero también necesario para el futuro éxito del teatro.

O eso era lo que Shin le aseguraba a quienquiera que le importara lo suficiente como para preguntar tales cosas. En su apogeo, el teatro había tenido la mala fama de contar con obras de teatro picantes y clientes revoltosos. Más recientemente, ha-

9

bía atravesado una etapa difícil en la que contaba con las actuaciones de compañías de teatro kabuki bastante aburridas para un público cada vez menos numeroso. Tras haber quedado destrozado por un repentino incendio, Shin había comprado las humeantes ruinas a su antiguo propietario y se había dedicado a renovarlo.

El hecho de poseer su propio teatro —lo cual le había parecido la mejor idea que había tenido nunca— había perdido algo de su atractivo desde entonces. Sin embargo, confiaba en que recuperaría el entusiasmo original una vez terminaran las reformas.

Shin posó la mirada sobre el montón de libros de contabilidad que tenía frente a él, sobre el pequeño escritorio que había colocado en el palco. Los libros contenían los registros financieros del teatro, y había estado estudiándolos a conciencia durante casi todo un mes para llegar a entenderlos. Hasta el momento, no había tenido mucho éxito. El teatro pendía de una red de deudas que no lo hacían nada rentable al mismo tiempo que lo mantenían a flote de algún modo.

A pesar de hacer todo lo posible por evitarlo, Shin anhelaba que se le presentara alguna distracción, la que fuera, que lo alejara del lío en el que se había metido él solo. A poder ser, algo que le llevara muy lejos de aquel lugar durante el tiempo suficiente para que el asunto se resolviera por sí mismo. Soltando otro suspiro, abrió el libro de contabilidad que estaba más arriba en la pila y empezó a leer la página por encima.

—Debo expresar mi desacuerdo, mi señor. No es apropiado que se vea a un hombre de su posición en este tipo de lugares. —La frase estaba cargada de un veneno modesto y sutil, lo que era apropiado para un cortesano que hablaba con alguien que era, en principio, su superior. Shin alzó la vista, esbozó una débil sonrisa y miró a su interlocutor con ojos entornados.

Junichi Kenzō era un hombre delgado como una aguja e iba vestido de azul. Tenía el rostro afilado y la expresión contraída típica de alguien que solo esperaba encontrarse con una decepción. Había estado sentado en silencio, si bien con clara impaciencia, desde que le habían llevado hasta el palco de Shin unos momentos atrás. El Daidoji, sin demasiados reparos, había decidido dejar que el hombre se pusiera un poco nervioso.

Shin cerró el libro y lo colocó con destreza sobre los otros que tenía frente a él. Al igual que su invitado, llevaba un kimono de la mejor seda azul, aunque el de Shin estaba engalanado con un patrón diseñado para atraer las miradas de cualquier observador, incluso las del más distraído. Llevaba su cabello blanco recogido, apartado de sus rasgos delgados y apuestos, pero había dejado algunos mechones sueltos para que le enmarcaran el rostro de una manera más bien deliberada. Se esforzaba mucho para asegurarse de presentar un aspecto atractivo, incluso algo libertino.

—¿Y qué tipo de lugares son esos, maestro Kenzō?

Shin cogió su abanico y lo abrió de un movimiento. Las varillas estaban hechas de acero y emitieron un susurro placentero cuando las extendió. Si Kenzō se percató de ello, no lo demostró. Quizá porque él también era cortesano y estaba familiarizado con los abanicos de hierro y sus muy variados usos.

Kenzō torció el gesto.

—Perdóneme, pero el ambiente está lleno de suciedad y ruido, mi señor. De hecho, incluso he oído que uno de los obreros maldecía hace unos instantes.

—Qué molesto habrá sido para usted —dijo Shin con su tono más compasivo antes de hacer una pausa—. Aunque creo que al individuo en cuestión se le había caído algo en el pie tan solo un momento antes.

—¡Eso no es excusa!

—Por supuesto que no. Por desgracia, los modales ya no son lo que eran.

—Si ese es el caso, ¿podría preguntarle por qué insistió en que nos reuniéramos aquí, mi señor? —Kenzō señaló a sus alrededores con un ademán de la barbilla, y Shin se preguntó si Kenzō habría estado en el interior de un teatro en algún momento de su vida. A pesar de que los Grullas se enorgullecían de estar involucrados con las artes, no todos apreciaban tales eventos.

Shin se reclinó en su asiento y empezó a abanicarse.

—Debo confesarle, maestro Kenzō, que encontrarme en medio de todo este alboroto es algo estimulante. Los ruidos que provocan los obreros al hacer girar la rueda del progreso son algo poético, ¿no cree?

Kenzō no supo qué responderle y Shin aprovechó la oportunidad para examinarlo con mayor detenimiento. Ya conocía a aquel tipo de personas: hombres insignificantes que buscaban cualquier oportunidad para impresionar a sus superiores y asombrar a sus subordinados. No era ningún bravucón, solo metiche y algo molesto.

Por desgracia, también era el senescal del abuelo de Shin, y, como tal, hablaba con la voz del Concilio Comercial Daidoji. Shin bebió un sorbo de su té, que ya estaba frío, hizo una mueca y le indicó al sirviente que aguardaba en la puerta que le sirviera otra taza.

Kenzō puso una mano sobre su propia taza cuando el sirviente intentó hacer lo mismo por él.

—Sea como sea, estoy seguro de que cuenta con otras personas capaces de lidiar con tales asuntos. —Su desaprobación puntualizaba cada palabra.

Desde su llegada hacía casi una semana, Kenzō había dejado muy claro lo que pensaban, tanto él como el abuelo de Shin, sobre su último emprendimiento de negocios. Dado que ninguna directiva para detener lo que estaba haciendo había acompañado la llegada de Kenzō, Shin había decidido soportar la desaprobación del senescal con toda la elegancia y el humor que era capaz de aunar; aunque, a decir verdad, se le estaba acabando bastante rápido.

Imaginaba que Kenzō acabaría por volver a casa en algún momento para informar a su abuelo de lo que sin duda era la última locura de Shin, por lo que lo único que debía hacer el Daidoji era capear la tormenta. Apoyó la mano sobre el libro de contabilidad que había estado estudiando antes de hablar.

—¿Es eso una oferta, maestro Kenzō? He oído que se le dan bastante bien los asuntos financieros. De hecho, se dice que mi abuelo suele pedirle consejo sobre tales cuestiones.

Kenzō, tal como Shin había esperado, se sintió claramente complacido al oír aquellas palabras.

—Es cierto, mi señor, estoy muy familiarizado con el lado pecuniario del mundo. Es por esa razón que estoy aquí, después de todo. Para inspeccionar sus finanzas… con su permiso, por supuesto, mi señor. —Agachó la cabeza, como si de repente hubiera recordado que Shin era su superior. No era más que un artificio, pero Shin lo agradeció de todos modos.

—Claro que tiene mi permiso, maestro Kenzō. —Shin habló como si nunca se le hubiera ocurrido pensar lo contrario. A decir verdad, le resultaba algo molesto. Kenzō, al parecer, actuaba en nombre del concilio, pero, en realidad, había sido enviado a aquel lugar para espiar a Shin y averiguar por qué ya no estaba usando su estipendio asignado.

Si bien no era el peor espía que Shin hubiera conocido, tampoco era el mejor. Aquel título en particular recaía sobre el hombre calvo y rechoncho que estaba sentado a su izquierda. El maestro Ito intercambió una mirada con Shin y le dedicó una sonrisa cómplice y discreta. Ito había estado observando a Kenzō a escondidas desde que este había llegado, y Shin se preguntaba qué pensaría del cortesano.

Ito iba vestido con la típica túnica sencilla de un comerciante. En principio, solo era uno de los tres comerciantes que Shin supervisaba en nombre del Concilio Comercial Daidoji. Los tres se encargaban de todos los asuntos de interés de las Grullas en la Ciudad de la Rana Rica.

Todos ellos pagaban una porción de sus beneficios a cambio de protección y, aunque no pertenecían a la familia Daidoji, sí se consideraban sus vasallos. Aquello les proporcionaba ciertas ventajas en cuanto a tasas de importación, diezmos anuales y cosas por el estilo. De los tres, Ito era el único cuyo nombre Shin podía recordar sin pararse a pensar.

Y había un buen motivo para ello. Si bien Ito se esforzaba por ofrecer un aspecto suave y modesto, su actitud no era más que una máscara que escondía una mente tan afilada como una daga. Le había sido de gran ayuda a Shin en un asunto anterior, lo cual había sido suficiente para que se ganara la confianza del Daidoji. Sabía todo lo que había que saber sobre las redes de comercio de la ciudad —fueran estas legales o no— y, con su consejo, Shin había invertido de forma privada en varios negocios del lugar, entre ellos el Teatro del Fuego Fatuo. Él también era un espía para las Grullas, aunque nunca lo diría con aquellas palabras.

Ito se aclaró la garganta al recibir la mirada de Shin.

—Mi señor, tal vez el maestro Kenzō sea justo el hombre que necesitamos en este momento. Después de todo, por mucho que le haya ofrecido toda la ayuda que he podido, no soy más que un humilde mercader. Estoy seguro de que un hombre con una reputación como la del maestro Kenzō será capaz de desenredar este particular nudo fiscal con suma facilidad.

Kenzō dirigió rápidamente la mirada a Ito antes de hablar.

—¿De qué nudo se trata? —A pesar de que seguía frunciendo el ceño, su voz llevaba un dejo de curiosidad.

—Tal como habrá imaginado, las finanzas de este teatro se encontraban en un pésimo estado cuando lo adquirí —explicó Shin, señalando los libros de contabilidad—. Hay todo un enredo de deudas, pagos, contratos y demás… y todo ello es mi responsabilidad ahora. Tales asuntos me parecen tediosos, pero debo resolverlos.

Kenzō entornó los ojos, y Shin vio un brillo en su mirada que le indicó que había leído al hombre correctamente.

—Ah, sí, desde luego, mi señor. Pero, como decía, usted debe tener asuntos más importantes de los que encargarse.

—Así es, pero debo encargarme de mi responsabilidad. Me temo que estaré ocupado con este asunto hasta que lo resuelva.

Kenzō se lamió los labios.

—¿Tal vez… pueda serle de ayuda?

Shin puso una expresión de sorpresa.

—¿Usted, maestro Kenzō? No sería capaz de infligir semejante incordio sobre sus hombros. No cuando tiene más deberes de los que encargarse…

—Mi señor, sería todo un privilegio para mí. Ya he llevado a cabo auditorías similares en nombre de su abuelo, aunque debo admitir que nunca ha sido para un negocio como este.

Shin se reclinó en su asiento, e Ito le acercó con suavidad el montón de libros de contabilidad a Kenzō. El cortesano prácticamente se frotó las manos por la alegría que casi no podía contener.

—No tema, maestro Kenzō. Estoy seguro de que todos los negocios son iguales en lo que concierne al dinero.

Ito tosió de forma educada, y Shin asintió. Se puso de pie con elegancia y se alisó su propio kimono azul con un gesto muy practicado.

—Por favor, póngase cómodo —continuó Shin—. Debo hablar con un obrero sobre un cargamento de linternas. Regresaré en un momento.

Kenzō, con la mente ya centrada en la tarea que lo ocupaba, casi ni recordó hacer una reverencia cuando Shin e Ito abandonaron el palco.

—Bien jugado, mi señor —dijo Ito, una vez se hubieron alejado lo suficiente—. Kenzō tiene la reputación de resolver problemas con entusiasmo. Con demasiado entusiasmo, de hecho.

—¿Quieres decir que se distrae con facilidad? —preguntó Shin. Abrió el abanico y lo agitó para dispersar los olores de alquitrán y serrín que impregnaban el teatro.

—Por decirlo de algún modo, mi señor. —Ito se inclinó

con respeto, casi con servilismo—. Si me lo permite, debo volver a mis propias tareas. Tengo entregas que organizar y cargamentos que contratar.

Shin le hizo un gesto con la mano, e Ito se marchó. El Daidoji se volvió para dirigirse a la figura que acechaba cerca, aunque de forma discreta.

—Es un hombre listo. Me alegro de haberme dado cuenta antes de que fuera demasiado tarde.

La chica, apoyada contra la pared, se rio por lo bajo.

—Y solo tardó un año en darse cuenta. —Se enderezó y le dedicó una mirada de desaprobación—. ¿Y el señor Kenzō?

Shin hizo un gesto con su abanico.

—Está ejerciendo su profesión tranquilamente por el momento.

—Le ha engañado.

—¿Yo? ¿Engañarle? No digas sandeces, Kasami. Estoy por encima de semejantes triquiñuelas. —Empezó a bajar por las escaleras que crujían bajo sus pasos para dirigirse al escenario. Kasami, dando fuertes pisotones tras él, soltó un resoplido de forma poco delicada. Había muy poca delicadeza y mucho menos tacto en Hiramori Kasami.

Hija de las marismas Uebe, había nacido en una familia vasalla, pero en aquellos momentos servía a los Daidoji de forma directa y sus habilidades habían sido afiladas hasta alcanzar una letalidad homicida. También era su guardaespaldas, algo de lo que ella se solía quejar largo y tendido.

—Eso no le tendrá ocupado mucho tiempo —dijo ella, con una expresión tensa. Si bien no fruncía el ceño, tampoco sonreía—. Dentro de poco recordará por qué lo enviaron aquí en primer lugar.

—No quememos el puente antes de llegar al río —dijo Shin, mientras observaba cómo los obreros colocaban una viga en su sitio sobre el escenario—. Por ahora, tal vez podamos exprimir un poco a nuestro invitado.

—Crucemos —le corrigió Kasami.

—¿Cómo?

—Se dice «cruzar el puente». No quemarlo.

Shin se abanicó.

—¿Acaso hay alguna diferencia?

—En teoría.

Su tono era casi irrespetuoso, y Shin alzó una ceja.

—Bueno, como suelo decir yo, a la cama no te irás sin saber una cosa más. —Hizo una pausa para esperar a la reacción de Kasami.

Su guardaespaldas no le dirigió la mirada.

—Que yo sepa, nunca ha dicho eso.

—Tal vez no me estabas escuchando —contraatacó él, burlón.

Kasami soltó un gruñido, pero no mordió el anzuelo. Shin soltó un suspiro.

—Aun así, supongo que tiene razón —dijo él—. Esperaba que mi abuelo fuera a dejar que me las arreglara solo, pero ya veo que he vuelto a despertar su interés.

—Es porque está gastando demasiado dinero.

—Técnicamente, no estoy gastando nada. Bueno, nada de su dinero al menos. —Shin puso una expresión de extrema inocencia. Kasami lo miró sin afectarse.

—Es probable que sienta curiosidad por saber de dónde está sacando el dinero.

—Y yo le he informado muchas veces… —Otra mirada gélida de Kasami le hizo corregirse a sí mismo—. Vale, le he informado al menos una vez sobre mis distintas inversiones. No es culpa mía que ignore mi existencia hasta que me vea metido en algún lío inesperado y que sin duda no merezco… —Se interrumpió al ver la expresión en el rostro de su guardaespaldas—. ¿Qué?

—Nada.

Shin le clavó la mirada.

—¿Insinúas algo?

—No osaría hacerlo, mi señor —repuso con un tono suave y respetuoso.

Shin estaba a punto de contestarle cuando vio a Wada Sanemon, director de la compañía de actores de las Tres Flores, la compañía que residía en el Teatro del Fuego Fatuo, dirigirse hacia ellos a toda prisa desde el otro extremo del escenario.

—Mi señor, mi señor —le llamó Sanemon. Era un hombre corpulento, de espalda ancha y una actitud nerviosa y titubeante. Estaba sudando a mares, como solía hacer, y tenía las mejillas sonrojadas—. Mi señor —resolló una vez llegó hasta ellos. Luego se dobló sobre sí mismo y apoyó las manos sobre las rodillas, jadeando.

Shin esperó con paciencia a que el hombre recobrara el aliento.

—¿Qué puedo hacer por ti, maestro Sanemon? —preguntó Shin una vez el director se hubo incorporado.

—Alguien quiere verle, mi señor —contestó Sanemon—. Una… eh… una dama. Desea… hablar con usted en privado. Me… me he tomado la libertad de llevarla a uno de los vestuarios tras bastidores. Por si acaso, ya sabe.

—¿Una dama? —Shin se espabiló de repente—. ¿Te ha dicho cómo se llama?

Sanemon bajó la voz, como si estuviera contándole un secreto.

—Iuchi Konomi, mi señor.

Shin abrió los ojos de par en par.

—Vaya, vaya. Pero qué interesante.

CAPÍTULO DOS
Iuchi Konomi

Shin se apresuró a ir tras los bastidores, con Sanemon pisándole los talones y Kasami justo detrás de los dos, a una distancia respetuosa.

—¿Qué tal tu día, maestro Sanemon? ¿La compañía de las Tres Flores ya está lista para la nueva temporada? —preguntó Shin, hablando hacia atrás mientras caminaba.

—Si las Fortunas lo quieren, mi señor —repuso Sanemon. Luego dudó antes de añadir—: No puedo agradecerle lo suficiente que nos diera esta oportunidad, mi señor. Sin su mecenazgo, muy seguramente habríamos tenido que disolver la compañía. En especial después de… ya sabe. —Gesticuló con impotencia.

Shin asintió al entender a qué se refería. Sanemon y su compañía se habían visto involucrados en un incidente reciente que casi había alterado el delicado equilibrio de poder de la ciudad. Shin los había ayudado con la situación y, en el proceso, se había convertido en su mecenas.

—Ya —repuso Shin—. ¿Y has… sabido algo de ella? —Hizo una pausa—. De Okuni, quiero decir —añadió, con menos elegancia de la que pretendía. Okuni era la actriz principal de la compañía de las Tres Flores, además de una *shinobi* bastante hábil. Ella se había encontrado en el centro del incidente en cuestión, y Shin solo había podido resolverlo gracias a su ayuda. Tras aquel incidente, la *shinobi* había desaparecido, una decisión sabia dado todo lo que había ocurrido.

Sanemon no le devolvió la mirada.

—No desde hace varios meses. Creo que ha vuelto a casa.

—Ah. —Shin se obligó a sonreír—. Lástima. ¿Qué es una compañía de teatro sin su actriz principal?

—Precisamente quería hablarle de eso, mi señor. —Sanemon se lamió los labios, nervioso—. ¿Podríamos… podríamos hacer una audición para encontrar una sustituta?

Shin lo miró de reojo.

—¿No crees que vaya a volver?

—No estoy seguro —repuso Sanemon, encogiéndose de hombros—. Lo único que sé es que necesitamos una nueva actriz principal.

—Estoy seguro de que Nao no estaría de acuerdo —dijo Shin, refiriéndose al actor principal de la compañía.

—Nao se sobrestima a sí mismo.

Shin rio por lo bajo.

—Tal vez, aunque no seré yo quien se lo diga. —Se detuvo y se volvió para mirar a Sanemon—. Me parece bien. Prepara la audición, cuentas con mi beneplácito.

—¿Le gustaría asistir, mi señor?

Shin lo consideró por un momento antes de rechazar la idea.

—Creo que no, maestro Sanemon. Eres tú quien dirige la compañía, debe ser tu decisión. —Se permitió esbozar una ligera sonrisa—. Si no, ¿para qué te estoy pagando?

Sanemon se puso un poco pálido, pero consiguió soltar una pequeña carcajada. Aún no estaba seguro del todo sobre qué pensar de su nuevo mecenas, por lo que Shin a menudo tenía que contener sus instintos más bromistas.

—He llevado a la dama al vestuario de Nao —dijo Sanemon, cambiando de tema—. Él no está, por el momento, y he pensado que allí tendrían más privacidad.

—Bien hecho, maestro Sanemon. Tu consideración dice mucho de ti.

Delante de ellos, un par de guardaespaldas ataviados con el uniforme de los Unicornios ocupaban el estrecho pasillo. Ambos iban armados, aunque no llevaban armadura y sus espadas estaban atadas con el nudo de la paz, lo que indicaba que no tenían intenciones hostiles. Sanemon se detuvo.

—Dejaré que se encargue de sus asuntos, mi señor.

Shin asintió, distraído.

—Sí. Ah, maestro Sanemon.

—¿Sí, mi señor?

—Hay un señor en mi palco que está intentando resolver las finanzas del teatro. ¿Podrías enviar a alguien para que compruebe si necesita algo? No inmediatamente, sino de vez en cuando. Odiaría que pensara que nos hemos olvidado de él.

Sanemon se inclinó con respeto.

—Por supuesto, mi señor. —Luego se retiró con tanta velocidad como le permitía la dignidad, y Shin lo observó marcharse con una sonrisa.

—Está mejorando —dijo en un hilo de voz.

—Sigue estando más nervioso de lo que me gustaría —repuso Kasami antes de mirar a Shin—. Sabe más de lo que dice. Sobre Okuni.

—Claro que sí, pero no veo motivo para insistir. Regresará cuando esté lista… o no. Las Fortunas dirán.

—Pero usted espera que sí vuelva.

—Necesitamos una actriz principal.

—Y está claro que esa es la única razón.

Shin pasó por alto la insinuación.

—Dos guardias. Prácticamente está viajando de incógnito —dijo Shin, señalando a los guardaespaldas con un ademán de la barbilla. Kasami los examinó durante un momento antes de contestar.

—No quiere llamar la atención.

—Resulta interesante, ¿no crees?

—Resulta peligroso —respondió ella.

—Se trata de una amiga.

—Peor aún. —Kasami frunció el ceño—. ¿Por qué cree que ha venido?

—Tal vez solo quiera charlar un rato.

Kasami clavó la mirada en él, y Shin movió su abanico para restarle importancia.

—Vale, sí, es probable que quiera algo —contestó el Daidoji antes de darse un golpecito en la barbilla con el abanico—. Aun así, no nos enteraremos de qué se trata si nos quedamos toda la vida aquí plantados. Vamos.

La guardaespaldas más alta de los dos, una mujer, hizo una pequeña reverencia al tiempo que Shin se acercaba a ambos. Luego le dio una patada a su compañero en el tobillo y él la imitó un instante después. Shin inclinó la cabeza con educación para reconocer su saludo.

—Kasami, espera aquí, por favor.

Sin decir nada, Kasami ocupó una posición en el lado opuesto a los dos *bushi*. Shin se sintió aliviado al ver que su guardaespaldas no acercaba la mano a ninguna de sus espadas, sino que cruzaba los brazos sobre el pecho. Shin cerró el abanico de golpe y la primera guardaespaldas corrió la puerta del vestuario. El Daidoji entró para darse cuenta de que había llegado tarde a la conversación.

Iuchi Konomi estaba sentada de forma modesta sobre un duro banco frente a un hombre alto y de rasgos delicados que iba vestido con un ornamentado kimono del color de la puesta de sol. El hombre estaba contándole alguna historia divertida y Konomi soltaba risitas estridentes tras su abanico. Ambos se quedaron en silencio cuando vieron entrar a Shin y volvieron la vista hacia él

—Mi señora Konomi —dijo Shin con una reverencia educada antes de inclinar la cabeza hacia el otro ocupante de la sala—. Y maestro Nao. Pensaba que habías salido hoy.

—Así es, pero he vuelto y he encontrado a su señoría instalada en esto que yo llamo vestidor. —Chasqueó la lengua en un gesto de decepción—. Sanemon no tiene sentido de la decencia. Dejar a una dama de semejante calibre aquí sin nadie que la acompañe y la entretenga…

—Te has encargado muy bien de ambas cosas, maestro Nao —interpuso Konomi. Era una mujer alta y robusta, el tipo de mujer que estaba hecha para cabalgar a través de un terreno hostil ataviada en armadura. Shin había oído que una vez había apuñalado a un pretendiente particularmente molesto con un cuchillo de pelar, aunque el Daidoji no era tan inepto como para preguntarle por el incidente. Konomi hizo un gesto educado con los labios—. Hemos estado disfrutando de una conversación de lo más fascinante mientras le esperábamos, señor Shin.

Nao soltó una risita nerviosa. El actor era, al menos por el momento, el miembro con más talento de la compañía de las Tres Flores. Solía interpretar varios papeles en una misma obra, y su habilidad de pasar de un papel a otro incluso delante de los ojos del público, así como su capacidad de cambiar de un estilo de actuación más grandilocuente a uno más suave y realista en un instante, le habían proporcionado cierto reconocimiento.

Shin, quien había pasado muchas horas hablando con Nao durante los últimos meses, pensaba que era una buena compañía. A pesar de que afirmaba no provenir de ninguna familia de la nobleza, estaba claro que el actor conocía de sobra las reglas de la corte, al menos lo suficiente para incumplirlas de un modo de lo más encantador.

—Me halaga, mi señora —dijo el actor—. No soy más que un histrión que hace lo que está en sus manos para entretener a sus superiores.

—Eso sí que es algo que no pensaba oír nunca: tú refiriéndote a otra persona como a tu superior —dijo Shin. Nao clavó la mirada en él y entornó un poco los ojos. La sonrisa de Shin se mantuvo en su lugar, y Nao apartó la mirada con una fingida dignidad insultada.

El actor se puso de pie, se alisó el kimono y se dirigió a la puerta.

—Con eso último, me retiro, mi señor y mi señora… con su permiso, por supuesto.

—Y con mi beneplácito —añadió Shin, ocupando el asiento de Nao. El actor soltó una carcajada antes de cerrar la puerta tras él para dejar a Shin y a Konomi a solas.

Se quedaron en silencio durante un momento. Shin la examinó, y ella le devolvió el favor. El Daidoji contuvo una sonrisa. Mantener una conversación con Konomi era algo parecido a un duelo: empezaba de forma lenta, con los participantes rodeándose entre ellos. Quien hablaba primero solía tener las de perder.

Finalmente, fue Konomi quien rompió el *impasse*.

—Ha pasado bastante tiempo desde nuestra última conversación —pronunció ella a media voz y con la boca escondida tras su abanico.

Shin se inclinó hacia delante para oírla mejor.

—Me temo que mis responsabilidades me han impedido cumplir mis obligaciones sociales últimamente, mi señora. Ahora que me lo ha recordado, me esforzaré por corregir mis fallos.

Konomi soltó una carcajada gutural.

—No era una crítica, señor Shin. Solo una observación. Y puede ahorrarse la formalidad, a menos que le plazca seguir con ella.

—A veces olvido cuánto valoran los Unicornios el hablar con sencillez —repuso Shin, sonriendo.

—Depende de quién esté hablando. —Konomi cerró su abanico de golpe y estudió sus alrededores de forma exagerada—. Me gusta cómo está quedando el lugar.

—Me complace que tenga su aprobación.

—Espero con ansias su primera actuación.

—Me aseguraré de que su palco de siempre la esté esperando.

Konomi inclinó la cabeza a modo de agradecimiento.

—Aun así, supervisar todo esto debe ser una ardua tarea. He oído que los teatros son como ciudades en miniatura, con sus propias leyes y facciones.

Shin se rascó la barbilla.

—Hay varias frustraciones, por supuesto. Por ejemplo, por el momento no tenemos ningún supervisor, lo que significa que yo mismo debo interpretar el papel, por muy inadecuado que resulte para un puesto con semejantes responsabilidades.

—¿No puede simplemente delegar las tareas más onerosas a algún individuo en quien confíe? —preguntó ella, y Shin detectó una segunda pregunta escondida tras la primera, por lo que dudó antes de contestar.

—Tal vez, aunque primero tendría que encontrar a semejante individuo.

—No creo que sea una tarea imposible para alguien tan capaz como usted.

—No, imposible no. Pero me temo que debería tener una buena razón para hacerlo. —Se dio un golpecito en la barbilla con el abanico—. Y escapar del tedio es una excusa, no una razón. —La examinó de forma descarada, a la espera de su siguiente movimiento.

—¿Se puede saber por qué compró un teatro, señor Shin?

La pregunta lo tomó por sorpresa durante un instante.

—Es una buena inversión —empezó a decir el Daidoji.

Konomi lo interrumpió alzando un dedo.

—Es una inversión terrible, sea cual sea el contexto. Los teatros no llenan los bolsillos, sino todo lo contrario. Eso lo sabe incluso el *hinin* más tacaño. Me parece extraño que usted haya querido cargar con algo así.

—Quizá me gustan los retos.

—Eso sí me lo creo. También creo que está aburrido.

—¿Y por qué puede ser eso?

—¿Cuándo fue la última vez que el gobernador Tetsua acudió a usted?

Shin frunció el ceño.

—Hace unas semanas. Un pequeño asunto relacionado con un cargamento de jade robado.

Konomi asintió y, a juzgar por su expresión, Shin supo que estaba enterada del incidente en cuestión. Muy pocas cosas ocurrían en la ciudad sin que ella se enterase. Sus espías tal vez no fueran mejores que el maestro Ito, pero sí eran más numerosos.

—¿Y desde entonces? —preguntó ella.

—Tiene razón —Shin soltó un suspiro—. Últimamente la ciudad ha estado algo… tranquila.

—Quiere decir aburrida.

—No es la palabra que usaría yo. —Shin hizo un gesto con la mano—. Diría… sosegada. Apacible.

—¿En paz?

Shin soltó una carcajada.

—Eso nunca. —La Ciudad de la Rana Rica, en teoría, contaba con un tripartito. Tres clanes, el del Unicornio, el del León y el del Dragón, afirmaban tener dominio de la ciudad y se la habían dividido entre ellos, usando el río de las Tres Orillas y el río del Mercader Ahogado como fronteras naturales. Los otros clanes contaban con sus representantes, por supuesto, pero, allá donde les fuera posible, solían mantenerse al margen de los asuntos de la ciudad. El emperador había asignado un gobernador imperial, Miya Tetsua, para mantener la paz todo lo posible. Hasta el momento, a pesar de algún que otro tropiezo, no había corrido la sangre por las calles de la ciudad.

Shin se había vuelto alguien indispensable para el gobernador en varias ocasiones. La mayoría de las veces se enfrentaba al tipo de rompecabezas inocentes que se le presentaban a cualquiera que observara una gran ciudad. Aun así, algunos habían sido menos inofensivos de lo que le gustaba recordar, como el asunto del arroz envenenado, por ejemplo. O aquel espantoso incidente con un envío de barriles de sake desaparecido y un cadáver descuartizado. Apartó el pensamiento de su mente.

—Admito —continuó Shin— que mis recientes empresas pueden haber estado motivadas por cierto… aburrimiento. Pero algunos dirían que el aburrimiento es algo bueno. En especial en esta ciudad.

—Usted no se encuentra entre ellos.

Shin reconoció que tenía razón inclinando la cabeza.

—Cierto, aunque la modestia me impide decirlo.

Konomi tuvo la cortesía de reír, de reír de verdad. Era una risa interesante, en voz baja, alegre y con mucha calidez. Ella agitó su abanico como para amonestarle y respiró profundamente. Shin esperó a que su invitada recuperara la compostura antes de hablar.

—Vale, lo admito, estoy aburrido. Pero ¿ha acudido aquí para aliviar mi tedio, oh, hija de los Unicornios?

Konomi agachó la cabeza.

—Eso depende de usted. —No le devolvió la mirada del todo—. ¿Diría que le ayudé en cierto modo durante aquel desafortunado incidente que hizo que nos conociéramos? —Se habían conocido durante el mismo asunto que le había llevado hasta Sanemon y la compañía de las Tres Flores. La información de Konomi le había conducido, si bien de forma algo indirecta, a la resolución del asunto.

Shin se reclinó en su asiento, sorprendido por la pregunta. Había sido un poco brusca, incluso para Konomi.

—Pues… sí. Sí me ayudó mucho.

Ella esbozó una débil sonrisa.

—Entonces no verá impertinente que yo le pida un favor a cambio.

—¿Un favor?

—Un favorcito.

—¿Qué tipo de favor?

—Necesito sus servicios.

—¿En qué sentido? —inquirió él, intrigado.

—Como investigador.

—Ah. —La sonrisa de Shin se volvió traviesa—. ¿Y qué es lo que debo investigar?

—Entonces, ¿lo hará? —preguntó ella.

—Como bien ha dicho, le debo un favor. —Shin volvió a sonreír—. Y estoy aburrido. Así que ¿qué voy a investigar? Espero que sea algo interesante.

—Eso creo. —La Unicornio bajó su abanico—. Hisatu-Kesu —dijo—. ¿La conoce?

El Daidoji frunció el ceño. El nombre le sonaba, aunque solo un poco. Pensó que se trataba de una ciudad en algún lugar de la provincia Kaihi.

—Creo que hay unas agradables aguas termales allí.

—¿Algo más?

—Se encuentra en tierras del Clan del Unicornio. —La provincia Kaihi estaba bajo el control de la familia Iuchi, y, según sabía, estaba compuesta en gran parte por campos de arroz y montañas.

—Eso también.

Shin se inclinó hacia delante.

—¿Y qué pasa con la ciudad?

—Quiero que se dirija allí.

—¿Con usted? —preguntó él, alzando una ceja.

—No. Como mi… nuestro representante.

Shin ladeó la cabeza.

—¿Nuestro?

—De los Iuchi.

Shin hizo una pausa para digerir la nueva información.

—¿Y por qué debo emprender este viaje no planeado? Aún no ha mencionado lo que se supone que debo investigar.

Konomi esbozó una sonrisa.

—Según parece, mi señor Shin, se ha producido un asesinato.

CAPÍTULO TRES
Ríos y montañas

El velero de tres mástiles navegaba a contracorriente con dificultad, acompañado del crujir de los remos y del susurro de la vela azul, que estaba plegada. La tripulación se encargaba de su ardua tarea con un encomiable buen humor. Shin sospechaba que aquello se debía a la prima que le había prometido a su capitana por asegurarle un viaje sin incidentes.

Shin estaba sentado sobre un taburete en la cubierta superior, bastante alejado de la tripulación mientras ellos cumplían con sus tareas y se abanicaba con delicadeza mientras observaba el paisaje. Se encontraban a un día de distancia de la ciudad, más cerca de su destino que si hubieran ido por la ruta comercial. Se felicitó a sí mismo por su buena previsión.

Antes, Kasami se había quejado por el gasto. Sin embargo, al viajar por el río habían conseguido ahorrar varias horas inútiles. Además de ello, le resultaba mucho más placentero viajar en barco. Si bien podía cabalgar tan bien como cualquier *bushi*, los caballos le parecían bestias molestas, propensas a morder y a tener brotes de flatulencias. Igual que varios samuráis que él conocía.

Sonrió para sí mismo al recordarlo y centró su atención en el río. Era poco más que un afluente del río de las Tres Orillas, lo suficientemente pequeño como para que nadie se hubiera molestado en nombrarlo, al menos de forma oficial. Ni siquiera aparecía en la mayoría de los mapas, y Shin se había sorprendido al ver que la capitana de la embarcación sabía de su existencia; aunque, pensándolo mejor, Lun era una antigua pirata de los ríos.

La embarcación se balanceó ligeramente y la cubierta se movió bajo él de forma perturbadora. Sintió cómo la bilis le subía por la garganta de un modo que le resultaba familiar.

—Huele la brisa del río —dijo, inhalando profundamente para esconder su incomodidad repentina—. No hay nada igual. —Hizo un ademán con las manos—. Es como si el aire estuviera más limpio aquí, lejos de la ciudad.

—Eso es porque lo está —repuso Kasami. Estaba sentada sobre otro taburete cerca de él, pasando una piedra de afilar con cuidado sobre su katana—. La ciudad huele a pescado y a excrementos. El río solo huele a pescado. —Alzó la mirada—. Esto es un error. Inmiscuirse en los asuntos de otro clan...

—Es lo que mejor se nos da a las Grullas —interpuso Shin. Kasami meneó la cabeza.

—Estoy segura de que Hisatu-Kesu cuenta con sus propios jueces.

—Oh, claro que los tiene. Pero esta situación en particular exige una tercera parte externa, una que no esté a favor de ninguna facción y que no tenga ningún interés especial en llegar a una solución u otra.

—¿Y qué es exactamente esta situación en particular? —Kasami examinó su espada de arriba abajo y luego volvió a afilarla—. Dijo algo sobre asesinatos.

—Un asesinato —aclaró él—. En singular. —Se echó atrás—. A simple vista, se trata de un asunto terriblemente aburrido. Una tal Zeshi Aimi se iba a casar con un tal Shiko Gen para afianzar las crispadas relaciones entre ambas familias y, por extensión, las de los Iuchi y los Ide.

Kasami se detuvo y contempló el río.

—Conozco uno de esos nombres. Los Shiko son una familia de la forja, ¿verdad?

—Sí, ambas familias son Juhin-Kenzoku. —Las familias de

31

la forja, tal como se les solía denominar, se encargaban de fabricar las armas y armaduras de los clanes. Sin los recursos que proporcionaban, la habilidad bélica de los clanes se habría visto muy limitada. La mayoría de aquellas familias eran bastante acaudaladas, si bien no eran muy famosas más allá de los límites de las tierras de sus clientes, por lo que no era sorprendente que Kasami no hubiera oído hablar de los Zeshi—. Por algún motivo, a Gen se le metió en la cabeza acercarse de forma agresiva a su prometida cuando esta había salido una noche, lo que provocó que su fiel *yojimbo*, Katai Ruri, la defendiera. Ruri mató a Gen.

—Como debe ser —dijo Kasami sin alzar la mirada.

—Sí, bueno, fue lo que pasó después lo que tensó la cuerda. Ruri intentó huir del distrito; la pilló el juez de la ciudad.

Kasami soltó un gruñido.

—¿Por qué intentó huir?

—Seguramente porque no quería quitarse la vida, que era la penitencia que exigían los Shiko. Es su derecho como parte agraviada.

—¿Fue una pelea justa? —inquirió Kasami, frunciendo el ceño.

—Tan justa como puede ser al darse entre alguien entrenado para matar y un idiota impetuoso, por lo que se sabe. —Shin soltó un suspiro—. Sabes tan bien como yo que, en un caso como este, la ley no está de parte de la *yojimbo*, y menos aún si esta es una *ronin* sin clan.

Kasami alzó una ceja.

—¿No la habían adoptado?

—Al parecer, los Zeshi no lo consideraron un asunto demasiado importante, o tal vez estaban esperando a ver si era una candidata apropiada —dijo Shin—. Fuera como fuese, dudo que la vayan a adoptar ahora. Por mucho que estuviera defendiendo a su señora, mató a un miembro de una familia de alta posición, en su propia ciudad y durante un periodo de incertidumbre diplomática. Debió haberse dado cuenta del destino que la esperaba en cuanto desenvainó la espada.

Kasami volvió a centrar su atención en su propia espada.

—Así que intentó escapar.

—Eso es lo que me han contado. Ya veremos lo que tiene que decir por sí misma cuando lleguemos.

Kasami alzó la mirada.

—¿Aún no la han ejecutado?

—No. Parece que Zeshi Aimi es una de las primas favoritas de nuestra Iuchi Konomi y, como hija de Iuchi Shichiro, quien cuenta con una buena posición en su familia, su palabra prevaleció sobre los lazos familiares e hizo que hubiera un… ligero retraso en la sentencia.

—¿Por qué les importa a los Iuchi?

Era una muy buena pregunta. El cariño por sí solo no explicaba por qué había sobrevivido Ruri. Shin también se lo preguntaba.

—No tengo respuesta para eso. Teorías sí, muchas, pero ninguna respuesta. ¿Te gustaría oír alguna de mis teorías?

—No.

—Mala suerte. Hay unas corrientes profundas en movimiento en este asunto. Un altercado entre familias vasallas puede acabar conduciendo a que se produzca lo mismo entre las grandes familias del clan. Los Iuchi, previsores como ninguno, quieren atajar el problema de raíz si es posible.

—Entonces, ¿por qué le han enviado a usted?

—¿Quién mejor que yo? Las Grullas y los Unicornios somos aliados desde hace mucho tiempo. Y si hay algo que se nos da bien a las Grullas, además de entrometernos, son los asuntos de política entre familias.

Kasami frunció el ceño.

—¿Es esto un favor a los Unicornios… o a la dama Konomi?

—No es un favor hacia nadie, es un pago por una deuda —repuso Shin, sin darle mayor importancia—. Un acuerdo satisfactorio para todas las partes. —Observó cómo la luz vespertina danzaba sobre el agua—. Además, siempre está bien poder salir de la ciudad un rato.

—¿Y qué hay del señor Kenzō?

Shin esbozó una sonrisa traviesa. No le había sido muy difícil convencer a Kenzō de convertirse en supervisor temporal del teatro en su ausencia. El cortesano se había mostrado casi entusiasmado por la idea de enfrentarse a un reto como aquel.

—El maestro Ito me asegura que puede encargarse de controlar al diligente Kenzō. —Había dejado a Ito para vigilar a Kenzō y asegurarse de que no hacía nada más allá de arreglar los libros de contabilidad y cerciorarse de que la reconstrucción continuaba a buen ritmo.

»Además —continuó Shin—, no hay necesidad de que estemos presentes mientras husmea por nuestras finanzas. Será mejor para ambos que yo no esté pendiente de lo que hace. Si encuentra algo inapropiado, bueno, ya sabe dónde encontrarnos. —Esbozó una leve sonrisa—. Y, aparte de eso, no es como si pudiéramos rechazar esta oportunidad de afianzar los vínculos entre las Grullas y los Unicornios. Estoy seguro de que mi abuelo estaría de acuerdo conmigo.

—Qué conveniente —dijo Kasami.

—De veras lo es, ¿no? —Shin le hizo un gesto con el abanico—. Anímate. Después de todo, no es como si estuviéramos dirigiéndonos a un territorio enemigo.

—Estas no son nuestras tierras, y el modo de vida de los Unicornios no es como el nuestro.

—En ese caso, simplemente tendremos que adaptarnos. —Shin se dio un golpecito en los labios con el abanico—. ¿Qué sabes de Hisatu-Kesu? —Si bien no era la ciudad más grande de la provincia Kaihi, sí era la más interesante, al menos según su modo de juzgar tales características. La ciudad escalaba las montañas, se extendía desde las cimas hasta los pies y gozaba de cierta fama gracias a la calidad de sus aguas termales.

—Es una ciudad.

—¿Y qué más?

Kasami se encogió de hombros.

—Una ciudad de los Unicornios. ¿Hay algo más que se deba saber?

—El contexto, Kasami. El contexto lo es todo. Tenemos que saberlo todo para poder juzgar lo que es relevante para nuestra investigación y lo que no.

—¿Investigación? —preguntó Kasami, entornando los ojos—. ¿Qué investigación?

Shin abrió los ojos en un gesto de fingida inocencia.

—Pues la investigación que la dama Konomi me ha pedido que lleve a cabo, está claro.

—Pero si ya han atrapado a la asesina —señaló Kasami.

—Eso dicen. Pero ambos sabemos que estos asuntos suelen ser más complejos de lo que parecen a simple vista.

—Yo no sé tal cosa. —Kasami sonaba ofendida por tan solo pensar en ello—. No sería apropiado complicar la situación más de la cuenta solo por diversión.

—Te aseguro que no es lo que planeo hacer —dijo Shin, sin alterarse—. Pero, si hay que hacer algo, debe hacerse bien. Como el representante debidamente escogido de los Iuchi, debo doblar la espalda detrás de la rueda del progreso y empujarla por el camino. —Se apoyó una mano en el corazón—. Nos lleve adonde nos lleve dicho camino.

La expresión de Kasami estaba llena de consternación. Sin embargo, para decepción de Shin, ella decidió no insistir.

—Contexto —dijo Kasami finalmente—. ¿Cuál es el contexto?

—Los Zeshi y los Shiko son rivales desde hace tiempo, y los Unicornios han intentado numerosas veces apaciguar esa rivalidad. Si bien el conflicto es bastante inofensivo en general, en Hisatu-Kesu se ha convertido en un problema.

—¿Se ha derramado sangre?

—Más de una vez. También se han producido acusaciones de sabotaje, soborno y cosas similares.

Kasami permaneció en silencio durante unos momentos antes de bajar la mirada de vuelta a su espada.

—Es más insensato de lo que pensaba. Mire que acceder a esto...

Shin estaba a punto de contestarle cuando oyó un repentino alboroto que procedía de la cubierta inferior y le hizo mirar a su alrededor.

—¿Dónde está Kitano?

Kasami tardó un segundo en contestar.

—¿Dónde cree que está?

Shin soltó un suspiro y se puso de pie.

—Creo que será mejor que vaya a buscarlo.

—Deje que le corten un dedo —gritó Kasami mientras el Daidoji se alejaba—. Tal vez aprenda la lección si pierde otro más.

Shin hizo caso omiso de su comentario y bajó los peldaños de madera hacia la cubierta inferior. La mayor parte de la tripulación estaba ocupada con sus propias tareas, remando y demás. No obstante, algunos se encontraban en su turno de descanso antes de que les tocara volver a remar.

Un pequeño grupo de ellos se había reunido cerca de la proa y estaban agazapados alrededor de algo en la cubierta. Shin avanzó sin prisa hacia ellos mientras se abanicaba, con la mano libre colocada detrás de la espalda, y sonrió cuando oyó el delator sonido de unos dados en una taza. Su sonrisa se ensanchó al oír las maldiciones de la tripulación y el tono maleducado de su sirviente.

Kitano era todo tosquedad y miradas furtivas. Antes de conocerlo, había sido un marinero y un jugador y había intentado matar a Shin una vez. El Daidoji le había mostrado piedad, lo que había decepcionado a Kasami a más no poder. A pesar del recelo de su guardaespaldas, Kitano había demostrado que podía resultar útil, si bien también que era un poco incorregible.

Shin esperó a que se percataran de su presencia, pero estaban demasiado enfrascados en su partida. Una partida que no parecía estar yendo demasiado bien. Las manos estaban apoyadas sobre las empuñaduras de las dagas, y los rostros mostraban expresiones de ira. Con la esperanza de acabar con la violencia antes de que esta se produjera, Shin se aclaró la garganta. Tuvo que hacerlo una segunda vez para poder captar su atención.

Kitano alzó la mirada con una expresión neutral. Shin observó las expresiones de culpabilidad de los otros marineros y el pequeño montón de monedas a los pies de su sirviente.

—Confío en que todo vaya bien.

—Sí, mi señor —repuso Kitano, rascándose la barbilla con un dedo de madera. Llevaba un medio guante de seda y cintas de cuero en la mano que le sostenían la prótesis del dedo en su lugar. No era más que una apariencia, pero era una que Shin estaba dispuesto a tolerar a cambio de los servicios que le ofrecía Kitano—. Solo unas apuestas amistosas, eso es todo.

—Muy bien. Por desgracia, debo apartarte de tu entretenimiento, pues necesito tus servicios. Recoge tus ganancias y ven conmigo.

—Como usted diga, mi señor —dijo Kitano, recogiendo su parte y escondiéndola en sus vestimentas con prisa. Se apresuró detrás de Shin mientras este se dirigía de vuelta a la cubierta superior.

—¿Cuánto has ganado? —preguntó Shin, distraído.

—Veinte koku, mi señor.

—El rescate de un *bushi*. —Shin estiró la mano. —Creo que me quedaré con mi parte ahora.

—¿Su parte? —inquirió Kitano.

Shin chasqueó la lengua a modo de reprimenda.

—Soy tu señor, Kitano. Como tal, tengo derecho a una parte de tus ganancias. Es una tradición muy antigua, piénsalo como una muestra de agradecimiento de un siervo leal a su señor.

—Nunca había oído hablar de esa tradición —musitó Kitano, dándole el dinero a Shin—. ¿Para qué me necesita, mi señor?

—Pregúntale a Kasami si no me crees. Y no te necesito, solo quería evitar que la tripulación de Lun te lanzara por la borda.

Kitano se quedó callado, y Shin esbozó una ligera sonrisa. Vio que la capitana de la embarcación los estaba observando y le dio un golpecito a Kitano con el abanico.

—Vete y no te metas en problemas hasta que vuelva a llamarte. —Se volvió para saludar a la capitana Lun al tiempo que Kitano se alejaba rápidamente—. Ah, capitana.

Lun vestía como una marinera más, a pesar de su cargo: iba descalza, con los brazos al descubierto y el cabello corto. Su rasgo más llamativo era que le faltaba un ojo, además de las cicatrices que marcaban su mejilla como si fueran grietas en porcelana. Una espada corta y pesada con una empuñadura de piel de tiburón colgaba de su cintura, y una tira de seda azul estaba atada a su pomo con forma de anillo.

—Mi señor —gruñó ella a modo de saludo—. Aún sigue dándole de comer a ese perro callejero, por lo que veo. —Señaló con un ademán de la barbilla a la silueta de Kitano, quien se estaba alejando de ellos.

—Kitano tiene sus usos. Y está en deuda conmigo.

—Igual que yo —dijo Lun.

—No, tú trabajas para mí, que es algo muy diferente. No me debes nada más que tu labor diaria, capitana. —Shin la miró—. Y, hasta ahora, nunca me has decepcionado. Hablando de eso, ¿crees que llegaremos a tiempo?

Lun soltó un gruñido.

—Si el tiempo se comporta bien y los *kami* son amables.

—¿Y qué tal el resto de asuntos, capitana? —preguntó Shin con una sonrisa.

Lun lo miró entrecerrando su ojo bueno.

—Los negocios marchan bien.

—Eso he oído. El maestro Ito habla muy bien de ti.

Lun esbozó una sonrisa traviesa.

—Es de lo más taimado.

—Creo que lo consideraría un cumplido. —Shin la miró de arriba abajo—. ¿Ya te has recuperado de tus heridas, entonces?

—Salvo las partes que no vuelven a crecer. —Metió un dedo bajo su parche y se rascó la cuenca del ojo. Shin hizo una mueca y apartó la mirada. Aquel particular hábito de la capitana siempre le daba náuseas. Por como sonreía, sospechaba que ella lo sabía.

Shin sabía que en otros tiempos la capitana había sido una soldado. Una marinera a bordo de una embarcación del Clan de la Grulla, a juzgar por el tatuaje que casi se había borrado de la parte interna de su muñeca. No estaba del todo seguro de cómo había llegado a su profesión actual y no creía que preguntárselo fuera demasiado educado. Lo que sí sabía era que no le gustaban mucho los *bushi*, fueran del clan que fueran. Dado lo que había visto en el comportamiento cotidiano de la mayoría de sus compañeros samuráis, Shin no la culpaba.

—No puedo llevarle hasta la propia ciudad, ¿sabe? —continuó ella—. Los barcos y las montañas no se llevan bien. Si quiere escalar una montaña, tendrá que hacerlo usted mismo.

—Por supuesto. —El afluente los llevaría cerca de la ladera en la que comenzaba la ciudad de Hisatu-Kesu. Había varias aldeas de pescadores desperdigadas por todo el río. La mayoría de ellas servían de pequeños puertos para mercaderes, para cargar y descargar bienes—. ¿Cuánto queda hasta que lleguemos a nuestro puerto de escala?

—Llegaremos mañana, o tal vez pasado mañana, y estaremos en la Aldea de los Dos Pasos. —Se trataba de la aldea más grande de la zona y, al parecer, gozaba de mala fama. Konomi le había asegurado que el juez Iuchi de la zona lo estaría esperando en aquel lugar y que lo acompañaría hasta la ciudad.

—Bien. Ha sido un viaje muy agradable, pero ya me apetece cambiar de escenario.

• • •

Kasami tenía un ojo puesto en su espada y el otro en Shin. Este se reía de algo que le había dicho Lun, una broma tal vez, aunque Kasami no había visto nunca que la antigua pirata demostrara poseer siquiera una pizca de sentido del humor.

Intentó distraerse observando el río. En cierto modo, le recordaba a su infancia en las marismas Uebe. Había crecido alrededor de embarcaciones, principalmente barcazas. Cuando era niña, había observado cómo trabajaban los pescadores y había aprendido el arte de cazar aves de las marismas. Había sido una buena época, sencilla, aunque no había durado mucho.

Su entrenamiento había empezado pronto, como ocurría con todos los Hiramori. Se levantaba a la hora del tigre y se acostaba a la hora del jabalí. Las tareas mundanas, de sirviente, habían ocupado sus mañanas. Había sido un trabajo humilde, diseñado para inculcar modestia y disciplina.

Aún recordaba frotar el cuartel hasta que la madera relucía y la piel se le resquebrajaba. Tras ello, con las manos todavía en carne viva, comenzaban sus lecciones, las que más le gustaban. Se había sentido tan viva en aquellos momentos, con una hoja en sus manos… Había soñado lo que sería empuñarla de verdad, en el nombre de las Grullas y de los Daidoji.

La realidad la había conmocionado. No había ningún modo de enseñar a alguien la sensación de una espada atravesando la carne de una persona. Ningún modo de describir el peso de la mirada de un hombre moribundo y el sonido de su última exhalación. Y tampoco había ningún modo de explicar cómo todo eso dejaba de afectar a una persona tras cierto tiempo.

Kitano pasó por su lado arrastrando los pies con una expresión engreída, lo cual interrumpió sus pensamientos. Se veía tentada a lanzarlo por la borda por una cuestión de principios, pero se abstenía, pues lo único que conseguiría con ello sería tener que rescatarlo después. Shin era demasiado indulgente con el jugador, probablemente porque lo encontraba gracioso. El Daidoji siempre estaba buscando cosas que lo entretuvieran, ya fueran libros o personas.

Hacía tiempo, Kasami había temido que la diversión fuera su único interés en la vida. En aquellos momentos ya sabía que no era así, aunque algunos días aquellas dudas volvían a asaltarla y se volvía a preguntar si de verdad no sería nada más que un haragán después de todo. El hecho de que hubiera comprado un teatro había sido un poco alarmante, pero al menos era una especie de negocio, uno que lo mantendría ocupado.

Alzó la espada y observó cómo el sol se reflejaba en su borde. Era una buena hoja y le había servido bien. Vio un atisbo de movimiento reflejado en la pulida superficie de la espada.

—Deja de merodear por ahí, Kitano, o te cortaré los otros dedos.

—No parece muy contenta, mi señora —dijo Kitano, apropiándose del taburete de Shin. Se rascó la barbilla sin afeitar con el dedo de madera y sonrió de forma aduladora. Kasami lo ignoró. Kitano había estado intentando caerle mejor desde hacía varios meses. Ella sabía que el jugador le tenía miedo y sentía una satisfacción no demasiado apropiada solo con pensarlo.

A pesar de que no se fiaba de él, tenía que admitir que cada vez se le daba mejor su papel de sirviente. Un sirviente especial, con unas tareas particulares, pero un sirviente de todos modos. Algunas personas habían nacido para ello.

—No estoy contenta ni tampoco lo contrario —contestó ella finalmente—. Existo en un estado de armonía, algo de lo que tú no sabrías nada, jugador.

—Le sorprendería —dijo Kitano. Kasami lo miró de reojo y la sonrisa del jugador se desvaneció—. Mi señora —se apresuró a añadir. Kasami soltó un gruñido y cesó en sus esfuerzos de afilar una espada ya afilada.

—Tienes algo que decirme. Dilo y luego vete a otra parte.

Kitano tragó en seco.

—Owari del norte —dijo, dudoso.

—Estamos muy lejos de Ryoko Owari.

—Ryoko Owari no… Owari del norte —dijo Kitano, negando con la cabeza—. El barrio bajo de Hisatu-Kesu. Es un lugar peligroso.

—Ya. ¿Y qué?

—Hay muchas… tentaciones.

Kasami entrecerró los ojos.

—Habla con claridad o deja de hablar.

Kitano miró de reojo en dirección a Shin y se aclaró la garganta.

—Hace unos días me pidió que le encontrara una partida. Ya sabe el tipo de juegos que le gustan.

Kasami se puso tensa.

—No sabía nada.

—Me pidió que no dijera nada.

—Entonces, ¿por qué me lo estás contando ahora?

Kitano se miró las manos.

—No estoy… Es mejor que la mayoría, comparado con otros señores. —Apretó los puños, y Kasami pudo ver la repentina tensión en sus hombros anchos—. Pero si se mete en un lío y lo matan…

—Deberías confiar más en él —contestó ella, aunque sabía lo que sentía el jugador—. Después de todo, pudo contigo, ¿no?

Kitano la fulminó con la mirada antes de recordar con quién estaba hablando. Echó un vistazo a su mano y luego hacia el agua.

—Está aburrido. Y un noble aburrido es un noble peligroso. Tanto para él mismo como para los demás.

Kasami se reclinó en su taburete.

—Estoy al tanto. —Suspiró—. ¿Entonces lo hiciste?

—¿Qué? ¿Encontrarle una partida antes de que nos fuéramos? —Kitano la miró—. ¡Por supuesto! Pero no fue. Dijo que estaba demasiado ocupado planeando el viaje.

—Es algo, al menos. —Hizo una pausa—. ¿Esto ha ocurrido muy a menudo?

Kitano se encogió de hombros.

—Algunas veces. Nunca acaba yendo, pero… creo que quiere hacerlo. Y Owari del norte es una pocilga: partidas, *geishas*, todo eso. —Frunció el ceño—. Creo que por eso decidió incluirme en el viaje.

—¿Has estado allí alguna vez?

Kitano dudó antes de contestar.

—Una o dos veces, y nunca durante mucho tiempo. —Volvió a rascarse la barbilla, una señal inconsciente de lo nervioso que se sentía—. Es un lugar peligroso.

—La ciudad también lo es.

Kitano se dio unos golpecitos con el dedo de madera en la rodilla.

—No como Owari del norte. Hay una razón por la que lo llaman así, es un lugar… duro. Desagradable. Las personas de las montañas tienen otra forma de ser. No son razonables como la gente del río.

Kasami soltó un resoplido.

—¿Razonables?

—Vale, digamos «prácticos» —repuso Kitano, encogiéndose de hombros.

—Quieres decir cobardes.

—Reacios a provocar a sus superiores —dijo Kitano—. Pero ¿en Owari del norte? Te dejarán como alimento para los cuervos, seas noble o campesino. No les importa.

—Lo tendré en cuenta.

—Debería hacerlo, mi señora. Tanto por nuestro bien como por el del señor Shin.

Kasami hizo un gesto brusco con la cabeza.

—Ahora vete.

Kitano se puso de pie y se marchó deprisa, lo que la dejó sola con sus pensamientos. En cierto modo, era reconfortante saber que el jugador temía por la seguridad de Shin. Aun así, un perro callejero leal seguía siendo un perro callejero, por lo que aún era probable que acabara mordiendo la mano que le daba de comer.

Sin embargo, a pesar de su desconfianza, no podía hacer caso omiso de su preocupación, no cuando se asemejaba tanto a la que sentía ella, esa preocupación de que el viaje no fuera más que una excusa para que Shin se entregara a sus vicios en algún lugar en el que sus gustos no desataran rumores.

Estaba aburrido, por mucho que no lo admitiera. Y, tal como había dicho Kitano, aquello era peligroso. Un Shin aburrido era un Shin en busca de problemas. No sabía qué prefería, que el asunto ya estuviera resuelto cuando llegaran o que no lo estuviera, porque Shin se mantendría ocupado con la investigación.

Fuera como fuese, una cosa era cierta: si había líos en los que meterse, Shin los encontraría. Y aquello significaba que ella tendría que estar lista para sacarlo de ellos.

Kasami envainó su espada con cuidado y la colocó sobre sus rodillas.

CAPÍTULO CUATRO
Hisatu-Kesu

Iuchi Batu soltó un leve suspiro cuando su sirviente anunció la llegada de su visita. El juez del clan dejó a un lado la carta que había estado escribiendo y se reclinó en su asiento para recibir al recién llegado.

—Bienvenido, mi señor Shijan —dijo con un tono amable—. Parece que solo hayan pasado unas pocas horas desde que nos vimos por última vez.

Zeshi Shijan era un hombre joven y delgado que solía ir bastante a la moda según los estándares de Hisatu-Kesu. Si bien no habría causado mucha impresión en la Corte de Invierno, en las montañas era considerado apuesto. Y lo que era peor: lo sabía.

En aquel momento, Shijan era el líder de la facción de la familia Zeshi en Hisatu-Kesu. Desde la desaparición de su tío Hisato, el joven se había dedicado a cumplir sus responsabilidades con diligencia, aunque Batu pensaba que había dejado que su posición se le subiera un poco a la cabeza.

El invitado hizo una reverencia, aunque no una lo suficientemente respetuosa. A pesar de que los Zeshi eran una familia vasalla de los Iuchi, Shijan se tenía a sí mismo en alta estima y actuaba acorde a ello. Batu, que sabía de sobra los límites prácticos de su autoridad, lo dejó pasar. Shijan era un muy mal enemigo, y la situación ya era lo suficientemente tensa.

—No habría venido, es solo que me han informado de que vamos a contar con un invitado.

Batu, muy consciente de lo que le estaba hablando Shijan, decidió hacerse el loco.

—¿Un invitado? ¿Y de quién se trata?

—Usted dirá. —Shijan se arrodilló frente a Batu.

Batu le dio unos momentos para ponerse nervioso antes de contestarle.

—Podría preguntarle cómo se ha enterado de algo así.

—Los Zeshi también tenemos oídos —repuso Shijan, algo tenso.

—O tal vez haya recibido la misma misiva que yo, la cual hablaba de la inminente llegada de un representante especial. —Batu se vio recompensado con un estremecimiento de su invitado. Por mucho que Shijan se enorgulleciera de su aplomo, no era tan sereno como pensaba.

»Los Iuchi se han interesado en el asunto —continuó Batu con cuidado y de forma pausada—. Los Shiko son vasallos de los Ide, y los Iuchi quieren asegurarse de que todo se lleva a cabo con la mayor consideración y discreción posible. Estoy seguro de que lo entiende.

Shijan se sonrojó.

—No soy estúpido, Batu. De provincia, tal vez, pero no un idiota.

—Mis disculpas. Solo quería recalcarle la seriedad de este asunto.

—Sé muy bien que se trata de un asunto muy serio. Son las riquezas de mi familia las que están en juego, no las de la suya. Si este asunto no se resuelve pronto de un modo que satisfaga a las dos familias, la situación empeorará para todos.

Batu se puso tenso.

—Le pido que aconseje al resto que eviten cualquier acción precipitada.

—No debería preocuparse por los Zeshi, Batu —contestó Shijan, frunciendo el ceño—. Son los Shiko los que han causado todo este lío, y usted lo sabe de sobra. Hisatu-Kesu siempre ha pertenecido a los Zeshi. Que estos advenedizos quieran quedarse con ella…

—Son vasallos de los Unicornios, al igual que su familia —lo interrumpió Batu con firmeza—. En público, les otorgará el respeto que se merecen, sea lo que sea lo que piense en privado. Lejos de mí.

Shijan inclinó la cabeza, visiblemente avergonzado. Su lengua solía meterlo en líos, en especial cuando estaba enfadado.

—Perdóneme, señor Batu. A veces me dejo llevar, por mucho que me esfuerce en que no sea así.

—Me he dado cuenta —repuso Batu con frialdad, y se vio recompensado con un movimiento de los músculos de la mejilla de Shijan, quien no hizo ninguna otra muestra de haber notado la reprimenda—. El representante llegará mañana. Yo mismo iré a su encuentro en la Aldea de los Dos Pasos. Una vez le haya explicado los hechos de forma clara, estoy seguro de que quedará satisfecho y se irá.

Shijan respiró profundamente.

—Creo que eso sería lo mejor para todos. Los Shiko están buscando cualquier excusa para crear problemas. Cuantas menos oportunidades les demos, mejor. —Hizo una pausa, pensativo—. Una vez se haya ido… ¿qué hacemos entonces?

Batu permaneció en silencio durante un momento.

—Aún no he llegado a ninguna decisión en ese aspecto.

—Pensaba que la respuesta era obvia. La *ronin* debe morir.

—Aún no he llegado a ninguna decisión —repitió Batu con más firmeza.

—Solo puede evitar su responsabilidad en este asunto durante un tiempo, señor Batu. Si pretendemos que todo se resuelva de forma amistosa, debe derramarse cierta cantidad de sangre, y mejor la suya que la nuestra. Después de todo, ella no es nadie. Unos cuantos koku pueden comprar a cien como ella en cualquier puerto. ¿Qué más da que haya una menos en el mundo?

La expresión de Batu se endureció. El cargo de juez requería cierta cantidad de insensibilidad, pero había una delgada línea entre saber algo y decirlo en voz alta. Apretó los puños sobre su escritorio. Lo apartó a un lado con cuidado y se puso de pie al tiempo que aunaba toda su autoridad.

—Lo tendré en cuenta, mi señor Shijan. Igual que espero que usted y el resto de los Zeshi tengan en cuenta que soy el juez del clan para esta parte de la provincia. Hablo con la voz de los Iuchi y del Clan del Unicornio. No tomaré ninguna decisión precipitada, sea cual sea el motivo para hacerlo. Ahora, si me disculpa… —Hizo un gesto hacia la puerta.

Shijan se lo quedó mirando durante un momento, con una expresión tensa y las mejillas sonrojadas. Luego se puso de pie, hizo una reverencia, de nuevo no tan respetuosa como debía haber sido, y se fue. Batu soltó un largo y lento suspiro al tiempo que su sirviente cerraba la puerta.

Se hundió en su cojín y empezó a sentir una presión que le resultaba familiar detrás de los ojos. Las jaquecas lo habían acompañado desde la infancia. Llegaban sin previo aviso y lo dejaban indispuesto durante varios días. Se frotó las sienes y pidió que le sirvieran té.

En cierto modo, los dolores de cabeza tenían la culpa de la situación en la que se encontraba. Le impedían montar a caballo durante un tiempo prolongado, además de otras actividades propias de cualquier *bushi*, pero podía sentarse, escuchar y tomar decisiones meditadas. Podía sopesar una situación en el borde de un cuchillo y cortar de forma correcta, o tan correcta como permitieran las circunstancias, al menos. Los Unicornios eran un clan pragmático y no dejaban que nada se desperdiciara si podían hacer algo por evitarlo.

Por tanto, se había convertido en juez, solo que no en un juez provincial, no. Solo contaba con una ciudad a su cargo, aunque a veces pensaba que incluso aquello era demasiado para él. Hisatu-Kesu era una ciudad fea como una cebolla, con más capas de las que se percibían a simple vista.

Shijan había tenido razón, en cierto modo. La ciudad siempre había pertenecido a los Zeshi, una de las familias de la forja más importantes de los Unicornios con habilidades de peletería de cierta fama. Proporcionaban la mayoría de la armadura de jinetes del clan, además de arreos y arneses. Por ello, tenían una influencia silenciosa hasta cierto punto, además de las riquezas para apoyarla.

Por desgracia, lo mismo ocurría con los Shiko. Ellos también eran una familia de la forja, si bien más pequeña que los Zeshi. Como ellos, ganaban su fortuna con la peletería, la cual era una ocupación desagradable pero necesaria. Las familias contaban con numerosos peleteros y curtidores de clase baja y sacaban provecho de su duro trabajo.

Sin embargo, mientras que los Zeshi fabricaban armaduras para personas, los Shiko fabricaban armaduras para caballos casi de forma exclusiva. Aun así, eran rivales encarnizados y siempre lo habían sido. En aquella ciudad, la rivalidad acababa de transformarse en algo mucho más fiero.

Los Shiko habían acudido a Hisatu-Kesu con la intención de usar las aguas termales para su trabajo de peletería. Batu suponía que las grandes cantidades de agua caliente permitían que se hirviera el cuero en grandes cantidades, aunque, como la mayoría de las personas con dos dedos de frente, sentía un desagrado instintivo hacia todo lo que tuviera que ver con carne muerta.

A pesar de su aversión al proceso, a Batu le parecía sensato que ambas familias usaran las aguas termales para el beneficio de los Unicornios. El problema era que las provincias de los Ide estaban tradicionalmente al otro lado del Paso Iuchi, y que algunos, en particular los Zeshi, veían la ciudad y sus alrededores como propiedad de los Iuchi, y, por extensión, de ellos mismos.

Claro que el asunto no terminaba ahí. De hecho, la frontera se había movido por distintos puntos de las montañas durante siglos. En algún momento u otro, tanto los Ide como los

Iuchi habían reclamado Hisatu-Kesu, fuera completa o en parte.

Los Zeshi y los Shiko habían estado a punto de ir a la guerra por el territorio. Los Iuchi y los Ide habían hecho todo lo que había estado en sus manos para aliviar la situación de la manera más rápida, pero, para sus vasallos, la llama aún ardía. La violencia se encontraba a un fallo de distancia. De hecho, la suerte había sido lo único que había prevenido que la guerra se hubiera desatado ya. En especial en aquella ciudad, que era el centro de todo.

Las negociaciones sobre derechos de agua, tareas de importación y demás asuntos se habían producido durante años, casi desde que Batu llegó al lugar. Justo cuando parecía que todo estaba resuelto, alguna otra disputa aparecía. Los Zeshi acusaban a los Shiko de socavar sus esfuerzos por comprar cuero sin tratar, o los Shiko se quejaban de que los Zeshi habían contratado todos los carros de la ciudad, u otro problema por el estilo. Uno nuevo cada semana.

Por no mencionar las contiendas entre sirvientes y seguidores. Se producían peleas en la calle o, lo que era aún peor, en las casas de baño, lo que provocaba rumores. Rumores que acababan llegando a los Ide y a los Iuchi, quienes se preguntaban, y con razón, qué estaba haciendo Batu para mantenerlo todo bajo control.

El reciente incidente casi había sido la chispa que desataba el incendio. Si no hubiera actuado tan rápido como lo había hecho… vaya, temía pensar en las consecuencias. Aun así, tal vez no había actuado tan rápido como había debido. Si lo hubiera hecho, quizá Gen seguiría con vida. Batu frunció el ceño.

Posó los ojos sobre la carta que había estado escribiendo, una protesta formal. Que los Iuchi hubieran decidido enviar a un representante especial para investigar el asunto, a pesar de haberles asegurado que todo iba bien…, solo podía tomárselo como un insulto. Tal vez insultarlo no había sido la intención de los Iuchi, pero así había sido. Y si uno no respondía a un insulto, ¿cómo podía seguir considerándose un samurái?

Se detuvo. Quizá había una oportunidad allí, una que no había considerado en un principio. Fuera cual fuese la decisión que tomara respecto a aquel asunto, tendría consecuencias. ¿Por qué no dejar que otro las sufriera? Sonrió, a pesar del dolor que palpitaba en sus sienes.

Batu rompió la carta sin acabar con cuidado y la lanzó a un brasero cercano.

• • •

Shijan se quedó de pie delante de la casa de Batu, mordiéndose una uña. Su sirviente tosió de forma discreta, y Shijan se sacó el pulgar de la boca, sintiéndose culpable. Tales actos no eran apropiados para un hombre de su posición. Por suerte, siempre podía contar con el fiel Yo para corregirlo de un modo educado y respetuoso.

Echó un vistazo al hombre y vio que Yo miraba hacia abajo, lo que era apropiado. Su sirviente era delgado y de rasgos delicados, un anodino retazo de nada. El sirviente perfecto: lo veía todo y nadie le veía a él. Shijan se volvió y miró al hastial del tejado de la casa del juez.

Era el hogar de un obrero, poco más que una granja, aunque tal vez más grande que la casa que se podía permitir un campesino. Y sus sirvientes eran peores aún: solo contaba con dos y ninguno de ellos estaba particularmente bien entrenado. Al que le había entregado la espada en la puerta casi no parecía saber qué hacer con ella.

—Es una casa muy pobre para un juez —murmuró Shijan. Aunque Batu también era un juez pobre. Todos sabían que los Iuchi no lo habían asignado a la ciudad exactamente, sino que más bien lo habían desterrado. Ni siquiera podía montar a caballo. ¿Qué clase de samurái Unicornio no podía montar a caballo?

Tener que mostrarle respeto a un hombre como aquel lo molestaba sobremanera. El propio Batu parecía no sentir la necesidad de mostrar ningún tipo de cortesía, pues ni siquiera le había ofrecido té tras su llegada. Shijan suspiró y se alisó el kimono.

—Ven, Yo. Volvamos a casa y veamos si mi reacia prima ya ha entrado en razón.

—Como desee, mi señor —murmuró Yo en voz baja, desplegando una sombrilla para proteger la piel pálida de su señor del duro sol de la montaña mientras avanzaban por la calle. Los cuatro *ashigaru* de armadura violeta que servían como escolta de Shijan empezaron a caminar junto a su señor. Shijan no les prestaba mucha atención. Al igual que la espada que tenía atada a la cintura, eran más ceremoniales que prácticos. Un recordatorio de la fuerza de los Zeshi para todos los campesinos que lo estuvieran observando.

Batu vivía en el centro de Hisatu-Kesu en vez de en un lugar apartado como debía ser. Otra señal de su ineptitud, al menos según Shijan. El aire de aquella zona apestaba a curtidurías y a humo. Había demasiado ruido y no había espacio suficiente para ir a caballo. ¿Qué clase de lugar era aquel para un miembro de la nobleza?

Shijan sacó un pañuelo perfumado del interior de su manga y se lo puso contra la boca y la nariz para mitigar en cierto modo la peste a grasa hirviendo. Había dejado el pañuelo toda la noche en agua de rosas para que absorbiera un aroma más agradable. Para él, aquello era una necesidad en aquella parte de la ciudad, con todos sus hedores pútridos.

En su disposición, Hisatu-Kesu tenía tendencia hacia el caos. Había crecido a partir de una pequeña base comercial para convertirse en una aldea, luego en un pueblo y, finalmente, en una ciudad. Cada generación había añadido una nueva capa a la cebolla, lo que había expandido el alcance de la ciudad hacia las alturas de las montañas y más abajo en las laderas.

Aun así, a diferencia de otras ciudades, el distrito central seguía siendo la misma base comercial rancia que había sido siempre, por muy grande que fuera en aquellos momentos.

El distrito de la nobleza se encontraba más arriba, en las montañas, donde se podía controlar el acceso con mayor facilidad y sus habitantes podían evitar los peores olores que salían de las curtidurías. Más abajo, en las laderas, se encontraban los distritos de entretenimiento y los de los campesinos. La población lugareña se refería a aquel lugar como «Owari del norte», como si los antros de sake en ruinas y las casas de *geishas* se parecieran en algo a los placeres ilícitos de Ryoko Owari, la Ciudad de las Mentiras.

Shijan, quien no solía bajar a las laderas, sospechaba que llegaría el día en el que alguien usaría una antorcha para purificar Hisatu-Kesu de su infestación, solo que no sería él, por supuesto. Entonces, y solo entonces, la ciudad podría comenzar a convertirse en uno de los grandes centros urbanos de Rokugan.

Se sobresaltó cuando el grito repentino de un mercader *heimin* resonó por la sinuosa calle. Un niño *hinin* corrió a toda prisa para meterse en un callejón mientras sostenía algo que seguramente acababa de robar. Las calles se estaban llenando de personas al tiempo que la Diosa Sol continuaba su paseo por el firmamento. El aroma picante de los fideos se mezclaba con el hedor repugnante que procedía de las curtidurías.

Un poco más arriba, el aire estaba más limpio y las calles eran más amplias. Sin embargo, en aquel lugar, cerca de las laderas, la ciudad no era más que un entramado de calles que formaban un barrio bajo apretujado y feo. Una afrenta a todos los sentidos que poseía una persona. Shijan no pisaba aquel lugar excepto cuando era absolutamente necesario.

Yo tosió ligeramente e hizo sonar la campana que llevaba. Un poco más adelante, un vendedor ambulante *heimin* se apresuró a apartar su carro del camino de Shijan. Ante el gesto de Shijan, uno de sus guardias avanzó para arrear al vendedor con dureza. El carro se volcó con un tremendo estruendo y las aves de corral graznaron en sus jaulas de mimbre. Shijan caminó a través de los restos con los ojos firmes en la calle. Detrás de él, Yo extrajo un zeni de su monedero y compensó al vendedor. Shijan pretendió no haberse dado cuenta.

Todo había sido culpa de Aimi, por supuesto. Si tan solo hubiera hecho lo que se esperaba de ella, podrían haber evitado todo aquello. En su lugar, había causado un estropicio, como era su costumbre. Siempre había sido problemática, incluso cuando era niña. Había sido por aquella razón que sus padres la habían llevado a las montañas, con la esperanza de que la vida en Hisatu-Kesu la librara de su desobediencia.

En otros tiempos, a Shijan aquella forma de ser le había parecido algo atractivo. En aquel momento, no tanto. Era cierto lo que decían: cuantas más responsabilidades tenía uno, menos divertidas le parecían la disrupción y la desobediencia. Y Shijan contaba con muchas responsabilidades.

Durante muchos años, el contingente de los Zeshi en Hisatu-Kesu había sido liderado por Hisato, el padre de Aimi. Sin embargo, este había desaparecido hacía varias semanas, durante su viaje anual a Shiro Iuchi. A pesar de que Batu había enviado jinetes en su búsqueda, no habían encontrado ningún rastro del hombre. Nadie quería admitirlo, pero la verdad estaba clara: Hisato había muerto, víctima de bandidos o de algo peor.

Shijan frunció el ceño al pensar en ello. Se lo había advertido a Hisato, le había ofrecido emprender el viaje en su lugar, pero el hombre no le había hecho caso. Nadie le hacía caso nunca. O así había sido antes, pues en aquellos momentos no tenían otra opción. En ausencia de Hisato, sus responsabilidades recaían en Shijan.

La idea no le resultaba tan agradable como lo había hecho tiempo atrás. Si bien siempre había ansiado tener un deber importante, estaba empezando a sentirse como si estuviera atrapado en la arena y la marea estuviera creciendo. Estaba aguantando, pero a duras penas. Si la situación en Hisatu-Kesu seguía empeorando, el daimyō de los Zeshi podría enviar a alguien para sustituirle. Por muy frustrante que resultara la situación del momento, seguía siendo preferible a sufrir una desgracia como aquella.

Otra tos discreta de Yo interrumpió su ensimismamiento. Shijan miró de reojo a su sirviente, fastidiado, y luego siguió la mirada del hombre. Otro grupo de soldados con el uniforme de los Zeshi se dirigía hacia ellos, escoltando a alguien. Shijan hizo un gesto para que su propio grupo se detuviera, curioso por ver quién podría haber salido sin su conocimiento.

Cuando vio al individuo en cuestión, sus ojos se abrieron de par en par.

—¿Se puede saber qué haces aquí fuera? —bramó, apartando a sus *ashigaru* para acercarse a los recién llegados. Los soldados se detuvieron al ver su expresión de ira y se apartaron de su camino—. ¿Y bien? Contéstame, prima —exigió, clavando la mirada en la pequeña figura que había frente a él y signando con fuerza al hablar.

—Quería ver a Ruri —respondió Zeshi Aimi con cuidado, con los ojos fijos en la boca y en los dedos de Shijan. Su prima era bajita y esbelta, aunque con cierta musculatura que indicaba un entrenamiento duro y constante. Aimi siempre había sido diligente con tales actividades, mucho más que Shijan. Ella hizo un gesto similar al de él mientras hablaba, expresándose más rápido con las manos que con la boca.

Había nacido medio sorda, lo suficiente para hacer que la comunicación fuera más difícil, aunque no imposible. Pese a que sabía leer los labios, a su voz le faltaba entonación cuando hablaba. Por suerte, sus manos lo compensaban.

—¿Y qué impresión daría eso? Los Shiko tienen espías por todas partes, ¿qué pasaría si te vieran? ¿Qué pensarían? —Signó al hablar para asegurarse de que su prima captaba cada palabra de su reprimenda.

Los ojos de ella brillaron de ira, y sus dedos parecieron apuñalar el aire.

—Me da igual lo que piensen —signó ella.

—Debería importarte —repuso Shijan, esforzándose por mantener la voz calmada y el movimiento de sus manos firme—. Por tu culpa, por culpa de esa *ronin* inservible, las relaciones entre las dos familias están peor que nunca.

—Pensaba que eso le gustaría, primo —volvió a signar Aimi—. Nunca ha estado a favor de la paz entre ambas familias.

—No estoy a favor de una paz igualitaria —explicó él, acercándose a su prima para que ella pudiera leerle los labios mejor. Les hizo un gesto a sus guardias y estos se volvieron para mirar hacia otro lado. Una vez lo hubieron hecho, Shijan dejó de pensar en ellos—. Pero la paz significa la supervivencia. Una guerra entre los Zeshi y los Shiko solo acabará con la destrucción de las dos familias, o, peor aún, con nuestra penuria.

—Diría que eso es peor. —Los signos de Aimi se volvieron más secos.

Shijan mostró los dientes con una sonrisa, para que cualquier persona que los estuviera observando pensara que estaba compartiendo una broma con su prima y nada más.

—Te estás comportando como una niña pequeña, así que te trataré como tal. Una alianza entre los Zeshi y los Shiko solo beneficia al clan. Una competitividad saludable es muy preferible a una guerra sangrienta. Y más si es una guerra que podemos perder.

Se produjo otro aluvión de signos.

—¿Acaso tienes miedo, primo?

Shijan se puso tenso. En otros tiempos, había considerado la idea de casarse con ella él mismo, aunque solo fuera para afianzar las relaciones entre sus lados de la familia. Sin embargo, durante los últimos meses se había percatado de lo que se había ahorrado: ella era obstinada, irrespetuosa y problemática.

—No hay ni una pizca de miedo en mí —dijo él con rotundidad—. Pero tampoco soy idiota. Soy responsable de los Zeshi en Hisatu-Kesu y haré lo que considere mejor…

—Solo es responsable mientras mi padre esté fuera —lo interrumpió Aimi en voz alta, acompañando sus palabras con signos cortantes. Quería que cualquier persona que estuviera por allí la oyera, quería avergonzarlo. Tenía las mejillas encendidas, y sus ojos brillaban de forma peligrosa. Shijan vaciló. Tenía razón, por supuesto—. Cuando vuelva…

—¿Y cuánto tiempo ha pasado ya? —dijo él bruscamente, interrumpiéndola con un movimiento con los dedos—. ¿Cuánto tiempo ha pasado desde que debería haber vuelto?

Aimi se quedó callada y apartó la mirada, aunque fuera por un momento, lo que indicó que se había rendido. Shijan asintió, satisfecho.

—Sí. Veo que empiezas a entenderlo. Antes de irse, tu padre organizó tu boda con el pobre y desgraciado Gen. Ahora, gracias a tu guardaespaldas, tengo que encontrar otro pretendiente. Y rápido, o todo por lo que hemos trabajado durante estos meses no habrá servido de nada.

—¿Qué piensas hacer? —signó ella.

—Nada, por el momento. —Shijan miró a su alrededor. Por suerte, nadie les estaba prestando demasiada atención—. Los Iuchi han enviado a un representante especial que llegará cualquier día de estos. Hasta que él considere que el asunto se haya resuelto, no podemos hacer nada más que esperar.

Aimi abrió los ojos ligeramente e hizo el signo de sorpresa. Shijan pudo leer la culpabilidad detrás de su gesto y sintió un arrebato de ira que lo quemaba por dentro.

—Has sido tú, ¿verdad? —No esperó a que ella le contestara—. ¿No ha sido suficiente que fuera tu detestable guardaespaldas quien matara al idiota de Gen, sino que además tenías que ir corriendo a los Iuchi para que enviaran a alguien más a interferir? ¿Entiendes lo que has hecho?

—Ruri me estaba defendiendo a mí y a sí misma —se apresuró a indicar con signos—. Condenarla por ello no es justicia, digan lo que digan usted y los Shiko.

Shijan la miró a los ojos y sintió que su ira se evaporaba con tanta velocidad como había aparecido.

—No, pero es lo más cercano que tendremos. —Luego se le ocurrió otra cosa—. ¿Has hablado con ella desde que Batu la arrestó?

—No —signó antes de bajar las manos.

Shijan esbozó una sonrisa triste.

—Habla con ella, prima. No puedo hacerte entrar en razón, pero tal vez ella sí. —Se apartó—. Y si no, estoy seguro de que volveremos a tener esta conversación otra vez.

Aimi mantuvo la vista fija en él durante un momento.

—Gracias, primo —dijo ella en voz alta.

—No me des las gracias aún —le dijo él mientras su prima se alejaba a toda prisa, seguida de sus guardias. Luego soltó un suspiro y se apretó el puente de la nariz—. Yo, el sol me está dando dolor de cabeza. Volvamos a casa para que pueda relajarme.

—Como desee, mi señor —dijo Yo.

CAPÍTULO CINCO
Dos Pasos

Lo primero que pensó Shin al ver la Aldea de los Dos Pasos fue que olía mucho a barro de río y excrementos de caballo. Su segunda impresión fue que las casas parecían estar construidas de una mezcla de ambos. Bajó por la rampa de desembarco del velero con pasos cuidadosos pero elegantes mientras alguien le sostenía una sombrilla para protegerle el rostro. La Diosa Sol brillaba con fuerza en aquella época del año, y Shin no tenía ninguna intención de enfrentarse a su ira si no era necesario.

Kasami lo siguió, ataviada en su armadura completa a pesar del calor que hacía aquel día. De hecho, parecía sentirse más cómoda vestida para la guerra que con un kimono. Esperaba que sus anfitriones no se ofendieran, aunque, dadas las tendencias de los Unicornios, muy seguramente no les importaría cómo vistiera su guardaespaldas. Si bien sus propios estándares de etiqueta normalmente casi ni se parecían a los que tenían los otros grandes clanes, los mantenían con la misma severidad.

El repiqueteo del cordaje y los golpes del agua contra los cascos era omnipresente. Varios carros rodaban por caminos de tierra que se dirigían hacia los pequeños muelles que se encontraban por toda la orilla o que salían de ellos. Algunas casas estaban construidas al borde del agua, y se hacían más y más pequeñas e inofensivas según se alejaban del río.

Como cabía esperar, había personas por todas partes. Las aves fluviales descendían y volaban en círculos mientras se graznaban entre ellas, y unos perros callejeros ladraban y gruñían al pelearse por los restos que se encontraban cerca de los muelles. Shin se detuvo al final de la rampa de desembarco para apreciar el lugar sin perderse nada, clasificándolo todo en su mente para estudiarlo más adelante.

Vista una aldea como aquella, vistas todas. Sin embargo, cada una de ellas contaba con algo único y merecía que las estudiara, por poco tiempo que tuviera para hacerlo.

—Debería haber traído mis pinturas —dijo. Miró de reojo a Kasami y se vio recompensado con la expresión de su guardaespaldas, quien puso los ojos en blanco de forma discreta. Shin se permitió esbozar una ligera sonrisa. Kasami se había comportado de un modo extrañamente cortés durante todo el viaje, y al Daidoji le resultaba placentero quebrar su armadura de buenos modales de vez en cuando.

—¿No había dicho que el juez vendría a recibirnos? —preguntó ella.

—Me dijeron que sí. Tal vez le ha salido un imprevisto. —Shin abanicó el aire para alejar el aire húmedo de la orilla del río. El verano estaba al acecho, y el calor resultaría agobiante por la tarde. Podía saborear la lluvia en la brisa. Cerca de ellos, una música ambulante rasgaba las cuerdas de un maltrecho *shamisen* con su *bachi*.

—Nos están observando —dijo Kasami, cambiando ligeramente de posición.

—Claro que sí, vestimos los colores de la Grulla y nos encontramos en tierras del Clan del Unicornio. Es probable que los *heimin* de la aldea no hayan visto a ninguno de los nuestros en su vida. —Dejó que su mirada vagara libremente y vio un cargamento que se estaba preparando cerca de ellos. Estaba formado por pesadas cajas de mimbre que contenían entregas de armadura y bardas y que iban a llevarse hasta Shiro Iuchi. Consideró husmear de forma inocente por el cargamento, pero se contuvo. Que aún se estuvieran llevando a cabo entregas daba a entender que la situación no había empeorado. Aunque, según su experiencia, no se podía disuadir a un mercader de intentar ganar dinero, incluso si estaban en mitad de una guerra.

Oyó el repentino golpe seco de los cascos de los caballos y vio que las calles cerca de los muelles se despejaban. Los mercaderes, marineros y mendigos estaban dejando paso a una pequeña pero impresionante columna de ocho jinetes vestidos con el uniforme de los Iuchi. Los caballos se detuvieron al borde de los muelles. Shin esperó con paciencia a que los jinetes se presentaran.

—*Yoriki* —murmuró Kasami. Shin asintió. Eran samuráis de bajo rango que se solían encontrar en compañía de sus superiores. A pesar de que vestían los colores de los Iuchi, no pertenecían a esa familia, al igual que Kasami no era una Daidoji.

Uno de los jinetes hizo avanzar a su montura entre las filas. A diferencia del resto, él no llevaba armadura, sino que vestía la túnica oficial de un juez de clan. Desmontó con algo de torpeza mientras lo ayudaba uno de sus seguidores, y algo en el modo en el que casi cayó al suelo le resultó familiar a Shin.

Cuando el polvo que habían levantado al llegar se despejó, Shin pudo ver el rostro del recién llegado con claridad y esbozó una amplia sonrisa.

—¡Batu!

—Shin. —Batu se lo quedó mirando con una expresión que Shin consideró que era mitad sorpresa y mitad terror al mismo tiempo. El Daidoji sintió un atisbo de decepción al pensarlo y se obligó a mostrar una sonrisa de amabilidad.

—Sí, yo. No sabía que se había hecho juez, Iuchi Batu.

—No vi la necesidad de informarle, Daidoji Shin.

Shin bajó su abanico.

—¿Cuánto tiempo ha pasado, entonces? ¿Unos pocos años?

—Diez.

—Mis disculpas. Uno acaba perdiendo la cuenta de estas cosas.

—Es de esperar. Siempre ha sido bastante egoísta. —Batu apartó la mirada—. Supongo que lleva sus documentos de viaje.

—Por supuesto. ¿Le gustaría inspeccionarlos?

—No será necesario. Tal vez más tarde. —Batu hablaba con rigidez—. Mi prima no me dijo que usted era el representante que había escogido.

—Claro, es su prima. —Shin meneó la cabeza, pues se sentía algo molesto consigo mismo. Si hubiera sido la mitad de observador de lo que le gustaba pretender que era, se habría dado cuenta antes. Durante todos los meses que habían pasado desde que había conocido a Konomi, nunca se le había ocurrido preguntarle si conocía a Batu—. Bueno, si sirve de algo, ella tampoco le mencionó a usted.

—¿De qué serviría eso? —preguntó Batu con frialdad.

—Percibo cierta hostilidad. —Shin arqueó una ceja—. No me diga que sigue enfadado conmigo. Me disculpé por el malentendido.

—No hace falta hablar del tema —repuso Batu, sin mayor emoción en la voz.

—¿Está seguro? Odiaría pensar que ha estado enfadado conmigo todo este tiempo.

Batu se sonrojó. Siempre había sido fácil de leer… y de provocar. Le faltaba el porte de un cortesano, como a muchos otros *bushi* provinciales. Shin había hecho todo lo que había podido por instruirlo durante el poco tiempo que habían pasado juntos, pero algunas lecciones eran más fáciles de aprender que otras.

—Debo confesar que no he pensado en usted en ningún momento —contestó Batu, con tanta dureza como permitía la cortesía.

Shin no dejó de sonreír.

—Bueno, estoy seguro de que ha estado ocupado. Aun así, es algo fortuito que se encuentre aquí, pues hará que todo este asunto sea mucho más agradable.

—Agradable —repitió Batu, con un tono que indicaba que sería de todo menos aquello.

—Pues claro, hombre. Hayan sido tres años o diez, ha pasado demasiado tiempo desde la última vez que hablamos, y tengo ganas de saber qué ha sido de usted. Estoy seguro de que usted se siente igual.

—Por supuesto, nada me complacería más. Imagino que aún puede montar a caballo.

Shin frunció el ceño.

—Claro que sí.

—Bien. Mis subordinados se encargarán de recoger sus pertenencias y conseguirán caballos. Cabalgaremos hasta la ladera y luego subiremos a pie. Confío en que no resulte algo demasiado agotador para usted.

—Creo que podré arreglármelas. —Shin estaba algo sorprendido por la actitud de Batu. Si bien no habían acabado en muy buenos términos, no se había esperado recibir aquel trato.

—Bien. Lo escoltarán hasta mi residencia. Tengo otros asuntos que requieren mi atención, por lo que debo dejarle hasta esta noche. —El rostro de Batu bien podría haber sido una máscara mientras hablaba, y Shin, desconcertado por sus malas formas, solo fue capaz de asentir sin decir nada.

Batu volvió a montar su caballo con la misma torpeza con la que había desmontado y se alejó por donde había venido. Sus subordinados intercambiaron una mirada, al parecer, preocupados. Una de ellos se aclaró la garganta para hablar.

—Si espera aquí, mi señor, me encargaré de encontrar caballos para ustedes.

Shin le dedicó una sonrisa.

—Por favor, no se apresure demasiado por nosotros. Creo que no tenemos mucha prisa.

La chica le devolvió una sonrisa dudosa, como si no estuviera segura de si era apropiado llevarse bien con alguien que le caía tan mal a su señor.

—Gracias, mi señor. —Se volvió para hablar con los demás, lo que dejó a Shin libre para enfrentarse a la mirada fría e implacable de Kasami.

—¿Le conoce, entonces? —murmuró su guardaespaldas tras un momento.

—Eso creía. —Shin observó cómo uno de los samuráis se alejaba del grupo para dirigirse hacia la aldea, seguramente para ir a buscar los caballos, y se preparó para una larga espera. Dudaba que hubiera monturas merecedoras del nombre en aquel lugar.

—No sabía que conocía a ningún Iuchi.

—Probablemente porque nunca lo he mencionado —contestó Shin, mirándola de reojo—. En ocasiones, las familias del Clan del Unicornio envían a sus hijos e hijas a entrenar con las familias del Clan de la Grulla para aprender esas artes que a nosotros nos salen de forma tan natural. A Batu lo enviaron con los Daidoji.

—¿Y?

—Y nos hicimos amigos.

—Pues a mí no me parecía muy amistoso.

—Las cosas cambian. Las personas también.

Kasami se quedó en silencio durante un momento, pero la esperanza de Shin de que su guardaespaldas fuera a dejar pasar el tema fue en vano.

—¿Qué es lo que hizo?

—¿Por qué crees que hice algo malo?

—Porque le conozco. ¿Qué hizo?

Shin soltó un suspiro.

—Me gustaría no hablar del tema, si no te importa.

Parecía que Kasami iba a seguir insistiendo, pero la subordinada de Batu salvó a Shin cuando se volvió a acercar a ellos.

—Los caballos estarán aquí en un momento. Una vez más, debo disculparme por la espera. Puede que Dos Pasos sea una aldea grande, pero sigue siendo una aldea, por lo que hemos tardado en encontrar monturas adecuadas. La mayoría de los caballos de la aldea no están preparados para llevar jinetes.

—Eso sospechaba —contestó Shin—. Aun así, aprecio el esfuerzo, eh…

—Nozomi, mi señor. Kenshin Nozomi. —Inclinó la cabeza, y Shin le hizo un gesto para que se enderezara de nuevo—. Es todo un placer conocerle. De pequeña me enviaron a entrenar con los Daidoji.

—En ese caso, debo disculparme por adelantado, pues soy algo así como una decepción para mi familia. —Nozomi parpadeó, sin saber qué responder, y Shin se apiadó de ella—. Dime, ¿cuánto tiempo has sido la guardaespaldas de Batu… del señor Batu?

—Desde que ejerce de juez, mi señor. Los Iuchi pensaron que necesitaría una espada fiable a su lado y yo me ofrecí voluntaria.

—¿Voluntaria? ¿Has oído eso, Kasami? Se ofreció voluntaria, no tuvieron que ordenarle que lo hiciera. A diferencia de otras.

—Lo he oído —repuso Kasami, sin afectarse. Estudió a Nozomi y ella le devolvió el gesto. Eran de una altura y una complexión similares, pero hasta allí llegaba el parecido. Nozomi tenía el aspecto de las planicies y unos rasgos casi extranjeros, un recordatorio de las expediciones de los Unicornios fuera de Rokugan.

—Hiramori —dijo Nozomi tras un momento.

—Sí —contestó Kasami, frunciendo el ceño.

—Entrené con un Hiramori en Kosaten Shiro. —Nozomi sonrió—. Era bastante popular, aunque debo confesar que no podía entender su acento del todo.

—Sí, es peculiar —interpuso Shin—. Yo mismo me suelo perder cuando Kasami habla. —Se volvió a salvar de la réplica de Kasami gracias a la llegada de los caballos, así como de un carro para Kitano y sus pertenencias.

El viaje hacia las laderas transcurrió sin mayor incidente, aunque fue un poco más largo de lo que le habría gustado a Shin. Interrogó a Nozomi mientras cabalgaban, y la guardaespaldas le contestó con presteza y respeto. Estaba claro que le habían ordenado que le proporcionara toda la ayuda que pudiera necesitar.

—Cuéntame —le pidió él—, ¿cómo han estado los ánimos en la ciudad desde la muerte de Shiko Gen?

La chica reflexionó un momento antes de contestar.

—Inciertos. Hisatu-Kesu es una ciudad bastante tranquila, comparada con otras. Algunas partes son más problemáticas que otras, y esas han empeorado desde el incidente. Los campesinos huelen la guerra, aunque ninguna de las dos familias ha pronunciado esa palabra.

—Los *heimin* suelen notar cosas que nosotros nos negamos a ver —señaló Shin—. ¿Y qué hay de ti, Nozomi? ¿Qué piensas tú de lo que ha ocurrido?

Su rostro se convirtió en una máscara.

—No quisiera molestarle con mis humildes opiniones sobre el tema —contestó ella.

—No es ninguna molestia. Después de todo, he sido yo quien te lo ha preguntado. —La miró atentamente—. Cuéntame, por favor.

Nozomi apartó la mirada.

—Fue algo inoportuno.

—Una palabra curiosa —comentó Shin, conteniendo una sonrisa.

—Las negociaciones entre las familias vienen produciéndose desde hace varios años. La boda habría sido la culminación de todos esos esfuerzos. —Dirigió la mirada lentamente hacia Shin—. Ahora puede que todo se eche a perder por una decisión tomada sin pensar.

—Entonces crees que la *yojimbo* es la culpable.

—Confesó haberlo hecho.

—Hay muchas razones por las que una persona podría confesar algo así.

Nozomi volvió la vista hacia él.

—¿Como por ejemplo para proteger a su señora?

—No me cabe la menor duda de que Kasami haría lo mismo por mí.

Kasami soltó una repentina y estridente risotada, seguida de un momento de silencio abochornado. Shin sonrió ante la expresión de perplejidad en el rostro de Nozomi.

—¿Lo ves? —continuó el Daidoji—. Solo pensar en ello la llena de alegría.

Nozomi le devolvió una sonrisa dudosa.

—Lo había considerado, mi señor. Que la *yojimbo* hubiera podido echarse la culpa de su señora.

—¿Y eso no te da que pensar?

—¿Acaso no es el deber de todo *yojimbo*? —Nozomi meneó la cabeza—. Debe haber consecuencias. ¿Quién mejor para sufrirlas?

Shin no tuvo respuesta para aquello, por lo que se limitó a asentir. Tras unos momentos, desvió su atención a sus alrededores. Había casas y granjas desperdigadas por las escarpadas laderas, que se extendían varios kilómetros en todas direcciones.

—Debe ser difícil mantener la paz en una comunidad tan dispersa —comentó Shin.

Nozomi asintió.

—Conlleva sus propios retos, pero el señor Batu ha podido con todos ellos. Cuando llegó, nos reunió a todos alrededor de un mapa de la ciudad y la dividió en distritos para las patrullas. Cada *yoriki* cuenta con doce vasallos *heimin* que han sido entrenados para la batalla y están listos para servir. Además, alternamos las rutas para que nadie se duerma en los laureles.

—Sabia decisión —murmuró Kasami.

—Batu siempre ha tenido mucha cabeza para asuntos como ese —dijo Shin—. Has mencionado retos… ¿algo peligroso?

—A veces sí. A los pies de las laderas, sobre todo. Las familias se encargan de la seguridad de sus propias residencias en las montañas, pero abajo hay rufianes y cosas peores. —Miró a Shin—. Estoy segura de que no es nada que no haya visto ya en la Ciudad de la Rana Rica.

—Así es —contestó Shin, consciente de repente de que Kasami lo estaba observando. Decidió cambiar de tema y comentar el paisaje, y Nozomi entró felizmente en un discurso sobre los conductos de vapor naturales que atravesaban toda la montaña y pasaban bajo la ciudad.

Mientras cabalgaban, Shin se dedicó a estudiar las montañas que se cernían sobre ellos. Los escarpados picos formaban imponentes torres de roca que se alzaban por encima del cielo, más alto de lo que estaba dispuesto a mirar. Pensar en aquellas grandes alturas hacía que se le retorciera el estómago de un modo de lo más incómodo.

Si bien jamás había intentado cruzar las Montañas del Espinazo del Mundo, sí que había leído historias sobre aquellos que lo habían hecho. Parecía una tarea peligrosa, a menos que uno fuera lo suficientemente sensato como para hacerlo a través del Paso Iuchi o de alguno de los otros caminos que cruzaban las montañas.

Shin prefería los ríos a los bosques y los bosques a las montañas. Una montaña no le parecía algo de fiar, pues tendían a producirse desprendimientos de rocas y otros numerosos y variados peligros. Si bien se decía que en un poco de riesgo estaba el gusto, algunas cosas representaban demasiado riesgo. Y las montañas le parecían bastante peligrosas.

No obstante, no dejó que nada de aquello se notara en su voz o en su rostro mientras cabalgaban por los estrechos y polvorientos senderos hacia las laderas, y luego entre las estrechas calles que se retorcían y seguían ascendiendo. Grupos de cedros y cipreses de montaña se encontraban por todas partes en las laderas, para luego dejar paso a los arces y las hayas según ascendían por la montaña. El estómago de Shin se asentó una vez perdió de vista las cimas, escondidas tras los tejados que se alzaban a su alrededor.

Finalmente acabaron llegando al distrito mercantil, donde las casas de los *heimin* eran estrechas y profundas. Los escaparates quedaban frente a frente por toda la calle. Que Batu hubiera escogido vivir en aquel lugar no sorprendía a Shin. A Batu siempre se le había dado bien encontrar el centro de todas las cosas.

Su residencia acabó siendo tan humilde como Shin la había imaginado. Estaba situada en un ángulo extraño respecto a la calle, sin dar a ella del todo. Habían erigido un pequeño muro de piedra con una alta y estrecha puerta que observaba la calle. Más allá de la puerta se encontraba el alto edificio. Shin pensó que en otro tiempo habría sido una granja, construida en el verdadero estilo de las crestas: tres pisos, contraventanas, forma cuadrada y un enorme tejado a dos aguas con hastiales. Estaba rodeado de un bosquecillo de hayas que escondía bien los edificios anexos que se encontraban al final de los hastiales de la casa.

Un par de sirvientes les estaban esperando, y estaba claro que les habían ordenado que se encargaran de lo que pudieran necesitar los invitados. Kasami le entregó su espada a un joven de aspecto nervioso, y Shin se puso cómodo. Poco tiempo después, el Daidoji ya había conseguido algo de té y la comida del mediodía, compuesta por arroz y sopa. Kasami merodeaba alrededor de la residencia junto a Nozomi, pues parecía que ambas mujeres se habían empezado a llevar bien. Shin le encargó a Kitano que fuera a los aposentos de invitados para que pudiera ser de utilidad sin levantar sospechas.

Shin sabía que Batu haría acto de presencia en algún momento, una vez se le hubiera pasado el mal humor, por lo que solo tenía que ser paciente. Cuando acabó de comer, se dirigió al estudio de Batu, una pequeña y cuadrada sala con grandes ventanas y unas estanterías que contenían los documentos que todo juez parecía coleccionar.

Examinó las estanterías y los documentos con detenimiento, en busca de algo que despertara su interés. Encontró un ejemplar de *Invierno*, escrito por Kakita Ryoku, y lo extrajo, ligeramente sorprendido. Mientras hojeaba el libro, se acercó a una ventana para poder leer mejor bajo la luz del ocaso y esperar hasta que regresara su anfitrión.

CAPÍTULO SEIS
La Invidente

Gozen Emiko escuchó el canto de los pájaros nocturnos mientras escalaba la escarpada ruta de campesinos hacia las laderas. Con su *bachi* en mano, rasgaba las cuerdas de su *shamisen* para aportar un frágil acompañamiento a las aves.

El camino estaba despejado a aquellas horas de la noche. Pocos campesinos se atrevían a dirigirse a las laderas tras el anochecer sin un buen motivo. Sin embargo, Emiko no temía a los fantasmas, estuvieran estos hambrientos o no. La noche ocultaba pocos horrores para alguien que había vivido en la oscuridad desde que había nacido.

Que pudiera caminar y tocar su *shamisen* sin poder ver por dónde iba era el resultado de años de práctica; eso, y más de una dura caída. Una mujer ciega tenía que aprender a caminar sin miedo, pues de otro modo nunca llegaría a ningún lugar.

Su bastón de bambú estaba apoyado en el recodo de su brazo mientras tocaba, lo que le proporcionaba una cierta sensación reconfortante. Solo poseía dos cosas de valor: el *shamisen* y el bastón. Todo lo demás era negociable. Sus vestimentas, su mochila… todo ello podía reemplazarse, y ya lo había hecho en numerosas ocasiones. No obstante, el *shamisen* era el único modo que tenía para ganarse los koku que impedían que muriera de hambre o que tuviera que vender otra cosa que no fuera su voz. Y en cuanto al bastón…, bueno, el bastón tenía otros usos.

El suyo se lo había dado un antiguo maestro, un masajista

de cierta reputación. Tan ciego como ella, pero sin su talento para la canción. Él se había ganado la vida con las manos y le había enseñado a ella a hacer lo mismo.

El canto de los pájaros cambió, se volvió más agudo y agresivo. Emiko se detuvo con la cabeza ladeada y escuchó. Pese a que sus ojos no veían nada, sus oídos aún funcionaban, al igual que su nariz. Olisqueó el ambiente y captó el hedor de la piel desaseada y la ropa sucia. Paró las cuerdas de su instrumento y se lo echó al hombro con cuidado, de donde quedó colgado, apartado y a salvo. Agarró su bastón con ambas manos y puso la punta en el suelo.

Los guijarros se movieron bajo sandalias de mala calidad. Los matorrales se engancharon en los dobladillos de una tela deshilachada. Volvió el rostro hacia el sonido y calculó la distancia.

—Hola —saludó ella, dejando que la palabra vibrara en el aire.

Una carcajada fue su única respuesta. Alguien silbó, y ella siguió el sonido. Otra voz ladró como un perro e hizo que se volviera hacia el lado contrario. Había tres personas, tal vez cuatro. Cinco como mucho.

—¿Quiénes sois? —preguntó Emiko con suavidad.

—No nos puede ver, ¿verdad? —gruñó una voz.

—Si pudiera, ya habría salido corriendo, y más aún al ver lo feo que eres, Tano. —Más carcajadas siguieron a aquella ocurrencia, y Emiko intentó unirse con una sonrisa.

—Si sirve de algo, no puedo ver si eres guapo o feo. Por lo tanto, no me importa. —Sostuvo su bastón cerca de ella, frente a su cuerpo, e inclinó la cabeza. Los otros se le acercaron. Oyó el chirrido del acero con el cuero y olió la peste de la noche de bebidas de los hombres—. No tengo nada para vosotros, amigos míos. A menos que queráis que os toque alguna canción.

—Tocarnos una canción, dice —dijo el primero, el tal Tano—. ¿Queréis una canción, chicos?

—A lo mejor después de ver lo que lleva encima. He oído que estos músicos esconden lo que han ganado durante el día en sus harapos, como si fueran unos sucios *eta*. —Sintió el calor que emanaba el hombre que tenía más cerca, cuyo sudor apestaba a alcohol barato y fideos picantes—. Agárrala del brazo, Higo.

Alguien le sujetó el brazo ligeramente; no con suavidad, sino de forma tentativa. Ella no protestó. En su lugar, dejó que su bastón se deslizara de su agarre y le dio un giro rápido a la sección superior. Con un crujido, la *shikomi-zue* se liberó con el siseo de una serpiente, y Emiko la blandió hacia arriba y hacia fuera. Había posicionado el bastón de modo que el filo de la hoja estuviera de cara al hombre llamado Higo, y se vio recompensada con un salpicón caliente y un grito ahogado.

Volvió sobre sí misma, siguiendo la cadena de maldiciones que estallaron de los labios del siguiente hombre más cercano. Movió la hoja en un corte horizontal y sintió que algo se separaba. Más líquido le salpicó el cuerpo y las piernas. Oyó un graznido, como el de un pollo moribundo, y luego se volvió hacia el sonido de pies corriendo.

No dejó de moverse, no se frenó ni se detuvo. Una vez había comenzado, la danza de la muerte tenía que continuar hasta el final, ya fuera el suyo o el de su oponente. Detenerse antes del último golpe era una buena forma de invitar al desastre. Se agachó y se inclinó hacia delante para convertirse en un objetivo más pequeño antes de volverse y girar sobre sí misma, blandiendo la espada en todas las direcciones con una velocidad que podría haberle parecido imprudente a cualquier observador, pero que, de hecho, tenía una precisión agonizante.

Tano era el último hombre en pie. Se acercó a ella lentamente, con cautela. Emiko podía oír la inquietud en sus pasos, sentirla en el aire de su golpe cuando pasó cerca de su rostro. Se volvió hacia el golpe y su hoja se clavó en algo. Tano soltó un gruñido, y el peso de su caída casi le arrancó la espada de las manos a Emiko. Ella aguardó con la cabeza ladeada. Luego sacudió la sangre de su hoja, la volvió a deslizar dentro de su vaina escondida y se enderezó.

Una piedra repiqueteó. Luego le llegó el olor de un perfume que le resultaba familiar.

—Tashiro —murmuró ella—. ¿Has disfrutado del espectáculo, *ronin*?

—Por supuesto, Emiko. Tu actuación ha sido, como siempre, impecable. —Su voz era suave y delicada como la miel. Emiko oyó el movimiento del kimono del hombre mientras este se acercaba a ella, así como el traqueteo de sus espadas envainadas—. Aunque puede que esto cause problemas con nuestros queridos camaradas.

—¿Los conoces, entonces?

—Son algunos de los hombres de Honestidad-sama. Algunos de los nuevos, si no me equivoco. Si no, ya habrían aprendido que no se te debe molestar. —El nombre del indiscutible jefe del crimen de Owari del norte siempre la hacía sonreír. Era una mentira flagrante, aunque también contenía algo de verdad, pues sí era honesto, y aquellos que lo servían lo veneraban. Era un *daimyō*, solo que sin el título.

—Debería darme las gracias. Eran demasiado idiotas como para seguir con vida.

—No estoy seguro de que él lo vaya a ver del mismo modo, pero qué se le va a hacer, es un problema para el futuro. Cógeme del brazo y te acompañaré el resto del camino.

—Un *ronin* llevando a una invidente podría llamar la atención.

—Una mujer sola y cubierta de sangre sería peor. Si te acompaño, al menos puedo cargarme la culpa de esta… pequeña masacre.

—Como siempre, estoy en deuda contigo, Tashiro.

—¿Qué más da una pequeña deuda entre amigos? —Entrelazó su brazo con el de ella. Bajo el perfume, el hombre olía a sudor y a especias extranjeras. No era un mal olor, sino uno reconfortante. Tashiro afirmaba haber viajado allí desde las Arenas Ardientes, y a veces ella incluso lo creía. A pesar de sus orígenes, Tashiro creía con firmeza en la Gran Obra, al igual que Emiko. Junto con sus hermanos y hermanas corregirían el ciclo celestial e impartirían justicia en un mundo que carecía de ella.

Tashiro se acercó a ella antes de hablar.

—¿Han llegado, entonces? ¿Tal como nos advirtió nuestro contacto?

—Sí. Por el río. —Si bien no había visto llegar al representante Grulla, sí que lo había oído. Tenía una buena voz, tan suave como la de Tashiro, pero con mucha más calidez. Había disfrutado escuchándole y esperaba volver a hacerlo.

—Es muy propio de las Grullas escoger el camino fácil —resopló Tashiro—. Aún no entiendo qué hace aquí ese idiota. ¿En qué estaba pensando el juez?

—No ha sido cosa suya. Los Iuchi quieren que se lleve a cabo una investigación.

—Si hubiera sido uno de nosotros, dudo que se hubieran molestado.

—¿Por qué iban a molestarse? Somos medias personas, Tashiro. El populacho, aquellos a quienes la nobleza no ve salvo cuando impedimos su progreso triunfal. —Hablaba sin amargura, pues era tan solo un hecho, uno indiscutible. No se discutía con el tocón en medio del campo, sino que simplemente se arrancaba de raíz y se seguía como si nada.

De eso trataba la Gran Obra. De arrancar de raíz el tocón que impedía labrar los campos del progreso.

—Nos verán dentro de poco —repuso Tashiro, y el agarre de su brazo se volvió más fuerte. Emiko pudo oír la ira justificada en su voz. Con una sonrisa, le dio unas palmaditas en el brazo. Tashiro odiaba el orden celestial incluso más que ella, pues en otros tiempos lo había considerado la verdad. En aquellos momentos sabía que no era así, por lo que no podía evitar sentirse enfadado con aquellos a quien había servido antes.

—Sí, pero no ahora. No por este motivo. Tenemos que andarnos con cuidado, amigo mío.

Tashiro soltó una carcajada.

—Dice la invidente.

Sin borrar la sonrisa de su rostro, clavó los dedos en el antebrazo de Tashiro y notó que él daba un respingo.

—Que sea ciega no quiere decir que no pueda ver lo obvio. La investigación solo acabará de un modo, pues solo puede ser así. Las ruedas de la justicia rokuganí tienen un solo camino que seguir y lo hacen sin remordimiento ni piedad.

—No es algo que me siente bien —contestó él tras un momento.

—No le sienta bien a ninguna persona racional —repuso ella—. Pero a veces hace falta un sacrificio para lograr el bien común. Me consuela pensar que ella nos habría matado a cualquiera de nosotros sin pensárselo dos veces si sus señores se lo hubieran ordenado.

—No puedes estar segura —dijo Tashiro—. Ella es una *ronin*, igual que yo.

—Igual que tú no, querido Tashiro. Cuando se escapó de la correa, ella decidió volver. Tú fuiste lo suficientemente listo como para ver la trampa tal como era.

—Algunos de nosotros no tenemos mucha elección.

—Y algunos de nosotros escogemos ir por el sendero que no ha sido marcado —contraatacó ella—. ¿Por qué has venido a verme? No creo que haya sido solo por curiosidad.

—Se rumorean cosas. Les preocupa que hayamos tentado demasiado a la suerte últimamente. Tememos… temen que la guerra no llegue a producirse. Que les hayamos obligado a llegar a un punto en el que no tengan otra opción que pactar para conseguir la paz. Los Unicornios no les permitirán hacer otra cosa.

—¿Y cómo podrán detenerlos los Unicornios? El clan no es todopoderoso. No controlan los corazones de la gente, por mucho que crean que así es. —Emiko negó con la cabeza—. Y, de todos modos, la guerra no es el mejor resultado de nuestra apuesta.

Tashiro gruñó por lo bajo.

—Pensé... —empezó a decir él.

—La guerra es como cuando se revienta una ampolla: duele, pero, en poco tiempo sale pus y se cura la herida. Es mejor que la ampolla... se infecte. Que se hinche y cause molestia e incomodidad al afectado.

—Qué poético —murmuró él, asqueado. Ella rio por lo bajo.

—Pero es apropiado. Tenemos que pensar a largo plazo. Estamos sembrando el campo, no para la cosecha de este año, sino para la del siguiente y la de dentro de dos años. —Volvió a darle palmaditas en el brazo—. El asunto ya nos ha sido de utilidad. Si tenemos cuidado, nos será incluso más útil en el futuro.

—¿Y qué hay del Grulla? ¿Qué pasa si causa problemas?

—Si es necesario, le cortaremos las alas, pero no creo que vaya a dar muchos problemas. Parece aburrido, amable pero estúpido. El tipo de hombre que lloraría porque alguien pisa la hierba.

—No suena como un Grulla.

—Tal vez sea un Grulla extraño. —Emiko decidió cambiar de tema—. Esos hombres... ¿estás seguro de que pertenecían a Honestidad-sama?

—Los he visto por ahí —contestó Tashiro. En teoría, el hombre trabajaba para la banda criminal que controlaba la mayor parte de la actividad ilegal de Owari del norte. Era uno de los hombres de Honestidad-sama, si es que se podía decir que pertenecía a alguien. Sin embargo, aquello no era más que una máscara.

Necesitaban a alguien que observara y escuchara a la banda y Tashiro había sido la opción obvia, pues era un *ronin* que, en apariencia, tenía los malos hábitos usuales en aquel tipo de personas: borracheras, juegos de azar y ningún respeto por la vida humana.

Hasta el momento, lo había hecho bien. A través de sus esfuerzos para ganarse la confianza de Honestidad-sama, habían conseguido conducir al jefe del crimen en las direcciones necesarias y habían podido encauzar una parte de los beneficios de la banda hacia unas manos más merecedoras. Dígase, las suyas.

—Entonces recae sobre ti hacer que nadie los eche de menos. Si Honestidad-sama se entera de nuestra presencia antes de que estemos preparados, podría convertirse en nuestra perdición.

—¿Un criminal de baja cuna como él?

Emiko soltó un suspiro. En ocasiones, Tashiro aún era presa de los prejuicios de su educación.

—Sea de baja cuna o no, ha creado una organización formidable en los años desde que llegó aquí. Y, sin contarte a ti, no hemos sido capaces de infiltrarnos entre sus filas.

—No temas, Emiko. Nadie los echará de menos —le aseguró Tashiro con un gruñido.

—Lo mejor sería que pensara que unos *bakemono* han sido responsables. No se molestará en investigar o en buscar venganza si cree que los han matado unos trasgos. —No había ningún provecho que sacar de las criaturas, al menos no para un hombre como Honestidad-sama.

—Me encargaré de que así sea.

—Lo sé —dijo Emiko, dándole una palmadita en el brazo.

—¿Adónde irás ahora?

—Han organizado una comida en casa del juez mañana, para los Shiko y los Zeshi. He oído a sus guardias hablando de eso hoy en la ciudad. Es posible que necesiten música, y puedo escuchar mientras toco.

Tashiro inhaló con fuerza.

—¿No será peligroso?

—Claro que no. Soy una ciega, ¿recuerdas? —Esbozó una sonrisa—. Nadie me ve.

CAPÍTULO SIETE
Katai Ruri

Cuando Batu regresó, ya habían encendido las linternas. Shin, enfrascado en su libro, casi no había notado el paso del tiempo. Batu se detuvo en la puerta.

—No sabía que le había dado permiso para venir aquí.

—No sabía que me lo había impedido. —Shin cerró el libro de golpe y le dio un golpecito con un dedo—. Un libro de lo más curioso. No me esperaba encontrarlo entre sus posesiones.

—Soy capaz de leer, Shin.

—No es su habilidad lo que cuestiono, sino el material. No sabía que le interesaran semejantes cosas, aunque me alegra ver que por fin ha hecho caso a una de mis sugerencias. Por mucho que haya sido con diez años de retraso o así. —Shin dejó el libro en el alféizar de la ventana y le dedicó una mirada sincera a Batu—. ¿Ya se siente mejor?

—No.

—Lástima.

Ambos se observaron durante un largo momento. Batu se rindió primero.

—¿Tiene algo que decirme?

—Se sorprendió al verme.

—Así es.

—¿Y le molestó?

Batu dudó antes de contestar. Shin podía ver cómo la hospitalidad batallaba con la honestidad en su rostro.

—No esperaba que fuera usted quien viniera —repuso finalmente—. Eso es todo.

Shin asintió.

—Me dijeron que viviría aquí durante mi investigación. Si ese ya no es el caso, veré cómo solucionarlo.

—¿Cómo? —inquirió Batu en un tono belicoso.

—Su ciudad es famosa por sus *ryokan*. Tal vez me valga de su hospitalidad, ya que la de usted deja mucho que desear.

—¿Acaso le he dicho que no puede quedarse?

—No me gustaría ser una molestia.

—Y, aun así, aquí está.

Shin soltó un suspiro.

—¿Le he ofendido de algún modo, mi señor?

Batu clavó la mirada en él.

—¿De verdad no lo recuerda? ¿O se trata de esa enrevesada estupidez típica de usted? —Las palabras quedaron en el aire durante un largo momento.

—Le he ofendido. Dígame cómo para que pueda compensárselo.

—Ese barco, como se suele decir, ya ha zarpado. —Batu apretó los puños—. De verdad la amaba, ¿sabe? A Kaiya.

—¿Kaiya? —Shin frunció el ceño. Unos recuerdos confusos salieron a la luz. Se trataba de una hija de los Kakita, una bastante problemática, a decir verdad. También era conocida por sus coqueteos, y, de hecho, lo seguía siendo—. ¿Kakita Kaiya?

—Me habría casado con ella si usted no hubiera interferido.

Shin soltó una carcajada.

—No, no lo creo —contestó. Batu había perseguido a Kaiya como un idiota durante meses, prendado de toda palabra que soltaba la chica. A ella le había parecido sumamente divertido y lo había convertido en una especie de juego. A Shin no le había parecido correcto.

—¡Me amaba!

—¿Es eso lo que le decía ella? —Kaiya no había amado a nadie más que a ella misma en la vida. Era bella, cierto, pero aquella belleza no era más que un charco superficial. Cuando Shin la confrontó, ella se había reído, como si se hubiera tratado de un asunto sin importancia. Si bien el Daidoji había estado a punto de retarla en aquel mismo momento, se había contenido, y aún se arrepentía de haberlo hecho.

Batu dudó antes de contestar.

—Ya no importa, ¿verdad? —Permaneció en silencio durante un momento, perdido en sus recuerdos. Recuerdos equivocados, según lo veía Shin—. Usted se quedará aquí. Es un invitado de los Iuchi. Mi casa es su casa.

—Me alegra oír eso.

—Nozomi le mostrará sus aposentos.

—Todavía no. A pesar de que igual sea tarde para ello, me gustaría hablar con la prisionera si es posible. ¿Dónde la tienen detenida?

Batu se quedó callado un instante.

—Aquí mismo, en los jardines. Imagino que quiere escuchar su confesión usted mismo.

Shin asintió lentamente.

—Si a usted le parece bien.

—Nada de toda esta situación me parece bien. Pero usted está aquí para juzgar si mi decisión es correcta o no, así que vayamos a ello. —Salió al pasillo y llamó a Nozomi, quien no tardó en aparecer, seguida de Kasami.

—¿Mi señor?

—Lleva al señor Shin a las celdas. Desea hablar con la prisionera.

—Por supuesto, mi señor.

Batu se volvió al tiempo que los demás se marchaban, y Shin vio que estaba examinando el libro que él había estado hojeando mientras Nozomi cerraba la puerta. La guardaespaldas los condujo por la casa hasta una puerta trasera, hacia los edificios anexos que había visto antes.

—Dime, ¿qué piensas de la prisionera? —preguntó Shin mientras caminaban. Se obligó a sí mismo a centrarse en el asunto que realmente importaba en aquel momento, en lugar de en un joven Batu y una noble de los Kakita.

—Está bien entrenada. Cuando la arrestamos, pensé que podría resistirse, y era algo con lo que no me apetecía mucho lidiar. —Nozomi se sonrojó ligeramente. Admitir un hecho como aquel podría considerarse demasiado modesto, pero Shin pensó que se trataba de la verdad.

—¿Y no se resistió?

—No. Parecía… aliviada. —Nozomi negó con la cabeza—. Disculpe, puede que esa no sea la palabra más apropiada. Resignada, tal vez.

—Sea como sea, parece una reacción un poco extraña para alguien que estaba intentando huir.

—Yo también lo pensé en aquel momento, mi señor. Creo que entró en pánico después de matar al señor Gen. Sabía lo que le exigirían y por eso huyó.

—Eso no me suena a buen entrenamiento —comentó Shin.

Nozomi se encogió de hombros.

—Ni a mí, pero es lo que pasó.

Shin le dio vueltas al asunto mientras caminaban. La noche estaba sumida en un silencio casi absoluto, y el poco ruido que se producía lo absorbían los árboles. Más adelante, por encima de los muros, podía ver el brillo rojo de las linternas de papel.

Como muchas otras ciudades, Hisatu-Kesu cobraba vida tras el anochecer. Si bien Shin había esperado tener tiempo para deleitarse con los placeres de la ciudad, aquello tendría que esperar. La indulgencia estaba bien, pero negarla hacía que el festín fuera todavía más sabroso.

Notó los ojos de Kasami posados en él y ralentizó el paso para que ella se viera forzada a caminar a su lado.

—¿Qué ocurre? —le preguntó Shin, tapándose el rostro con el abanico.

—¿Todavía cree que está pasando algo aquí?

—No lo sabré seguro hasta que hable con la asesina, pero… sí. Esa es mi sospecha. Cualquiera que tenga ojos en la cara puede ver que algo no cuadra.

—Pero eso no quiere decir que tenga que señalarlo.

—Alguien debería hacerlo, antes de que se produzca un bochorno incluso mayor.

Kasami soltó un gruñido.

—Nozomi me ha contado que el señor Batu piensa lo mismo, aunque cree que una investigación solo causará más problemas.

—El sentido del decoro del señor Batu siempre ha sido duro como el hierro.

—Mientras que el suyo es más bien blando como la paja —repuso ella, cortante.

—Prefiero pensar que es como el agua, que fluye y se amolda a la forma del momento, en vez de quedarse con una sola forma frágil.

Kasami volvió a gruñir por lo bajo. Sin embargo, Nozomi interrumpió la conversación al anunciar que habían llegado a su destino. Las celdas se encontraban en uno de los edificios anexos. Al igual que la casa, antes habían sido almacenes y habían pasado a ser algo que resultaba mucho menos agradable. A través de las ventanas, Shin podía ver que las caballerizas se habían convertido en celdas, con barrotes de hierro y puertas gruesas.

—El señor Batu hizo las modificaciones poco después de llegar —explicó Nozomi.

—Otra de sus mejoras —dijo Shin, y Nozomi asintió.

—Tengo entendido que los prisioneros no eran algo muy

común antes. —Extrajo una antorcha de un puesto de mimbre y la encendió con yesca y pedernal.

—¿El juez anterior era más permisivo?

—No exactamente —se limitó a responder ella, y Shin entendió lo que quería decir. Para muchos *bushi*, la justicia era una espada, algo que se empuñaba con rapidez y seguridad. No había lugar para la duda o la piedad. No había lugar para pensar o investigar, solo para juzgar. Y más aún cuando el crimen en cuestión atentaba contra el orden social.

—¿Y el señor Batu?

—Algunos dirían que es permisivo, mi señor.

—Siempre ha sido compasivo —comentó Shin.

En un acto de sensatez, Nozomi no dijo nada, sino que le dio la antorcha a Shin y le hizo un gesto.

—En estos momentos solo hay una ocupante. Se encuentra en la celda del medio, a la izquierda.

Shin asintió para reconocer lo que le acababa de decir la guardaespaldas.

—Muchas gracias. Puedes esperarme aquí mismo, solo será un momento. —Miró a Kasami—. Tú también.

Kasami frunció el ceño, nada contenta con la orden.

—¿Está seguro de que eso es lo más apropiado?

—Está desarmada y encerrada en una celda. Dudo que sea mucha amenaza para mí.

—Los *ronin* son engañosos… —empezó a decir Kasami.

—Y yo también. Y sospecho que, de los dos, yo lo soy mucho más. —Hizo un gesto con su abanico—. Vete. Quiero hablar con ella a solas. —Las guardaespaldas se marcharon, a regañadientes en el caso de Kasami, pero se marcharon, que era lo que importaba. Shin esperó a que la puerta se cerrara para empezar a dirigirse por el pasillo central, abanicándose al andar.

A pesar de que el ambiente en el interior era seco, seguía siendo sofocante. Shin imaginó que era así a propósito: el calor y la falta de aire debían provocar una muy útil letargia en los prisioneros. O tal vez le estaba dando demasiado mérito a Batu.

Cuando alcanzó la celda, al principio pensó que Nozomi se había confundido, que no había nadie en aquel lugar. Pero luego algo se movió en la esquina más alejada, una silueta delgada que se desplegó y dijo con voz ronca:

—Usted no es el juez.

—No lo soy, no.

—Y tampoco es Unicornio. No con ese pelo.

—Gracias por darte cuenta. Siempre se hace todo lo posible por dar cierta impresión; es bueno saber que el esfuerzo ha merecido la pena.

Era una mujer alta, aunque no elegante, y Shin se percató de que sus movimientos tenían una especie de gracia obstinada según ella avanzaba hacia la luz. Tenía unos rasgos redondeados, tez pálida y ojos como ágatas verdes. Llevaba el cabello corto y sin demasiado estilo: parecía como si se lo hubiera cortado con un cuchillo, en lugar de con las tijeras de un estilista con formación. Su kimono estaba sucio y era del color de las piedras del fondo del río. Su rostro y sus manos estaban igual de sucios, como si hubiera estado rebuscando en el barro.

La mujer clavó la mirada en el rostro de Shin.

—Un Grulla. ¿Qué hace un Grulla aquí?

—Ver a un León en una jaula no es algo común —repuso Shin, permitiendo que un atisbo de burla tiñera su tono. Quería ver si la guardaespaldas era del tipo de personas que tienen fuego en las venas… o hielo.

—No soy ninguna León, solo soy una mujer a la que han lanzado a las olas del destino.

Shin asintió. Era de hielo, entonces.

—Mis disculpas. —Existían múltiples razones por las que un samurái podía renunciar a su familia o a su clan y escoger la vida de un *ronin* sin maestro. Algunos incluso conservaban el nombre, aunque ello se solía ver con malos ojos. Consideró por un instante formular la pregunta obvia, pero luego decidió no hacerlo. No vio ningún motivo para echar más leña al fuego, como se suele decir.

En su lugar, la estudió durante un largo momento. La guardaespaldas no se inmutó ante su inspección ni se puso impaciente, por lo que Shin le sumó puntos por ello.

—Eras la *yojimbo* de Zeshi Aimi.

—Soy la *yojimbo* de Zeshi Aimi —lo corrigió ella.

—Por supuesto. Al menos durante unos cuantos días más, sí. —Shin se dio un golpecito en la palma de la mano con el abanico—. Se dice que mataste a Shiko Gen.

—Así es.

—¿Por qué?

—Porque él me habría matado a mí.

—¿Defensa propia? —Shin hizo un ademán—. Da igual. Claro que lo fue. No habrías desenvainado tu espada a menos que él te hubiera amenazado a ti o a tu señora. ¿Por qué os atacó?

La *yojimbo* vaciló antes de contestar.

—No lo sé.

Shin frunció el ceño.

—Esa es tu primera mentira. Te concederé tres, así que solo te quedan dos. Úsalas bien. ¿Qué ocurrió después?

—Hui.

—¿Por qué?

—Sabía cuál sería el precio de mis acciones. —Le dedicó una mirada cargada de significado—. No quería morir. Si hubiera querido, habría sido más sencillo dejar que aquel idiota me matara.

—¿Por qué era un idiota?

Ruri agachó la cabeza.

—Ha sido un lapsus, disculpe.

—Segunda mentira —dijo él, dándole un golpecito a los barrotes de la celda con el abanico—. Solo te queda una. No te resististe cuando te atraparon... ¿Por qué?

Ella alzó la mirada para verlo, con una expresión recelosa.

—¿Quién le ha dicho eso?

—Nadie, lo he deducido. No tienes ninguna herida y te están tratando con relativa ecuanimidad. Si hubieras matado a cualquiera de los soldados del señor Batu, te habrían ejecutado al instante, o al menos te habrían herido de gravedad. Así que saliste corriendo, pero no te resististe cuando te alcanzaron. ¿Por qué?

Ruri no dijo nada. Shin aguardó, pero ella se mantuvo callada, con la cabeza gacha. Finalmente, el Daidoji carraspeó y dijo:

—Comprendes lo que debe ocurrir ahora.

—Sí.

—¿Y te parece correcto?

—Sí.

—Tercera mentira —espetó Shin. La guardaespaldas alzó la mirada, con el rostro sonrojado por una ira repentina. Shin continuó, implacable, sin darle oportunidad de hablar—. Si así fuera, habrías esperado a que el señor Batu declarara su sentencia. En su lugar, saliste corriendo. ¿Por qué hacer algo así si pretendías rendirte ante el primer obstáculo?

Ella alzó la barbilla.

—No empuño mi espada contra aquellos que no han cometido ninguna ofensa —repuso con rigidez.

—Eso es la verdad, al menos. ¿Me permites que exponga una hipótesis?

—No podría detenerle.

—Tu señora te ordenó que huyeras —dijo Shin con una sonrisa gélida.

El rostro de Ruri se tornó tan ilegible como una máscara de cera. Shin hizo una pausa, satisfecho por haber dado en el blanco.

—Me pregunto por qué lo habrá hecho. Estoy seguro de que ella sabía que solo empeoraría las cosas para todos, y, aun así, lo hizo. Resulta curioso, ¿no crees?

Ruri no contestó ni le devolvió la mirada, por lo que Shin sintió un atisbo de frustración y se acercó más a la celda.

—¿Sabes por qué he venido hasta aquí?

Nada. La *yojimbo* bien podría haber sido una estatua. Shin soltó un suspiro.

—Zeshi Aimi le escribió una carta a su prima para pedirle que un investigador especial acudiera aquí y, uno puede asumir, se asegurara de que no te ejecuten. La única conclusión que puedo extraer de todo ello es que el asesinato no fue algo tan simple como dices.

Ante aquellas palabras, la máscara de Ruri desapareció por un instante y dejó paso a una expresión de preocupación tan fugaz que Shin casi se la perdió.

—Confesé —dijo ella en voz baja—. Que eso sea el fin de todo.

Shin se quedó callado unos segundos mientras la observaba.

—Me temo que no puedo hacer eso. Es uno de mis defectos; esa imposibilidad de aceptar las cosas tal como parecen. Creo que eres inocente del crimen del que se te acusa y tengo intención de demostrarlo. Me sería más fácil si contara con tu ayuda.

—Lo maté —le espetó ella—. ¿Qué más hay que saber?

—El motivo de un acto tan insensato —respondió Shin—. Y creo que tú lo sabes.

—No sé nada más, salvo que usted me resulta agotador. —Le mostró los dientes y regresó a su esquina—. Estoy cansada, déjeme dormir.

Shin la observó durante unos breves segundos más. Cuando se hizo aparente que ella no iba a decir nada más, Shin se volvió y la dejó a solas en la oscuridad nuevamente.

Nozomi y Kasami se volvieron cuando el Daidoji salió del

edificio. Shin le entregó la antorcha a Nozomi, quien la apagó en un cubo cercano.

—¿Y bien? —preguntó Kasami.

—Mantiene su confesión.

—Entonces nuestro trabajo ha terminado.

—Tal vez. —Shin la miró de reojo—. O tal vez no.

CAPÍTULO OCHO
Preparativos

Kitano Daichi se apoyó contra el marco de la puerta con una rama de cebada entre los dientes. Se había levantado a la hora del tigre, algo que se había convertido en costumbre. Si bien era más temprano de lo que él prefería, las mañanas eran tranquilas. Al menos en casa. En aquel lugar, los sirvientes ya estaban atendiendo a sus labores: preparaban el desayuno para su señor y sus invitados.

Solo había dos de ellos. Ambos eran más jóvenes que Kitano y eran sirvientes de nacimiento, por lo que nunca habían conocido una vida en la que no hubieran tenido que estar a la entera disposición de un samurái. Kitano no sabía si sentir lástima por ellos o si envidiarlos.

Les observó con atención, pues sabía que ellos estarían haciendo lo mismo con él. Probablemente se estaban preguntando por qué no les ayudaba. Esbozó una sonrisa traviesa. Que se lo preguntaran.

Se rascó la mejilla con el dedo de madera mientras observaba a la joven que preparaba la bandeja del señor Shin. Se llamaba Yuki. Ella se sonrojó un poco cuando se percató de la mirada de Kitano, quien sonrió con más ganas. La chica se volvió con rapidez, y él se relajó, algo decepcionado, aunque no demasiado.

Hasta el momento, el viaje le estaba resultando menos molesto de lo que había imaginado. Incluso había tenido una oportunidad de probar sus habilidades con los dados y el *ha-*

91

nafuda, una oportunidad que cada vez se le presentaba con menos frecuencia. Antes de empezar a servir al señor Shin, se había ganado la vida como jugador ambulante. Pese a que en cierto modo la vida le era más fácil bajo las órdenes de Shin, seguir con vida gracias a su propio ingenio había tenido su atractivo.

Cuando la comida estuvo lista, Kitano la llevó hasta los aposentos de su señor. Llamó a la puerta y esperó a que Shin lo invitara a pasar. Tras cerrar la puerta tras él, comprobó que el Daidoji ya se había bañado y vestido. Su señor no necesitaba ayuda con dichas tareas, algo por lo que Kitano se sentía muy agradecido. Llevarle comida a un hombre no era lo mismo que lavarlo.

—¿Ha dormido bien, mi señor? —preguntó, dejando la comida.

—Más o menos, Kitano. ¿Y tú?

—Como cabe esperar, mi señor.

Shin asintió.

—Anoche saliste tarde.

—Estaba comprobando el terreno, mi señor. Como me pidió.

—¿Y qué has descubierto a través de tus esfuerzos?

Kitano esbozó una sonrisa.

—Lo que esperaba, mi señor. Owari del norte es tal como la recuerdo. —Se había ido discretamente después de que los demás se hubieran retirado a sus habitaciones y había pasado la mayor parte de la noche explorando el lado oscuro de la ciudad, en busca de la acción del lugar.

Había casas de sake y antros de opio a montones; la mayoría de ellos eran lugares pequeños. También había varios antros de juego en el borde de las laderas, aunque por el momento se había mantenido alejado de ellos. Si bien no estaba seguro de si iban a recordarlo o no, no quería arriesgarse hasta que no tuviera más remedio.

—¿Es eso algo bueno o malo? —inquirió Shin, tras probar su sopa.

—Depende de lo que estuviera esperando, mi señor.

—¿Qué hay de tus viejos contactos?

—Algunos de ellos siguen por aquí. Aunque hay una nueva banda al mando de todo. Las antiguas se han desperdigado o, bueno, han muerto. —Aquello le había sorprendido en cierta medida, aunque, en retrospectiva, no debería haberlo hecho. Quien fuera que fuese Honestidad-sama, parecía un tipo duro e inteligente. Había moldeado a la *bakuto ikka* local y había tomado el control de los negocios turbios de la ciudad—. El juego, los préstamos… ahora todo pasa a través de una sola persona.

—Qué conveniente —murmuró Shin, al parecer todavía concentrado en su plato.

—¿Quiere… quiere que le busque una partida, mi señor? —preguntó Kitano, dudoso.

Shin lo consideró durante un momento antes de negar con la cabeza.

—No. Al menos no ahora mismo. Los negocios vienen antes que el placer. Hablando de eso, ¿qué me puedes contar de la prisionera?

Kitano había estado esperando esa pregunta, por lo que respondió con rapidez.

—Tres comidas al día. Algo decente, pero no excepcional. Es mejor de lo que me dieron a mí cuando estaba… bueno, ya sabe. —Se encogió de hombros.

—Sí, el señor Batu es un carcelero más amable que la mayoría. —Shin lo miró—. Confío en que todo vaya bien en la cocina.

Kitano asintió.

—Según veo, sí, mi señor. —Estaban preparando una reunión para aquella misma tarde, y los dos sirvientes de Batu estaban nerviosos y emocionados a partes iguales. A Kitano le daba la impresión de que no solían tener compañía.

—Bien. Vamos a ser los anfitriones de los representantes de

dos familias de la nobleza, Kitano. Sus sirvientes también acudirán aquí. Imagino que no tengo que pedirte que tengas los ojos y las orejas atentos ante cualquier cosa que pueda resultar de interés, ¿verdad?

—No, mi señor. Sabrá todo lo que vea y oiga.

—Excelente. —Shin se quedó callado, y Kitano lo imitó, a la expectativa. Ya había aprendido a reconocer los indicios de una petición o de un comentario que estaba por llegar. Shin ordenaba sus pensamientos como si estos fueran piezas de algún juego y escogía cada una de sus palabras con cautela, en especial aquellas que parecían las más despreocupadas—. ¿Qué te están pareciendo los sirvientes del señor Batu?

—¿Quiénes? ¿Hiro y Yuki? —Kitano se rascó la mejilla—. Ella es buena chica, de una familia del lugar. Su padre es panadero, si no me equivoco.

—¿Y Hiro?

Kitano frunció el ceño.

—Un poco engreído para tratarse de un sirviente.

Shin asimiló las observaciones mientras ladeaba la cabeza.

—¿Y qué opinan de este asunto, si es que tienen alguna opinión?

Kitano guardó silencio un segundo mientras pensaba cómo responder de la mejor manera. Ya había sabido que iba a formularle aquella pregunta, por lo que se había esforzado un poco para encontrar una respuesta.

—Yuki está preocupada. Cree que la *ronin* tratará de escapar para matar a su señor. Hiro se pregunta por qué no ha muerto ya. La *ronin*, quiero decir. Cree que es injusto.

—¿Injusto? ¿En qué sentido?

—Bueno, lo es, ¿no? —contestó Kitano, inseguro—. Si lo hubiera hecho alguno de ellos, ya le habrían cortado la cabeza. Pero esta *ronin*, solo porque es samurái, tiene gente que la trata de salvar de su castigo.

—¿Creen que es porque se trata de una samurái?

—¿No es por eso?

Shin se quedó callado, y Kitano temió por un momento haberse pasado de la raya. Luego su señor le dedicó una sonrisa, y Kitano se relajó.

—Me temo que así es. Por mucho que me guste pensar que le dedicaría el mismo esfuerzo a cualquier persona, el hecho es que se trata de una samurái, haya caído en desgracia o no. Como te dije, hablarás con los sirvientes. Inmiscúyete como sé que eres capaz de hacerlo. Comparte historias sobre mis vergonzosas aventuras si lo prefieres.

—Nunca lo he visto sentirse avergonzado, mi señor. —Kitano suspiró de alivio para sus adentros. Todo aquel asunto le parecía un disparate. Los nobles tenían su propio código, pero, como él no era ningún noble, no veía ninguna razón por la que debiera preocuparse por las particularidades del caso. Dicho eso, incluso a él le parecía un poco extraño que todos esperaran que una guardaespaldas acabara con su vida por hacer bien su trabajo. El señor Shin, por suerte, era más sensato que el resto. Al señor de Kitano no le gustaba dejar que una buena herramienta se desperdiciara, y Kitano sabía que ese hecho era la única razón por la que él mismo seguía con vida.

Shin sonrió ante la respuesta de Kitano.

—Y no lo harás, si todo va como espero. —Se inclinó sobre su comida—. Ahora sé un buen chico y ve a cumplir con tus tareas.

Al reconocer el permiso para retirarse, Kitano hizo una reverencia y salió de los aposentos de su señor.

• • •

Batu estaba frente a su ventana, observando los pálidos dedos de la mañana que se aferraban al cielo. Había dormido, aunque no bien, y se había levantado temprano, como de costumbre. Su invitado seguía dormido, por supuesto. Daidoji Shin no sabía el significado de la palabra madrugar.

Se frotó la frente al notar el inicio de una jaqueca que empezaba a invadirle la cabeza. Tenía un largo día por delante. Estaba seguro de que las protestas formales tanto de los Zeshi como de los Shiko se producirían más tarde aquel día, después de que hubieran asistido con educación a la comida a la que les había invitado. Batu soltó un suspiro y apoyó la cabeza contra la pared junto a la ventana. Con los ojos cerrados, intentó pensar en algo agradable.

Haberse encontrado con Shin después de tanto tiempo había provocado toda una conmoción en su sistema. La última vez que se habían visto había sido el día en el que habían enviado a Batu a casa, en cierta desgracia. Había acompañado a Shin durante demasiadas descabelladas aventuras y había tenido que pagar el precio por hacerlo. Si bien había sabido que esa posibilidad siempre había existido, la arrogancia de la juventud le había hecho creer que esa posibilidad no se materializaría nunca.

Para personas como Shin, nunca lo hacía.

Y, aun así… era como si no hubiera pasado ni un solo día desde que se habían visto por última vez. Pensó en Shin en su estudio, cómodo, como si este le perteneciera. Shin lo engatusaba, y Batu se rendía. Le resultaba tremendamente difícil decirle que no a aquel Grulla. Nunca había sido capaz de resistirse a las palabras de Shin y tenía la sensación de que no iba a poder empezar a hacerlo en aquel momento.

—¿Mi señor?

Se volvió. Nozomi estaba en el umbral de la puerta con una expresión atenta.

—¿Me ha llamado, mi señor?

—Así es. Hiciste un buen trabajo ayer. Te felicito.

—Gracias, mi señor. Aunque si tenía algo que hacer, uno de nosotros debería haberlo acompañado… —Hizo una pausa—. Dos Pasos no es un lugar seguro para alguien como usted. Si Honestidad-sama pensara que podría librarse de usted, aprovecharía cualquier oportunidad para hacerlo, fuera cual fuese el riesgo.

—Lo sé. No estaba pensando. Mis disculpas si te he preocupado.

Nozomi se ruborizó ligeramente, desconcertada por la disculpa.

—¿Los sirvientes ya le han dado de comer a la *ronin*? —se apresuró a añadir él.

—Yo misma me he encargado de ello, mi señor.

—¿Y de qué humor está?

—Arisca. Enfadada.

Batu contuvo una carcajada.

—El señor Shin suele tener ese efecto en los demás.

Nozomi asintió. Batu leyó la pregunta en el rostro de la chica y, pese a que sabía que no se atrevería a formularla, la respondió de todos modos.

—No, no me cae bien. —Las palabras le supieron como una mentira, y esperó que Nozomi no se hubiera percatado—. Es un idiota vanidoso, y su compañía me resulta tediosa. Pero ahora está aquí, bajo petición de los Iuchi, así que debemos ser buenos anfitriones. Confío en que los aposentos fueran de su agrado.

—Les dedicó muchos cumplidos, mi señor.

—Por supuesto que sí. —Batu soltó un resoplido—. Nos dará muchos problemas, ¿sabes? Si hubiera sabido que se trataba de él, tal vez habría escrito aquella protesta después de todo. —Lo consideró durante un instante—. Aunque es probable que no hubiera servido de nada.

—¿Mi señor?

—Nada. No importa. Diles a los sirvientes que desayunaré aquí. Me gustaría examinar los informes de anoche mientras como.

Nozomi hizo una profunda reverencia.

—Como desee, mi señor. —Nozomi salió de la sala sin decir nada más.

Batu se sentó y empezó a leer los documentos hasta que lo interrumpió un ligero golpe en la puerta. Al pensar que Nozomi se había olvidado de algo, dijo:

—Adelante.

—Buenos días por la mañana, Batu.

Batu alzó la mirada para ver a Shin.

—Está despierto.

Shin sonrió y cerró la puerta tras él.

—Parece sorprendido.

—Porque lo estoy.

—Suelo levantarme temprano cuando hay asuntos que atender. —Hizo una pausa, como si estuviera esperando oír algo—. Además, me estoy escondiendo de mi guardaespaldas. Se le ha metido la idea en la cabeza de que he estado evitando mi práctica con espada, y cada día que pasa se vuelve más diligente y molesta al ponerme una espada de práctica en la mano en cuanto despierto.

Batu meneó la cabeza.

—Se esfuerza mucho por evitar sus responsabilidades.

—Tal esfuerzo es su propia recompensa.

—Veo que sigue llevando las espadas en el lado incorrecto.

—Izquierda, derecha… se me hacen muy confusas. —Una clara mentira. Shin no se confundía. Al principio, Batu había pensado que la tendencia de Shin de llevar sus espadas en el lado derecho era una burla para importunar más a su familia Daidoji. Sin embargo, con el tiempo se había percatado de que se trataba de algo similar a la prestidigitación de un jugador, una prueba obvia de su estupidez; un modo de engañar a sus contrincantes para que pensaran que Shin era un tonto vanidoso.

Shin se inclinó sobre el escritorio de Batu.

—¿Qué mira con tanta atención?

—Informes. —Batu deslizó los papeles para ocultarlos de la mirada del Daidoji—. ¿Qué es lo que quiere, señor Shin?

—Hablar.

—Ya hablamos anoche.

—Anoche discutimos. Quisiera hablar con usted, de investigador a investigador.

Batu soltó un resoplido, aunque hizo un gesto para que Shin continuara, y este se sentó frente a él.

—Todo esto será más fácil con su ayuda. Aun así, estoy al tanto de la cuerda floja política sobre la que debe caminar y sé que cualquier investigación que lleve a cabo solo conseguirá enfadar a todos los que están involucrados en el asunto.

Batu miró a Shin, sorprendido.

—Si sabe todo eso, ¿por qué lo hace?

Shin respondió a su pregunta con otra pregunta:

—¿Por qué no protestó cuando le dijeron que enviarían a un investigador externo?

—¿Cómo sabe que no lo hice?

—No lo sabía, me lo acaba de decir. —Shin esbozó una sonrisa.

Molesto, Batu devolvió su atención a los informes.

—No ha cambiado nada, señor Shin.

—Usted tampoco. —Shin se quedó callado unos instantes—. ¿Qué tal las jaquecas?

—Vienen y van —repuso Batu, frunciendo el ceño.

—Espero no ser la causa de ellas mientras estoy aquí.

Batu notó que los músculos de los hombros se le tensaban.

—Demasiado tarde.

—Ah, bueno, entonces debería disculparme.

Batu aguardó.

—¿Y bien?

—¿Y bien qué?

—Discúlpese.

Shin sonrió una vez más e hizo un gesto tranquilizador.

—Lo haré. Me parece mejor idea ahorrar saliva hasta el final, para disculparme por todo al mismo tiempo. —Hizo una pausa—. Batu, ¿alguna vez ha estudiado las técnicas de investigación de Agasha Kitsuki?

Batu frunció el ceño. El nombre le resultaba familiar. Se preguntó por qué Shin lo habría traído a colación en aquel momento… aunque temía saber la respuesta.

—Puede que haya oído hablar de ellas —respondió con cautela—. Unas tonterías sobre estudiar el cadáver o algo así, ¿verdad?

—La recolección de pruebas físicas es parte del método, sí. He añadido mis propias mejoras al proceso, una forma de análisis que creo que es muy superior a la metodología de observación común que defiende la familia Kitsuki. Después de todo, un poco de ceniza o sangre seca solo sirven hasta cierto punto.

Batu negó con la cabeza.

—Suena a que ha añadido más tonterías a las tonterías, pero vale. Por favor, ilumíneme.

—Los Kitsuki observan y desarrollan su teoría basándose en dicha observación. Sin embargo, me he percatado de que la observación por sí sola no es suficiente para sondar las profundidades de asuntos así. Los hechos son importantes, sí, pero el marco del que cuelgan los hechos es igual de importante. Se debe ver todo el panorama para poder apreciarlo.

—El asesinato no es arte, señor Shin.

—En este caso, no. Aun así, ni siquiera aquí los hechos explican por qué ocurrió el suceso. Y el porqué es tan importante como el cómo.

Batu puso los ojos en blanco y soltó un suspiro.

—¿Qué tiene que ver todo esto con lo que ha sucedido?

—Le intento explicar por qué estoy aquí. No es para causarle molestias, sino para resolver un crimen.

—El crimen ya está resuelto. Usted mismo habló con la culpable.

—Sí, fue de poquísima ayuda.

Batu alzó la mirada.

—Ya se lo advertí.

—Así es. Y no le hice caso.

—Creo recordar que nunca se le dio muy bien eso.

—Por suerte, mis otros talentos lo compensan. No es culpable, por cierto.

Batu clavó la mirada en el Daidoji.

—Mató a un hombre.

—En defensa propia.

—Sea como sea, alguien tiene que pagar por lo sucedido. Los Shiko lo exigen. Si no, ya la habría dejado ir. Lo sabe.

—Está claro que está protegiendo a alguien —dijo Shin—. Sospecho que a su señora. Hay algo más en todo este asunto detrás de lo aparente. Huyó porque alguien le ordenó que lo hiciera. ¿Por qué haría eso su señora a menos que estuviera ocurriendo algo más?

—Zeshi Aimi es bien conocida por su amabilidad —repuso Batu, aunque la explicación le sonó poco convincente incluso a él. Todo ese asunto lo había molestado desde el principio, pero no había visto ningún otro modo de proceder que no fuera cumplir con lo que exigía su deber—. La guardaespaldas admite su culpabilidad; eso es suficiente para las familias.

Shin le quitó importancia a aquellas palabras con un ademán de la mano.

—Aun así, no es ciego ni sordo, Batu. Tiene un buen cerebro y puede ver que ocurre algo más con la misma claridad que yo. Imagino que hubo otros testigos.

—Así es —admitió Batu a regañadientes—. Los primos de Gen, por parte de madre. Gamberros borrachos. —Jugueteó con su estilete y se manchó la punta de los dedos de tinta. Luego miró a Shin—. ¿Qué pretende hacer?

—Pensaba que ya se lo había dejado claro… pretendo investigar.

—¿Investigar qué exactamente?

—No sabemos por qué el señor Gen atacó a la dama Aimi. ¿Qué lo llevó a hacer semejante estupidez?

—Bueno, Gen era un idiota —contestó Batu sin pensar. Vio que Shin sonreía y se sonrojó al percatarse de lo que acababa de decir—. Sonría todo lo que le apetezca, pero usted no sabe nada de este lugar ni de estas personas. Estas no son tierras de las Grullas y ellos no son vasallos de las Grullas. Las cosas se tratan de un modo distinto aquí; la justicia es dura y se cumple con rapidez. Haría bien en recordar ese hecho antes de que se encuentre en una situación de la que no pueda salir simplemente hablando.

Shin apartó la mirada.

—Sean tierras de las Grullas o no, algunas cosas nunca cambian.

—¿Qué quiere decir con eso?

—La balanza de la justicia se decanta por la rapidez. ¿Por qué molestarse en encontrar a los verdaderos culpables si ya hay uno más conveniente a mano? —Shin hizo un gesto—. Todo el mundo quiere que se resuelva el asunto, solo que nunca habrá una paz verdadera mientras exista una verdad oculta.

—¿Por qué le importa?

—Me ofende —repuso Shin, poniendo mala cara.

Batu suspiró y se pasó una mano por el cabello. Ya había oído aquel argumento por parte de Shin en otras ocasiones y nunca llevaba a ninguna parte que no fuera a más problemas. Recobró la compostura antes de contestar.

—Sigo el camino que tengo por delante, siempre lo he hecho. Usted, por otro lado…

—Trazo mi propio camino.

Batu inclinó la cabeza.

—Sea como sea… —Se quedó callado por unos momentos. Aquel era el Shin que recordaba, pero, al mismo tiempo, no lo era. Algo había cambiado en el otro hombre, y era muy pronto como para saber si había sido para bien o para mal—. A las familias no les sentará bien. Se quejarán.

—Sí, eso imagino —dijo Shin—. Necesitaré hablar con los miembros de ambas familias, además de con la casamentera. —Hizo una pausa para pensar—. Supongo que hubo una casamentera.

—Por supuesto. No somos pueblerinos.

—Bien. Me gustaría hablar con ella hoy si fuera posible.

Batu frunció el ceño.

—¿Por qué?

—¿Por qué no?

Batu torció el gesto más aún.

—Deme una respuesta más seria, por favor.

Shin soltó un suspiro.

—La casamentera habrá hablado largo y tendido tanto con Gen como con Aimi, además de con sus respectivas familias. Si alguien se ha percatado de algo inapropiado o sospechoso en el comportamiento de alguno de ellos, es muy probable que haya sido la casamentera.

—Tal vez —concedió Batu de mala gana.

—Y, si no es así, no estaremos peor de lo que estábamos. Es un buen lugar por el que empezar, al menos.

Batu se pasó ambas manos por el rostro.

—De verdad me agota. La casamentera se llama Suio Umeko. Es la casamentera personal del daimyō de la familia Ide, Ide Tadaji. Así que está por encima de las reprobaciones.

—No pretendo reprobarla, Batu, tan solo hacerle unas cuantas preguntas indiscretas.

Batu clavó la mirada en el Daidoji.

—Asegúrese de ser agradable, al menos. Insultarla a ella es insultar a los Ide, y eso es lo último que necesitamos ahora mismo.

—Le aseguro que me comportaré de la mejor manera.

—¿Necesitará algo más? —preguntó Batu con cierta amargura. Estaba molesto consigo mismo por haber accedido sin discutir, pero todo sonaba tan razonable… casi diligente, de hecho. Tal vez Shin sí que había cambiado después de todo.

—Si se me ocurre algo, se lo haré saber. —Shin se puso de pie—. Por el momento, todo lo que le pido es que me dé la oportunidad de hacer lo que me han pedido que haga.

—Los Iuchi no le han enviado aquí a resolver este misterio, si es que hay un misterio de verdad —respondió Batu a modo de advertencia—. Y lo sabe.

—No estoy de acuerdo; creo que eso es exactamente por lo que me han enviado aquí. —Shin le sonrió desde arriba—. Sea lo que sea lo que pretendieran los Iuchi en general, Iuchi Konomi me conoce muy bien. Me ha pedido que venga a ayudar a su prima, y eso es exactamente lo que pretendo hacer, de un modo u otro.

CAPÍTULO NUEVE
Una amarga bienvenida

Los preparativos para la comida del mediodía fueron mínimos, a pesar de las muy útiles sugerencias de Shin. De hecho, Batu parecía casi decidido a hacer que el asunto resultara tan aburrido como fuera posible. El juez se había encerrado en su estudio para terminar su trabajo del día antes de la llegada de sus invitados, por lo que Shin quedó libre para entretenerse tan bien como pudo.

Y lo hizo del modo tradicional de las Grullas: al encargarse de los preparativos y supervisar todo el asunto para su propia satisfacción. Conforme los sirvientes de Batu iban de un lado para otro, colocaban tarimas de tatami ceremoniales y ajustaban las paredes internas para hacer espacio para los invitados, Shin se ocupó de la decoración. Nada ostentoso ni desequilibrado; todo de buen gusto y con los colores de los Unicornios y las Grullas.

Había traído consigo un estandarte de los Daidoji y lo colgó junto al de los Iuchi, en el lado opuesto de la entrada de la sala. Colocó el estandarte azul un poco por debajo del morado para no sugerir que gozaban de una posición equivalente ni ofender a sus invitados. Los Grullas no tenían ninguna autoridad en aquel lugar, salvo la que permitieran los Unicornios.

Cuando hubo terminado, se apartó de los estandartes con las manos detrás de la espalda.

—¿Qué te parece? ¿Es demasiado?

—Me preguntaba por qué habíamos traído eso —dijo Kasami detrás de él.

—Me gusta estar preparado para cualquier eventualidad.

—Ya me gustaría que se esforzara tanto en la práctica con espada.

Shin se volvió.

—Y a mí me gustaría que te animaras un poco. Se supone que este es un acontecimiento social. ¿Qué pensarán nuestros invitados si ven que los fulminas a todos con la mirada?

—¿Estaré en la sala, entonces?

—¿Te apetece estarlo?

—No demasiado. —Kasami pasó por delante de él y ajustó el estandarte de los Daidoji un poco—. Traerán sus propios guardias. Nozomi y yo los mantendremos vigilados.

—Parece que te ha caído muy bien —señaló Shin, y Kasami apartó la mirada.

—Es fácil llevarse bien con ella. Tenemos mucho en común.

—Ya lo imagino.

—Ambas servimos a señores cansinos, por ejemplo.

Shin sonrió y devolvió su atención al resto de los preparativos. Tras unos segundos, le dijo:

—No pierdas de vista a la prisionera.

—¿Cree que tratará de escapar? —preguntó Kasami, frunciendo el ceño.

—No, pero sería muy negligente por mi parte si no tuviera en cuenta que alguien podría aprovechar la oportunidad para ponerle fin al asunto, sea lo que sea que pretendamos hacer nosotros. Está sola y sin protección.

—Nozomi ya se ha encargado de ello —repuso Kasami—. Dos hombres la vigilarán en todo momento y no permitirán que nadie entre ni salga a menos que lo acompañe el señor Batu.

Shin asintió.

—Eso valdrá, supongo. —Repasó la lista de invitados mentalmente: en representación de los Zeshi estaría la hija del señor Hisato, Aimi, y su hermano menor, Reiji, quien acababa de regresar a la ciudad tras atender otros menesteres fuera. Reiji tenía cierta reputación de ser un poco libertino, incluso según los estándares de los Unicornios. El sobrino de Hisato, Shijan, también acudiría a la reunión. Si bien le sorprendía que el propio señor Hisato no fuera a estar allí, no le dio muchas vueltas al asunto.

Los Shiko contarían con la representación del señor Koji, el hermano del difunto Gen, y su esposa, la dama Himari. Shin no sabía casi nada sobre ellos; Batu había mencionado que Koji se llevaba mal con la asociación de mercaderes del lugar, por razones que seguramente eran tan aburridas como inconsecuentes al asunto que le ocupaba. Aun así, hizo una nota mental para indagar más sobre ello si se le presentaba la oportunidad.

Sus pensamientos quedaron interrumpidos cuando uno de los sirvientes de Batu, Hiro, el chico, condujo a una joven que iba vestida con una túnica simple pero muy cuidada. La chica llevaba un *shamisen* cerca del pecho, y con su mano libre daba golpecitos en el suelo con un bastón. Hiro señaló hacia una tarima colocada contra la pared lateral y le dijo:

—Ahí.

La chica ladeó la cabeza.

—¿Tal vez podrías ayudarme? —Tenía una voz encantadora, suave y ronca.

—Contra la pared lateral —repuso Hiro con brusquedad—. Encuentra el sitio tú misma.

Molesto a pesar de sí mismo, Shin avanzó y carraspeó.

—Muy bien, Hiro. Por favor, vuelve a la cocina. Yo me encargo.

Hiro dudó un poco antes de inclinar la cabeza y escabullirse para salir de allí. La mujer se volvió en dirección a la voz de Shin.

—No es necesario que se moleste por alguien que no lo merece, mi señor. Puedo encontrar mi asiento por mí misma.

—Estoy seguro de que puedes. Solo quería ver tu instrumento más de cerca. Está hecho de piel de gato, si no me equivoco. Y lo has tratado bien.

La mujer agachó la cabeza.

—Insensato es el músico que trata a sus instrumentos con desdén, mi señor.

—Aun así. —Shin la estudió—. En mi caso, yo prefiero la *biwa*. —La mujer era más bajita que Kasami, bastante delgada, aunque no parecía que se muriera de hambre. Se movía con una cierta elegancia particular, una que le resultaba familiar, de hecho. Shin dirigió la mirada a su bastón y se percató, entre otras cosas, del ángulo de la muñeca de la mujer y del sonido que hacía el objeto al golpear el suelo—. ¿Me permites que te lleve hasta tu tarima?

La mujer dudó, con una expresión de cautela.

—Como desee, mi señor.

Shin la agarró por el codo con suavidad y la llevó hasta su asiento. La mujer se sentó e hizo una profunda reverencia sobre su *shamisen*, casi tocando el suelo con la frente.

—Muchas gracias, mi señor.

Shin le dedicó una breve reverencia a cambio, aunque sabía que ella no podía verla.

—Espero con ansias oír tu música.

El Daidoji la dejó para que preparara su instrumento y se acercó a Kasami, en el otro lado de la sala.

—¿Has visto eso? —preguntó él a media voz.

La mujer no mostró ningún indicio de poder oír su conversación. Kasami miró a su señor por un instante antes de dirigir la mirada a la música.

—¿Que si he visto qué?

—Creo que lleva una *shikomi-zue*: un bastón espada.

—¿Una invidente con una espada? —musitó Kasami, mirando más de cerca a la mujer—. No parece práctico.

—Depende de quién la empuñe, supongo.

—No es miembro de la nobleza, es ilegal que porte una espada.

—Adelante, arréstala. —Shin hizo un gesto hacia la mujer—. Creo que resultaría de lo más entretenido. —Respondió a la mirada asesina de Kasami con una amplia sonrisa—. ¿No?

—No estamos aquí para eso. ¿O ya se le ha olvidado?

—No, pero por un momento pensaba que a ti sí. —Hizo un ademán con la mano para restarle importancia al asunto—. Seguramente sea para su propia protección. Después de todo, los asesinos ciegos solo existen en los libros de almohada.

Kasami parpadeó, perpleja, y Shin se dio cuenta de que ni siquiera había considerado aquella posibilidad. El Daidoji meneó la cabeza.

—La mantendré vigilada, si eso te hace sentir mejor.

Shin le hizo un gesto a su guardaespaldas.

—Va, ve con Nozomi. Los invitados llegarán pronto, y quiero que estés en la puerta cuando lo hagan. —Hizo una pausa—. Y pon mala cara, por favor. No queremos que piensen que no nos lo estamos tomando en serio, ¿verdad?

Kasami soltó un resoplido.

—Me pregunto de dónde sacarían una idea así.

Shin no la observó marcharse. En su lugar, dirigió la mirada de vuelta a la música. Por un momento, a juzgar por el modo en el que había ladeado la cabeza, casi le había parecido que había estado escuchándolos. Aunque seguramente no se tratara de eso. Desestimó la idea y fue a buscar a Batu a su guarida. Lo más apropiado sería que el anfitrión estuviera por allí para saludar a los invitados.

Cuando llegó al estudio, se encontró a uno de los hombres de Batu, que estaba saliendo de la sala con una expresión que indicaba que lo acababan de escarmentar. A Shin le dio la sensación de que se había perdido otro de los arrebatos del juez. El propio Batu salió detrás del hombre unos instantes después.

—¿Ha ocurrido algo? —inquirió Shin.

—No vienen —repuso Batu, enfurruñado.

—¿De quién me habla?

—De los Zeshi.

Shin lo consideró durante unos segundos.

—Qué sorpresa. ¿Le han dado algún motivo?

—No. Disculpas sí, pero motivo, ninguno. —Batu se pasó las manos por el rostro—. Me lo acaban de comunicar ahora mismo. He enviado a mis hombres a recordarles a ambas familias que la asistencia es obligatoria.

—¿Los Shiko sí vendrán?

—Hasta donde yo sé, sí. —Batu soltó un gruñido y sacudió la cabeza como un caballo al que le había molestado una mosca—. Idiota.

—¿Quién, yo?

—No. Bueno, sí, pero no en este caso. Me refiero al idiota del señor Shijan.

Shin dudó antes de responder, sorprendido por un instante.

—¿Señor? ¿Y qué hay de Hisato?

Batu pareció incómodo ante la pregunta.

—El señor Hisato… desapareció hace un tiempo.

—¿Desapareció? —Shin parpadeó, perplejo—. ¿Qué quiere decir exactamente?

—Quiero decir que desapareció. Lo buscamos, claro que lo buscamos, pero no encontramos ningún rastro de él. Se estaba dirigiendo a Shiro Iuchi para tratar unos asuntos, solo que nunca llegó al castillo.

—¿Bandidos?

—Es posible. —Batu meneó la cabeza una vez más—. Hay rumores de que pudo haber sido algo más, pero no son más que eso: rumores. Sin cadáver ni testigos, no tenemos modo de saber qué le puede haber ocurrido.

—¿Y el tal Shijan es su sustituto?

—Su sobrino. El mayor de la siguiente generación. Él se

ocupa de todo ahora y ha acogido a la dama Aimi y a su hermano menor, Reiji, bajo sus cuidados.

—Y no te cae muy bien.

—Es un imbécil. —Batu lo miró de arriba abajo—. Ahora que lo pienso, me recuerda un poco a usted.

Shin ahogó un sonido de indignación.

—No hay necesidad de insultarme a estas horas del día. —Hizo un ademán, ofendido—. Bueno, supongo que tendré que saludarle en persona más tarde.

—Estoy seguro de que eso le encantará.

Los Shiko llegaron a bombo y platillo: a caballo, seguidos de un *norimono* con cortinas situado sobre los hombros de un cuarteto de sirvientes corpulentos. Su escolta se fue apartando de ellos por fases según entraron en el edificio, hasta que solo los invitados se adentraron en la sala de recepciones. Había menos de los esperados.

Sentado al lado de Batu, Shin los examinó conforme iban entrando en la sala. El líder actual de la rama de la familia de Hisatu-Kesu era Shiko Mitsue, un hombre regordete cuyas piernas inutilizadas obligaban a un par de sirvientes a cargar con él hasta la sala.

Shin se llevó el abanico al rostro para murmurar:

—¿Enfermedad?

—Accidente —murmuró Batu por lo bajo—. O eso dicen. —Se aclaró la garganta—. Señor Mitsue, qué bien que haya venido. Me alegra ver que sigue bien de salud.

Mitsue soltó una risa jovial mientras su sirviente lo colocaba bien sobre su cojín.

—Lo mismo digo, señor Batu. Su invitación fue muy amable… muy amable, sí.

La esposa de Mitsue se acercó a él. La dama Nishi era alta, delgada y angulosa. Su rostro tenía arrugas, solo que estas habían sido provocadas por el dolor, no por la edad. Los saludó a todos con educación, aunque sin el entusiasmo de su marido.

Los otros dos miembros del grupo eran el hijo que les quedaba, Koji, y su mujer, Himari. Koji se parecía a sus padres, mientras que su esposa era una mujer rechoncha con una sonrisa amable. Koji estaba nervioso. Himari parecía tranquila pero alerta. Ambos hicieron una profunda reverencia, casi tocando el suelo con la frente.

—Así es, muchas gracias por la invitación, mi señor —dijo Koji, repitiendo las palabras de su padre—. Es una distracción muy bien recibida. —Echó un vistazo a Shin—. No suele ocurrir que ninguno de nosotros, los Shiko, comamos junto a un Grulla, y mucho menos con uno de tan alta posición.

Shin aceptó el cumplido con una breve inclinación de la cabeza.

—Espero con ansias tener la oportunidad de conocerle mejor, mi señor. He oído hablar mucho de su familia.

—Mentiras y calumnias, mi señor —dijo Mitsue con una amplia sonrisa—. Le aseguro que somos personas civilizadas. A diferencia de otros que yo me sé. —Miró a su alrededor de manera exagerada—. ¿Los Zeshi no han llegado aún?

—No vendrán —repuso Batu.

—Es una lástima —interpuso Shin—. Aunque estoy seguro de que nos las apañaremos sin su compañía.

Mitsue soltó una carcajada, a lo que le siguió un perceptible alivio de tensión. Conforme seguían llevando comida a la sala, Shin trató de mantener la conversación centrada en temas ligeros. La música de la invidente había empezado a tocar de fondo, y Shin se percató de que su mirada se veía atraída hacia ella más de una vez. Le pareció curioso que Batu no hubiera mencionado haberla contratado. Se preguntó cómo se llamaba.

Apartó el pensamiento de su mente para devolver su atención a los invitados. Decidió tantear a Mitsue con una pregunta sobre peletería.

—Tengo entendido que su familia es uno de los proveedores más importantes de armadura ecuestre, tanto para los Unicornios como para los otros clanes, aunque a una extensión menor.

—Es nuestro privilegio, sí —asintió Mitsue.

—Las aguas de Hisatu-Kesu les ayudan en la fabricación de dicha armadura al proporcionarles un acceso fácil al agua caliente. Es por ese motivo que los Shiko establecieron un asentamiento aquí, al igual que lo hicieron los Zeshi antes que ustedes. ¿Correcto?

Mitsue volvió a asentir.

—Así es, mi señor.

Shin compuso una expresión sobria y tranquila.

—En ese caso, ¿cuán esencial es Hisatu-Kesu para el bienestar financiero de los Shiko? Estoy seguro de que cuentan con otros asentamientos. ¿Por qué este es tan importante como para librar una guerra por él?

Mitsue dudó antes de contestar.

—Me dijeron que usted tenía cierta conexión con el Concilio Comercial Daidoji; debería haber esperado una pregunta como esa.

Shin esbozó una sonrisa animada.

—Debo confesar que entre mis vicios se encuentra un interés por la economía y el comercio. —Bebió un sorbo de su té—. Personalmente, me parece que la guerra no genera demasiados beneficios, salvo a corto plazo. Incluso si uno se dedica al negocio de vender instrumentos bélicos.

Mitsue lo examinó, y Shin casi pudo oír lo que pensaba el Shiko.

—Nuestras finanzas han… aumentado en los últimos tiempos —dijo Mitsue finalmente—. Pero la buena fortuna conlleva unos nuevos obstáculos. La demanda sobrepasa a la producción; si no logramos proveer a nuestros clientes, estos se dirigirán a otros que sí puedan hacerlo, y nuestros cofres se vaciarán. Por tanto, debemos continuar produciendo nuestros bienes, y a más velocidad que antes.

—Y el acceso a un buen suministro de agua caliente reduce el tiempo de producción, si no me equivoco —dijo Shin—. Conozco un poco el proceso, aunque no me considero un experto.

—Sabe más que algunos —dijo Mitsue con una sonrisa taimada—. A la mayoría de los *bushi* no les interesa saber de dónde proceden las herramientas de su labor.

—La mayoría de los *bushi* tienen otras cosas de las que preocuparse. —Shin dejó su taza sobre la mesa—. En ese caso, si perdieran acceso a Hisatu-Kesu, sus finanzas sufrirían en gran medida.

Mitsue asintió.

—Nuestra capacidad de producción se vería muy mermada, al menos por un tiempo. —Dudó antes de añadir—: No me sorprendería comprobar que los Zeshi se encuentran en una posición similar.

Shin lo consideró durante un momento.

—Me parece extraño que sean rivales. Después de todo, ambas familias fabrican cosas distintas.

—Pero esas cosas precisan de los mismos recursos, mi señor —interpuso Koji—. Necesitamos cuero e hilo, tintes y hierro. Empleamos el mismo proceso y nos enorgullecemos de nuestras creaciones.

Mitsue miró de reojo a su hijo.

—Y, si le soy sincero, no es solo eso. Los Zeshi llevan mucho tiempo pretendiendo contar con una posición social que no pueden tener de verdad. Ven nuestras repentinas riquezas como una amenaza a dicha posición. —Se encogió de hombros—. No me sorprende que quieran que desaparezcamos del lugar. Hisatu-Kesu ha sido su territorio indiscutido durante toda una generación. Debe molestarles el hecho de que los Ide y los Iuchi decidieran otorgarnos acceso al lugar sin comentárselo primero siquiera.

—Los sobrestima demasiado, padre —dijo Koji antes de

mirar a Shin—. Los Zeshi cuestionaron el derecho que teníamos a las aguas termales desde el principio. Como bien ha dicho mi padre, tener acceso a dichas aguas simplifica el proceso de fabricación del cuero. Las aguas no les pertenecen, por muchas pretensiones que tengan. Protestamos, y ellos… reaccionaron mal.

—¿Eso significa con violencia? —preguntó Shin.

—Al principio no, eran amenazas más que otra cosa. Algo de sabotaje también, aunque nunca hemos podido demostrar nada.

Mitsue soltó una risotada.

—No hemos podido demostrar nada… ¡ja! —Miró a Shin—. Trataron de echarnos al impedir nuestro acceso a Dos Pasos y al comercio fluvial. Contrataron a rufianes de Owari del norte para atacar nuestras caravanas. Incluso llegaron a comprar todo el cuero de los mercaderes de la ciudad.

—Y ustedes se resistieron.

—Por supuesto —asintió Koji y miró de reojo a su padre—. No con acero, al menos no al principio. Solo les devolvíamos las jugadas.

—Luchamos como *heimin*… con insultos y dinero. —Una expresión de desagrado cruzó las facciones de Mitsue—. Deberíamos haberlos desafiado desde el principio y resolverlo todo con sangre de una vez por todas. En su lugar… —Dejó de hablar.

—En su lugar, trataron de mantener la paz —interpuso Shin con suavidad—. De luchar sin derramar sangre. Empuñar las armas más apropiadas para la batalla en cuestión no tiene nada de estúpido. Por curiosidad, ¿qué es lo que los llevó a intentar negociar al final?

—El dinero —repuso Koji—. ¿Qué si no?

—¿Con eso se refiere a la pérdida de beneficios que sin duda sufrieron las dos familias?

—Exacto. Nos informaron de que seguir con el conflicto

debilitaría innecesariamente nuestra posición con los Ide. No hay duda de que los Zeshi recibieron un ultimátum similar. Se declaró la tregua, y las negociaciones comenzaron después de eso.

—¿Y cómo fueron las negociaciones?

—Bien. Mucho mejor de lo que esperaba, de hecho. Ni mi padre ni Zeshi Hisato querían continuar el conflicto, pues ninguno de los dos había estado a favor de la lucha en un principio. Fueron los bravucones como Ikki quienes provocaron la mayor parte de problemas.

—¿Ikki?

Koji torció el gesto.

—Mi... primo. Uno de ellos, mejor dicho.

—Son una panda de alborotadores —dijo Himari—. Fueron ellos quienes...

—Silencio —la interrumpió Koji. Miró de soslayo a su madre, y Shin le siguió la mirada. Nishi había permanecido diligentemente callada durante casi toda la comida, pero en aquel momento estaba pálida y tenía una expresión contenida, como si quisiera hablar, pero temiera lo que podía llegar a decir.

Shin carraspeó.

—¿Y quedaron satisfechos con cómo se resolvió el asunto?

—Lo estábamos —respondió Koji.

—Hasta que mataron a mi hijo —intervino Nishi. Se levantó de repente, hizo una reverencia y abandonó la sala. Los demás la observaron marcharse con expresiones preocupadas e incómodas. Mitsue hizo un gesto para llamar a sus sirvientes, pero Shin le interrumpió.

—Por favor, discúlpenme. Ha sido mi curiosidad lo que ha hecho que se marche, así que es mi responsabilidad hacer que regrese. —Un instante después, ya había salido por la puerta en busca de la mujer.

CAPÍTULO DIEZ
Inquietudes

Shin alcanzó a la dama Nishi cuando esta intentaba salir del edificio.

Los sirvientes revoloteaban a su alrededor como si de pájaros se tratasen, y Shin vio a Kitano acechando por el lugar.

—Señora Nishi, por favor, permítame que le ofrezca mis más sinceras disculpas. La curiosidad es uno de mis vicios, y me avergüenza admitir que le doy rienda suelta en los momentos más inapropiados.

Nishi se detuvo en la puerta. En el tiempo que había transcurrido desde su marcha repentina había logrado recobrar la compostura. Respiró profundamente y les pidió a sus sirvientes que se retiraran con un gesto. Se volvió y le dedicó una larga mirada al Daidoji.

—Según sé, usted es amigo de Iuchi Konomi. Muchos de los que considero mis amigos tienen en alta estima a la dama Konomi.

—Yo también la tengo en alta estima, ahora que lo dice.

—¿Y fue ella quien le pidió que acudiera aquí?

—Sabe mucho —repuso Shin, mirándola.

—Me gusta estar informada. —Nishi respiró profundamente para tranquilizarse—. ¿Podemos hablar en privado?

—Por supuesto. Venga por aquí. —La condujo hasta el estudio de Batu, y Nishi suspiró, agradecida, cuando Shin deslizó la puerta para cerrarla antes de mirar a su alrededor.

—No actúa como se espera de él —dijo ella finalmente.

—¿Se refiere al señor Batu? No, siempre ha desafiado las expectativas.

—¿Le conoce, entonces?

—Éramos… Somos amigos. O eso espero.

—Es bueno tener amigos. Usted parece tener muchos.

—Como dice, es bueno tener amigos. Y es mejor aún tener muchos de ellos.

Nishi asintió, distraída.

—Conozco su reputación, mi señor. Y más; me propuse aprender todo lo que pude sobre usted, sobre sus… métodos.

—¿Y?

—Mi hijo está muerto, y ya han atrapado a su asesina. No hay ningún misterio aquí. Tiene una confesión y testigos. ¿Qué más hace falta?

—Eso es lo que estoy tratando de determinar.

—Sugerir que cualquier cosa que pueda averiguar pueda superar el testimonio con el que contamos es inconcebible. Va contra la propia naturaleza de los hechos.

Shin asintió.

—Puede que le sorprenda saber que usted no es la primera que ha empleado ese argumento. Aun así, por muy bien intencionado que sea el argumento, a mí me parece que tiene muchos fallos. —Nishi alzó una ceja, y Shin continuó—: Algunos sostienen que la verdad se determina por la mayoría. Sin embargo, yo creo que la verdad es como el elefante del cuento popular: su forma es imposible de determinar desde una sola perspectiva, o incluso desde dos o tres. Se debe ver la bestia por completo para poder describirla de verdad.

Nishi rio con suavidad.

—Es una locura.

—No, solo es una opinión distinta. Hay muchos que cometen ese error, así que no se lo reprocho. —Se quedó callado unos instantes—. Creo que quería decirme algo.

—¿Ah, sí? —preguntó Nishi, apartando la mirada.

—Su actuación en la mesa, nuestra conversación aquí… no ha sido algo indirecto precisamente.

Nishi contuvo una risita.

—Tenían razón sobre usted. —Lo miró directamente—. No estoy segura de que este sea un buen uso de su tiempo, mi señor. Tendrá otras tareas más importantes que atender.

—La vida de una mujer está en juego. ¿Qué puede ser más importante que eso?

Nishi frunció el ceño.

—Había oído que los Grullas eran pomposos, pero creía que también eran sensatos. Hay muchas cosas más importantes que la vida de una sola persona. La vida de muchas, por ejemplo.

Shin inclinó la cabeza para aceptar su explicación.

—Tal vez. Pero estoy aquí por la vida de esa persona; las de los demás son el problema de otros.

—Entonces, ¿tenemos tan poca importancia que puede descartarnos con tanta facilidad?

—No. Ustedes son importantes, solo que no para mí.

—Los Iuchi se pasan de la raya, y usted con ellos. Es por eso que he escrito a los Ide para que nos manden a un representante propio.

Una vez más, Shin inclinó la cabeza. Si bien las palabras de la mujer estaban llenas de ira, su tono era triste.

—Si lo hacemos, es por una buena causa.

—¿Y qué causa es esa?

—La verdad, mi señora. —Shin hizo una pausa—. Todos debemos servir a un señor, y el mío es la verdad.

Nishi guardó silencio durante unos instantes.

—Es un señor más duro que la mayoría.

—Así es, pero también es justo. ¿Qué más podemos pedir los que servimos? —Shin clavó la mirada en ella—. Hábleme de su hijo.

Sorprendida, Nishi frunció el ceño.

—¿Cómo?

—Su hijo. Hábleme sobre él.

La mujer se quedó callada durante un tiempo, con la mirada perdida.

—Gen era un idiota —respondió finalmente. Estaba tensa y casi temblaba. Shin se preguntó si se debía a la ira o al dolor. Tal vez fueran ambos sentimientos—. Era mi hijo, pero era un idiota.

—No le sorprende su muerte, entonces —dijo Shin.

Nishi sonrió con tristeza.

—No. La pregunta era cuándo ocurriría, no si llegaría a hacerlo.

—Sin embargo, quiere que se castigue a su asesina. —Shin decidió que se trataba del dolor: Nishi no estaba enfadada, sino triste. Con el corazón roto. Sintió un atisbo de compasión por ella.

—Así es. Eso es lo justo, después de todo.

—Tal vez.

Nishi lo observó con atención.

—¿No cree que sea así?

—Creo que alguien provocó a Gen para que actuara con tanta imprudencia, aunque todavía no sé el motivo ni quién pudo haberlo hecho. Si no, ¿por qué enfrentarse a su prometida de aquel modo? ¿Por qué amenazar a su guardaespaldas con la espada?

Nishi negó con la cabeza.

—Yo también me he hecho esas preguntas, pero me temo que no tengo respuesta para ninguna de los dos.

Pese a que Shin percibió la mentira en su voz, no dijo nada, pues no le sorprendía. Decidió indagar por otro lado.

—¿Usted estaba a favor del matrimonio?

Nishi apartó la mirada antes de contestar.

—No.

—¿Por qué?

La mujer no respondió durante un largo momento.

—La chica no era… apropiada.

—¿En qué sentido?

—Eso no me corresponde a mí decirlo.

—¿Y a quién le corresponde entonces? Usted era la madre del novio, ¿quién mejor para conocer el motivo de tal afirmación?

Nishi apartó la mirada una vez más, y Shin supo que ya le había dicho todo lo que quería decirle, al menos por el momento. El Daidoji soltó un suspiro.

—Lo siento. Lamento que su hijo haya muerto y que yo deba hacerle preguntas tan dolorosas. Pero lo que más lamento es que no confíe en mí para contarme la verdad. —Se dirigió a la puerta y la deslizó para abrirla—. Tal vez debamos regresar con los demás.

—¿Cómo osa? —dijo Koji desde el pasillo. Shin se volvió, sobresaltado. Koji avanzó hasta él con el rostro invadido por la ira—. ¡No cuestionará a mi madre como si no fuera más que una pescadera *hinin*! ¡Somos una familia antigua, una familia de honor! Su actitud hacia nosotros es… es intolerable.

Shin dio un paso hacia atrás, con una máscara de indiferencia cubriéndole el rostro.

—Mi conducta no es el problema; el problema es la muerte de su hermano. Diría que serían ustedes quienes querrían que descubriera si fue el resultado de una mala decisión o si se trata de otra cosa. —Clavó una mirada gélida en Koji; la Grulla con las plumas erizadas y el pico afilado—. Aunque tal vez le complazca que haya muerto, mi señor. Según dicen, era la vergüenza de la familia.

Oyó a Nishi ahogar un grito detrás de él, y Koji farfulló algo debido a la sorpresa. Shin se echó hacia delante, lo que obligó a Koji a retroceder hacia el pasillo. Shin vio que su esposa se encontraba tras él, además de Batu, quien fruncía el ceño a más no poder.

Koji clavó la mirada en Shin, con el rostro pálido como la nieve. Himari lo agarró del brazo y le susurró algo apresurado en el oído. Koji la apartó, aunque con amabilidad, y dijo:

—Veo que la reputación del Grulla es bien merecida. Pero no me amenazará.

—No pretendo hacerlo. —Shin cruzó los brazos delante del pecho—. No ha sido una amenaza, nada de esto es una amenaza. Me han enviado aquí a hacer preguntas y pienso hacerlas.

—Lo enviaron aquí a avergonzar a los Shiko —dijo Koji con terquedad.

—¿Y quién le ha dicho eso?

—No tiene que decírmelo nadie —repuso Koji—. Ha sido obvio desde el principio. ¿Por qué si no el señor Batu se ha negado a seguir los protocolos y simplemente… lidiar con la *ronin* como es debido?

Shin se encogió de hombros.

—La respuesta a su pregunta, mi señor, es bastante sencilla: circunstancias atenuantes.

—¿Cómo? —Koji meneó la cabeza, desconcertado.

—Katai Ruri no ha sido ejecutada por el simple hecho de que hacerlo puede significar agravar el crimen, en lugar de castigarlo. —Shin fulminó con la mirada a Koji—. Matarla por cumplir su deber es de lo más absurdo. Imagine lo terrible que sería hacerlo cuando la culpa la tiene otra persona.

—Mató a un samurái —dijo Koji.

—Ella es una samurái.

—¿Y? Alguien tiene que pagar por la muerte de mi hermano. Si no es ella, ¿entonces quién?

—El culpable de verdad, no el más conveniente.

Koji se sonrojó.

—¿Y qué le da el derecho a…?

—Porque los Iuchi lo han ordenado —interpuso Nishi de repente, desde detrás de Shin. Koji miró a su madre, sorprendido, y ella le devolvió la mirada sin titubear—. Y nosotros obedecemos a las grandes familias en todos los asuntos, estemos de acuerdo o no. —Shin la miró de reojo, agradecido por que hubiera decidido hablar. Nishi se volvió hacia él, y Shin notó una punzada de dolor cuando vio lágrimas en los ojos de la mujer—. Incluso si encuentra las respuestas que busca, eso no me devolverá a mi Gen.

—No, pero tal vez pueda hacer que su espíritu descanse un poco mejor.

Nishi esbozó una sonrisa triste.

—Tal vez. Si sirve de algo, no deseo que la *ronin* muera. Sin embargo, alguien debe pagar por la muerte de Gen, o sus primos, mi familia, buscarán una compensación por sus propios medios.

—Esos primos... ¿son los que presenciaron la muerte de Gen?

—Así es. Ikki y los demás estuvieron allí, pero no fueron lo suficientemente rápidos como para intervenir. O eso dicen. —Frunció el ceño al pronunciar esas últimas palabras, y Shin asintió al comprender lo que quería decir.

Los agitadores de ambos bandos no verían aquel suceso como una tragedia, sino como una oportunidad de mejorar su posición en el clan a expensas de su rival. Por mucho que Gen pudiera haber sido un bufón en vida, al morir se había convertido en un mártir. Tal vez ese era el motivo de que hubiera ocurrido todo... Si bien era una idea nefasta, lo mínimo que podía hacer era tenerla en cuenta.

—Derramarán sangre en su nombre si eso es lo que hace falta —dijo Nishi—. Diga lo que diga yo.

—En ese caso, menos mal que he venido a impedir que eso ocurra —dijo Shin tras unos instantes.

—Pero ¿durante cuánto tiempo? —preguntó ella a media voz—. ¿Cuánto tiempo puede alargar esta pantomima? La *yojimbo* mató a mi hijo, eso es un hecho. El porqué de la cuestión no importa, solo el hecho en sí.

—Ahí es donde se equivoca, mi señora —replicó Shin—. Según mi experiencia, el porqué es de suma importancia. —Miró a Koji—. Pretendo resolver este asunto lo más rápido que pueda y para que todas las partes queden satisfechas, yo incluido. Cuanta más ayuda me brinden, antes podré resolverlo todo.

Como era de esperar, aquello puso fin a la comida. Shin observó con cierta vergüenza cómo Batu ofrecía las disculpas pertinentes y los Shiko se marchaban. Cuando los invitados se marcharon y se había pagado a la música para que se fuera, Batu se enfrentó a Shin.

—¿No se supone que los Grullas son conocidos por su sutileza?

—¿Ah, sí? Pensaba que era por nuestro gusto impecable.

—No bromee, por favor. La situación ya es lo suficientemente mala.

Shin le dio unas palmaditas en el hombro.

—Me temo que todo empeorará aún más. Durante nuestra conversación, la dama Nishi mencionó que había escrito a los Ide en busca de alguien que los represente en este asunto. Y, por supuesto, está en su derecho de hacerlo. Aunque el hecho de que haya decidido hacerlo ahora me resulta sospechoso.

Batu clavó la mirada en él.

—Ojalá no hubiera venido.

—Ya me lo ha dicho.

—Y lo seguiré haciendo. Me resulta reconfortante. —Batu se frotó la frente—. Me duele la cabeza. ¿Y ahora qué?

—¿Sabía que la dama Nishi no estaba de acuerdo con el matrimonio?

Batu frunció el ceño.

—No. ¿Eso le ha dicho?

—Así es, algo sobre que la dama Aimi no era apropiada.

—¿Sabe a qué se refería?

—Aún no. Espero que la casamentera… como se llame

pueda aclarar el asunto. —Shin hizo una pausa—. Su visita de hoy sigue en pie, ¿verdad?

Batu lo fulminó con la mirada.

—Suio Umeko. Y sí, debería llegar pronto, aunque ha protestado por la inconveniencia.

—Tendré que ofrecerle mis más sinceras disculpas.

—¿Por qué le preocupa tanto todo eso? ¿Qué importa ahora?

—Es parte del marco —se explicó Shin—. Si bien el matrimonio era una necesidad política, parece que una de las partes involucradas albergaba sus dudas. Tal vez más de una parte. Quizá no todas esas dudas salieron a la luz de un modo saludable.

—¿Qué quiere decir?

—Puede que alguien haya querido sabotear el trato. Y es posible que no sea la primera vez que lo hacen, teniendo en cuenta todos los problemas que usted ha tenido.

Batu clavó la mirada en él durante un momento antes de apartarla.

—Indagar sobre esas cosas suele revelar disgustos. —Se pasó la mano por la cabeza—. Los Zeshi y los Shiko no son las únicas partes involucradas, ¿sabe?

—Se refiere a los Iuchi y los Ide… —empezó a decir Shin.

Batu negó con la cabeza para interrumpirlo.

—Ellos también, pero hablo de la asociación de mercaderes. Son ellos quienes sacarán más provecho del éxito o del fracaso de los Zeshi y los Shiko. Hablaba de sabotaje… pues hemos tenido mucho de eso. Menos últimamente.

—Gracias al matrimonio. ¿Pero ahora…?

—Ahora están a la espera. Toda la ciudad lo está. Aguantan la respiración. —Batu señaló en la dirección del edificio en el que Ruri seguía encerrada—. Si muere, todos respirarán más tranquilos. Sin embargo, mientras siga viva, todo está a la espera, ¿entiende?

Shin se quedó callado durante un momento.

—Lo comprendo, pero no pienso cambiar de parecer.

Batu lo miró antes de esbozar una sonrisa triste.

—No esperaba que lo hiciera. Nunca fue el tipo de persona que admite la derrota. Siempre he admirado eso de usted.

—¿Me… admira?

Batu frunció el ceño.

—Partes de usted. No todo.

—Aun así, temía que ya no fuéramos amigos.

—¿Lo éramos?

—Mejores amigos —dijo Shin, haciendo caso omiso del intento de broma de Batu—. Recuerdo nuestras aventuras de juventud con mucho cariño. Como aquella vez que nos llevamos la mejor yegua de mi primo, la vendimos a aquel mercader de los Ide y luego nos gastamos el dinero en el entretenimiento de una sola noche.

—Recuerdo que me insultó —gruñó Batu por lo bajo.

—Por eso le robamos el caballo —añadió Shin.

Batu soltó una risotada.

—Fue un poco indigno por nuestra parte.

—La mayoría de lo que hicimos fue indigno por nuestra parte. Por eso era tan divertido.

Batu se rio contra su voluntad.

—Tal vez sea así, pero ahora somos hombres con responsabilidades. —Miró a Shin de arriba abajo—. Algunos de nosotros, al menos.

—Yo también tengo responsabilidades —protestó Shin—. Soy responsable de la actividad de dos mercaderes. No, de tres. Resulta bastante agotador. —Hizo una pausa—. También tengo un teatro.

—¿Un… teatro?

—Así es.

—¿Por qué?

Shin se encogió de hombros.

—¿Por qué no?

Batu negó con la cabeza, claramente sorprendido por aquella información.

—Hace años que no piso un teatro —dijo finalmente.

—En ese caso, le invito formalmente a nuestra primera actuación. Le reservaré un palco.

—Qué amable. —Batu lo miró—. Incluso puede que vaya.

Se quedaron en silencio durante un tiempo, escuchando el canto de los pájaros. Shin pensó en el pasado, en una yegua robada, y esbozó una sonrisa.

—Le agradecería mucho que hablara en mi nombre con esa asociación de mercaderes que ha mencionado —dijo Shin finalmente.

—¿Quiere hablar con ellos también?

—Puede que no sea necesario. Sin embargo, si lo es, su autoridad será de gran ayuda a la hora de abrir esas puertas en concreto. —Shin sonrió—. Después de todo, usted es un miembro respetado de la comunidad, y yo solo soy un Grulla entrometido.

CAPÍTULO ONCE
La Secta de Hierro

Emiko avanzó por el camino rocoso entre los edificios. En algún lugar a su izquierda, oía el murmullo del agua. Había muchos riachuelos que descendían desde lo alto, y la ciudad había crecido en los espacios situados entre ellos. Hisatu-Kesu era una ciudad de generaciones; cada una de ellas había añadido una capa nueva sobre la anterior.

Tras el susurro penetrante del agua, también oía el traqueteo de las ruedas de los carros y el mugir de los bueyes. El olor a estiércol y a comida frita se mezclaba en un pulso humeante que invadía el callejón lateral. Los mercaderes vendían sus bienes desde los puestos de sus tiendas, y sus voces le golpeaban los oídos. La muchedumbre de media mañana se movía a su alrededor, y los *heimin* le daban tanto espacio como les era posible. Hizo caso omiso de sus murmullos conforme seguía la curva de la calle.

Mientras caminaba, pensó de nuevo en lo que había oído en la casa del juez. Todos habían ignorado su presencia; todos menos el Grulla. Había notado que le prestaba atención más de una vez, aunque bien podría habérselo imaginado.

La reunión le había parecido suficientemente tediosa. A pesar de la presencia del Grulla, no había ningún peligro obvio para aquellos a quienes ella representaba. Ambos bandos querían llegar a una solución rápida para seguir con sus vidas, por lo que no le cabía la menor duda de que iban a presionar al juez para que cumpliera con su deber, fuera lo que fuese lo que el Grulla pretendiera hacer.

Sus pensamientos volvieron a traerlo a su mente; su voz se había quedado con ella, aunque no sabía por qué. Contenía arrogancia, solo que no a la que ella estaba acostumbrada. Tal vez era así porque era una arrogancia ganada, la confianza de un guerrero curtido. Aun así, no creía que aquel Grulla fuera un guerrero de verdad: tenía las manos suaves y olía más a papel y perfume que a aceite para armas. Era un hombre interesante.

Y amable también, si había juzgado bien lo que había oído de la confrontación en el pasillo. Pocos *bushi* eran amables. Considerados, sí. Y educados. Pero no amables de verdad. Era algo... interesante a tener en cuenta.

Continuó caminando hasta que el suelo rocoso dejó paso a tablones de madera cortados sin mucha atención. Con el bastón, localizó la puerta de la tienda y entró. El olor rancio de las hierbas secas la envolvió. Se detuvo y esperó a que el propietario se percatara de su presencia. Oyó una risotada ronca y a alguien que daba un golpe en el mostrador.

—Hola, Natsuo —lo saludó Emiko. Natsuo había dirigido aquel herbolario desde antes de que los Zeshi o los Shiko llegaran a Hisatu-Kesu. Se quedó callada, a la espera de que él pronunciara las palabras que estaba esperando. Por mucho que él la conociera, y ella a él, algunas costumbres debían respetarse.

—Su reino es de hierro —murmuró el anciano.

—Y nosotros somos el óxido —repuso ella en voz baja.

Natsuo soltó un gruñido.

—Menuda tontería, todos estos códigos y frases. ¡Como si pudiera recordarlos todos! En mis tiempos nos apañábamos con gestos, y bien que nos servían.

—Los gestos están muy bien si tienes ojos para verlos.

—Bah. Estoy seguro de que te las arreglarías. —Emiko lo oyó abrir la cortina que separaba la parte frontal de la tienda de la trasera—. Están abajo.

—¿Todos?

—Todos los que se han dignado a venir —volvió a gruñir Natsuo—. En mis tiempos, cuando la secta se reunía, todos los miembros se aseguraban de estar disponibles, o, si no... —Emiko oyó el roce de la piel contra la piel e imaginó que Natsuo había hecho el gesto de cortar el cuello.

—Las cosas cambian, Natsuo.

—No para mejor. —Soltó un resoplido.

—Eso depende de tu perspectiva, creo yo.

—Mi perspectiva es la única que cuenta —repuso él. Ella soltó una carcajada y avanzó hacia la parte trasera. De sus visitas previas, sabía que la despensa de la tienda era más grande por dentro que por fuera. Se dirigió a la pared del extremo más alejado y tanteó los tablones de madera rugosa. Cuando encontró el que estaba suelto, lo empujó. No le resultaba fácil, y, cuando lo hizo, oyó el traqueteo ligero de un contrapeso situado en algún lugar bajo sus pies. Se produjo un crujido detrás de ella cuando la trampilla escondida se abrió.

Avanzó hacia la trampilla con cuidado y encontró el primer peldaño hacia el sótano de la tienda. Las montañas estaban llenas de cuevas naturales, y aquella era una de ellas. Según contaba la historia, Natsuo la había descubierto por accidente en su juventud y la había utilizado como escondite para mercancía de contrabando antes de incorporarse a la secta. En aquellos momentos cumplía un propósito muy distinto.

Los peldaños eran estrechos, y casi no había espacio suficiente para que apoyara los pies. Por suerte, solo había una docena de ellos, y la entrada era tan pequeña que podía mantener una mano en el muro conforme descendía. Cuando llegó al fondo, apartó la cortina con la mano y se adentró en la cámara que había al otro lado.

El ambiente era fresco allí, y se produjo una leve brisa cuando dejó que la cortina regresara a su lugar original. En cuanto entró en la sala, las conversaciones se apagaron. Emiko se detuvo para que pudieran verla. A pesar de que ella nunca podría conocer sus rostros, ellos sí que conocían el suyo, para bien o para mal.

La conocían como la Invidente. No era el título más original, pero resultaba evocador igualmente. Y apropiado, pues era una de las hojas ocultas de la Secta de Hierro, lista para derramar sangre en su nombre.

La Secta de Hierro había nacido en los callejones y en las casas de sake de la Ciudad Entre los Ríos. Dicha ciudad era el cruce comercial de las tierras del Clan del Unicornio, además de la ciudad más grande de la provincia de Ikoku. Emiko había nacido en aquel lugar. Su padre había sido un estercolero, y su madre, la esposa de un estercolero.

Hinin: intocables e invisibles para sus superiores.

Ciega desde nacimiento, el primer olor que Emiko recordaba era el de los excrementos. Era un olor que asociaba con su padre, pues este se aferraba a él incluso después de haberse lavado. Sus padres se habían librado de ella a regañadientes, puesto que tenían otros dos hijos de los que cuidar y carecían de los medios para encargarse de una niña que no podía ver.

Cuando era pequeña, la habían ofrecido a la casa de las *goze* de la ciudad, donde las niñas ciegas aprendían a cantar o a dar masajes: la única oportunidad de empleo disponible para quienes habían tenido la mala suerte de nacer en la pobreza. Suponía que era mejor que recoger estiércol. No albergaba ningún tipo de rencor hacia sus padres; ellos no habían tomado aquella decisión a la ligera, y Emiko recordaba el sonido de sus llantos cuando se marcharon. La querían, solo que no habían tenido otra opción.

La sociedad no les había dado otra opción. Los pobres sufrían y los ricos prosperaban. Así funcionaban las cosas.

Había aprendido rápido y se le había dado de maravilla el *shamisen*. Uno de sus profesores, un anciano, le había enseñado a apostar… y a matar. Él también había sido ciego y había pasado sus años de juventud aprendiendo a asesinar en nombre de sus señores criminales. Tal como le había dicho tan a menudo, los ciegos no veían, pero nadie los veía a ellos tampoco. Nadie esperaba encontrar una espada en la mano de un hombre ciego… ni en la de una mujer ciega, vaya.

Mientras le enseñaba el arte del desenvaine rápido y a cómo escuchar e identificar a los contrincantes mediante los sonidos y el olor, también le había hablado del crimen que se había cometido contra el pueblo rokuganí hacía tanto tiempo. Todavía era capaz de recordar su voz ronca mientras hablaba de los *Kami*, no con adoración, sino con repulsión.

Los *Kami*, según le había enseñado, habían esclavizado a la humanidad, la habían atado a una rueda celestial y habían ordenado a los Hantei que mantuvieran dicha rueda en movimiento para que nadie pudiera escapar. Los Grandes Clanes se encargaron de que aquel horrible orden se aplicara, de que todas las personas cumplieran el papel que los *Kami* les habían asignado, sin importar la habilidad o aptitudes que pudieran poseer. Así era como los no merecedores se enaltecían más allá de los límites de la razón y los merecedores se veían obligados a ser estercoleros: todo por la simple razón del nacimiento.

Cuando hubo aprendido todo lo que él podía enseñarle, la había enviado a Hisatu-Kesu para que estuviera con otros que compartían esa creencia y para que cumpliera su parte en la Gran Obra. Su profesor se lo había explicado comparándolo con un pájaro que picaba una montaña. Si bien la montaña era un obstáculo imposible de franquear, el pájaro era capaz de derribarla y convertirla en nada mediante la persistencia. Los Unicornios eran la montaña, y la Secta de Hierro, el pájaro.

Poco a poco, hacían mella en los Unicornios. En Hisatu-Kesu, aquello significaba agravar las tensiones entre las familias vasallas que ocupaban el lugar, para que unos individuos más dispuestos ganaran influencia: individuos que le debían lealtad a la Secta de Hierro.

Emiko había oído hablar sobre otras sectas como la suya en otras tierras. Le parecía razonable, pues sabía que los Hantei no se hundirían por la pérdida de un solo clan. Una tarea semejante requeriría de un esfuerzo concentrado por parte de alguien más que unos pocos cientos de personas desperdigadas por las tierras del Clan del Unicornio. Sin embargo, nunca le habían dado ningún motivo para aventurarse en aquellas tierras distantes. Tampoco quería hacerlo.

Estaba a gusto en aquel lugar. Tenía un propósito, y aquello era suficiente.

Emiko siguió la curva de la cámara. Las conversaciones volvieron a empezar, aunque de manera más calmada, y ella escuchó el torbellino de voces. Podía distinguir una de otra con facilidad, pues todas le resultaban tan familiares como la suya, y, mientras escuchaba, se percató de que podría predecir el transcurso de la conversación. Aunque tal vez ello se debiera a que no eran solo las voces lo que le resultaba familiar, sino la discusión sobre la que daban vueltas entre ellos, como chuchos en la calle.

Actuar o no actuar. Una disputa que ella conocía muy bien. Había sido la misma desde que el difunto Shiko Gen se había deslizado de la espada de la *yojimbo* y había caído al polvo en el que tanto merecía estar. Los demás habían estado repasando ese momento y sus repercusiones una y otra vez, y a ella ya empezaba a molestarle.

Ya llevaban bastante tiempo dirigiendo sus esfuerzos hacia acrecentar los problemas entre los Zeshi y los Shiko con unos pequeños empujones en dirección a una pelea inevitable. Una guerra total sería mucho pedir, pero un aumento de las tensiones entre las familias y sus clientes sería de una utilidad inestimable para la Secta de Hierro en conjunto.

Por desgracia, las negociaciones entre las familias solo se habían pausado, no se habían perdido por completo. Como resultado de ello, toda la ciudad se había detenido. Algunos querían aprovechar el descanso para afianzar los intereses económicos de la Secta de Hierro: siempre andaban cortos de fondos, y la reserva de la secta era una preocupación constante. Otros preferían aprovechar el momento para lanzar ataques contra unos objetivos que habían escogido previamente y utilizar el conflicto entre las familias como tapadera. Las muertes de aquellos individuos clave permitirían que la secta colocara a sus propios miembros en posiciones influyentes en la ciudad.

Una tercera facción quería esperar, observar y prepararse para aprovechar cualquier oportunidad que apareciera cuando la situación llegara a su punto álgido. También había otras opiniones, por supuesto. Algunos querían asesinar al líder de los Shiko. Otros querían sabotear las curtidurías. Una sola voz exigía que mataran a Batu, el juez.

Por ello, tal como había ocurrido en todas las reuniones desde hacía un tiempo, todo se había convertido en una discusión. Emiko encontró su cojín en su esquina de siempre y se sentó. Se llevó el *shamisen* al pecho y empezó a afinarlo. Un poco de música le iría bien para pasar el rato hasta que los demás se quedaran sin palabras.

Empezó a tocar, a bajo volumen al principio y luego cada vez más alto. Una a una, las voces se fueron apagando conforme su música llenaba la sala y las acallaba. Cuando notó que la atención de los demás estaba sobre ella finalmente, se permitió esbozar una sonrisa. Dejó de tocar las cuerdas del instrumento y dijo:

—No podemos deshacer lo que ya está hecho, por mucho que hablemos de ello.

—Eso no es lo que estamos haciendo —dijo una voz ronca. Eiji. Herrero de profesión, y uno bastante respetado. Pese a que era grosero y brusco, tenía la precaución de no insultar a los demás, en especial a aquellos de menor estación que él—. Y, sea como sea, a menos que tengas algo que aportar…

Emiko rasgó las cuerdas de su instrumento.

—¿Me haríais caso si así fuera? ¿O ignoraríais mis palabras, tal como hicisteis cuando os advertí de la locura que era tratar de ponerle las bridas a este caballo en concreto?

—Qué impertinencia —dijo Fumihiro. Su voz era remilgada y refinada. Emiko olisqueó el ambiente, detectó el ligero aroma del agua de rosas y volvió la mirada hacia el mercader. Fumihiro no le caía bien. Pese a que Eiji podía resultar poco placentero, las ofensas que cometía las hacía sin darse cuenta, pues eran el resultado de la ignorancia. Fumihiro hablaba con veneno por decisión propia.

—La palabra impertinencia implica que no somos iguales, mercader. Te recuerdo que aquí, en esta sala, sí lo somos. —Detuvo las cuerdas—. A menos que no estés de acuerdo.

Se produjo un silencio repentino entre los reunidos. Oyó que Fumihiro se tragaba una respuesta y que uno de los otros murmuraba algo, una advertencia tal vez. Emiko permitió que su sonrisa se ampliara.

—Nosotros no somos como ellos, amigos míos —dijo ella de modo tranquilizador—. No nos dividimos entre *heimin* y *hinin*, entre visibles e invisibles. Todos somos hijos del mundo. Si olvidamos eso, traicionaremos todo hacia lo que hemos estado trabajando.

Dejó su *shamisen* en el suelo con cuidado y colocó las manos sobre las rodillas.

—Andarse con rodeos solo sirve para marearnos. No puedo veros la cara, pero sí puedo leer vuestras voces. Estáis preocupados.

—¿Y no deberíamos estarlo? ¿Tienes algo que decirnos que alivie nuestras preocupaciones? —Emiko reconoció el tono suave y musical de Ichika, la *geisha*. Trabajaba en la Liebre de Jade, un burdel de Owari del norte. Había muchos clientes de renombre que visitaban aquel lugar, e Ichika los conocía a todos por nombre, algo que a la secta le resultaba de lo más útil—. Hoy has asistido a la reunión en casa del señor Batu. ¿Qué has averiguado?

—Ha sido más o menos lo que nos esperábamos —repuso Emiko—. Mucha fanfarronería y poca dirección. —Cambió de postura, y los demás esperaron a que se acomodara, algunos con más paciencia que otros—. El Grulla pretende investigar las circunstancias de la muerte de Shiko Gen, a pesar de las protestas de ambas familias.

—¿Por qué? —Eiji otra vez. Otras voces repitieron la pregunta.

—Supongo que porque le entretiene hacerlo. —Hizo una pausa—. Habló conmigo.

—¿Contigo? ¿Por qué? —preguntó Fumihiro. Sonaba molesto.

—Un sirviente fue grosero conmigo, y él se disculpó.

Fumihiro emitió un sonido de incredulidad.

—El Grulla se disculpó… ¿contigo?

—A su modo, pero sí.

—Imposible. —Fumihiro soltó una carcajada, y Emiko deseó tener una razón para matarlo, y no por primera vez. Generaba muchos beneficios y tenía conexiones familiares que le resultaban útiles a la secta; esas eran las únicas razones por las que toleraban su presencia.

—Tal vez no —interpuso una nueva voz—. El Grulla… ¿cómo se llama?

Emiko se volvió, sorprendida por la pregunta.

—Daidoji Shin.

Una carcajada breve y ronca siguió a sus palabras. Emiko conocía bien aquella risa: Yuzu. Otro mercader, y de más éxito que Fumihiro, algo que sin duda fastidiaba a este. Emiko sabía que ambos hombres se odiaban, y estos solían tener disputas en las reuniones. Normalmente eran los polos alrededor de los cuales se reunían los demás, pues la naturaleza de algunos los llevaba a buscar estar bajo el liderazgo de otra persona en todo momento.

Emiko los detestaba a ambos, aunque a Fumihiro más que

a Yuzu. Yuzu era un *heimin*, y su naturaleza codiciosa era el resultado de todo lo que había tenido que soportar para llegar a donde estaba. Fumihiro, por otro lado, pertenecía a una familia noble inferior, más pequeña que los Zeshi o los Shiko, pero con suficiente influencia y capital para mantener incluso a uno de sus hijos menos hábiles.

—¿Le conoces? —exigió saber Fumihiro.

—He oído hablar de él. Qué divertido. —Por el modo en el que Yuzu lo dijo, parecía todo lo contrario.

—Explícate, por favor —le pidió Eiji, con voz preocupada. Hacía días que sonaba preocupado. Emiko se preguntó, distraída, si tendría que visitarle pronto para calmar sus inquietudes e impedir que su miedo contagiara al resto. Esperaba que no fuera así. A pesar de su brusquedad, no le guardaba ningún rencor al hombre, y este era un creyente fiel de la Gran Obra.

—Hace un tiempo tuve que pasar por la Ciudad de la Rana Rica por una razón sin importancia. Mientras estuve allí, establecí contacto con un individuo que... compartía nuestras esperanzas para el futuro, por decirlo así.

—¿Un miembro de otra secta? —preguntó Ichika. Parecía intrigada: la *geisha* siempre había sentido curiosidad por aquellas cosas, mucho más que Emiko.

—Tal vez —repuso Yuzu, evasivo—. Un compañero viajero, al menos. Estaba inquieto por las actividades de cierto noble del Clan de la Grulla. Parecía que sin quererlo había frustrado uno de sus planes, aunque no me contó de qué plan se trataba. Me encargué de enterarme del nombre del noble en cuestión, y era ese: Daidoji Shin.

—¿Qué significa eso? —preguntó Eiji. Emiko oyó cómo su cojín crujía y supo que el herrero se había echado hacia delante—. ¿Qué nos importa?

—Significa que las cosas no serán tan simples como creíamos. Este Grulla tiene experiencia destapando secretos. Puede incluso que descubra a nuestro amigo entre los Zeshi y, si lo hace, debemos estar preparados para lo peor.

—Quizá deberíamos salir de la ciudad. Solo mientras él esté aquí —dijo Fumihiro.

—Sería un buen modo de llamar la atención de cualquiera que nos esté buscando —contestó Yuzu—. No, lo mejor que podemos hacer es nada. Esperamos, observamos y dejamos que pase lo que tenga que pasar.

Fumihiro soltó una carcajada.

—¿Y luego qué, Yuzu? ¿Qué pasa si este Grulla tan listo descubre alguna conexión con nosotros? ¿Pretendes que aguantemos mientras nos descubren?

—¿Qué es lo que puede descubrir? No existimos.

—Solo que sí lo hacemos —dijo Fumihiro—. Existimos en una cadena de conocimiento. Hay demasiadas personas que saben de nuestra existencia, demasiadas conexiones.

—¿Y qué es lo que sugieres que hagamos? ¿Que matemos a cualquiera que esté conectado con nosotros por la remota posibilidad de que quizá, y repito lo de quizá, nos descubran? —Yuzu soltó un resoplido—. Tal vez deberíamos empezar por el viejo Natsuo, ¿eh? Después de todo, está aquí mismo, a nuestro alcance.

Se produjo un murmullo tras aquellas palabras. La mayoría admiraba a Natsuo, si bien no todos ellos lo hacían. De hecho, él había sido el responsable de enseñar la Gran Obra a muchos de los miembros de la reunión. Pese a que Emiko había llegado hasta allí por un sendero distinto, también respetaba al anciano.

—No he dicho eso —repuso Fumihiro, cortante—. Solo digo que creo que deberíamos tomar medidas para asegurarnos de que este asunto no nos saca a la luz.

—Mientras la *yojimbo* se empeñe en seguir siendo tan leal, no tenemos mucho que temer —interpuso Emiko—. Dentro de poco, el juez no tendrá otra opción que aplicar la justicia, por llamarla de algún modo.

—¿Y qué pasa si deja de ser leal? ¿Y si el Grulla picotea y picotea el asunto hasta que se revele una pizca de verdad?

—Que haga lo que quiera —dijo Emiko—. ¿Qué descubrirá más allá del nombre de quien informó a Gen de dónde se encontraba su rival?

—¿Y si ese nos delata?

—No lo hará. Nos teme.

—Puede que le tenga más miedo a la muerte.

—En ese caso, me aseguraré de que no sea así. —Emiko esbozó una sonrisa—. Como siempre he hecho.

CAPÍTULO DOCE
Casamentera

—Ya ha llegado —dijo Batu, entrando en el estudio. Shin alzó la mirada por encima del informe del incidente. Lo había leído varias veces aquella mañana, en busca de cualquier irregularidad que pudiera darle una pista sobre algo inapropiado. Por desgracia, resultaba una lectura un tanto aburrida. Batu no era muy dado al embellecimiento narrativo.

—¿Cómo la ha visto?

—Enfadada.

—Bien.

—¿Bien por qué?

—A las personas enfadadas se les da peor disimular. ¿Podría recordarme quién es Ikki? —Shin le dio un golpecito con el dedo a los papeles—. Testificó sobre lo ocurrido entre Gen y Ruri. Y el señor Koji lo mencionó, aunque me dio la impresión de que se le había escapado. La dama Nishi también me habló de él.

—Varios primos menores revolotean alrededor de los Shiko y se aprovechan de su influencia. Ikki es uno de los más avariciosos. Él y su grupito no se separaban de Gen. ¿Por qué lo pregunta?

—Me gustaría hablar con él.

—Ya he hablado con él.

—Me gustaría hablar con él también.

Batu soltó un gruñido.

—Si puede encontrarlo, adelante. Él y los demás debían haber estado aquí esta tarde junto con el resto de la familia. No se han presentado.

—Me pregunto por qué será.

—Por lo que se le ha escapado a Koji mientras usted no estaba en la sala, parece que se han negado a asistir porque consideran que su presencia es un insulto hacia los Ide y los Shiko. O eso dicen.

—Koji expresó unos sentimientos similares.

—Sí, bueno, por desgracia, hay algo de verdad en lo que dicen.

—Algunas personas se apresuran a ver un insulto donde no lo hay. Me temo que el señor Koji es así. —Shin apartó los documentos y se puso de pie—. Tendré que hablar con esos primos de todos modos. Si son testigos, es probable que puedan arrojar algo de luz sobre por qué Gen hizo lo que hizo.

—Como he dicho, si puede encontrarlos, adelante.

—Sus sirvientes podrían localizarlos antes que los míos, ¿sabe?

—Mis sirvientes tienen otros menesteres que atender. No somos muchos, y el área que debemos supervisar es bastante grande. Si quiere encontrar a esos idiotas, tendrá que hacerlo usted mismo.

Shin lo miró de soslayo.

—¿A eso le llama ser servicial?

Batu soltó un resoplido.

—Le he encontrado a la casamentera, ¿no? Agradezca que así haya sido.

—Oh, claro que lo haré. Le hablaré muy bien de usted a su familia cuando este asunto llegue a su feliz conclusión. —Shin se llevó una mano al pecho—. Creo que incluso puede que le otorguen un ascenso por todo esto.

—Está en la sala de recepciones —gruñó Batu—. ¿Quiere que...?

—No, pero, por favor, busque a Kasami y dígale que me espere. La necesitaré cuando haya terminado. —Tras aquello, Shin se dirigió con rapidez hasta la sala de recepciones mientras ordenaba sus pensamientos para prepararse para la conversación. Había transcurrido mucho tiempo desde la última vez que había hablado con una casamentera, y aquella ocasión había sido bajo unas circunstancias muy distintas.

Batu también había estado involucrado aquella vez, muy para su pesar. Shin sintió un atisbo de arrepentimiento ante el recuerdo de aquel momento, un momento de una época más sencilla que floreció de forma espontánea. Kaiya no había sido apropiada para él; Batu merecía algo mejor.

Había hecho lo que había sido necesario por el bien de Batu. El juez, por supuesto, no lo había visto de aquella manera. Shin esperaba que aquella vez todo saliera mejor para ambos y se preguntó si Batu esperaría lo mismo. Apartó el pensamiento de su mente cuando llegó a la puerta.

Se detuvo frente a ella durante unos segundos antes de entrar. Era educado permitir que los invitados recobraran la compostura antes de entrar en una sala. La casamentera se había arrodillado en los cojines que le habían proporcionado y aguardaba con paciencia. Shin se colocó en la tarima plana frente a ella.

—Usted es Suio Umeko —la saludó—. Los Shiko la contrataron como casamentera tras ciertas negociaciones con los Zeshi.

—¿Es eso una pregunta? —inquirió la anciana. Había un filo en su voz que a Shin le parecía admirable. A pesar de que él contaba con una mayor posición social, la casamentera no veía ninguna razón para ofrecerle nada más que la cortesía más básica: un insulto muy meditado, o, mejor dicho, una advertencia de que la protegía la autoridad del daimyō de los Ide. El hecho de que Ide Tadaji hubiera enviado a su casamentera personal para supervisar el asunto decía mucho de la influencia de los Shiko.

—Una afirmación —dijo Shin—. Usted es bastante famosa en algunos círculos. Los Suio son conocidos por su habilidad con los registros, y las casamenteras que producen gozan de una alta estima, incluso fuera del Clan del Unicornio.

—Me halaga, mi señor —dijo ella con voz suave. Shin la examinó con atención. Era mayor que él, tal vez de la misma edad que su abuelo. Pese a que nunca había sido bella, igualmente resultaba impresionante en cierto modo, según él.

—Solo para cumplir mis propios fines —repuso él con la misma suavidad. La casamentera se quedó en silencio un instante, sorprendida de repente por una confesión tan directa. Luego esbozó una sonrisa.

—Bien. No quisiera pensar que de verdad cree todo lo que ha dicho.

El té llegó en aquel momento. Kitano les llevó la bandeja, por suerte, sin su torpeza habitual. El jugador hizo una profunda reverencia y se marchó sin decir nada.

—A veces sí lo hago. No ocurre a menudo, por supuesto, pero sí en ocasiones. —Shin le pasó una taza de té, y ella la aceptó con educación e inclinó la cabeza.

—Desea preguntarme algo, si no me equivoco.

—Varias cosas, de hecho. Si me lo permite.

—Siempre estoy dispuesta a ayudar en asuntos como este.

—Lo dice como si esto ocurriera con regularidad —dijo Shin, bebiendo un sorbo de su té.

—Los matrimonios concertados pueden ser eventos peligrosos, en especial para aquellos que no tienen mucha experiencia. —Umeko probó el té y suspiró, satisfecha—. Delicioso.

—Me alegro de que le guste. Es mi propia mezcla.

—En ese caso, usted es más habilidoso de lo que parece, mi señor.

Shin le dedicó una mirada penetrante. La sonrisa de la casamentera era sobria, y su mirada, abierta y modesta.

—Gracias —le contestó—. ¿Es este el primer asesinato que ocurre como resultado de uno de los matrimonios que ha concertado?

Umeko frunció el ceño.

—No fue culpa mía.

—Estoy seguro de que no fue su intención, pero, aun así… las pruebas están a la vista de todos.

La casamentera guardó silencio, aunque solo por unos instantes.

—La pareja era apropiada.

—Pero no perfecta.

—No suelen serlo, y menos en situaciones como esta. Las tensiones entre ambas familias eran… son volátiles. Había mucho peso sobre los novios, y ellos lo sabían. Pasara lo que pasara, no fue por el compromiso de matrimonio.

—¿Puede decirlo con certeza?

—Me jugaría mi reputación por ello.

—Me alegra oír eso, porque en cierto modo lo está haciendo.

Umeko lo miró atentamente.

—¿Qué quiere decir? —exigió saber ella.

—Estoy seguro de que comprende que, sea cual sea la verdad, lo importante es lo que digan los demás. Y lo que dirán es que usted concertó un matrimonio en el que una parte atacó a la otra y murió en el intento.

Umeko dejó su taza.

—Y estoy segura de que a usted, como buen Grulla que es, le encantaría difundir un rumor tan desagradable.

—Sentiría que es mi deber advertir a los demás de tal posibilidad —repuso Shin, sonriendo—. Sin embargo, si usted hablara conmigo con libertad, me sentiría… obligado a mantener la santidad de su reputación, digamos.

Umeko dejó escapar un sonido de indignación.

—Soy demasiado mayor para intercambiar palabras con un

fanfarrón engreído de la corte. Dígame lo que quiere saber y le contaré lo que pueda.

—Quiero saber por qué Gen atacó a su prometida en medio de la calle.

La casamentera se quedó mirando su taza de té.

—¿Cómo iba a saber yo eso?

—No creo que lo sepa, pero se ha formado una opinión sobre nuestros jóvenes tortolitos, y me gustaría saber lo que piensa.

—Jóvenes es un buen modo de describirlos —dijo ella finalmente—. No por edad, sino por carácter. ¿Entiende lo que le quiero decir?

—Ajá. ¿Son ingenuos, entonces?

—Sí. Ambos tienen una ingenuidad particular que es común entre los hijos de las familias vasallas. Cuentan con una posición lo suficientemente alta como para que el mundo esté a sus pies, pero también es tan baja que no tienen muchas responsabilidades. Los Shiko y los Zeshi gobiernan este lugar como si fueran un Khan a pesar de que es su territorio solo por la generosidad de los Unicornios. Algunos de ellos todavía no han aprendido a mostrar una humildad apropiada ante semejante regalo. —Frunció el ceño—. Gen era así.

—¿Arrogante?

—Maleducado. Un niño mimado y consentido. Un zoquete presuntuoso.

—¿No le caía bien, entonces?

Umeko esbozó una leve sonrisa.

—Para nada. Si las familias no hubieran insistido tanto, si no hubiera habido otros factores involucrados en el asunto, no habría concertado nada.

—¿Temía por la chica?

Umeko soltó un resoplido.

—Temía que ella lo fuera a matar mientras dormía.

Shin alzó una ceja, sorprendido. Era algo que tener en cuenta, aunque primero tendría que hablar con Aimi antes de considerarlo en serio.

—¿Tan feroz es?

—¿Acaso las mujeres del Clan de la Grulla no son peligrosas a su manera? —preguntó la casamentera—. Ellas matan con susurros y palabras. Nuestras hijas lo hacen con acero.

Shin bebió un sorbo de su té.

—Tal vez eso sea más compasivo, creo yo.

—Solo si se hace rápido —dijo Umeko, distraída—. Una vez, mi hermana… Bueno, no importa. —Lo miró directamente—. El chico era un idiota, y la chica, feroz… aunque ingenua también, a su manera.

—¿Qué manera es esa?

—Era… reservada. No cortante, pero resignada. Como si cargara con un peso sobre la espalda. Podía vérselo en el rostro. —Umeko pensó durante unos momentos—. Había cierta tristeza en ella.

—¿Por su padre, quizá? —preguntó Shin—. Me contaron que desapareció poco después de que se concertara el matrimonio.

—Es posible. Al principio pensé que se trataba de su sordera, una especie de desconexión respecto al mundo que la rodea. A veces pasa.

—¿Es sorda? —la interrumpió Shin.

—¿No lo sabía?

—No.

Umeko hizo un gesto para restarle importancia.

—Solo es parcialmente sorda y sabe leer los labios y comunicarse con signos: todos los hijos de los Unicornios lo aprenden cuando son pequeños. Signos de verdad, no ese aleteo gentil que utilitzan las Grullas. No le suponía ningún problema. —Hizo una pausa—. Estaba enamorada. O lo había estado.

—¿Un amante? —Shin se inclinó hacia delante, con las manos apoyadas en las rodillas. Las inquietudes de Nishi sobre si la chica era apropiada o no empezaban a cobrar más sentido—. ¿Gen lo sabía?

—No, nadie lo sabía. No estoy segura de ello, como comprenderá. Pero he sido casamentera el tiempo suficiente como para reconocer los indicios cuando los veo.

—Sí, supongo que eso es algo de lo que querría estar al corriente.

Umeko sonrió.

—Sí, estaría bien. —Su sonrisa se desvaneció—. Gen no era el tipo de hombre que aceptaría algo así. Yo misma me pregunté si se habría enterado y… ya sabe. —Hizo un gesto de impotencia—. Era ese tipo de idiota.

—¿Podría habérselo contado alguien? El misterioso amante, por ejemplo.

—Es posible. Lo he visto en otras ocasiones, en casos de una pareja mal concertada. Pero si pretende preguntármelo, no, no sé quién haya podido ser, si es que ese alguien existe de verdad.

—Lástima —sonrió Shin—, eso lo habría hecho todo más fácil.

—Ya, bueno, como suelo decirle a todo el mundo, yo no puedo hacerlo todo, por mucho que me gustaría a veces. —Guardó silencio, como si estuviera dándole vueltas a algo, y luego añadió—: Aunque no sé de quién se trata a ciencia cierta, sí tenía mis sospechas.

Shin esperó mientras disfrutaba de su té. La casamentera lo consideró durante unos instantes antes de decir:

—La guardaespaldas, Katai Ruri.

—¿Y qué le hace decir eso?

—Intuición femenina. —Umeko hizo una pausa—. Mis disculpas, ha sido algo simplista.

—No, es tan buena respuesta como cualquier otra. —Shin dejó su taza. Las relaciones entre un *yojimbo* y su señor no eran algo que no se produjera nunca, aunque estaban mal vistas por razones obvias. Y más en un caso como aquel, en el que la señora en cuestión tenía un deber que cumplir—. Debería haberme percatado yo mismo; explica mucho de lo que me pareció extraño sobre la situación. Aun así, eso me lleva a preguntarme quién le pudo haber contado a Gen lo que sucedía.

—¿Por qué importa eso?

—Porque si usted tiene razón y mis sospechas han dado en el blanco, quien fuera que lo haya hecho habría instigado todo este asunto con alevosía. Y eso no suena nada bien.

—Así es. Por suerte, ese es su problema y no el mío. —Umeko le dedicó a Shin una mirada directa—. Dígame, Grulla…, ¿ha pensado ya en el matrimonio?

Shin parpadeó, sorprendido.

—Ah, pues… no.

Umeko soltó un resoplido.

—Claro que no. Nadie suele hacerlo hasta que es demasiado tarde. Conozco a varias chicas y chicos que creo que podrían parecerle apropiados, si desea que se los presente.

—Lo tendré en cuenta, gracias. —Shin dejó su taza una vez más antes de continuar—. Y muchas gracias también por todo lo que me ha contado.

Ante aquello, Umeko se puso de pie con dificultad.

—De nada, mi señor. Pero no olvide mi oferta. Un marido inteligente es muy preciado entre los Unicornios, aunque no uno demasiado inteligente. Creo que usted podría encontrar una buena pareja. —Umeko hizo una profunda reverencia y se retiró.

Tras unos momentos, Kasami entró en la sala, con un bulto cubierto de telas en la mano. Shin le hizo un gesto para que se sentara.

—Espero que estuvieras escuchando.

Kasami asintió, si bien un poco a regañadientes. Shin había necesitado un gran esfuerzo para quitarle a su guardaespaldas la costumbre de no escuchar las conversaciones privadas. Había tantas personas que creían que las paredes de papel se respetaban de forma universal que se podía aprender mucho si se estaba dispuesto a ignorar tradiciones como aquella.

—Sí —admitió ella—. Y tiene razón, ya es hora de que piense en sentar la cabeza.

—Eso no —se apresuró a decir Shin—. Sobre el amante de la dama Aimi.

—La casamentera no estaba segura de si la chica tenía un amante o no —repuso Kasami, dudosa.

—Sí que lo estaba —contraatacó Shin—. Si no, no lo habría mencionado.

Kasami volvió a asentir a regañadientes.

—Eso explicaría las cosas. Gen se enteró y le pareció una ofensa. He conocido a muchos hombres que harían lo mismo que hizo él.

—¿Y qué opinas de ellos?

Kasami soltó un gruñido.

—En mi humilde opinión, el mundo estaría mejor sin ellos. Si la chica tenía un amante de verdad, seguramente fuera alguien que Gen conocía.

—Continúa. —Shin la animó a seguir con un gesto.

—Su reacción fue demasiado extrema como para que no lo conociera. Si se hubiera tratado de un desconocido, Gen lo habría desafiado sin pensárselo dos veces. El hecho de que fuera alguien que conocía hizo que la traición le doliera más aún. —Kasami se quedó callada, y Shin asintió, satisfecho.

—Excelente. Has estado escuchando, ¿eh?

—Habla demasiado, es imposible no escuchar algo de lo que dice.

—Sea como sea, me complace. —Shin se dio una palmada en las rodillas—. Bueno, ahora necesito que le entregues un mensaje a Zeshi Shijan de mi parte.

—¿Por qué no usa a alguno de los sirvientes del señor Batu?

—Porque quiero que provenga de mí, no de la autoridad del juez. Por lo que Batu me ha contado sobre el señor Shijan, creo que preferirá que así sea. Estoy seguro de que Nozomi puede indicarte cómo llegar hasta allí.

—¿Por qué no envía a Kitano?

—Porque te lo estoy pidiendo a ti. —Shin hizo una pausa—. Eres más impresionante que Kitano, y quiero que quede impresionado.

Kasami asintió, frunciendo el ceño.

—¿Y qué quiere que le diga?

—Les haré una visita a los Zeshi mañana. —Se quedó callado un segundo—. Esperaba poder adentrarme un poco en la ciudad, y el señor Shijan me ha proporcionado la excusa perfecta. Dale las gracias de mi parte.

Kasami volvió a asentir, pero no se movió. Shin la miró.

—¿Sí?

—Iré. Pero antes… —Desenvolvió el bulto y sacó dos espadas de práctica de madera. Shin hizo una mueca al verlas.

—Ah. ¿De verdad tenemos que hacerlo? No tenemos mucho tiempo, no creo que…

—Ya me ha evitado esta mañana —lo interrumpió Kasami, seria—. Mi deber es protegerlo, incluso de sus propios malos hábitos. Nozomi me ha mostrado un lugar en la parte trasera que el señor Batu usa para sus propios ejercicios. No tardaremos nada. —Se puso de pie y le lanzó una de las espadas—. Arriba, mi señor. Veamos si recuerda algo de lo que le enseñaron sus tutores.

CAPÍTULO TRECE
Zeshi

Al día siguiente, las calles del distrito central estaban abarrotadas. Los negocios debían concluir antes de que la Diosa Sol le cediera el paso al Dios Luna, y los mercaderes vendían sus productos del día. Shin podía oler fideos picantes e incienso bajo el hedor omnipresente de las curtidurías de las laderas inferiores. El viento había cambiado y había arrastrado el olor hacia arriba.

Los carruajes y los caballos se peleaban por el control de la calle, lo que obligaba a los transeúntes a caminar por los senderos estrechos que serpenteaban alrededor de los puestos. Los recolectores de basura se escabullían por los bordes de la multitud y trataban de mantener los caminos limpios de excrementos de animales y de desechos lanzados por viajeros descuidados. Shin les deseó suerte en su tarea, a pesar de que sabía lo suficiente sobre caballos como para estar seguro de que aquello sería bastante en vano.

Una *yubatake* —una fuente de aguas termales— de un tamaño impresionante ocupaba la parte central del distrito, y la mayoría de las tiendas y puestos se reunían a su alrededor para aprovechar el agradable olor a sulfuro y el vapor cálido. Se trataba de la fuente de aguas termales más grande de la ciudad; un entramado de conductos de madera rodeaba la fuente, y una gran cantidad de agua fluía a través de ellos. Shin sabía que dichos conductos servían para enfriar las aguas, además de para transportarla hasta los numerosos *ryokan*, *onsen* y baños públicos por los que la ciudad era conocida.

El Daidoji podía sentir cómo el calor volcánico de las aguas se asentaba en la calle. Incluso en aquella época del año, por las montañas soplaba un aire fresco, y el calor del agua lo contrarrestaba de un modo agradable. No obstante, todo estaba cubierto por una cortina de humedad. Los estandartes estaban mojados, manchados por el agua y goteando. La madera se hinchaba, sin que nadie pudiera hacer nada por evitarlo, y los ladrillos se resquebrajaban.

Pese a que las aguas termales que se formaban donde el agua fluía o surgía de la roca eran la esencia vital de Hisatu-Kesu, también serían su perdición en un futuro lejano. Siglo tras siglo, desgastaban la carcasa exterior de la montaña al mismo tiempo que los habitantes de la ciudad excavaban para encontrarlas. Con el paso del tiempo, no quedaría nada de aquella montaña. Solo agua que se alzaba y caía para siempre.

Alzó la mirada y se percató de la presencia de los cientos de linternas de papel que colgaban de cuerdas que se extendían por toda la calle. Si bien todavía no estaban encendidas, cuando anocheciera parecería que un enjambre de luciérnagas había invadido las calles de Hisatu-Kesu. Por lo que Batu le había dado a entender, aquello se hacía solo por el distrito de la nobleza escondido en las laderas de más arriba. Al parecer, les proporcionaba algo bonito que ver por la noche.

Cuando se lo comentó a Kasami, esta meneó la cabeza.

—Menudo desperdicio. Me sorprende.

—¿Por qué?

—Creía que los Unicornios estaban por encima de esas cosas.

Shin rio por lo bajo.

—Me parece que esos vicios los aprendieron de nosotros. Siempre han aprendido rápido. Además, ¿qué tiene de malo?

—He dicho que es un desperdicio, no que sea malo. —Guardó silencio unos momentos—. ¿Cree que tiene sentido investigarlo? Lo que le contó la casamentera, quiero decir.

—Sin duda —asintió Shin—. Aunque aún no sé si eso es

todo lo que entraña el asunto o si tan solo es un fragmento de una conspiración más grande.

Kasami fulminó con la mirada a un vendedor de fruta hasta que el *heimin* se apresuró a apartarse de su camino.

—Si descubre quién ha sido, ¿qué hará entonces?

—Dependerá de quién haya sido y de qué papel haya interpretado en la muerte de Gen. —Agitó su abanico para tratar de apartar el molesto hedor a excrementos de caballo y sulfuro—. Es posible que quienquiera que haya avisado a Gen lo haya hecho para ponerle fin al matrimonio sin haber tenido en cuenta las consecuencias. Del mismo modo, también puede haber sido alguien que lo sabía y que pensaba que no era correcto que Aimi se casara con Gen mientras seguía enamorada de otra persona.

—Sea cual sea el motivo, el resultado fue el mismo.

—Sí, pero de todos modos, absuelve a Ruri.

—No parece que quiera que la absuelvan.

—¿Le has preguntado?

Kasami vaciló antes de contestar.

—No.

Shin clavó la mirada en ella.

—¿Entonces cómo sabes lo que quiere?

—Es una samurái. Por mucho que haya caído en desgracia, algunas cosas nunca cambian, pues forman parte de quienes somos. Quiere morir. Las familias quieren que muera. Dejémosla morir.

—Su señora no quiere que muera.

Kasami se quedó en silencio, y Shin continuó sin remordimiento:

—Es a la dama Aimi a quien sirve, y es ella quien ha detenido el castigo final. Fue la dama Aimi quien escribió a la dama Konomi para que interviniera. Y solo la dama Aimi puede darle la absolución que busca. Hasta que ello ocurra, seguirá siendo una prisionera.

Miró a Kasami y vio una expresión testaruda que le resultó familiar.

—Has estado de malas más de lo normal desde que hemos llegado. No creo que sea solo porque te fastidia todo esto.

—Envió a Kitano a Owari del norte —dijo ella sin devolverle la mirada—. ¿Por qué?

A Shin no le sorprendía que hubiera descubierto cuál era la tarea de Kitano, pues, después de todo, no había dedicado ningún esfuerzo a ocultarla.

—Para encontrar a esos primos de los Shiko que no dejan de mencionar.

—¿Y ese es el único motivo?

Shin se detuvo, y Kasami continuó avanzando varios pasos más antes de detenerse y volverse.

—¿Qué es lo que me estás preguntando? —exigió saber él.

—No sé, usted es el detective.

Shin frunció el ceño y estuvo a punto de contestar. Sin embargo, antes de que las palabras salieran de su boca, la cerró y apartó la mirada.

—Te lo ha contado, ¿verdad? —preguntó finalmente.

—Sí.

—¿Desde cuándo te cuenta las cosas?

—Está preocupado por usted.

—Le das demasiado mérito. A Kitano no suele preocuparle nadie más que él mismo. —Shin suspiró y meneó la cabeza—. No tienes nada que temer; no tengo ninguna intención de ir en busca de ese tipo de entretenimiento mientras estemos aquí.

—¿Y cuando nos vayamos?

Shin la miró.

—No puedo predecir el futuro, por muy útil que fuera tener una habilidad así.

—Usted es un idiota.

—Sí, pensaba que ya te habrías enterado a estas alturas.

—Shin impidió la respuesta de su guardaespaldas con un gesto—. No es nada más que… práctica, digamos.

—¿Práctica?

—Una prueba a mi fuerza de voluntad. —Shin observó cómo un cuarteto de sirvientes cargaba un palanquín con cortinas a través de la intersección. Las cortinas eran de buena calidad y llevaban la marca de una familia de la nobleza, aunque Shin no la reconoció. Como en todas partes, las tierras del Clan del Unicornio estaban infestadas con un exceso de nobleza inferior. Siervos provinciales y vasallos de vasallos que pretendían escalar los puestos de la influencia.

»El aburrimiento es una enfermedad para mí —continuó el Daidoji—. Ya lo sabes. Se… infiltra en mi interior y no puedo deshacerme de él a menos que ceda. En otros tiempos, eso significaba rendirme ante mis vicios, pero últimamente no es tan simple.

—¿Qué quiere decir? —preguntó ella. Había cierta sospecha en su voz, y Shin no la culpaba. Aquellos días, él mismo se solía preguntar si lo que decía era la verdad o si solo estaba tratando de racionalizar sus decisiones.

—Que ahora tengo un nuevo vicio. —Se dio un golpecito en un lado de la cabeza—. Una nueva compulsión, una que me resulta más satisfactoria que cualquier timba de dados. —Empezó a caminar de nuevo, y Kasami lo acompañó—. Tenías razón con lo que me dijiste. Mi aburrimiento es lo que me condujo a aceptar la petición de la dama Konomi, y es el motivo por el que sea tan… insistente en este asunto.

—¿Lo admite?

—Por supuesto. —Shin le dedicó una mirada seria—. Sin embargo, que mis motivos sean puramente egoístas no quita que tenga razón. Todo esto no puede tratarse de tan solo un cortejo que ha salido mal. Presiento que hay algo más y sospecho que no soy el único que piensa así.

—Habla del señor Batu.

—Ajá. No habría cedido ante mi impulso descabellado con tanta rapidez si no sospechara que está ocurriendo algo extraño. Se arriesga a perder muchas cosas al dejarme a mis anchas por su jurisdicción. No lo haría sin un buen motivo.

—Así que el señor Batu espera que usted haga su trabajo por él.

—Espera que pueda encontrar una excusa para impedir que él tenga que hacer su trabajo.

Shin olisqueó el aire. La forma de las calles hacía que los olores más fuertes de la ciudad se quedaran atrapados al imposibilitarles ascender y dispersarse, por lo que se mezclaban capa sobre capa y casi se convertían en algo sólido. Olores a comida, excrementos de caballo y cuero hervido. A grasa, cenizas y vapor.

El sonido también se quedaba atrapado en aquel lugar y se doblaba sobre sí mismo debido a la curvatura de la montaña. De una calle a otra, el ambiente era demasiado ruidoso o demasiado silencioso. Una calle podía temblar por el clamor atronador del paso del agua, mientras que otra podía estar en silencio como un cementerio.

—Esta ciudad es extraña —murmuró Shin—. Cabalga sobre las montañas, solo que sin ninguna habilidad. Es como un hombre que trata de aferrarse al caballo que amenaza con lanzarlo al suelo.

—Más motivo para acabar lo que hemos venido a hacer y marcharnos.

Shin asintió.

—Tal vez. —Esbozó una sonrisa traviesa—. Aunque hay una gran escasez de influencia de las Grullas en esta ciudad: ni un solo mercader vasallo lleva nuestra pluma. Es una vergüenza. Me pregunto si debería hablarlo con mi abuelo y tratar de establecer a alguien aquí.

Kasami soltó un resoplido.

—Por fin un buen uso de su tiempo. Me alegro de ver…

—se interrumpió a sí misma y le dedicó una mirada seria—. ¿Ha sido una broma?

—Una pequeñita.

—Muy pequeñita. —Soltó un suspiro y señaló hacia unas escaleras de madera que ascendían entre dos edificios sin mayor importancia—. El distrito de la nobleza se encuentra hacia arriba, no en el pico de la montaña, pero cerca. El hogar de los Zeshi está al oeste. —Kasami lo miró—. Puede que no nos dejen pasar; no parecieron muy contentos de recibir su mensaje.

—¿Te recibió alguien importante?

—No.

—Ah, vaya. —Shin asintió, poco sorprendido—. Aun así, no me cabe la menor duda de que nos están esperando.

La subida no resultó tan ardua como había temido. Los peldaños estaban tallados de manera burda y arañaban las suelas de sus sandalias. Unas linternas que mostraban los sellos de las familias marcaban los caminos hacia sus hogares y fincas.

Los Zeshi poseían varias viviendas, todas ellas agrupadas en la misma ladera, tras un gran muro de mampostería reforzado por troncos. Un par de caballos piafantes forjados de bronce hacían de centinelas a ambos lados de las puertas principales. Shin pensó que era un tanto pretencioso, pero se guardó el comentario al presentarse ante las puertas.

Un par de *ashigaru* hacían guardia, ataviados en armadura utilitaria con medallas que mostraban su lealtad. Un sirviente esperaba con ellos. Este se inclinó con respeto cuando vio a Shin e hizo un gesto para que abrieran las puertas.

—El señor Shijan le espera en los jardines, mi señor. Le ofrece sus disculpas por no encontrarse con usted como es debido, pero desea llevar a cabo sus ejercicios mientras pueda.

—Oh, excelente, siempre disfruto de un poco de ejercicio —repuso Shin con alegría. Kasami soltó un bufido, pero, por fortuna, no dijo nada más. El sirviente los condujo a través del patio de la casa principal, con su base de piedra y sus paredes de madera. Un segundo sirviente les esperaba en lo alto de las escaleras exteriores. Shin y Kasami le entregaron sus espadas, tal como exigía el protocolo, y les condujeron a través de la casa hasta el jardín interior.

El jardín era un gran cuadrado verde situado en el corazón de la casa. Unos cuantos árboles cultivados con cuidado proporcionaban sombra y un hogar a los pájaros cantores que Shin oía revolotear por las ramas. Unas flores exuberantes, poco comunes y de color escarlata brillante, se agrupaban en varios montones bajo los árboles. Varias abejas zumbaban entre ellas.

Zeshi Shijan estaba apoyado en un banco cerca de los árboles mientras rasgaba las cuerdas de un *igil* con un arco. Shin reconoció el instrumento, a pesar de no haber visto nunca ninguno de cerca. Era uno de los varios y curiosos instrumentos musicales que los Unicornios habían traído con ellos en su regreso al imperio. Y, aunque Shin no sabía mucho acerca del *igil*, sí sabía lo suficiente como para saber que a Shijan se le daba de pena tocarlo.

—Una bonita melodía —comentó Shin con educación. Hizo un gesto para que Kasami esperara cerca de la puerta, sobre un cojín que los sirvientes le habían proporcionado.

—Sí lo es, ¿verdad? —Shijan sonrió—. Debo confesar que compongo en mi tiempo libre. Diría que nadie toca el *igil* mejor que yo en este lado del Paso Iuchi.

—Qué modesto por su parte. —Shin examinó a su anfitrión. A simple vista, Shijan tenía todas las características de un *bushi* ejemplar, si bien estaba un poco fuera de forma. Era apuesto y llevaba vestimentas elegantes, pero lo hacía sin gracia, por lo que su belleza quedaba desperdiciada.

Shijan soltó un resoplido.

—La falsa modestia es competencia de las Grullas. Si un hombre tiene habilidad para algo, que la demuestre, no vaya a ser que las Fortunas le retiren sus dones.

Shin reconoció la cita, aunque sospechó que Shijan había imaginado que no lo haría.

—Una cita de *El deudor ujik*, si no me equivoco. Un tratado de Moto Bolormaa. Es una buena obra, aunque su atractivo me resulta un tanto limitado.

Shijan se lo quedó mirando durante unos instantes antes de devolver su atención a su instrumento.

—Es bastante leído, mi señor.

—Mis responsabilidades son escasas, por lo que no tengo mucho más que hacer que leer. —Shin se preguntó cuándo le invitaría a sentarse—. Debo admitir que la obra de Bolormaa me resulta estimulante. Hay una especie de brusquedad casual en el modo en el que va directo al grano.

—Quiere decir que es simple.

—La simplicidad es un arte, como cualquier otro. —Shin contempló el jardín a su alrededor—. ¿Es cierto que los mejores *igil* se hacen a partir de la madera de un alerce de montaña?

—Así es. Con cuerdas hechas de los pelos de la cola de un caballo. —Shijan le dio un golpecito al instrumento con el arco—. Yo mismo arranqué estos.

—Espero que el caballo recibiera su justa compensación.

Shijan frunció el ceño.

—¿Es eso una broma?

—Una muy mala —dijo Shin, inclinando la cabeza.

—Discúlpeme, no estoy acostumbrado al humor de la corte.

—Yo tampoco, ahora que lo dice. Hace bastante tiempo que no acudo a la corte.

—¿Pero ha ido alguna vez? —preguntó Shijan, dudoso.

—Un par de veces.

—¿Y es… es como dicen?

—Eso depende de quién lo diga y qué haya dicho —repuso Shin—. Sí le puedo decir que es toda una experiencia. Es algo interesante, estimulante y desastroso a partes iguales. Me siento muy honrado de haber recibido la invitación, por supuesto.

—Por supuesto —repitió Shijan. Había un tono de anhelo en su voz que hizo que Shin sintiera un atisbo de compasión por el hombre—. Debo ofrecerle mis disculpas por no haberme encontrado aquí para darle la bienvenida ayer. Un asunto inesperado requería de mi atención.

—Me han dicho que se sintió insultado por mi presencia; ese es el motivo de mi visita: ofrecerle mis propias disculpas. —Shin hizo una reverencia, y Shijan asintió, perplejo. Dejó su instrumento a un lado y se puso de pie. Miró de reojo al sirviente que los había conducido hasta el jardín.

—Yo, prepara mi equipamiento de tiro con arco. Me apetece algo de práctica hoy.

El sirviente hizo una reverencia y se retiró.

—Ah, la arquería —dijo Shin, esbozando una sonrisa—. El vuelo de una flecha tiene algo de poético, ¿no cree?

—Eh… sí. Sí, supongo que sí. —Shijan lo miró y dudó antes de añadir—: He oído que los Daidoji entrenan con el arco. ¿Le apetecería comprobar su habilidad mientras charlamos?

—Me encantaría, gracias —repuso Shin, sonriendo.

CAPÍTULO CATORCE
Tiro al blanco

—Debo confesar que he oído hablar de usted, mi señor —dijo Shijan al tiempo que los sirvientes despejaban el jardín—. Es famoso por interferir en el curso de la justicia para entretenerse a costa de la decencia.

Shin se volvió mientras los sirvientes traían un objetivo de paja, un arco y varias flechas.

—No solo para entretenerme, se lo aseguro.

Shijan silbó, y los sirvientes se alejaron tras dejar el objetivo donde estaba. Alzó el arco y soltó su flecha, la cual falló por mucho. Bajó el arco con una expresión fastidiada.

—Era un blanco complicado —dijo Shin con amabilidad.

Shijan soltó un gruñido y extrajo otra flecha del carcaj. Soltó la flecha y se vio recompensado por un acierto mediocre. El objetivo de paja se tambaleó, y un sirviente se apresuró a colocarlo de nuevo.

—Discúlpeme, pero ¿puedo hablarle con franqueza? —preguntó Shijan.

—Adelante, por favor.

—Su presencia no ayuda precisamente a nuestras negociaciones con los Shiko.

—¿Las negociaciones no se han detenido?

—¿Por qué iban a hacerlo?

—Por la muerte de Shiko Gen, por ejemplo.

Shijan extrajo otra flecha.

—Es una tragedia, pero no es nada que no se pueda superar.

Si bien el matrimonio era la forma más sencilla de unir a las familias, hay otros modos, como usted sabrá. Ya he hablado con el señor Koji, y él me asegura de que cuenta con el apoyo total de sus padres para continuar con las negociaciones.

—Se dice que algunos no aprueban… bueno… nada de esto, a decir verdad.

Shijan bajó su arco y miró a Shin.

—Siempre hay obstáculos en el camino del progreso.

Antes de que pudiera elaborar más, le interrumpió la llegada de alguien. Un joven ataviado con un kimono estridente. Sin afeitar y con el cabello despeinado, había aparecido en el lado opuesto del jardín y se había detenido en seco. Miró a Shin durante un instante antes de fulminar con la mirada a Shijan.

—¿Qué está haciendo ese aquí? —exigió saber—. ¡No tiene derecho a estar aquí!

Shijan dejó el arco y clavó la mirada en el joven.

—Ha pedido una audiencia y yo se la he concedido. Mi autoridad me permite hacerlo, si no me equivoco.

—Esta es nuestra casa, no la suya —repuso el joven. Tenía la mano cerca del cuchillo que portaba en su cinto, un arma curiosa y curva: una hoja extranjera y bastante antigua, según creía Shin—. Usted es el cuidador de esta casa, primo. Nada más que eso.

Shijan se enderezó de repente, con el rostro lleno de ira.

—Silencio, Reiji. Nos avergüenzas a los dos frente al señor Shin.

—¿Y a mí qué más me da el señor Shin? —repuso Reiji, fulminando a Shin con la mirada—. Para mí, él no es nada más que un invitado no deseado y una molestia.

—Reiji… ¿El señor Reiji, supongo? ¿El hermano de la dama Aimi? —Shin lo observó con atención. Reiji era demasiado joven y estaba enfadado, para colmo. Probablemente acabara de aprobar su *gempuku*. Si bien aquello le convertía en un adulto según los estándares de Rokugan, a Shin le parecía que aún era inmaduro.

Reiji dudó antes de contestar.

—¿Y qué si lo soy?

—Nada, es solo que me alegro de que esté aquí también, pues quería hablar con usted.

—No tengo nada que decirle, Grulla.

—Ya me ha dicho mucho —dijo Shin de manera deliberada.

Reiji se sonrojó y miró a Shin con una expresión insolente.

—Así que es usted a quien han enviado a limpiar nuestro estropicio.

—Cállate —siseó Shijan—. Y, si tienes algo que decir, ¡hazlo con respeto!

Shin hizo un gesto para calmar la situación.

—Creo de verdad que el respeto es algo que debe ganarse. Y es una pregunta justa. Sí, yo soy el Grulla. Daidoji Shin, a su servicio. —Hizo una pequeña reverencia, y Reiji contestó con una mueca burlona.

—Lo dudo mucho. —Miró a Shijan—. Me voy.

—No irás a ninguna parte.

—Impídamelo si puede, cuidador. —Reiji salió corriendo por delante de ellos, y Shijan estiró una mano de repente para agarrar al joven del brazo. Reiji se detuvo en seco; estaba claro que Shijan era más fuerte de lo que aparentaba.

—Te dirigirás a mí con respeto, chico —le dijo en voz baja—. Después de todo lo que he hecho por ti y por tu hermana, es lo mínimo que podrías hacer.

Reiji se sacudió para liberarse del agarre de su primo y dio un paso hacia atrás. Hizo una reverencia burlona y salió del jardín hecho una furia. Shijan lo observó marcharse con una expresión peculiar, y Shin sintió un atisbo de compasión por él.

—Lo siento mucho, mi señor —se disculpó Shijan tras volverse—. Reiji siempre ha sido un crío susceptible y se ha vuelto incluso peor desde la desaparición de su padre.

—No tiene nada por lo que disculparse, señor Shijan. La familia es tanto una carga como una bendición. Yo lo sé muy bien. —Hizo una pausa—. Hablando de eso… su otra prima, la dama Aimi, ¿está en casa?

Shijan escogió otra flecha y miró a Shin de reojo.

—¿Por qué lo pregunta?

—Me gustaría hablar con ella si es posible.

—¿Y si no lo permito?

—Si el camino está bloqueado, lo único que puede hacer uno es encontrar otra ruta.

—Bolormaa —dijo Shijan con confianza.

—Mongke, de hecho. Un filósofo de los Ide.

Shijan frunció el ceño.

—Ah, eso explica por qué no me sonaba la frase. Las obras de los Ide nunca han sido de mi agrado.

—Lástima.

—Creo que le toca —dijo Shijan, entregándole el arco y una flecha. Shin estudió la flecha durante unos segundos antes de volver a meterla en el carcaj y escoger otra. Shijan entornó los ojos, pero Shin pretendió no haberse percatado.

Shin apuntó.

—Katai Ruri —dijo, disparando la flecha. Le complació ver que esta se hundía en la figura de paja—. Creo que con eso le he partido el esternón.

—Buen disparo —concedió Shijan con un gruñido.

Shin escogió otra flecha.

—Siempre hay margen de mejora. ¿Qué puede decirme de ella?

Shijan dudó antes de contestar:

—¿Por qué?

—Todo gira en torno a su acción o a su falta de acción. Por tanto, ¿quién es? ¿De dónde viene? ¿Cómo acabó sirviendo a su familia?

—La contrató el padre de Aimi durante un periodo de tensión entre nuestra familia y la asociación de mercaderes de la ciudad. Se habían producido varias amenazas; todas anónimas, por supuesto.

—Las mejores amenazas siempre lo son —dijo Shin, distraído, y tardó en escoger otra flecha a propósito para dejar que Shijan hablara.

El Unicornio se quedó en silencio algunos segundos antes de continuar.

—No sé cómo la conoció ni dónde la encontró, solo sé que regresó de un viaje a Shiro Iuchi acompañado de la Leona.

—¿La Leona?

—Es lo que solíamos llamarla: la Leona. Es una broma.

—Ah, claro. Qué graciosa. ¿Y qué le pareció ella?

—Que era competente. —Shijan escogió una flecha y empezó a juguetear con la pluma—. Pero debo admitir que tampoco me impresionó demasiado.

—¿Y qué piensa de ella ahora?

—Me impresiona menos aún. Me alegro de que nunca llegáramos a adoptarla formalmente en la familia—. Shijan volvió a colocar la flecha en el carcaj—. Una buena *yojimbo* habría sabido que no debe responder a los insultos de un patán borracho.

—¿Iba borracho, entonces?

—Siempre iba borracho.

—Según la propia Ruri, ella solo se estaba defendiendo a sí misma.

—En ese caso, debería haberlo hecho de un modo que no resultara letal.

—Eso no siempre es posible —dijo Shin.

—¿Cómo lo sabe, mi señor?

—Dejémoslo en que lo sé —repuso Shin, casi con amabilidad. Shijan lo observó un momento antes de apartar la mirada.

—Sea como sea, mató a un *bushi* de mayor posición. Por tanto, su castigo debe ser severo. Así son las cosas.

—La muerte solo es uno de los posibles castigos; existen otros.

—Los Shiko exigen la muerte, y no les culpo por ello. ¿Y usted?

—No —dijo Shin, tras dudarlo un instante. Escogió su flecha—. ¿Qué opina la dama Aimi sobre todo esto?

—Está sumida en la tristeza, como es de esperar.

Shin no tenía cómo saber si el motivo de su desconsuelo era Gen o Ruri.

—Dos tragedias en un espacio de tiempo tan breve… ¿Dice que su padre desapareció? —preguntó Shin, encocando la flecha—. ¿Cuándo ocurrió, si me permite la pregunta?

—Poco después de que se acordara el compromiso entre Gen y Aimi.

—Curioso.

—No le sigo.

Shin disparó la flecha, y esta se clavó en el objetivo, justo al lado de la primera.

—Solo pensaba en voz alta, no tiene importancia. Cuando dice que desapareció, ¿a qué se refiere exactamente?

—Me refiero a lo que he dicho, mi señor —dijo Shijan—. Salió a caballo hacia Shiro Iuchi para atender unos asuntos y nunca llegó.

—¿Y cuál es la opinión generalizada?

—¿Mi señor?

—Sobre lo que le podría haber ocurrido. Imagino que contaba con escolta. Un grupo de hombres armados a caballo, y en especial los liderados por un señor menor, no desaparecen como si nada. Debe haber teorías. Me gustaría oírlas.

—¿Me permite preguntarle por qué?

—Claro. —Shin escogió su tercera flecha y la encocó.

Tras unos segundos, Shijan soltó un sonido de disgusto y preguntó:

—¿Por qué?

—Por curiosidad. —Shin disparó la tercera flecha, y le complació ver que esta partía la primera con un fuerte crujido. Shijan se quedó con la boca abierta unos segundos antes de recobrar la compostura. Shin le ofreció el arco.

—Es un arquero impresionante, mi señor —reconoció Shijan, empuñando el arco con cautela.

Shin inclinó la cabeza ligeramente para aceptar el cumplido.

—Los Daidoji recibimos formación como arqueros desde pequeños. No suelo tener la oportunidad de probar mis habilidades en ese aspecto, así que de verdad le agradezco que me lo haya permitido.

Shijan asintió y empezó a escoger su siguiente flecha.

—Me alegra serle de ayuda —dijo, si bien un poco a regañadientes. Shin pretendió no haberse dado cuenta.

—En ese caso, tal vez pueda permitirme algo más y satisfacer mi curiosidad, por muy poco educado que le parezca. —Shin extrajo otra flecha del carcaj y la examinó de manera exagerada—. ¿Qué cree que le pasó a su tío?

—Forajidos, tal vez —repuso Shijan, preparando su flecha. Shin se percató de que su técnica era torpe: estaba distraído, ya fuera por la presencia del Daidoji o por otro motivo. Disparó, y la flecha se tambaleó y no alcanzó su objetivo. Shijan se mordió el labio por la frustración y fue en busca de otra flecha—. O quizá *bakemono*. Hay una camada de esas horribles criaturas que vive en estas montañas. En ocasiones atacan a caravanas de mercaderes o a viajeros en busca de comida y botín.

Shin lo consideró durante unos segundos. No sabía mucho sobre aquellas extrañas criaturas, excepto lo que había leído en algunos tratados poco comunes que describían a los *bakemono* como unas cosas feas y corruptas, casi siempre salvajes y normalmente solo peligrosas si se encontraban en gran número.

—Me cuesta creer que unos cuantos *bakemono* puedan darles problemas a unos samuráis armados, incluso si los pillaran por sorpresa.

—Esas cosas pasan —dijo Shijan, disparando su segunda flecha—. Incluso el guerrero más habilidoso pierde el equilibrio de vez en cuando.

—Pero estoy seguro de que se organizó una búsqueda. ¿Había algún indicio de que hubiera ocurrido algo así? Los *bakemono* no son conocidos por limpiar sus propios estropicios.

—Tal vez fueron astutos.

Shin examinó a Shijan. Por cómo estaba apretando la mandíbula y por la tensión de su postura, supo que la conversación se había adentrado en terreno peligroso. Decidió que lo mejor sería cambiar de tema.

—Quizá fuera así. Pero, como ha dicho, no tiene importancia. Permítame que se lo pregunte una vez más: ¿puedo hablar con su prima?

La flecha de Shijan rozó su objetivo, pero no dio en el blanco. El Unicornio se volvió con el ceño fruncido.

—Me parece que no.

Shin alzó una ceja.

—¿No? ¿Puedo saber por qué?

—Porque no quiero que lo haga. Aimi ya ha sufrido mucho durante estos días, no me gustaría que la molestaran más.

—¿Eso no debería ser decisión suya?

—Yo soy el líder de la familia.

—Por el momento —dijo Shin, voz suave. Shijan se volvió con la flecha lista para disparar.

—Sea como sea, debo hacer lo que me parece mejor para mi familia. Además, ¿qué podría decirle ella que no sepa ya?

—Eso no lo sabré hasta que se lo pregunte.

—Entonces deberá vivir en la ignorancia. —Shijan se volvió y disparó. La flecha se clavó en el objetivo con tanta fuerza que la figura de paja cayó al suelo—. Mi señor —añadió al final.

Shin le dedicó una sonrisa simpática al otro hombre.

—Está en su derecho, maestro Shijan. Como dice, usted es el líder de la familia, y yo no soy más que un extraño. —Hizo una reverencia y se volvió—. Creo que me he quedado aquí más tiempo del que debería. Si me disculpa...

Shijan lo detuvo.

—No me gustaría que pensara que estoy siendo grosero adrede, señor Shin. Es solo que quiero proteger a mis primos. Siempre lo he hecho.

Shin inclinó la cabeza.

—Por supuesto. Yo también he hecho todo lo posible por defender a mi familia en alguna ocasión. Es lo que hacen los familiares.

Shijan esbozó una sonrisa, aunque esta no llegó a sus ojos.

—Me alegra que lo piense.

—Claro que, cuando lo he hecho, ha sido para ahorrarles pasar vergüenza. ¿Es eso lo que teme usted también? ¿Que algún deshonor salga a la luz si hablo con ella?

La sonrisa de Shijan desapareció de su rostro.

—No.

—¿No? Entonces debe haber otra razón. Tal vez crea que fue Aimi quien asestó el golpe letal, y no su fiel *yojimbo*. Eso sería algo incómodo, a mi parecer, aunque no dudo de que se podría llegar a algún tipo de acuerdo.

—La *yojimbo* mató a Gen. Ella misma lo admitió, y esa es la verdad y nada más que la verdad. Aimi solo fue una testigo y no vio nada más que lo que ya le han contado. —Pese al tono cortante de Shijan, sus palabras sonaban repetidas. Practicadas. Como si fuera una historia que se había contado a sí mismo tan a menudo que había empezado a creérsela—. Creo que debería marcharse ya, mi señor.

Shin hizo una reverencia y se marchó. Kasami caminó detrás de él mientras el mismo sirviente de rostro aburrido los acompañaba.

—Podría haber ido mejor —dijo Shin, conforme recuperaban sus espadas en la entrada frontal del edificio. Empezaron a dirigirse hacia las puertas.

—Usted ha sido lo suficientemente diplomático.

—He sido la buena educación personificada. Por desgracia, Shijan está empeñado en ser un obstáculo. —Se volvió cuando alguien los llamó desde detrás de ellos. Una chica que iba vestida con la túnica de una sirvienta se apresuraba para alcanzarlos.

Shin se detuvo, y, cuando la chica llegó hasta ellos, esta se inclinó con respeto y le ofreció un papel doblado sobre las palmas de sus manos.

—Saludos de mi señora Aimi, mi señor.

—Ya veo. —Shin hizo un gesto, y Kasami cogió el papel, lo desplegó y se lo entregó a Shin. Era simple e iba al grano: la señora Aimi quería encontrarse con él más tarde en un lugar concreto. Iba a enviarle a un sirviente para que contactara con él. Shin volvió a doblar el papel y se lo guardó en el kimono—. Dale las gracias a tu señora, si eres tan amable —dijo, con una sonrisa.

Mientras hablaba, se percató de que el sirviente de Shijan los estaba observando desde las escaleras frontales. Sin decir palabra ni cambiar de expresión, el hombre se dio la vuelta y regresó al interior de la casa. Shin volvió a mirar a la sirvienta.

—Hazle saber a la dama Aimi que estoy a su disposición cuando lo necesite.

CAPÍTULO QUINCE
El Pequeño Señor

El Santuario del Pequeño Señor era modesto y estaba cobijado sobre una fumarola de la montaña. Durante la mayor parte del día, quedaba oculto tras unas espesas nubes de gas y vapor que surgían de las entrañas de la montaña. Solo se podía llegar hasta él mediante un enrevesado camino de peldaños de madera que se alzaba desde el distrito más alto de la ciudad hacia las salvajes alturas rocosas.

Las partes más altas de la montaña estaban formadas por unos bosques muy densos, y el vapor quedaba atrapado entre los árboles, como un grupo de fantasmas silenciosos. O eso era lo que Emiko se imaginaba, pues no podía verlo. Sí lo sentía en las mejillas y en las manos: una humedad penetrante que hacía que le picaran las fosas nasales si inhalaba demasiado profundamente.

Oía el tintineo metálico de las campanas que colgaban de las ramas más bajas. Cuanto más se acercaba al santuario, más campanas había y a mayor volumen sonaban. Era como el clamor de unas aves extrañas. No era algo bello ni reconfortante; el sonido era más bien inquietante, lo que tal vez resultaba apropiado, dado su propósito.

Según lo poco que sabía de aquellas cosas, las campanas estaban allí para confundir y alejar a los *gaki* que se decía que deambulaban por la montaña: los fantasmas hambrientos de los viajeros perdidos o de aquellos que habían muerto a manos de los forajidos. Emiko se preguntó si los fantasmas de los hombres que había asesinado en las laderas de la montaña se encontrarían entre ellos. Aquel pensamiento la hizo sonreír.

Apartó una piedra suelta de su camino con el bastón y continuó ascendiendo por los peldaños. El hedor a sulfuro se volvió más intenso, lo que le indicó que se estaba acercando al santuario. Solía escalar hasta allí, pues le parecía un buen modo de hacer ejercicio y una manera sencilla de encontrar la paz lejos de la muchedumbre escandalosa que llenaba las calles de la ciudad durante las últimas horas de la tarde. Los guardianes de los santuarios solían ser pocos y silenciosos. Además, no se metían en los asuntos de los demás y se dedicaban a barrer el santuario y a bendecir el terreno.

El santuario en sí no era muy grande; Tashiro se lo había descrito una vez. Estaba formado por un puñado de edificios de madera situados encima de una pasarela de tablones de haya manchados de bistre que se retorcían alrededor de la fumarola como si una serpiente. No contaba con ninguna enorme sala de rezos ni ningún arco *torii*, tampoco con una cuenca de purificación; solo tenía una gran piedra bajo la vara de una linterna. Según Tashiro, la piedra estaba tallada para parecerse al palacio de un señor, solo que en miniatura.

Según la leyenda, aquella piedra había bloqueado la fumarola en otros tiempos. Un viajero que pasaba por allí había oído una voz que lo llamaba desde abajo y, de algún modo, había logrado sacar la piedra de allí. El viajero se había visto recompensado por el *kami* de las aguas termales, aunque la leyenda no entraba en detalles.

Emiko solía preguntarse qué sucedería si a alguien se le ocurriera, por ejemplo, volver a colocar la piedra en su sitio. ¿Se enfadaría el *kami*? ¿Haría que la montaña temblara y derramaría sulfuro en las aguas limpias? ¿Quizá se sacudiría a Hisatu-Kesu de sus flancos, como un perro que se sacude la suciedad? Pensar en ello la entretenía.

Incluso había sugerido que lo intentaran, pero los otros no

habían tenido en cuenta su propuesta. Algunos de ellos tenían miedo, otros tal vez escondían una reverencia secreta, y unos pocos, como ella, creían que los *kami* no eran más que una leyenda que alguien se había inventado para otorgarle algo de credibilidad a la ciudad.

Fuera como fuese, el santuario era un lugar idóneo para reunirse. Muy pocos peregrinos lo visitaban durante aquella época del año, y las curvas exteriores de la pasarela estaban muy bien escondidas de los observadores que pudieran pasar por el lugar gracias a la densidad de los árboles y a las rocas escarpadas, por no mencionar el vapor que flotaba en el ambiente. Según avanzaba por la curva exterior, escuchó atentamente el siseo que indicaba que alguien estaba barriendo. Cuando este disminuyó, y el hedor a sulfuro amenazaba con sobrepasarla, supo que estaba cerca; y, cuando pudo olerlo a él, supo que había llegado.

Emiko se detuvo y se llevó el bastón al pecho.

—Huele a jazmín y a agua de rosas, mi señor —dijo ella. Una brisa de aire caliente la rodeó por un momento: el viento había cambiado de dirección y había arrastrado el vapor hacia el sur. El individuo con quien se había reunido soltó un gruñido por lo bajo.

—Te conozco. —Hablaba en voz baja, como si estuviera tratando de disfrazar la voz. Emiko se preguntó si llevaría una máscara y esperó que no se decepcionara demasiado porque ella no pudiera apreciarla. Los hombres solían sentirse orgullosos por su teatralidad, y más aún los hombres como él.

—Sí, eso espero. Si no, es que ambos estamos en el lugar equivocado.

—No, quiero decir que te he visto antes. En las casas de juego. —Las palabras estaban cargadas de sospecha—. La música ciega. —Emiko podía oír el desdén en sus palabras. Ella le daba asco, sentía náuseas solo con mirarla.

—Soy música y ciega, sí.

—¿Por qué estabas allí? —exigió saber él.

Era arrogante, como todos los de su calaña, y daba órdenes a quienes percibía como sus inferiores sin pensárselo dos veces. Emiko estaba acostumbrada a ello, y las palabras le resbalaban como si fueran gotas de lluvia. Aun así, sintió una punzada de ira que le resultaba familiar: la misma ira que la había hecho recorrer aquel sendero tanto tiempo atrás. Como de costumbre, la mantuvo a raya.

—¿Por qué cree que fue?

—Me estabas espiando —gruñó el hombre.

Emiko esbozó una sonrisa.

—No. Y sí.

—No pienso permitirlo. ¿No es suficiente que me chantajeéis? ¿Tenéis que invadir mis días también?

Emiko ladeó la cabeza. Oía el siseo del vapor que se arremolinaba en el ambiente cálido y húmedo; saboreaba el sulfuro y otras sustancias que no era capaz de identificar. Bajo sus pies, la madera de la pasarela estaba húmeda pero firme.

—Lo que usted llama chantaje, yo lo llamo un recordatorio de sus deudas. Sé que no le resultará algo conocido, al proceder de la nobleza.

—Me insultas.

—Sí, como usted me ha insultado a mí. Nos hemos insultado los dos. Con los preámbulos completados, hablemos de negocios. —Tanteó en busca de la barandilla y pasó los dedos por la madera rugosa—. Nos ha hecho una petición. Nos negamos a ella.

—¿Os...? —Soltó un sonido que podría haber sido una carcajada—. ¿Por qué?

—El Grulla no descubrirá nada que nos afecte. Intentar matarlo tan pronto después de su llegada solo arrojará luz sobre nuestras sombras. Por tanto, seguirá con vida.

—Es peligroso: sospecha de algo.

—Ese es su problema.

Se produjo un momento de silencio. Si no lo hubiera escuchado respirar, Emiko habría pensado que el hombre se había ido.

—Podría hacer que fuera vuestro problema —le espetó él—. Podría contárselo todo a Batu.

Emiko sonrió, aunque habría preferido mostrarle todos los dientes.

—¿Y luego, qué?

—¿Cómo?

—Después de que se lo diga, ¿qué ocurrirá? ¿Cree que le dará las gracias, mi señor? —Alzó el rostro y pudo sentir el calor del sol, aunque de manera débil. El fuego en su interior se avivó. Idiota arrogante y exigente... como todos los demás. Incluso en aquel momento pensaba que podría intimidarla para salirse con la suya—. Y lo que es más, ¿cree que le hará caso?

El hombre dudó de manera palpable.

—Puede que sí.

—Sabe que no será así, al igual que sabe que aún puede salir de esta con su reputación intacta. Incluso si el Grulla descubre su papel en lo que ocurrió, ¿qué importa?

—Se preguntará por qué lo hice.

—Pues dígaselo. —Emiko se encogió de hombros—. Dígale que estaba celoso, o preocupado, o cualquier cosa que se le ocurra. Eso no cambiará lo que ocurrió ni el resultado final.

—¿Y una vez haya muerto la *ronin*? ¿Qué ocurrirá entonces?

—Entonces lo retomaremos donde lo habíamos dejado. —Volvió la cabeza hacia los árboles, en busca de un refugio del hedor de la fumarola—. Nuestro estilo no es como un golpe rápido, sino como un veneno lento. Poco a poco, nos acercamos a nuestra meta.

—Vuestra meta, no la mía.

Emiko negó con la cabeza.

—O está con nosotros o está contra nosotros. Pretender lo

contrario es un insulto para ambos. Le hemos dado mucho, y usted, a cambio, nos ayuda. Es una buena colaboración.

La carcajada del hombre fue forzada e incómoda, un sonido ahogado. Emiko guardó silencio mientras consideraba qué podía significar. Podía oír la tensión en su voz, la acusación y la sospecha. Estaba alcanzando los límites de su cooperación. Todos los hombres tenían un límite: para algunos, dicho límite era la muerte, pero, para otros, era el miedo. El miedo por los demás, el miedo por ellos mismos… no importaba. Una vez se apoderaba de ellos, su utilidad se veía mermada.

Emiko pasó el pulgar a lo largo de la pequeña línea que marcaba la empuñadura de su espada. Según sus cálculos, dos pasos la acercarían lo suficiente. Dio el primer paso y supo que el hombre no se había percatado. Si bien no tenía cómo saber si su interlocutor iba armado, supuso que así era, aunque no le preocupaba. Los *bushi* portaban espadas como los niños llevaban muñecos.

Pero no. Todavía no. Su muerte no los ayudaría en nada. Bajó su bastón y aguardó.

—Entonces, ¿no me ayudaréis? —preguntó él finalmente.

—Ya le hemos ayudado y lo seguimos haciendo. Solo que en este asunto no. Déjelo. Deje que se haga justicia para que podamos continuar con nuestro trabajo sin impedimentos.

—Muy bien. Se hará como dices.

Pese a que Emiko oyó la mentira en su voz, decidió no hacer ningún comentario. Si demostraba ser un idiota, lo pagaría. Aun así, quizá su estupidez generara nuevas oportunidades. El tiempo lo diría.

—Me alegra oír eso —dijo ella con una sonrisa—. Ahora, si no tiene nada más que decirme…

—Hay una cosa más.

Emiko frunció el ceño.

—¿Sí?

—Dinero.

—¿Qué pasa con el dinero?

—Lo necesito. Tengo deudas, ya sabes. Con este negocio, la dote… necesito más.

—Le hemos dado suficiente dinero. Sus deudas no son nuestro problema.

—¿Y qué pasa cuando aquellos a quienes les debo dinero vengan a por mí?

Emiko lo consideró un momento.

—Mándenoslos. Nosotros llevamos su cuenta.

Otra carcajada ronca.

—¿Se lo creerán?

—Tenemos a alguien que se asegurará de que así sea.

—¿Y les pagaréis?

—Llegaremos a algún acuerdo, sí.

Otra pausa, seguida del movimiento de un kimono elegante.

—Muy bien. Supongo que tendré que confiar en ti. —Emiko oyó la burla en su voz, la frustración de tener que rebajarse a hablar con alguien como ella, como si se estuviera contaminando solo por respirar el mismo aire.

Emiko dio el segundo paso, y el olor del hombre le invadió las fosas nasales. El bastón soltó un crujido, y la espada se liberó con un siseo. Lo oyó ahogar un grito y siguió el sonido con el brazo. El hombre trató de gritar cuando Emiko le puso el filo de la hoja en la garganta.

—No debería confiar en mí —dijo ella a media voz—. Debería temerme. No somos iguales en esta partida: le tengo en la palma de la mano y puedo aplastarlo cuando me venga en gana.

—Me… me necesitáis…

—No. Necesitamos a alguien como usted. Por desgracia para usted, hay *bushi* por doquier. Podemos reemplazarlo, igual que pueden reemplazarme a mí, aunque creo que en su caso nos costaría menos. —Ladeó la cabeza y escuchó el siseo rápido de la respiración del hombre. Incluso creyó poder oír cómo su corazón retumbaba de miedo, por lo que esbozó una sonrisa—. Bien. Bien. Le cuesta aprender, pero en algún momento llegará a captar las lecciones que tratamos de inculcarle, al igual que el resto de los suyos entenderá la verdad: no hay ningún orden bajo los cielos. No es más que una artimaña construida por unos pocos sobre las espaldas de muchos.

—Estás loca —dijo él con voz ronca.

—No, pero sí estoy enfadada. Y la furia es el fuego que iluminará nuestro camino a seguir. —Dio un paso hacia atrás y envainó su espada—. Su ira aún no está lo suficientemente caliente, solo es una pequeña hoguera. Pero con nuestra ayuda crecerá y consumirá a todos aquellos que le hayan negado algo.

—Vale —dijo el hombre—. Lo haré.

—¿Hará qué?

—Haré… haré lo que dices.

—Bien. Cuando se pongan en contacto con usted, mándenoslos. Sus deudas quedarán saldadas… otra vez. —Dejó que un atisbo de advertencia invadiera sus palabras—. Pero esta será la última vez. Después de esto, si desea apostar su dinero, será mejor que se asegure de contar con los fondos necesarios para cubrir sus pérdidas. Eso es lo que hacen los *heimin*, después de todo. Y usted no será menos.

Emiko oyó el gruñido del hombre y supo que sus palabras habían dado en el blanco. Luego oyó sus pasos sobre la pasarela y escuchó atentamente mientras el hombre se alejaba. Cuando se hubo marchado, Emiko respiró profundamente y meneó la cabeza. Había estado a punto de cometer un error ella misma, pues matarlo no habría servido de nada. Había sido toda una suerte que hubiera sido capaz de impedirse completar el ataque en el último momento y que solo le hubiera rozado la garganta en lugar de abrírsela en canal.

Por el momento, el miedo lo había vuelto obediente. No obstante, llegaría el día en el que el miedo por sí mismo sobrepasaría al miedo que le tenía a ella. Y ese día no se contendría. Sonrió al pensar en ello y soltó un leve suspiro de satisfacción.

Ese sí sería un gran día.

CAPÍTULO DIECISÉIS
Owari del norte

La Diosa Sol se había puesto cuando Kitano encontró a los hombres que buscaba. El señor Shin lo había enviado aquella misma tarde con órdenes estrictas de encontrar a aquellos tres. Su rastro, para sorpresa de nadie, lo había conducido directamente hasta Owari del norte.

Aquella parte de la ciudad era un distrito de linternas rojas. La luz carmesí le daba un brillo crudo que resultaba muy apropiado con lo que sucedía en aquellos lares. Sobre él, en los segundos pisos de las casas anodinas a ambos lados de la calle, unas filas de cortesanas arrodilladas observaban la calle desde detrás de unos biombos de bambú, mientras que los buhoneros invitaban a los transeúntes a adentrarse en aquellas casas de mala reputación. Los borrachos salían de las casas de sake y de los *onsen* de mala fama al tiempo que entonaban canciones escandalosas que resonaban por las calles llenas de vapor. En algún lugar cercano, un grito cesó de repente.

Kitano sonrió. Era como regresar a su hogar. Recorrió callejones apretujados mientras daba golpecitos al pomo del cuchillo que llevaba en el cinto con su dedo prostético. Encontrar el rastro de aquellos hombres le había llevado la mayor parte del día.

Totara Ikki y sus dos colegas recorrían Owari del norte como si fuera su propia casa. Los Totara eran una familia aristocrática menor —muy menor—, y su única influencia era una hija que se había unido a la familia Shiko por matrimonio.

Aun así, Ikki actuaba como si él mismo fuera un Shiko y le debieran mostrar el debido respeto. En resumen, aquello significaba que dejaba montones de facturas por pagar allá a donde fuera y que le habían prohibido la entrada en la mayoría de los centros de apuestas más grandes.

Kitano ya había lidiado con patanes como aquel durante su oficio previo; de hecho, los hombres así habían sido su principal ingreso. Como regla general, apostaban mucho y jugaban mal. Siempre que se contara con la fuerza suficiente para convencerles de saldar sus deudas, eran el sueño de todo apostador profesional. Él mismo se sintió ansioso por arrebatarles todo lo que llevaran encima.

Los rastreó hasta la Liebre de Jade, un burdel que ofrecía un poco de todo a los clientes exigentes. Se trataba de un edificio alto, inclinado ligeramente hacia su vecino más cercano. En el piso superior, las cortesanas aguardaban a los *heimin* acaudalados, mientras que las prostitutas de orígenes más comunes circulaban entre la muchedumbre del piso de abajo y seleccionaban a su presa de la noche con una precisión incuestionable.

En el piso de abajo solían concentrarse los juegos de azar, como los dados o la *hanafuda*. Kitano recorrió los bordes del público nocturno en busca de Ikki. Cuando lo encontró, dejó escapar un gruñido de resignación. Estaban en mitad de una partida, y, según parecía, perdían de manera estrepitosa. Se colocó en un lugar cercano y pidió algo de beber.

Mantuvo la mirada fija en la mesa de Ikki mientras bebía un sorbo de su vino de arroz. Los samuráis iban vestidos con unas túnicas elegantes pero viejas e iban armados. Aquello no resultaba tan sorprendente, pues la gran mayoría de clientes de la Liebre de Jade llevaba algún arma. Ikki era corpulento y tenía un aspecto salvaje. Llevaba el cabello corto a los lados, y el resto recogido sobre la cabeza de manera descuidada. No se había afeitado y se estaba rascando el pecho con una mano mientras sostenía una jarra de sake en la otra y daba sorbos con torpeza sin apartar la mirada de los dados.

Sus compañeros formaban un cuadro de contrastes. Uno era bajo y musculoso, pero ya se estaba poniendo gordo. El otro era alto y delgado, y su rostro era exageradamente largo. El desafortunado centro de su atención lanzó los dados con cautela y recibió un golpe en la mandíbula por parte de Ikki, quien soltó una gran carcajada cuando el otro jugador cayó del taburete con una mano en el rostro.

—He ganado —gruñó Ikki, con un brillo desagradable en los ojos. El otro jugador, que no era ningún idiota, hizo una reverencia y se escabulló para salir de allí.

Ese era el peligro de apostar contra *bushi*, y más si estos estaban borrachos. Ellos no hacían trampa, pues no tenían motivo para hacerlo. Podían declararse victoriosos a ellos mismos, y, si no se contaba con hombres armados, lo más sabio era permitir que lo hicieran.

Aun así, lo irritaba. El señor Shin, tan escurridizo como era, no había recurrido a una táctica tan sucia. Había hecho trampa, por supuesto, pero de forma profesional y con suma habilidad. Si bien Kitano no se había percatado de ello cuando sucedió, en cierto modo había sido una muestra de respeto. Shin le había ganado en su propio juego. Los idiotas como Ikki solo ganaban por pura suerte o porque intimidaban a sus oponentes hasta que estos se rendían.

Lo consideró por un momento, y luego una sonrisa se dibujó en su rostro. Kitano avanzó hacia la mesa y ocupó el asiento vacío. Ikki lo miró con desagrado.

—¿Quién te ha dicho que puedes sentarte?

Kitano inclinó la cabeza, como si lo hubieran reñido.

—Le traigo saludos de mi señor. Tiene muchas ganas de hablar con usted, mi señor.

Ikki soltó un resoplido.

—¿Y quién es tu señor?

—Daidoji Shin.

Ikki bebió un gran trago de su jarra de sake.

—Quién será ese.

—Acaba de llegar a la ciudad.

El hombre corpulento frunció el ceño, lo que llenó su enorme cara de arrugas.

—El Grulla. ¿El que enviaron los Iuchi? ¿Te refieres a ese?

Ikki dejó la jarra sobre la mesa con fuerza.

—¿Hablas del provocador de los Iuchi?

Kitano se encogió de hombros. Dicho gesto era la mejor arma del arsenal de un plebeyo, pues transmitía lo que cualquier interrogador de alta cuna quisiera que transmitiera. El hombre gordo miró a los otros.

—Tal vez deberíamos hablar con él.

Ikki soltó otro resoplido.

—¿Por qué? Ya hablamos con el idiota de Batu.

Hablaban entre ellos como si Kitano no estuviera allí; siempre lo hacían. Y él escuchó atentamente, tal como Shin le había enseñado. Era posible que dijeran algo de provecho, lo que sería toda una ventaja si se negaran a acudir a ver a su señor.

—Habrá consecuencias si no lo hacemos —musitó el de cara larga.

—¿Consecuencias? —interpuso una nueva voz—. No sé qué significa eso. —Kitano alzó la mirada y vio a un hombre más bien joven vestido con un kimono estridente que se acercaba con calma a la mesa. Les dedicó una gran sonrisa a Ikki y los demás—. ¿Habéis empezado sin mí?

—¿Qué haces aquí, Reiji? —gruñó Ikki. Tuvo la intención de ponerse de pie, pero el hombre corpulento lo detuvo—. No tenemos tiempo para ti, idiota.

—Vaya, es una lástima. He traído dinero.

—¡Gen está muerto por tu culpa! ¡Por culpa de tu dichosa familia! —le espetó Ikki. La sonrisa desapareció del rostro del joven, quien retrocedió tras cambiar de expresión.

—No tuve nada que ver con eso. Él también era amigo mío.

—Tal vez deberías irte, Reiji —dijo el gordo—. Encuentra otro sitio en el que divertirte por el momento.

Reiji se volvió y se apresuró para salir de allí, abriéndose paso a través de la muchedumbre. Kitano lo observó marcharse antes de volverse para ver que Ikki lo estaba fulminando con la mirada.

—Tu señor puede irse al infierno —dijo el samurái—. No pienso hablar con ningún chucho de los Iuchi, vista del color que vista.

Kitano asintió.

—Lástima. —Hizo una pausa—. Me temo que a mi señor no le sentará nada bien. Es un hombre duro, muy dado a arranques violentos. Si hubiera algún modo de convencerlo... —Dejó de hablar y se sacudió un poco el kimono, lo que hizo que los koku que llevaba en su monedero traquetearan. Ikki entornó los ojos, y un brillo familiar se produjo en ellos.

»Ah, ya sé —continuó Kitano con voz suave—. Tal vez una apuesta lo haga cambiar de opinión, ¿eh?

Ikki se lamió los labios.

—¿Qué clase de apuesta?

Kitano cogió los dados y los hizo rodar por la palma de su mano antes de sonreír con zalamería.

—Una amistosa, mi señor.

• • •

La noche era fresca. Una suave brisa soplaba por el balcón. Shin y Batu se encontraban allí, observando las laderas de más abajo. A aquella hora de la noche, a Shin le recordaba a un enjambre de luciérnagas que se alzaba desde la oscuridad.

Batu había conseguido una jarra de sake de algún lugar y también dos tazas de arcilla. Las tazas eran burdas, fabricadas por unas manos poco habilidosas que resultaron ser las del propio Batu.

—Necesitaba un pasatiempo —dijo él, a la defensiva.

—No lo juzgo —le aseguró Shin—. Yo mismo he dado mis pinitos en el arte en alguna ocasión. —Examinó una taza más de cerca—. Aunque su técnica necesita más práctica.

—Algunos de nosotros tenemos que trabajar para ganarnos la vida. No todos disponemos del tiempo libre necesario para refinar nuestras habilidades con la cerámica.

—No era una crítica, tan solo una observación. —Shin se apoyó sobre la barandilla y miró hacia abajo—. Ya entiendo por qué escogió este lugar. Las vistas son magníficas; si hubiera estado más arriba, se las perdería.

—Así es. —Batu cogió la taza de Shin y la llenó—. Me he colocado en el punto central de la ciudad. Equidistante entre lo alto y lo bajo.

—Quiere decir que es fácil de encontrar.

—Esa era mi intención.

Shin examinó a su anfitrión por encima del borde de la taza.

—Por tu tono, supongo que fue en vano.

Batu bebió un largo trago de sake antes de responder.

—Los *heimin* de aquí tenían su propio modo de resolver las disputas antes de que el clan mostrara interés y se han aferrado a ello a lo largo de los años, a pesar de mis esfuerzos y de los de mis predecesores.

—Owari del norte —dijo Shin.

Batu asintió.

—Ha sido una ampolla supurante en mis cuartos traseros durante todo el tiempo que he pasado aquí, pero no hay mucho que pueda hacer. No cuento con suficientes soldados como para establecer unas patrullas efectivas, y a las familias no les interesa ayudar, pues disfrutan de sus vicios casi tanto como los plebeyos.

—Estoy seguro de que los Iuchi le mandarían refuerzos si lo pidiera.

Batu se encogió de hombros.

—En teoría. Solo que no me apetece comprobarla.

Shin bebió un sorbo de su sake.

—No, ya imagino por qué no querría averiguar la respuesta a esa pregunta en concreto. Aun así, me parece un poco corto de miras.

—Somos un clan pragmático. ¿Por qué dejar de lado algo útil solo porque está mal visto? —Batu volvió a llenar su taza—. Sea como sea, por el momento no tengo más autoridad que la que me otorga el clan. Y la poca que me han concedido está enfocada en mantener Hisatu-Kesu a flote, y eso incluye las partes que no son precisamente de mi agrado.

—En la Ciudad de la Rana Rica sucede lo mismo —dijo Shin—. Las ruedas del progreso aplastan a los justos y a los injustos por igual. Hablando de eso, ¿ha tomado una decisión ya?

Batu lo miró atentamente.

—¿Ha descubierto algo nuevo?

—No del todo, no.

—En ese caso, no. Pero tendré que hacerlo tarde o temprano. Ya hay rumores por ahí.

—Parece que este asunto los ha unido después de todo.

—Sí —repuso Batu, lleno de amargura—, en mi contra.

—Ah, podría ser peor.

—¿Cómo?

—Podría haberlos puesto en mi contra.

Batu contuvo una risotada.

—No sabía que a usted le preocupaban esas cosas. Siempre parecía gustarle el ganarse enemigos.

—Es cierto que no todo el mundo aprecia mi ingenio. —Shin miró a Batu y sintió una punzada al hacerlo, pero la apartó de su mente. El pasado era el pasado, y él vivía como el agua: siempre en movimiento. Tragó saliva y continuó—: Lo comprendo. Piense lo que piense de mí, entiendo la presión que siente. Y entiendo que la conveniencia es una droga muy poderosa. Solo que este tipo de asuntos puede pudrirse. Puede que una concesión para apaciguar los rencores funcione a corto plazo, pero la verdad es lo único que puede erradicar la infección.

—¿Y cuál es la verdad, señor Shin?

—Que alguien ha orquestado esta tragedia por motivos que todavía desconocemos. —Hizo una pausa para reflexionar y escoger sus siguientes palabras con cuidado—. Tengo una teoría, por si quiere oírla.

—Oh, cómo no —murmuró Batu, sirviéndose más sake en la taza. Apoyó los codos en la barandilla, junto a los de Shin. El Daidoji volvió a recordar otras noches y conversaciones pasadas y volvió a sentir aquella punzada. Alzó la vista hacia las estrellas.

—Shiko Nishi consideraba que Aimi no era apropiada para su hijo porque ella ya estaba enamorada de otra persona.

Batu frunció el ceño.

—¿Sabe de quién se trata?

—Sí, o al menos lo sospecho.

—¿Quién?

—Si lo piensa durante un momento, usted también llegará a la misma conclusión.

Batu empezó a contestar, pero se detuvo y soltó un suspiro. Dejó la taza sobre la barandilla antes de decir:

—Ruri.

Shin asintió. Era probable que Batu también lo hubiera sabido sin darse cuenta.

—En retrospectiva, resulta obvio. ¿Por qué si no iba Gen a salvar su honor al matarla? Solo que Gen no era ni la mitad de bueno con la espada de lo que creía ser.

—¿Cree que quien fuera que se lo dijera pretendía que él la matara?

—Creo que eso no era lo importante, creo que todo se organizó por la confrontación en sí, para crear una ruptura en la alianza incipiente entre los Zeshi y los Shiko.

—Pero ¿qué ganaría nadie con eso?

—Exacto. Esa es la pregunta, ¿no? —Shin le dio un golpecito al borde de su taza—. Hay algo que no somos capaces de ver. —Se mordió el labio durante unos instantes antes de preguntar—: ¿Este ha sido el primer acuerdo de este tipo entre las familias?

—¿Qué quiere decir?

—¿Han intentado alcanzar la paz en otras ocasiones?

Batu asintió.

—Prácticamente desde que los Shiko se asentaron en la ciudad. Las negociaciones han continuado desde antes de que llegara yo.

—¿Y ninguno de esos intentos surtió efecto?

—Por desgracia, no.

—¿Por qué?

Batu se detuvo, con la taza a medio camino hacia sus labios, y clavó la mirada en Shin.

—Cree que esta no es la primera vez que alguien se entromete. —No era una pregunta, y aquello complació a Shin: Batu había estado atento después de todo—. Cree que alguien ha estado avivando el conflicto adrede. Pero ¿por qué?

—Como he dicho, esa es la cuestión. —Shin le devolvió la mirada a Batu—. No lo sé a ciencia cierta, pero no me sorprendería. Los Zeshi y los Shiko hace relativamente poco que se han asentado en la ciudad, y ninguna de las dos familias ha sido precisamente sutil sobre su intención de controlar el flujo del comercio. Es muy probable que a alguien le perturbe su creciente influencia y que, por tanto, pretenda eliminarla.

—En ese caso, tiene que ser alguien cercano a las familias.

—La proximidad social es un obstáculo que se puede sortear con facilidad si se tiene el ingenio necesario.

Batu meneó la cabeza.

—Sabía que iba a complicar demasiado las cosas.

Shin soltó una carcajada.

—Admítalo, se lo está pasando bien.

—Usted se lo pasa bien, yo lo tolero. —Batu volcó la jarra de sake. Cuando no salió nada, la miró de cerca—. ¿Y ahora, qué?

—Ahora compruebo el ambiente de la ciudad. —Shin se inclinó sobre la barandilla—. Hay alguien ahí abajo que sabe algo, y pretendo averiguar quién y qué, en ese orden.

—¿Es por eso que ha enviado a ese sirviente desaliñado suyo a Owari del norte sin informarme? —preguntó Batu, cortante.

Shin lo miró de reojo con expresión culpable.

—Ah. Se ha enterado.

—Sé todo lo que ocurre en mi ciudad.

—Está claro que no, o yo no habría venido.

—Ya sabe lo que quiero decir —dijo Batu, de mal humor.

Shin asintió.

—Lo he mandado a encontrar al primo, a Ikki.

—¿Por qué?

—Porque estaba con Gen cuando hizo su fatídico desafío. Es posible que sepa quién le dijo a Gen que tenía algo por lo que estar enfadado.

—¿Y ha vuelto ya su sirviente?

—Aún no —repuso Shin, negando con la cabeza—, pero estoy seguro de que regresará pronto.

—Tiene mucha confianza en un personaje de aspecto tan sospechoso. —Batu hizo una pausa—. Ya he interrogado a Ikki y a su grupito, ¿sabe?

—Sí, pero ¿hizo las preguntas adecuadas?

Batu no contestó, sino que se limitó a dejar la jarra sobre la barandilla.

—Voy a por otra jarra.

CAPÍTULO DIECISIETE
La dama Aimi

La luz del alba danzaba entre los árboles cuando Kasami se adentró en el edificio externo. Se había levantado temprano para practicar durante las horas de tranquilidad hasta que el resto de la casa se despertara. Había sido uno de sus hábitos desde hacía algún tiempo, y no vio ninguna razón por la que debiera cambiarlo solo por no encontrarse en casa. Había pedido a los guardias que se retiraran con un ademán de la cabeza, pues quería estar a solas con la prisionera. Le había sorprendido un poco que le hubieran hecho caso, aunque supuso que Batu les habría ordenado que así fuera.

Casi no hacía ruido al pisar conforme avanzaba por la línea de celdas. No sabía por qué se encontraba allí, sino tan solo que le parecía importante ver a la mujer que habían ido a salvar. No, la mujer no... la *ronin*.

Incluso la palabra en sí le daba asco. Había algo equivocado en ella, un rechazo a todo lo que no se podía negar. Todo el mundo servía a alguien. Así funcionaba el mundo; señores y sirvientes, orden y propósito. Solo que los *ronin* existían fuera de ese orden: no servían a ningún señor y no tenían propósito. Kasami sabía que algunos lo encontraban al escoger a un nuevo señor al que servir; aquellos al menos eran mejores que los que se volvían forajidos.

Sin embargo, incluso en aquella elección de servidumbre había una deslealtad implícita. Si se podía escoger a otro señor al que servir, ¿qué le impedía a alguien volver a hacerlo? ¿Cómo se podía confiar en alguien así, en especial con la vida de uno o con la de los seres queridos?

Y, aun así, muchos samuráis lo hacían. Y muchos *ronin* se beneficiaban de esas alianzas y recababan el honor que habían rechazado, una generación a la vez, hasta que sus pecados pasaban al olvido y ya no eran más que otro siervo leal.

La mayoría, según sabía ella, no seguían utilizando su nombre cuando se apartaban del camino. Escogían nuevos nombres, o bien no adoptaban ninguno. Después de todo, ¿qué importaba un nombre? Sin embargo, algunos no lo hacían. Kasami no sabía por qué los Katai habían permitido que Ruri siguiera usando su apellido. Tal vez su pecado no había sido tan grave, o esperaban que regresara. O quizá simplemente les daba igual.

Katai Ruri no alzó la mirada cuando Kasami se detuvo fuera de su celda.

—No es hora de la comida —dijo ella, después de que transcurrieran varios segundos, aunque seguía sin alzar la mirada. Kasami examinó a la prisionera antes de volver su atención al suelo de paja de la celda.

Pensara lo que pensara Shin sobre sus habilidades de observación, Kasami sabía lo que estaba buscando. Indicios de paja removida, de ejercicios y práctica. Incluso en aquel lugar, le resultaba difícil desprenderse de los hábitos de toda una vida. Fijó la mirada en una forma curiosa bajo la rugosa tarima de tatami que servía de cama para Ruri.

—¿Qué es lo que tienes bajo la tarima?

Ruri se quedó paralizada.

—No es nada. Un entretenimiento.

—Déjame verlo.

Ruri alzó la cabeza con una mirada inexpresiva y el rostro tenso. Lentamente, dirigió la mano a la tarima y la apartó. Había una espada bajo ella. No una espada de acero o madera, sino una hecha de paja, tejida para que tuviera esa forma durante el tiempo que había estado encerrada.

Kasami la observó y trató de imaginar la paciencia y coordinación necesarias para llevar a cabo un proyecto como aquel. Le sorprendió que Shin no la hubiera visto; tal vez Ruri había tenido la precaución de no dejarla en un lugar tan a la vista cuando había hablado con él.

—Para practicar —dijo Kasami, sin acusarla.

—Sí.

—Admirable. Muchos en tu posición no se molestarían en hacerlo.

—Muchos en mi posición ya estarían muertos.

Kasami soltó un suspiro y se volvió. Se apoyó contra el muro junto a la celda con los brazos cruzados.

—Pareces enfadada por ello.

—¿Usted no lo estaría?

Kasami asintió.

—Por supuesto.

—No está bien. Sé lo que debe hacerse, ¿por qué no se me permite hacerlo?

Kasami no contestó. Oyó cómo Ruri se ponía de pie y empezaba a caminar de un lado a otro de la celda. Una leona encerrada en su jaula.

—Si pudiera hacerlo con esta espada de paja, lo haría —continuó la *ronin*—. Solo que no tiene filo, no tiene punta. Debo conseguir una espada de verdad.

Kasami la oyó detenerse e inhalar. Sin embargo, antes de que Ruri pudiera decir nada, Kasami la interrumpió:

—No te voy a dar ninguna espada.

Ruri soltó un suspiro.

—No pensaba pedírselo. —Se quedó en silencio durante unos momentos—. ¿Por qué me hace esto su señor?

—Se lo pidieron.

—Yo no se lo he pedido.

—No.

—No me gusta ser un peón en sus juegos. Es por eso que…

que… —Dejó de hablar y volvió a exhalar, con más suavidad que antes—. Cada día, me despierto al amanecer, me limpio como puedo con un cubo de agua y paja. Me visto y practico. Marco los pasos y calculo el ancho y el largo de mi mundo de nuevo cada mañana. Y no cambia. Como. Duermo. Marco los pasos. Una y otra vez.

Kasami cerró los ojos.

—Al menos no es una absoluta pérdida de tiempo —murmuró.

Ruri soltó una carcajada llena de amargura.

—Muy apropiado que una Grulla diga algo tan necio.

Kasami se puso tensa.

—Y muy apropiado que un León aparte de un golpe la mano que trata de ayudar. —Se dio la vuelta y miró a la mujer fijamente a los ojos—. Si de verdad quieres morir, deja de comer. Deja de beber. Córtate el cuello con un trozo de piedra o dale cabezazos a la pared. Hay modos de hacerlo si es lo que quieres.

—Esos son los modos de los *heimin* —dijo Ruri, tras varios segundos de silencio causados por la sorpresa—. No es como lo hacemos nosotras.

—¿Nosotras? ¿Y qué es lo que eres tú? Una mujer sin clan. ¿Crees que mereces que se te trate mejor que a un perro después de lo que has hecho?

—¿Lo que he hecho? —rugió Ruri—. ¿Lo que he hecho? ¡Salvé a mi señora! ¡Cumplí con mi deber! ¡No merezco una muerte de plebeyo! —Se aferró a los barrotes de la celda—. Otórgueme la muerte de un guerrero. Me la he ganado.

—¿Cómo?

Ruri parpadeó, perpleja. La pregunta se había clavado en ella como un dardo.

—¿Qué quiere decir?

—¿Cómo te la has ganado? —Kasami se inclinó hacia delante—. Háblame del duelo.

—¿Duelo? —Ruri soltó otra risotada llena de amargura—. ¿Es eso lo que dicen?

—¿No lo fue?

—No fue nada —dijo Ruri en voz baja. Cerró los ojos y apoyó la cabeza contra los barrotes—. Un momento rojo, un abrir y cerrar de ojos.

—Cuéntamelo.

—La insultó —murmuró Ruri—. La llamó… nos llamó unas cosas horribles. Mi señora es sorda, pero sabe leer los labios, y Gen se aseguró de que ella entendiera lo que le estaba diciendo. Luego desenvainó su espada. No sé lo que pretendía hacer y no esperé a averiguarlo. Vi la espada y… y… —Apretó las manos en los barrotes hasta que los nudillos se le pusieron blancos por la falta de sangre.

—Actuaste —dijo Kasami. Soltó un suspiro y alzó la mirada hacia las vigas del techo—. Él tenía razón, ¿sabes? —pronunció las palabras a regañadientes, pues no le gustaba equivocarse.

—¿Quién?

—Shin. El señor Shin, quiero decir. Dijo que no querías morir, y ahora lo he comprobado por mí misma. Si hubieras querido morir, a estas alturas ya habrías encontrado algún modo de lograrlo.

—Estoy encerrada y no tengo arma —protestó Ruri.

—Como acabo de señalar, eso no representa un gran obstáculo. —Kasami le dedicó una mirada penetrante a la *ronin*—. Deberías haber esperado que el juez dictara sentencia, pero no lo hiciste. ¿Por qué?

Ruri se volvió.

—Aimi… mi señora me lo prohibió.

Algo en el modo en el que había dicho el nombre de su señora llamó la atención de Kasami, quien entornó los ojos y quiso empezar a hablar, pero se detuvo. Ella no era Shin, quien solía llenar el ambiente sin ningún propósito. Por tanto, en su lugar, inclinó la cabeza.

—En ese caso, deberías encontrar consuelo por haber hecho todo lo que has podido.

—¿Por qué ha venido a verme? —preguntó Ruri sin mirarla—. ¿Por curiosidad?

—El señor Shin me preguntó cómo sabía que tú querías morir. Le contesté que aquello sería lo que cualquier samurái querría hacer a menos que tuviera un buen motivo para no hacerlo. Me dijo que te lo preguntara. Y aquí estoy.

Ruri apretó los puños.

—Deme una espada y le mostraré lo que quiero. —Aun así, habló sin esperanza.

Kasami se volvió y empezó a alejarse de la celda.

—Si te creyera de verdad, tal vez te la daría.

Shin la estaba esperando fuera, con las manos detrás de la espalda. Kasami se detuvo en seco, sobresaltada por su presencia, aunque se cercioró de que su rostro no mostrara la sorpresa.

—¿Y bien? —preguntó él—. ¿Qué piensas?

—Tiene razón —repuso ella—. No quiere morir.

Shin se rascó la barbilla y luego sonrió.

—Sí, también llegué a esa conclusión. —Shin la miró—. Si te prohibiera matarte, ¿me obedecerías?

Kasami dudó antes de contestar.

—No —dijo finalmente—. No si creyera que es el único modo. —Una expresión curiosa pasó por el rostro del Daidoji y desapareció antes de que pudiera verla bien—. Que ella no lo hiciera significa que es una cobarde o que…

—O que tiene algo, o más bien alguien, por lo que vivir.

—¿Qué quiere decir?

—Ya van dos veces que alguien insinúa que la dama Aimi tenía un amante y que el hecho de enterarse fue lo que impulsó a Gen a enfrentarla. Umeko, la casamentera, me trasladó una sospecha en cuanto a la identidad de dicha amante. —Shin miró el edificio externo de forma significativa.

—¿Ruri? —preguntó Kasami a media voz—. Pero es una *ronin*… no merece una pareja con esa posición.

—El amor no sabe de protocolos. —Shin se frotó el puente de la nariz con un dedo—. Si es cierto, eso explicaría las acciones precipitadas de Gen.

—Si lo que dice es cierto, la *ronin* tiene más razón aún para no decir nada: no solo está defendiendo la vida de su señora, sino su reputación también. —Kasami negó con la cabeza—. No es que quiera morir, es que no tiene más remedio. Si la verdad sale a la luz… —Dejó de hablar mientras consideraba las repercusiones.

—Sí. Será poco placentero como mínimo. —Shin extrajo un trozo de papel doblado—. Zeshi Aimi me ha pedido que me reúna con ella en el Santuario del Pequeño Señor. Me temo que eso quiere decir que no podremos practicar hoy. —Trató de poner una expresión decepcionada, pero fracasó—. Menuda lástima.

Kasami lo fulminó con la mirada, aunque se limitó a decir:

—¿Cuándo nos vamos?

· · ·

Un poco más tarde, Shin estaba de pie sobre una pasarela de madera con vistas a la humeante fumarola que se suponía que era la fuente de las aguas termales de la montaña. Tras observar el geiser de gas y vapor, con el olor a sulfuro espeso en el ambiente, se lo creyó.

El viento cambió de dirección, y las campanas de los árboles tintinearon en un tono algo tétrico. Shin agitó el abanico para tratar de alejar el olor de él. Tendría que cambiarse de ropa cuando llegara a casa, y probablemente darse un baño también. Miró a su alrededor.

El santuario era bastante humilde: unos pocos edificios externos y ninguna decoración, excepto la piedra de la fumarola, que había sido tallada para que tuviera forma de un palacio en miniatura. Unos peregrinos habían colocado ofrendas de comida en la base de la piedra. Si había un *kami* viviendo en aquel lugar, estaría bien alimentado.

Los encargados del santuario se habían alejado. Si bien Shin los había visto una o dos veces, en general parecían querer evitarlo. En otras circunstancias se habría sentido insultado, pero en aquel momento prefería la privacidad.

Un silbido cerca de él hizo que se volviera. Kasami estaba en el extremo de la pasarela, a la espera de la llegada de la dama Aimi. Su *yojimbo* hizo un gesto, y Shin alzó el abanico para mostrarle que la había entendido. Casi había empezado a temer que Aimi hubiera cambiado de parecer.

Kasami se retiró cuando el primero de los guardaespaldas de la dama Aimi apareció. Había cuatro de ellos; samuráis de los Zeshi, con los colores de la familia en sus túnicas. Pese a que todos iban armados, sus armas mostraban el nudo de la paz. Kasami mantuvo las manos bien alejadas de sus propias espadas cuando retrocedió con respeto hasta situarse detrás de Shin.

En el centro del cuarteto de samuráis se encontraba la dama Aimi. Era una figura pequeña y delgada, vestida de color morado y que portaba una sombrilla para protegerse del calor del día. La plegó y se la entregó a uno de los dos sirvientes que caminaban por detrás de los samuráis con las cabezas inclinadas. Aimi hizo un ademán, y sus guardias se desperdigaron para ocupar posiciones de centinela en la pasarela. Shin ordenó a Kasami que retrocediera con un ademán cuando él se acercó a saludar a Aimi.

—Mi señor Shin —lo saludó ella, moviendo las manos al mismo tiempo—. Me alegro de conocerle al fin. —Shin percibió tan solo un atisbo de titubeo en su forma de hablar, aunque a su voz le faltaba entonación. Ese hecho, además de que tenía la mirada fija en la boca del Daidoji, eran los únicos indicios de que era sorda.

Hablaba con más confianza con las manos, y la entonación que le faltaba a su voz la proporcionaba con los dedos. Los Unicornios habían desarrollado su propio estilo de lengua de signos durante sus viajes, uno que era distinto al sistema más estándar ideado por el Clan de la Grulla, que era el que empleaba la mayoría de Rokugan. Lo solían usar con sus caballos, o eso era lo que le había dicho Batu. Shin se había empeñado en aprender ambos estilos durante su juventud, además de la jerga particular que empleaban algunos cortesanos del Clan del Escorpión.

—Lo mismo le digo, mi señora. La dama Konomi me habló muy bien de usted —repuso él, inclinándose con respeto. Mientras lo hacía, dejó que sus manos siguieran el ritmo torpe de la lengua de signos de los Unicornios. La de las Grullas estaba repleta de gestos gráciles y amplios movimientos circulares. En contraste, la versión de los Unicornios utilizaba gestos abruptos y sacudidas con las puntas de los dedos, algo similar a los movimientos de un caballo inquieto. Resultaba bastante cansado para los dedos—. Las considera buenas amigas y suele compartir anécdotas divertidas sobre el tiempo que pasó aquí.

—Ojalá estuviera aquí ahora —signó Aimi, y luego se sonrojó al percatarse de cómo se podría interpretar aquella afirmación. Shin se rio con cortesía.

—Opino lo mismo. Tiene un ingenio poco común y es una compañera muy aventurera.

Aimi esbozó una sonrisa vulnerable, y sus gestos se tornaron un revoloteo provocador.

—Se dice que les suelen ver juntos.

—Nuestra amistad es algo a lo que le tengo mucho aprecio —repuso Shin, acompañando sus palabras de unos signos meticulosos—. Un buen amigo es algo poco común, y se debe cultivar la amistad del mismo modo que se haría con una flor delicada. Es por eso que estoy aquí ahora.

—Me alegro de que así sea, a pesar de que las circunstancias sean tan desafortunadas. —Dejó de hablar, con las manos quietas—. Signa muy bien, casi no hay ni rastro de un acento.

Shin inclinó la cabeza.

—Lo tomo como un cumplido.

—Puedo leer los labios, si lo prefiere —dijo ella en voz alta.

—Se lo agradezco, pero no será necesario. No suelo tener la oportunidad de practicar. —Shin agitó los dedos de manera coqueta, y ella se rio, aunque solo por un momento.

—Me gustaría que tuviéramos tiempo para hablar largo y tendido, pero me temo que esta conversación será rápida —signó ella—. Sin duda, mi primo sabrá que estoy aquí.

—No quería que habláramos, aunque su razonamiento fue un tanto… escaso.

Aimi tensó los dedos.

—Teme que vaya a perturbar las negociaciones. Más de lo que ya están, quiero decir.

Shin esbozó una sonrisa ante su comentario.

—Su primo lleva una enorme carga sobre los hombros. Pero bueno, creo que no es de eso de lo que me quería hablar, ¿me equivoco?

—Ruri —se limitó a signar. El gesto que hizo fue triste y torpe, como si hubiera estado a punto de emplear otro signo, uno con un significado más personal.

—Así es. —Shin la observó. La chica era joven, mayor que su hermano, pero no por mucho. Aun así, era lo suficientemente mayor para contraer matrimonio y para saber lo que quería. O lo que no quería, en cualquier caso—. Cuénteme lo que ocurrió.

—A estas alturas ya debe conocer los hechos —signó Aimi, con movimientos amplios.

—Los conozco, solo que no su versión de ellos. Cuénteme, por favor.

La chica observó la fumarola durante unos instantes antes de volverse y signar:

—Estábamos paseando por el mercado. Solíamos hacerlo, a mí me gustaba observar los puestos y ver a los mercaderes.

—La entiendo. Yo también lo disfruto.

Aimi sonrió ante aquellas palabras, aunque no por mucho tiempo.

—Gen… apareció —signó—. Con sus lamebotas detrás de él y borracho, por supuesto. Siempre lo estaba, fuera para celebrar o para ahogar las penas. —Vaciló unos instantes, con las manos dejando de moverse—. Estaba borracho el día que anunciaron nuestro compromiso, ¿lo sabía? —Sus dedos se movieron con desdén.

Shin permaneció en silencio, y ella continuó signando.

—Me acusó de haberle llevado deshonor a él y a nuestras familias por mi devaneo con un samurái sin clan. Tenía su espada en la mano y estaba rojo como la sangre, y yo… estaba asustada. —Signó con incertidumbre, como si aquella fuera la primera vez que había pensado en ello. Tal vez lo fuera. Continuó—: Siempre lo había considerado un… un patán. Un idiota. Pero, por primera vez, le tuve miedo. —Hizo un puño y se lo llevó al estómago: el signo de «miedo» de las Grullas, en lugar del de los Unicornios.

—Y entonces Ruri se interpuso entre ustedes dos.

Aimi asintió.

—Sí —signó—. Exigió que nos dejara en paz. Él le soltó unas obscenidades que no voy a repetir y la atacó. Ruri fue tan rápida… nunca imaginé que alguien pudiera moverse a tal velocidad. Desenvainó la espada y la volvió a envainar en lo que uno tarda en respirar. Y Gen estaba muerto.

—¿Está segura de que él atacó primero?

—Lo juro por mi honor —signó con seguridad.

—Y usted le pidió a Ruri que huyera. ¿Por qué?

—¿Acaso no lo ha descubierto ya? —dijo Aimi con unos signos desafiantes—. Mi prima me aseguró que era inteligente, señor Shin.

Shin esbozó una sonrisa educada.

—Nunca formulo preguntas para las que no tenga una respuesta por adelantado. Es solo que me gusta comprobar dichas respuestas. Así que dígame, por favor, ¿por qué?

Aimi tragó en seco y dudó antes de signar:

—No quería que muriera.

—¿No?

—No. —Negó con la cabeza.

—Es todo un alivio.

Aimi abrió los ojos de par en par.

—¿Lo es? —preguntó en voz alta.

—Sí, pues yo tampoco quiero que muera. Por desgracia, usted y yo parecemos ser los únicos que compartimos dicha esperanza. Por tanto, tendremos que colaborar para lograr la victoria. —Shin se inclinó hacia delante—. ¿Por qué le ordenó que huyera?

Aimi se quedó en silencio durante un largo instante antes de decir en voz baja:

—La amo. —Se golpeó el pecho con las manos, y Shin vio que estas temblaban.

Shin asintió.

—Entiendo. ¿Es por eso que el señor Gen se enfrentó a ustedes aquel día?

Aimi negó con la cabeza.

—No tenía cómo saberlo —signó—. No dijimos nada y no se nos escapó nada. Incluso quemé los poemas que me escribió. —Todavía le temblaban las manos, lo que dificultaba leer sus signos.

Shin aguardó unos instantes a que Aimi recobrara la compostura.

—¿Poemas? —Ruri no parecía el tipo de personas dadas a la poesía, aunque era cierto que se solía decir que las aguas tranquilas eran las más profundas. Se le ocurrió algo de repente—. ¿Cuántos fueron? ¿Está segura de que los destruyó todos?

—¡Por supuesto! —signó con un revuelo de las manos; otra duda que indicaba su incertidumbre.

—¿Y cómo los quemó?

Aimi frunció el ceño.

—Le di los papeles a los sirvientes, como siempre hacemos —signó, luego se puso pálida y bajó las manos.

—Ajá —dijo Shin—. Es posible que algún miembro de su familia interceptara los papeles, se percatara de lo que eran y decidiera contárselo al señor Gen.

—Pero ¿por qué iba alguien a hacer eso? —signó, con movimientos cortantes.

—No lo sé. —Shin apartó la mirada conforme recreaba la escena en su mente—. Nadie se oponía a su compromiso con el señor Gen. Ni siquiera usted.

—Era demasiado importante. —Aimi apretó los puños antes de volver a signar—: Sigue siendo demasiado importante.

Shin sintió lástima por ella. Él también conocía de primera mano el peso de la obligación familiar y cómo este nunca disminuía, sino todo lo contrario.

—Si Ruri quedara libre, ¿qué haría? —preguntó a media voz, y Aimi entornó los ojos—. ¿Declararía su amor por su inferior social? ¿Huiría de Hisatu-Kesu para poder estar con ella?

—No lo sé, mi señor —signó Aimi tras negar con la cabeza—. No he osado albergar esperanzas sobre su liberación.

—Estoy casi seguro de que eso es mentira, aunque no una inesperada. —Shin sonrió para aliviar la punzada de sus palabras—. La esperanza no es ningún pecado, igual que el amor no es ninguna estupidez. Juntos, ambos son un arma tan poderosa como cualquier katana.

—No huiría —signó Aimi. Alzó la barbilla con una expresión decidida, y sus gestos lo fueron aún más—. Este es mi hogar y no pienso abandonarlo a él ni a mi familia. Por nada ni por nadie. Y no creo que Ruri esperara que lo hiciera.

—No, yo tampoco lo creo. —Shin suspiró y se alisó el kimono—. Aun así, es una preocupación para el futuro. Por ahora debemos encargarnos de averiguar la identidad de la persona que reveló al señor Gen sus… afectos.

—¿Cómo hará eso? —preguntó ella con un gesto con la mano abierta.

—Con cautela y diligencia —le aseguró Shin—. Puede estar tranquila, señora Aimi. Creo que por fin estamos en el camino hacia la verdad. —Se dio un golpecito en los labios con el abanico—. Ha mencionado a unos lamebotas. ¿Por casualidad no sería Totara Ikki uno de ellos?

—Sí —signó—. Y sus primos, Aito y Giichi. Siempre andaban detrás de Gen. —Conforme signaba, se produjo un traqueteo que provenía de las escaleras. Se volvieron y vieron a un grupo de *ashigaru* ataviados en los colores de los Zeshi que se dirigían a la pasarela. Unos samuráis más los acompañaban, y uno gritó, haciendo unos gestos amplios mientras lo hacía.

—Señora Aimi, debe venir con nosotros.

—¿Bajo la autoridad de quién? —exigió saber ella en voz alta conforme sus propios guardias la rodeaban para protegerla. Kasami hizo lo mismo tras ver el ademán con la cabeza de Shin y se llevó la mano a la empuñadura de la espada. Los recién llegados se detuvieron, y por un momento pareció que iban a empuñar sus armas.

—Su primo, el señor Shijan. Le pide que regrese a casa. —La mirada del portavoz se dirigió al Daidoji—. Siento mucho la impertinencia, mi señor, pero son nuestras órdenes.

Shin miró al *ashigaru* con superioridad.

—Por supuesto. Todos tenemos nuestras órdenes y debemos obedecerlas. Esa es la voluntad de los cielos. —Se volvió y le dedicó una profunda reverencia a Aimi. No le preocupaba la seguridad de la chica, pues Shijan no tenía ningún motivo para hacerle daño, pero sí muchos para mantenerla a salvo. Si se sugería otro matrimonio político, Aimi o Reiji serían la opción lógica, por lo que Shijan no podía permitir que le pasara algo a ninguno de los dos.

»Mi señora, ha sido todo un placer conocerla por fin. Puede estar segura de que tendré en cuenta todo lo que me ha contado —signó con fuerza, y Kasami empezó a caminar tras él cuando avanzó hacia las escaleras. Los *ashigaru* de los Zeshi se apartaron para dejarlos pasar y se quedaron a ambos lados de las escaleras con respeto.

Shin no volvió la vista atrás, pero notó los ojos de los soldados fijos en él durante todo el camino.

CAPÍTULO DIECIOCHO
Complicaciones

Batu se encontraba en su estudio cuando Shin regresó. Un sirviente lo condujo hasta la sala, y Shin se arrodilló en los cojines delante de Batu, a la espera de que el juez lo saludara. Cuando no lo hizo, Shin carraspeó. Tuvo que hacerlo tres veces más hasta que Batu se dignó a mirarlo por fin.

—¿Y qué tal ha ido su día? —preguntó Shin alegremente.

—Complicado. —Batu miró por la ventana—. Mientras usted estaba ocupado molestando a los demás, a mí me han pedido que mediara en una disputa entre los Zeshi y los Shiko. Otra disputa, mejor dicho. Una discusión entre soldados que ha acabado con violencia.

Shin abrió los ojos de par en par.

—¿Qué ha ocurrido?

—Una casa de té de la calle de los Seis Gorriones ha quedado destrozada y varias personas han resultado heridas. Nadie de importancia, por suerte, pero ahora tanto Shijan como Koji me están ladrando que haga algo para solucionar la situación. Ya he multado a los culpables en cuestión, pero me temo que no será el último incidente de esa índole.

—La ciudad actúa acorde a las familias —repuso Shin, distraído.

—Las familias se preparan para la guerra —dijo Batu, asintiendo—. Ninguno de los dos bandos la quiere, pero tampoco desean que el contrario los pille por sorpresa si deciden atacar.

—¿Cree que alguno de los dos bandos está planeando algo así?

—Si solo fuera asunto de los individuos de la ciudad, no. Pero no se trata solo de ellos. Está claro que los daimyō de las dos familias lo ven como otro frente más de su larga rivalidad, o eso me han dicho. Y no pasará mucho tiempo hasta que algunos individuos de los Iuchi y de los Ide decidan agravar el asunto para sacar beneficio.

Shin no cuestionó aquella afirmación. Por desgracia, esas cosas eran muy comunes cuando se producía algún conflicto interno. Incluso en tiempos de paz, los clanes eran un hervidero constante de búsqueda de posición y de gloria. Y, en tiempos de guerra, cada miembro de la corte y *bushi* que quisiera escalar puestos aparecía como de la nada y trataba de adentrarse en la disputa. Aquel era uno de los motivos por los que Shin había intentado alejarse de las políticas del Clan de la Grulla.

—En ese caso, será mejor que se nos ocurra una solución antes de llegar a ese punto —dijo el Daidoji.

—Ya tenemos una solución.

—Una solución mejor, quiero decir.

Batu negó con la cabeza.

—Shijan está enfadado. Usted ha hablado con su prima a pesar de que se lo prohibió explícitamente. Ha presentado una protesta formal.

—No es el primero. —Shin examinó un punto de la pared más allá de la oreja izquierda de Batu—. Creo que el señor Shijan se enfada demasiado rápido y se queja muy pronto cuando le conviene. Es un tipo tedioso, para colmo. Y oculta algo.

—¿Lo sabe a ciencia cierta? —inquirió Batu, atento.

—Lo sospecho. —Shin jugueteó con el borde de su kimono—. La señora Aimi me ha confirmado las sospechas de la casamentera. Ella y Ruri eran, o, mejor dicho, son, amantes.

Batu soltó un largo suspiro.

—Qué… desafortunado.

—El señor Gen lo sabía.

—Eso es más desafortunado todavía. —Batu guardó silencio unos instantes—. ¿Y quién se lo dijo?

—La señora Aimi no lo sabe. Imagino que no sabremos la respuesta hasta que hablemos con los compinches del señor Gen, si es que Kitano logra localizarlos. —Se dio un golpecito en la rodilla con el abanico y se preguntó cuándo regresaría su sirviente, pues estaba tardando más de lo que Shin había anticipado. ¿Cómo de difícil era encontrar a tres *bushi* borrachos en una ciudad tan pequeña como aquella?—. Creo que los Totara son la clave. Ya sabemos lo que ocurrió, pero puede que ellos sepan por qué.

—Así que, en conclusión, no ha averiguado nada que nos sea de utilidad —dijo Batu.

—Todo lo contrario, he averiguado muchas cosas.

—Al insultar a los miembros de ambas familias.

—Al hacer el tipo de preguntas que usted debería haber formulado —replicó Shin—. Tengo arcilla, ahora tengo que moldear los ladrillos. —Desplegó su abanico de golpe y lo agitó.

—¿Y qué quiere decir con eso?

—Ya he hecho las preguntas obvias, ahora debo formular las que no lo son tanto. Por ejemplo, ¿qué propósito tiene la muerte del señor Gen?

—Arruinar las negociaciones, por supuesto. Como dice su propia teoría.

—Sí, pero ¿por qué? ¿Qué tiene nadie que ganar mediante las tensiones entre los Zeshi y los Shiko?

—La guerra afectaría a su habilidad de cumplir con sus contratos —dijo Batu tras unos momentos—. No al principio, pero a largo plazo sus intereses comerciales sufrirían. Y no solo aquí, sino en todas partes.

—Exacto. ¿Y quién puede sacar provecho de un cambio en el orden de las cosas? —Shin meneó la cabeza—. Extenderé mi investigación y le preguntaré a aquellos que saben más sobre dichos asuntos. Hablando de eso, ¿ya ha contactado con los mercaderes?

—Sí.

—¿Y?

—Han accedido a regañadientes a hablar con usted.

—Qué amable por su parte.

Batu soltó un resoplido.

—La asociación comercial de la ciudad está liderada por un mercader *heimin* llamado Yuzu. Ha accedido a hablar con usted en nombre de todos.

—¿Sirve a los Unicornios?

La sonrisa de Batu fue tensa.

—A los Ide.

—Ah. Entonces es probable que tenga segundas intenciones para hablar conmigo.

Batu se encogió de hombros.

—No tengo ni idea de por qué quiere hablar con una criatura de tan mala fama. No veo qué puede sacar de ello.

—Los mercaderes, y más concretamente los *heimin*, hablan. Cotillean sobre cualquier tema, en especial sobre sus superiores. No es mala idea escucharles de vez en cuando.

—No soy idiota, Shin, conozco el valor de los informantes.

Shin sacudió un dedo a modo de reprimenda.

—Los informantes le dirán lo que quiere saber. Escuchar los rumores le dirá lo que necesita saber antes de que desee saberlo.

—La sabiduría de un miembro de la corte.

Shin se encogió de hombros con elegancia.

—La sabiduría es la sabiduría, sea cual sea su origen.

—En ese caso, escuche esto, oh, gran sabio: se le ha acabado el tiempo. Esto ha llegado mientras estaba por ahí haciendo enemigos. —Batu sostuvo una misiva doblada, con el sello roto—. Del daimyō de la familia Shiko. La representante de los Ide llegará antes de lo previsto; hoy mismo, de hecho. —Lanzó la carta sobre su escritorio—. Llegará esta tarde después de hacer una visita a los Zeshi.

—Eso explica por qué el señor Shijan ha enviado a hombres armados en busca de su prima —pensó Shin en voz alta.

—Sin duda. Los Ide quieren asegurarse de que los Shiko reciben un trato justo y no confían en que usted sea capaz de mediar en el asunto de manera justa.

—Qué espanto, ¿han dicho eso en la carta?

Batu frunció el ceño.

—No, estaba resumiendo.

—Ah. —Shin extendió la mano—. ¿Me permite?

Batu soltó un suspiro y le entregó la carta. Shin la leyó por encima y la volvió a doblar. Los Ide habían decidido adentrarse en el asunto; era probable que simplemente quisieran presionar a Batu para que dictara la sentencia que esperaban.

—Vaya, debo admitir que esto complica las cosas un poco, pero tal vez podamos sacarle provecho. Si podemos hablar con la representante y hacerle entender la situación…

—No hay ninguna situación —lo interrumpió Batu—. No hay nada más que hacer aquí excepto lo obvio. La *yojimbo* morirá, y las negociaciones volverán a su curso.

—¿Y qué ocurrirá cuando suceda la siguiente interrupción? ¿O la siguiente a esa? —Shin se llevó las manos al regazo—. Piénselo bien, Batu, mire el cuadro completo, no solo su propia parte.

—El cuadro completo no es de mi incumbencia, señor Shin. —Batu le dio un golpe al escritorio con la mano—. Esta parte lo es. Un juez tiene un deber que cumplir; yo tengo un deber que cumplir. Si no cumplo con mi deber en nombre de mi clan, ¿para qué sirvo?

—El deber está abierto a distintas interpretaciones —contraatacó Shin.

—No para algunos de nosotros. —Batu apartó el escritorio y se puso de pie de repente. Shin lo imitó, aunque se quedó quieto, mientras que Batu empezó a caminar de un lado para otro. La expresión en la cara del juez le resultó familiar a Shin, de sus días de estudiantes.

—La corteza de sauce podría hacerle bien —propuso Shin.

—No, hay algunos dolores que deben soportarse y ya está. —Batu se frotó el ceño con los ojos cerrados—. Cuando llegue la representante, no tendré otra opción. Estoy seguro de que lo entiende.

—Entenderlo y estar de acuerdo con ello son dos cosas distintas. —Shin pensó durante unos instantes—. Tenemos una opción: la representante debe sufrir algún retraso, pero sin llegar a causar ninguna ofensa.

—No veo cómo es posible.

Shin esbozó una sonrisa.

—Porque usted no es Grulla. —Se dio un golpecito en los labios con el abanico mientras contemplaba la situación—. A ustedes los Unicornios les enseñan a cabalgar, mientras que a nosotros las Grullas nos enseñan a tergiversar. —Shin esperaba sonar más confiado de lo que se sentía. A decir verdad, no estaba seguro de que Batu no tuviera razón, que la única solución que tenían en aquel momento era la más obvia, pero no quería rendirse todavía.

Aun con todo, Batu parecía convencido.

—No pretenderé que no espero que usted tenga razón, señor Shin —dijo con un suspiro—. Es solo que dudo que las Fortunas sean tan amables como para permitirle demostrarlo.

—El que no arriesga no gana —dijo Shin.

Batu apartó la mirada.

—Va en contra de mi buen juicio, pero… de acuerdo. —Dejó caer los hombros—. Encontraré algo que me mantenga ocupado durante los próximos días para retrasar mi decisión tanto como sea posible. —Volvió a suspirar—. Quizá alguien muera asesinado a manos de los forajidos.

—Eso sería todo un golpe de suerte.

Batu lo miró de reojo.

—Era una broma.

—Yo lo decía en serio. —Shin se volvió cuando alguien llamó a la puerta con suavidad.

—Adelante —dijo Batu en voz alta.

Nozomi deslizó la puerta.

—Señor Batu, el sirviente del señor Shin ha regresado.

—¿Kitano? Excelente. —Shin cerró su abanico de golpe e hizo un gesto—. Veamos qué tiene que contarnos. Dile que pase. —Miró a Batu de reojo—. Con su permiso, por supuesto.

Batu le restó importancia con un gesto.

—¿Cuándo ha sido eso un impedimento para usted? Dile al hombre que pase, Nozomi.

Acompañado por Kasami y Nozomi, Kitano entró en el estudio. Tenía un aspecto un tanto desaliñado y cansado, y Shin se preguntó cuánto tiempo llevaría sin dormir. Kitano parpadeó, sorprendido, al percatarse de la presencia de Batu, tras lo cual tragó con nerviosismo.

—¿Y bien? —dijo Shin—. Espero que tengas algo que contarme después de haber pasado toda la noche fuera.

Kitano se apresuró a asentir.

—He hecho lo que me ha pedido, mi señor. Me ha costado, pero los he encontrado. —Dudó antes de seguir hablando y le dedicó una mirada de soslayo a Batu.

Shin asintió para animarlo a continuar.

—Habla con libertad, Kitano.

—Ha sido en una casa de… mala reputación de Owari del norte. Bajo el cartel de una liebre.

—La Liebre de Jade —dijo Batu—. La conozco.

—¡Vaya! ¿De verdad? —Shin lo miró con cierta sorpresa, y Batu negó con la cabeza.

—No piense disparates. Soy juez; conozco a cada *geisha* y apostador de la ciudad y sé dónde ejercen su oficio.

—¿Has hablado con ellos? —le preguntó Shin a su sirviente.

Kitano inclinó la cabeza.

—Lo he intentado, mi señor. No sé si vendrán o no, pero… —Rebuscó entre sus vestimentas y extrajo un saquito que emitía un tintineo placentero— imagino que sí, aunque solo sea para recuperar su dinero.

—¿Se lo has robado? —preguntó Batu, molesto.

—¡No, mi señor! —repuso Kitano, ruborizándose—. No soy ningún ladrón. Se lo he ganado en una partida de dados.

—¿Justamente? —inquirió Shin, escondiendo una sonrisa.

—Bueno, no del todo. Pero ellos han hecho trampa primero, y no muy bien, si me permite el comentario. Y después han tratado de darme una paliza cuando he reclamado mis ganancias. —Kitano señaló hacia su cuchillo—. Por suerte, he sido más rápido que ellos.

—De verdad espero que no les hayas hecho daño —dijo Shin, más por el bien de Batu que porque le importara de verdad.

—No ha sido más que un rasguño, mi señor —contestó Kitano, y dudó antes de continuar—: Otra cosa más, mi señor… Zeshi Reiji también se ha pasado por allí. Parecían, esto… conocerse.

—Qué curioso.

Batu soltó una carcajada.

—Me preguntaba cuándo entraría él en acción.

—¿Sabía que él estaba involucrado? —preguntó Shin, con el ceño fruncido.

—Sabía que solía andar en compañía del señor Gen. Si alguien estaba en el lugar apropiado para susurrarle rumores sobre la dama Aimi, ese era el señor Reiji. Solo que los rumores no son un crimen, o todos los cortesanos del mundo ya habrían perdido la cabeza a estas alturas.

—¿Y no se le ocurrió que sería buena idea preguntarle si le había dicho algo?

Batu suspiró.

—No era pertinente.

—¿Que no era…? —Shin negó con la cabeza—. Ha cometido un error.

Batu entrecerró los ojos.

—Siento mucho que mi previsión no se pueda comparar a la suya —gruñó, y Shin desestimó sus palabras con un ademán.

—Se lo perdono. La dama Aimi afirma que le dio los poemas que Ruri le había escrito a un sirviente para que los quemara. Pero es probable que alguien interceptara dichos poemas. Tiene que haber sido alguien de la casa… tal vez el señor Reiji.

—A menos que el sirviente los vendiera —interpuso Kitano.

Shin y los demás clavaron la mirada en él, y Kitano se puso pálido y se apresuró a añadir:

—Algunos sirvientes hacen eso, ¡pero yo no!

—Seguro que no —dijo Shin para calmarlo—. Sigue hablando.

Kitano se lamió los labios.

—Ustedes… Ustedes no nos ven, pero nosotros a ustedes sí. Algunos de ellos… Algunos de nosotros nos entrenamos para no ver nada. Solo que otros… no. Así que venden lo que saben. Siempre hay alguien a la caza de información o rumores, por lo que solo se tiene que saber dónde encontrarlos. Aunque a veces son ellos quienes buscan a los sirvientes, depende. —Se rascó la mejilla y añadió—: Una información así… seguro que hay varias personas que podrían pagar mucho por algo así.

—¿Por poemas? —preguntó Batu, incrédulo.

Shin asintió.

—Los poemas son una buena prueba de que existía un apego ilícito. Si alguien pretendía chantajear a la señora Aimi o a Ruri, los poemas habrían sido la ventaja ideal.

—Solo que no chantajearon a ninguna de las dos —dijo Kasami desde cerca de la puerta—. Se los mostraron al señor Gen para provocarlo. ¿Por qué?

—Porque sabían cómo reaccionaría —contestó Shin—. Lo alteraron y lo apuntaron hacia el sujeto de su ira. Sabemos que incluso desde antes de eso Ruri ya no le caía bien. Tras haber recibido una confirmación de sus inquietudes, hizo lo que haría cualquier *bushi* idiota.

—Consiguió que lo mataran, eso es lo que hizo —interpuso Batu—. Y nos metió a todos en problemas.

—No, eso lo hizo quienquiera que lo alterara, y creo que fue a propósito. —Shin se quedó mirando el techo y ordenó los hechos en su mente. Montó el marco—. Un miembro de la corte nunca desperdicia un secreto, pues son como una moneda: solo se gastan cuando se debe. Quien organizara todo esto debía conocer al señor Gen y a la señora Aimi personalmente, pues, si no, ¿por qué le habría hecho caso él? También debía contar con una razón para empeorar las hostilidades entre ambas familias, pero ¿qué miembro de una de las dos familias sacaría provecho de algo así?

—Tal vez pensara que su bando tenía las de ganar —dijo Nozomi de repente, y Shin la miró. Ella se sonrojó un poco, pero continuó—: La paz beneficia más al bando más débil. Si esa persona hubiera creído que su familia sería capaz de lograr la victoria en una guerra directa… entonces la paz sería un obstáculo para ello, mi señor.

Kasami asintió.

—Tiene razón. Puede que sea la guerra en sí lo que quería. —Se quedó en silencio y miró a Shin, quien asintió.

—Resulta familiar, ¿verdad?

Batu los miró a ambos con atención.

—¿De qué hablan?

—No importa —repuso Shin, antes de mirar a Batu—. Necesito hablar con el señor Shijan una vez más si es posible. Mañana. Dígale que venga. Por la tarde, por supuesto. Pero insístale.

—No vendrá.

—Dígale que quiero disculparme.

Batu soltó un resoplido.

—No sabía que fuese capaz de disculparse.

—No pretendo hacerlo —sonrió Shin—. Pero eso no tiene por qué saberlo él.

CAPÍTULO DIECINUEVE
Ide Sora

Conforme la mañana dejaba paso a la tarde, Kasami estaba frente a la casa, con una mano apoyada en la empuñadura de su katana. Como concesión a su anfitrión, solo iba vestida con un kimono, aunque se negaba a separarse de sus espadas cuando se encontraba en el exterior. Nozomi estaba situada un poco por debajo de ella, en la escalera, con un atuendo similar. Hiro estaba arrodillado detrás de ellas, cerca de la puerta, con la mirada gacha y la boca cerrada. A Kasami le gustaban los sirvientes que sabían actuar como tales.

Quienes no le caían bien eran aquellos que no llegaban a tiempo a sus citas.

—Llegan tarde —dijo. Los Ide habían enviado un mensaje para informar de su llegada, y no con demasiada educación. El señor Batu les había advertido de que tal vez no estuvieran de humor para los buenos modales, por lo que ella y Nozomi estaban preparadas para cualquier disgusto que pudiera ocurrir. Kasami miró a la otra guardaespaldas—. ¿Qué piensa de todo esto?

—¿Qué quiere decir?

—Todo lo ocurrido con la *ronin*… con Ruri. —Kasami habló con cautela. Su conversación con Ruri la seguía incordiando. Desde que tenía uso de razón, una vida de servicio le había parecido la mejor vocación a la que una *bushi* de su posición podría aspirar. El deber era algo con lo que se podía obtener gloria, pues de él procedía el propósito. Si no tuviera nada de eso, ¿qué le quedaría?

—Su señor ya me hizo esa pregunta —dijo Nozomi.

—Y ahora se la hago yo.

Nozomi la miró con atención, con una leve sonrisa en el rostro.

—Creo que habría hecho lo mismo que la *ronin*. ¿Y usted?

—Ya he hecho lo mismo.

—No creo que hubiera huido.

—Ni yo —dijo Kasami con cierta satisfacción. Estaba bien encontrar a alguien que estuviera de acuerdo con ella—. Dice que su señora le ordenó huir. —Hizo una pausa—. Creo que el señor Shin haría lo mismo: es sensible, a pesar de que haya intentado hacer que no lo sea.

Nozomi apartó la mirada.

—No son muchos los señores que se preocupan por las vidas de sus subordinados. No sé qué es lo que haría el señor Batu. Dudo que ni siquiera él lo sepa.

—No me parece un hombre muy dado a la incertidumbre —dijo Kasami con cuidado.

—No lo es, pero en ciertos temas, sí. Estoy segura de que su señor es igual.

Kasami soltó una risotada.

—Tiene de todo menos incertidumbre. Es demasiado engreído, si acaso. Eso le mete en problemas… y a mí con él.

—Eso he oído. —Nozomi frunció el ceño—. ¿Es cierto que una vez secuestró a una hija de los Escorpiones de sus propios aposentos?

Kasami torció el gesto.

—Sí, aunque no es tan simple como afirma la historia.

—¿Usted estaba allí?

—Sí, solo que estaba ocupada con otra cosa en aquel momento.

Nozomi alzó una ceja, y Kasami se encogió de hombros.

—Alguien tenía que distraer a los guardias —se limitó a añadir.

Nozomi soltó una leve carcajada y meneó la cabeza.

—Ya veo. No me imagino al señor Batu metiéndose en esa clase de… aventuras.

—Considérese afortunada. —Kasami alzó la mirada hacia las ramas de los árboles que daban sombra a la parte frontal de la casa—. Su señor es muy diligente. Cumple con su deber y los demás lo respetan por ello.

En aquella ocasión fue Nozomi quien frunció el ceño.

—Eso no es del todo cierto.

—¿No?

—Por desgracia, no. Cuando llegó… cuando llegamos, la ciudad no tenía la autoridad de un juez desde hacía bastante tiempo.

—¿No había ningún juez antes?

—Sí, pero era anciano, le gustaba su sake y su opio y callarse sus opiniones. Muchos preferían eso a un… mediador más activo.

—Usted dijo que la ciudad estaba sosegada.

—Solo porque la mayoría de las bandas criminales se habían matado entre ellas para cuando llegamos. —Nozomi agachó la cabeza—. Ahora solo hay una, y esta controla todas las actividades ilegales de la ciudad. E incluso unas cuantas legales.

—Si lo saben, ¿por qué no han lidiado con ella?

—¿Por qué el gobernador imperial no ha lidiado con las bandas de contrabando de la Ciudad de la Rana Rica? —preguntó Nozomi antes de encogerse de hombros—. Resultan útiles.

Kasami asintió, comprensiva. Había ciertas cosas que los *bushi* no podían hacer, o, mejor dicho, que nadie podía ver que hacían, por lo que esas tareas, ilegales pero necesarias, recaían sobre otras personas. El contrabando era una de ellas. Y el asesinato era otra.

Se libró de tener que hacer algún comentario al respecto debido a la llegada de sus invitados. La aparición de los Ide vino acompañada del traqueteo de la armadura y los pisotones de los cascos. Una escolta de dos docenas de *ashigaru* ataviados en armadura completa trotaba junto a los caballos. Nozomi se puso tensa al verlos.

Los guardaespaldas eran algo común, y las escoltas también, solo que aquello se trataba de algo distinto. Una muestra de fuerza. Los Ide estaban enseñando sus músculos para que todos los vieran. Kasami, acostumbrada a alardes como aquel, no se inmutó. Los Leones solían hacer pasear al triple de soldados por las calles de la Ciudad de la Rana Rica.

Por lo tanto, mantuvo las manos alejadas de sus armas. Nozomi la imitó, aunque estaba claro que ella necesitó un esfuerzo mayor. Aun así, era comprensible, pues era a su señor a quien estaba dirigida la amenaza, por mucho que fuera con rodeos.

El señor Koji fue el primero en desmontar. Se acercó a ellas con lentitud, y su expresión denotaba que no estaba muy contento de encontrarse allí. Miró a Kasami y a Nozomi desde abajo y les dijo:

—La dama Sora ha venido a saludar al señor Batu. Por su bien, espero que vuestros señores tengan algo que decirle.

• • •

Shin observó cómo la representante de los Ide se sentaba. Ide Sora era una mujer bajita y regordeta. Shin la habría descrito como una matrona, si no fuera porque ella era algo más joven que él y porque había visto el brillo en sus ojos cuando entró en la sala de recepciones. Se presentó prácticamente sin ningún anuncio y se abrió paso casi a la fuerza, en desafío del protocolo. Ello era muestra de su molestia, por no decir de su determinación.

Y no había venido sola. Si bien sus guardaespaldas aguardaban fuera, en un educado pero receloso *impasse* entre ellos y

Nozomi y Kasami, Suio Umeko la acompañaba, además del señor Koji y de su esposa. La casamentera tenía la mirada gacha y parecía que hubiera preferido estar en cualquier otro lugar menos allí. Koji tenía un aspecto nervioso, aunque desafiante. Himari solo parecía preocupada.

Las presentaciones no fueron bien. A pesar de que gozaban de una posición similar, Shin no lo habría dicho a juzgar por la conducta de Batu. La deferencia era una palabra demasiado educada para describirla. Obsequioso tal vez. O incluso servil. Estaba claro que Sora lo intimidaba.

—Mi señora, no había ninguna necesidad de que recorriera el largo camino hasta Hisatu-Kesu —decía Batu—. El asunto de la *ronin* está bajo control y se resolverá en breve.

—Yo también lamento que mi presencia sea necesaria, Iuchi Batu. Ojalá hubiera resuelto el asunto antes de mi llegada para que pudiera marcharme satisfecha.

—¿Y perderse los placeres de esta ciudad? —interpuso Shin, sentado a la derecha de Batu—. Eso sería toda una lástima, en mi opinión.

La mujer se puso tensa y se volvió para dedicarle a Shin una mirada penetrante.

—Mis disculpas —dijo ella—. No le había visto. —Umeko soltó un sonido ahogado que podría haber sido una carcajada, y los Shiko tuvieron la buena educación de parecer avergonzados. Shin y Sora no les hicieron caso.

—Descuide. Estoy seguro de que tenía otras cosas en mente.

Sora lo miró de arriba abajo.

—Usted es el Daidoji.

—Daidoji Shin. —Hizo una reverencia—. A su servicio.

—No, no lo está. —Soltó un resoplido—. Me parece decepcionante, aunque nada sorprendente, que los Iuchi enviaran a un Grulla a hacer su trabajo.

Shin ladeó la cabeza.

—Un poco sorprendente, diría yo.

Ella volvió a soltar otro resoplido.

—Los Iuchi suelen distraerse fácilmente con los susurros de los espíritus. El día a día les resulta tedioso.

—Está claro que hemos conocido a Iuchi distintos.

—Claramente. —Miró a Batu—. El señor Koji me ha dado a entender que el asunto está zanjado y que ambas familias están satisfechas. —Señaló a Koji con su abanico—. Entonces, ¿por qué la asesina sigue con vida?

Batu dudó antes de contestar.

—Mi señora, es... complicado.

—Pues simplifíquelo. Bastará con una sola estocada de su espada, si no me equivoco.

Shin se rio por lo bajo. Sora se volvió para mirarlo, con una expresión llena de molestia.

—Me habían dado a entender que los emisarios de los Ide suelen seguir el camino de la paz. El acuerdo y la satisfacción mutua —dijo él.

—Así es, pero aquí ya se ha llegado a un acuerdo. Y usted se interpone en su camino, así que haré todo lo posible por apartarlo.

Shin se permitió esbozar una sonrisa y, cuando vio un breve atisbo de enfado creciente en los ojos de la mujer, dejó que su sonrisa se ampliara incluso más.

—Me interpongo en el camino de tan solo uno de los aspectos del asunto: la muerte injusta de la *yojimbo*, Katai Ruri. —Hizo un gesto amplio—. En cuanto al resto, bueno, es como ha dicho. Ya está resuelto.

—La muerte de la *yojimbo* es el quid de la cuestión. Sin ello, el patrón se viene abajo.

—Entonces me temo que no es un patrón muy bien diseñado.

—¿Cuál es su interés en todo esto, Grulla? ¿Qué derecho tiene a interferir en un asunto interno del clan?

—Me pidieron que lo hiciera.

—Aun así, esperaba que un Grulla supiera que no debe volar en dirección a un fuego abrasador.

—No me parece tan abrasador. A fuego lento, diría yo. —Shin desplegó su abanico con un movimiento—. Me pidieron que viniera, accedí, y eso es todo, mi señora.

—Su presencia en este lugar es un insulto —dijo ella con calma—. Uno muy fríamente calculado, supongo.

—Si prefiere verlo de ese modo, no tengo cómo detenerla.

—Ni tampoco intentaría hacerlo. Si protestara, los Iuchi no tendrían otra opción que retirarlo y enviar a un representante más apropiado. Eso si no se lavaran las manos directamente.

—Eso es cierto. Solo que no creo que vaya a hacerlo.

—¿No?

—No. Usted ve tan bien como yo que esta solución es tan poco elegante como ineficaz.

Sora esbozó una sonrisa sin alegría.

—Por supuesto que a un Grulla le preocuparía la elegancia.

—Pero entiende lo que le quiero decir: esto solo resolverá el problema a corto plazo. A largo plazo, las hostilidades subyacentes continuarán infectándose. Pronto saldrán a la luz una vez más, y así sucesivamente hasta que alguien decida esforzarse un poco para solucionar el problema.

—¿Y usted se ofrece voluntario?

Shin negó con la cabeza.

—Ni pensarlo, mi señora. Como ha dicho, es un asunto interno del clan. Yo solo pretendo perforar la ampolla, por decirlo de algún modo. Purgar cierta parte del rencor.

—Al agravar la situación —le espetó ella.

—Al llegar al fondo del asunto.

Sora se relajó un poco.

—Ah. Se refiere a su teoría sobre una tercera parte involucrada.

—Exacto. —Shin se sorprendió un poco de que ella estuviera informada sobre aquel asunto, aunque tuvo la precaución de no permitir que su rostro mostrara la sorpresa. A juzgar por sus expresiones, Koji y los demás no habían sido informados sobre dicha teoría.

—¿Qué quiere decir con una tercera parte? —preguntó Koji.

—No tiene importancia —contestó Sora sin mirarlo—. Es una pérdida de tiempo.

Shin asintió.

—Es posible. ¿Pero tanta prisa tiene que prefiere condenar a una mujer inocente adrede solo porque resulta más conveniente?

—Por conveniencia, no. ¿Por la paz? Sí. Usted haría lo mismo si estuviera en mi lugar.

Shin borró la sonrisa de su rostro.

—No, no lo haría.

—En ese caso, usted es tonto —se limitó a decir ella antes de volverse hacia Batu—. Al igual que usted, Iuchi Batu. Presentaré una queja formal sobre su conducta en lo que concierne a este asunto cuando concluya. Dejarse llevar por unas complicaciones tan innecesarias, y por alguien que ni siquiera pertenece a su clan, para colmo, es vergonzoso e indigno para un juez de los Iuchi. —Lo miró con superioridad—. Me habían dicho que usted era una decepción para su familia, y ahora he comprobado que es cierto. Es lamentable que haya llegado hasta este extremo para cubrirse a sí mismo de falsa gloria.

Batu se sonrojó ante sus palabras. Pareció hundirse en sí mismo y tragó en seco. Shin vio que se le hinchaba una vena de la frente y supo que, si Batu contestaba, saldría perdiendo. El Daidoji carraspeó.

—Yo solo veo una decepción aquí.

Sora dirigió su mirada hacia él.

—¿Qué quiere decir con eso?

—Usted está tan ansiosa por ponerle fin a este asunto que no es capaz de ver lo obvio.

—Por favor, ilumíneme.

—¿Qué ocurrirá cuando todo esto se repita?

Sora no contestó, y Shin se lo tomó como una invitación para seguir hablando.

—Si estoy en lo cierto, este incidente es solo uno de entre muchos otros… —Alzó el abanico para impedir un arrebato por parte de Koji—. Y no será el último. Alguien está tratando de sabotear las relaciones entre las familias; es de esperar que continuará con sus intentos.

Sora lo consideró unos instantes.

—Y usted cree poder desentramarlo todo.

—No lo creo, lo sé.

—¡Ja! Qué arrogancia.

—Experiencia —la corrigió Shin—. Sé mucho sobre asuntos como este y, como bien ha señalado, soy un Grulla, por lo que estoy predispuesto a ver conspiraciones y estratagemas. Diría que me escogieron para la tarea por esa misma razón. No me sorprendería descubrir que los Iuchi han sospechado eso mismo desde hace un tiempo. ¿No es así, señor Batu?

Batu parpadeó, sorprendido, pero asintió y carraspeó antes de contestar.

—Se han producido varios… rumores sobre ello, sí.

Sora los miró a ambos.

—No se ha informado a los Ide sobre ello.

—Los Iuchi creyeron conveniente cerciorarse antes de exponer unas teorías tan extrañas. No sería apropiado afirmar que se ha saboteado algo cuando no ha sido más que un error humano, ¿verdad?

—Pero ahora están seguros.

Shin asintió.

—Oh, sí, muy seguros.

—Esto es absurdo —dijo Koji—. No puede creer de verdad

que… que hay una conspiración en marcha. ¡Mi hermano murió porque era un idiota y porque esa *ronin* desenvainó más rápido! No hay ningún otro motivo.

Shin lo miró con atención.

—Pero ¿quién puso a su hermano en esa posición, eh? ¿Quién lo envió y por qué?

Koji se reclinó en su asiento, con aspecto incómodo. Shin esbozó una sonrisa cortés.

—Como ya he dicho, comprendo que mi investigación es un incordio. Aun así, ¿no sería peor permitir que el verdadero arquitecto de todo esto se salga con la suya? O lo que es peor, ¿que se atreva a atacar de nuevo?

—¿Qué pretende, Grulla? —le preguntó Sora.

—Averiguar la verdad de lo ocurrido.

—La verdad es lo que la mayoría acepta.

—Estoy de acuerdo.

Sora sonrió ligeramente.

—Muy bien. —Se dirigió a Batu—. Yo misma supervisaré las negociaciones a partir de ahora. Mi intención es ponerle fin al conflicto entre las familias en Hisatu-Kesu. Tiene hasta que lo haga para mostrarme una verdad que pueda aceptar. Si no lo hace, la *ronin* morirá y no se hable más.

Shin sonrió con educación.

—Que así sea.

La representante clavó la mirada en él.

—Y no hablará con ningún miembro de ninguna familia sin mi permiso. ¿Entendido?

La sonrisa de Shin desapareció, aunque solo por un instante.

—Por supuesto. Ni lo soñaría.

Sora soltó un resoplido e inclinó la cabeza.

—Señor Batu, señor Shin, ha sido un placer. —Se puso de pie sin esperar a que la despidieran. Koji y Himari la imitaron, lo que dejó a Umeko sentada a la espera de que sus superiores abandonaran la sala primero.

—Siguen contando con sus servicios, entonces —dijo Shin, mirándola.

—Por si hace falta organizar otro matrimonio —repuso ella, y lo miró de reojo—. Por si se lo está preguntando, no está casada. Sus padres esperan poder casarla durante los próximos dos años.

—No me lo he preguntado en absoluto.

—¿No?

—Ni un poco.

—¿Está seguro? —preguntó Umeko, escondiendo una sonrisa—. Me ha parecido notar un cierto… algo entre ustedes. Una chispa de interés, ¿tal vez?

Shin la miró con dureza.

—No.

—Hombres —dijo Umeko con un resoplido—. Nunca saben lo que les conviene. —Hizo una reverencia hacia Batu y siguió a Sora y a los demás. Batu miró a Shin, quien alzó un dedo a modo de advertencia.

—Ni una palabra.

CAPÍTULO VEINTE
Primos

Zeshi Shijan fue impuntual aquella misma tarde, aunque no tanto como para que resultara de mala educación. Shin estaba practicando sus ejercicios en el claro detrás de la casa de Batu, entre los edificios externos. Si bien normalmente evitaba los esfuerzos prolongados siempre que le fuera posible, un ligero entumecimiento en los músculos aquella mañana le había advertido de que había sido perezoso durante demasiado tiempo. Además, también quería liberar parte de la frustración que sentía desde su conversación con Sora.

Así que cuando Kitano condujo a Shijan y a su sirviente hasta el claro, Shin estaba practicando con Kasami. Las espadas de madera emitían un ruido ensordecedor cada vez que chocaban y se separaban con fluida rapidez. Shin jadeaba por el esfuerzo que necesitaba para seguirle el ritmo a Kasami. Ella, por otro lado, parecía casi aburrida.

—Es demasiado lento —dijo, apartándole la espada y colocando el borde de la suya contra la garganta.

—Estoy distraído —protestó él—. Tengo la mente ocupada en asuntos más importantes.

—Y por eso estaría muerto si esta espada fuera de acero y no de madera. Concéntrese o no me haga perder el tiempo. —Kasami retrocedió y se volvió—. Ya está aquí.

Shin le siguió la mirada con una sonrisa de bienvenida dedicada a Shijan, quien no se la devolvió.

—Buenas tardes, mi señor. Hace buen día, ¿verdad?

—Quisiera hablar con usted —dijo Shijan con brusquedad.

—Y yo con usted. —Shin ofreció su espada de práctica a Kitano—. Kitano, prepárame un baño, si eres tan amable. Kasami…

—Seguiré con mis ejercicios —lo interrumpió ella. Shin asintió.

—Adelante. —Hizo un gesto hacia los árboles—. Señor Shijan, venga conmigo. —Shijan dudó antes de hacerle señas a su sirviente para que le esperara allí. El hombre hizo una profunda reverencia y pareció doblarse sobre sí mismo cuando ocupó una posición cerca de uno de los edificios exteriores.

—Es irrespetuosa cuando le habla —murmuró Shijan cuando estuvieron lejos de los oídos de los demás—. Si fuera mi guardaespaldas, ni se le ocurriría hacer algo así.

—En ese caso, demos gracias de que no lo sea —sonrió Shin—. Su sirviente es muy poco locuaz; no me imagino soportando tanto silencio. Me da tranquilidad saber qué es lo que piensan mis subordinados, así que los animo a decírmelo. Dentro de ciertos límites, por supuesto.

—Por supuesto. Discúlpeme, he hablado sin pensar. —Shijan inclinó la cabeza, y Shin hizo un gesto educado para restarle importancia.

—No hay nada que disculpar, amigo mío. De hecho, soy yo quien debería pedirle disculpas. —Shin se volvió hacia él—. No debería haber hablado con la dama Aimi sin su permiso.

—No, no debería haberlo hecho. —Shijan vaciló antes de continuar—: Ha recibido a Ide Sora antes, si no me equivoco. ¿Qué le ha parecido?

—Tiene una fuerte presencia.

—Es un modo de decirlo. Ha venido aquí a ayudar con las negociaciones y con todo lo demás. Al parecer, es su especialidad.

—Eso dicen. ¿Cuándo comienzan las negociaciones?

—Mañana temprano. —Shijan negó con la cabeza—. No debería estar aquí hablando con usted.

—Y, aun así, aquí está.

—Ajá. —Shijan se quedó mirando los árboles.

—Sin la oportunidad del matrimonio, ¿qué pretende hacer ahora? —preguntó Shin con precaución.

—Estoy considerando varias opciones, aunque la mayoría carecen de la solidez de un matrimonio. —Se apretó el puente de la nariz—. Aun así, empezaremos de cero.

—¿Así, sin más?

—No he dicho que vaya a ser fácil. Sin embargo, debe hacerse por el bien de ambas familias. Con Ide Sora aquí, tal vez todo avance mejor.

—¿No tiene ninguna objeción sobre permitir que los Ide lideren las negociaciones para un nuevo compromiso? —Tal y como había sospechado debido a la presencia de Umeko, ambas familias habían decidido que lo mejor sería concertar un nuevo matrimonio, con suerte entre dos candidatos más apropiados.

—En absoluto. Demuestra que se lo están tomando en serio. —Shijan hizo una pausa—. En ocasiones, los Unicornios han alimentado rivalidades entre sus familias de la forja para lograr mejores resultados; estoy seguro de que las Grullas han hecho lo mismo.

—A veces.

—Que hayan decidido ponerle punto final, al menos aquí, demuestra que se han percatado de lo que está en juego. Que la violencia en esta ciudad solo provocará violencia en otro lugar, y lo que es peor, una interrupción en la fabricación de armadura y productos de cuero. Sin nosotros, y sin los Shiko, la habilidad del Clan del Unicornio para librar guerras se vería muy mermada.

—Claro que los Unicornios no se encuentran en ninguna guerra por el momento.

Shijan negó con la cabeza.

—¿Y cuánto suele durar la paz? Siempre hay temblores,

siempre hay rumores. La guerra es algo constante. —Guardó silencio mientras observaba los árboles—. Los únicos que parecen sacar provecho de ella son los mercaderes. A veces me gustaría… —Recobró la compostura—. No importa.

—Por favor, continúe —lo animó Shin.

Shijan clavó la mirada en él, una mirada llena de furia tras haber descartado su máscara de buenos modales.

—¿Para qué? ¿Para que se burle de mí?

—No. Hoy no. Solo quiero entenderlo.

Shijan apartó la mirada. Tras unos instantes, dijo:

—¿Sabe cómo me llaman a mis espaldas? Presuntuoso. Me creen inferior porque anhelo tener más. —Jugueteó con su kimono—. ¿Sabe lo que nos enseñan aquí? A cabalgar, a luchar… y a ganar dinero. —Su expresión se tornó amarga—. Las primeras dos, vale, pero ¿eso último? ¿Qué clase de conocimiento es ese para un *bushi*?

—En mi opinión, me parece bastante útil.

—Solo que su conocimiento se extiende más allá de eso, ¿verdad? Usted aprendió las artes de los cortesanos: cómo hablar, cómo bailar, cómo escribir. Conocimientos que a mí se me han negado, pues era más importante que aprendiera a dar caza a unos forajidos o a calcular el coste de un cargamento que a conversar con mis superiores. —Shijan meneó la cabeza—. Y solo porque me he enseñado a mí mismo esas cosas, los demás piensan que soy idiota. Incluso ese bobalicón que tenemos por juez cree que me hago ideas por encima de mi posición. —Hizo un ademán hacia la casa de Batu.

—Por sí misma, la ambición no es ningún pecado —dijo Shin—. Yo la he evitado en gran medida, pero algunos la ven como una virtud. Se dice que un samurái debe anhelar mejorar en todo lo posible.

Shijan lo miró atentamente.

—Tal vez sí lo entienda. —Soltó un suspiro—. No quería estar en esta posición, mi señor. Ser el líder de la familia… o de esta parte de la familia. No creo que mis hombros sean lo suficientemente fuertes como para soportar la carga.

—¿Por qué no quería que la dama Aimi hablara conmigo?

La pregunta hizo que Shijan se sobresaltara, tal como Shin había esperado.

—Suele decir demasiado o no lo suficiente —contestó Shijan, frunciendo el ceño—. No quiero que se involucre en este desgraciado incidente más de lo que ya lo ha hecho. Ahora es mi deber velar por su bienestar, después de que su padre… desapareciera.

—Su bienestar y el de los Zeshi.

Shijan asintió.

—Son lo mismo. —Suspiró—. Si tan solo el señor Gen no hubiera muerto… —Alzó la mirada, más allá de las ramas y las hojas, hacia el cielo sobre ellos. Tras unos instantes, continuó—: Fui un idiota. Sabía que Aimi no quería casarse con el señor Gen, pero imaginé que haría lo que debía. No pensé que iba a hacer algo así.

Shin guardó silencio unos segundos.

—¿Hacer qué?

—¿Acaso no es obvio? —Shijan lo observó—. Provocó al señor Gen de algún modo y soltó a su leona descarriada sobre él. Si hubiera sabido lo que planeaba, jamás la habría dejado salir aquel día.

—Eso no es lo que ella dice.

—Claro que no —dijo Shijan, burlón—. Sigue siendo una niña en muchos sentidos. Dudo que de verdad comprenda lo que ha hecho.

—¿Y qué hay de su hermano Reiji? —preguntó Shin.

La expresión en el rostro de Shijan lo dijo todo. Vaciló unos instantes antes de preguntar:

—¿Qué pasa con él?

Shin asintió.

—Resulta un tanto problemático, ¿no es así?

—Hisatu-Kesu alberga muchas tentaciones para quienes tienen un espíritu débil.

—¿Qué pensaba Reiji sobre el matrimonio?

—Estaba totalmente a favor. El señor Gen y él eran… amigos, supongo.

—¿Solo lo supone?

—Digamos que mantenían una rivalidad amistosa. Reiji siempre ha escogido malas compañías, y el señor Gen y sus primos encajan en el puesto. Reiji se esforzaba por imitarlos, en especial al señor Gen, y por superarlos.

—¿Y qué pensaba el señor Gen de todo eso?

Shijan se encogió de hombros.

—Tendría que preguntárselo a él. No solía tener en cuenta lo que opinaba el señor Gen de las cosas. Ni lo que pensaba Reiji, a decir verdad.

—Me gustaría hablar con él si fuera posible.

—A mí también —repuso Shijan—. Me ha hecho quedar mal hoy. No estaba en casa cuando la dama Sora nos ha visitado. —Dudó una vez más—. No sé dónde está. Seguramente haciendo el ridículo en el distrito de las linternas rojas.

—¿Suele hacerlo a menudo?

—Más de lo que quisiera admitir. —Shijan hizo otra pausa—. Tiene deudas.

—Muchos *bushi* las tienen.

—*Bushi* poco inteligentes. Sus deudas son más grandes de lo que puede manejar con el estipendio que le proporciono. A veces temo que… Bueno, no tiene importancia.

Shin esbozó una sonrisa.

—Si ha pensado en mencionarlo, está claro que sí la tiene. Hable con libertad. —Shijan era listo, solo que no tanto como él creía. Estaba intentando hacer que Shin picara e hiciera preguntas para las que sin duda se había preparado a conciencia.

Shijan se lamió los labios.

—Creo que es posible que Reiji se haya… llevado algunos

de mis documentos. Registros más que nada. —Las familias de la forja mantenían unos registros meticulosos de cada objeto que fabricaban, a quién lo habían vendido y cuándo. Ese tipo de información podía ser peligrosa si caía en malas manos—. Y manifiestos de entrega también. No sería la primera vez.

Shin lo consideró. Si era cierto, aquello era incluso peor. Los manifiestos podían permitir que un ladrón astuto interceptara las entregas. Los ladrones podían revender la armadura robada más adelante o incluso usarla ellos mismos, según las intenciones que albergaran.

—¿Por qué cree que ha sido él?

Shijan meneó la cabeza.

—Usted lo ha llamado problemático, pero… es mucho peor que eso. Como he dicho, les debe dinero a ciertos bandos. Temo que haya robado esos documentos para saldar sus deudas. —Soltó un suspiro—. Solo se lo estoy contando porque deseo advertirle de que es probable que no se tome muy bien que lo interrogue. Si es que lo encuentra.

—Puede estar seguro de que nos andaremos con cuidado. Además… —empezó a decir Shin—. ¿Qué es ese ruido? —Se volvió hacia las puertas, desde donde provenían los ruidos de una confrontación amortiguada. Si bien no podía ver nada desde donde se encontraba, no parecía nada agradable. —Kasami —la llamó en voz alta—. Ve a mirar de qué se trata, por favor. —Devolvió la mirada a Shijan—. Discúlpeme, mi señor, pero parece que tenemos invitados inesperados.

—He reprendido al señor Batu en numerosas ocasiones por haber decidido establecer su hogar aquí, donde hay tan poca privacidad. —Shijan meneó la cabeza, como si estuviera decepcionado por la intransigencia de Batu, antes de mirar a Shin—. Ya he respondido a sus preguntas. Ahora responda una de las mías, si es tan amable.

—Por supuesto.

—¿Cree… cree que está ocurriendo algo sospechoso? De verdad, quiero decir.

Shin consideró cuál sería la mejor respuesta que al mismo tiempo no desvelara nada, pues algo le decía que Shijan estaba llevando a cabo su propia investigación.

—Si no lo creyera, no seguiría aquí —respondió finalmente—. Ahora sería mejor que saliera por la entrada de servicio si quiere evitar lo que sea que esté ocurriendo en las puertas.

• • •

Conforme Kasami se acercaba a grandes zancadas hacia la parte frontal de la casa, el sonido de las voces que discutían se volvió más estridente. Vio que Nozomi también corría hacia las puertas con una expresión de preocupación.

—Es Totara Ikki y sus secuaces. Exigen que les dejemos pasar. Dicen algo sobre una bolsa robada. —Nozomi le dedicó a Kasami una mirada llena de significado—. ¿Su señor todavía quiere verlos?

—Por desgracia. ¿Causarán problemas? Odiaría tener que matarlos. —El dedo de Kasami repiqueteaba contra la empuñadura de su espada. Nozomi miró de reojo el dedo y luego a ella con una expresión seria.

—Si me disculpa el comentario, no creo que lo fuera a odiar de verdad.

Kasami dejó de dar golpecitos y apartó la mano de su espada.

—Tal vez me haya precipitado un poco. Mis disculpas.

—No se disculpe. Me gustaría ver cómo les corta esa enorme cabeza que tienen los tres. Es solo que el señor Batu sufriría si lo hiciera, por lo que le pido que se contenga si es posible.

Kasami aceptó la suave reprimenda con elegancia. Nozomi no se equivocaba: ansiaba una pelea. Había transcurrido demasiado tiempo desde la última vez que había desenvainado una espada para algo que no fuera afilarla. Y practicar con Shin no era lo mismo que una pelea de verdad.

En las puertas, los hombres de Batu estaban tratando en vano de apaciguar a los tres *bushi* que exigían entrar. Los tres iban bien vestidos, con túnicas elegantes que mostraban el blasón de su familia, aunque las túnicas estaban manchadas y desaliñadas. Pese a que los tres iban armados, a juzgar por su aspecto Kasami pensó que representaban más un peligro para sí mismos que otra cosa, dado el estado en el que se encontraban. Aun así, lo más apropiado sería no darles ninguna excusa para derramar sangre.

—Dejadles pasar —pidió Nozomi en voz alta—. Les acompañaremos hasta la casa.

Los guardias se echaron atrás a regañadientes y permitieron que Ikki y sus compañeros avanzaran.

—Abrid paso, abrid paso. Exigimos hablar con el juez —dijo el más alto de los tres, arrastrando las palabras mientras se tambaleaba al caminar. Hizo un gesto amplio.

—¿Dónde está Batu? —preguntó el más bajo y corpulento de ellos—. ¿No es lo suficientemente valiente como para venir a vernos en persona después de enviarnos a un plebeyo para que nos engañara? —Señaló a Nozomi con su jarra de sake—. En su lugar, envía a su chica. Es un insulto. ¿No te sientes insultado, primo?

—Mucho —respondió el tercero. Si bien no estaba tan borracho como sus compañeros, tenía un brillo salvaje en los ojos que a Kasami no le hizo ni pizca de gracia. Aquel quería luchar, buscarse problemas. Kasami empezaba a entender cómo Shiko Gen había acabado muerto, con amigos como esos.

El tercero se abrió paso entre los otros dos, se tambaleó un poco y se apoyó en las dos mujeres. Señaló a Kasami.

—Tú, avecilla, ¿dónde está tu señor? Soy Totara Ikki y tengo que hablar con el Grulla. Y quiero mi dinero.

Kasami lo estudió y se percató de su falta de equilibrio y de cómo jugueteaba con la empuñadura de su espada.

—¿Ah, sí? ¿Y qué dinero es ese?

—El que su sirviente nos robó. Ahora apartaos, dejad pasar a vuestros superiores. —Hizo un gesto lleno de desdén—. Que os apartéis he dicho.

Kasami echó un breve vistazo a la casa y vio que Hiro, el sirviente de Batu, estaba esperando junto a la puerta. El chico estaba inclinado, listo para recibir sus espadas, pero la expresión de su rostro decía que preferiría no haber tenido que encargarse de esa responsabilidad en concreto.

—Estaremos encantadas de hacerlo, señor Ikki —dijo Nozomi—. En cuanto usted y los señores Giichi y Aito nos hayan entregado sus armas.

Ikki se volvió y clavó la mirada en ella.

—¿Y por qué íbamos a hacer eso? ¿Para que podáis matarnos igual que una *yojimbo* Iuchi mató a nuestro querido primo?

Kasami parpadeó, sorprendida. Unos modales tan deficientes solo podían explicarse por la embriaguez de Ikki, o tal vez simplemente por su enfado. Había conocido a muchos *bushi* enfadados durante su corta vida. Shin tenía un don para provocar esa ira en ellos, ese ansia de derribar a aquello que los ofendiera sin tener en cuenta las consecuencias.

—¿Acaso tú no eres otro de los chuchos de los Iuchi? —continuó Ikki—. Quieres añadir más sangre Ide a la lista, ¿eh? —Se acercó a Nozomi, apestando a alcohol y estupidez—. Tal vez deberíamos saldar las cuentas, ¿no crees? Cortarte la cabeza como hicisteis vosotros con Gen…

La espada de Kasami salió de un solo movimiento de su vaina, y la parte plana de la hoja rozó la parte inferior de la barbilla de Ikki. Este se quedó paralizado, y sus compañeros maldijeron y trataron de sacar sus propias espadas a trompicones. Nozomi se apartó de Ikki y se encaró a ellos, con la mano en la empuñadura de su arma.

—Piense muy bien sobre los siguientes instantes —dijo Kasami sin apartar la mirada de Ikki—. Piense sobre cómo se hablará de esto cuando la sangre se haya secado. ¿Quién cree que quedará con vida para contar lo que ha sucedido? ¿Ustedes o nosotras?

Ikki tragó saliva.

—Esto es inaceptable.

—No, es lo que se debe esperar dada su conducta. Nos insultan, insultan a los Iuchi y a ustedes mismos con este comportamiento tan vergonzoso. Ahora aleje esos frágiles dedos que tiene en su espada antes de que se los corte.

Ikki la obedeció. Kasami retiró su espada y la volvió a envainar.

—Dejen sus espadas… y la jarra de sake también —dijo, mirando a los demás—. Se les proporcionará bebida más digna dentro.

Kasami notó que Nozomi la miraba conforme los tres hombres, abatidos, entregaban sus armas.

—Confío en que eso haya sido lo suficientemente contenido.

CAPÍTULO VEINTIUNO
Ganancias

Shin examinó a los tres *bushi* mientras les conducían hasta la sala de recepciones. Al parecer, habían llegado borrachos, pero algo, o alguien, los había hecho recobrar el sentido entre las puertas y el interior del edificio. Shin creía saber quién había sido. Aquello era una ventaja: los hombres que acababan de pasar una borrachera llegaban antes a la verdad.

Batu estaba sentado en su lugar de siempre y fulminaba a los tres con la mirada.

—Son unos idiotas. Si estuviera en mis manos, les expulsaría de la ciudad y les prohibiría la entrada de por vida. —Tras su tajante invitación, los tres se sentaron en fila delante del juez, con la mirada gacha, como era apropiado—. ¿A qué han venido aquí?

Ikki alzó la mirada, enfadado y con el rostro colorado.

—¡Este Grulla nos ha robado!

—Eso es mentira —dijo Batu, sin rodeos. Ikki se volvió como si le hubiera dado una bofetada—. Sé que es mentira porque no tienen ni un solo koku entre los tres. Así que es el dinero de otra persona lo que ha sido robado.

Ikki aunó fuerzas.

—Nos lo habían dado.

—La dama Nishi, imagino —dijo Batu, antes de negar con la cabeza—. Y así es como le agradecen su generosidad. Qué vergüenza.

—Vigile su tono, Iuchi —gruñó Ikki. Batu lo fulminó con la mirada.

—¿O qué, Totara? ¿Me desafiará? ¿Qué cree que pasará entonces? —Batu se echó hacia delante—. ¿Cree que llegará a un resultado favorable para usted? Si es así, me encantaría escuchar cómo.

Ikki se quedó callado. Batu mantuvo la mirada fija en él unos instantes más y luego asintió.

—Eso pensaba. Ya que no me han dado una respuesta aceptable, yo mismo les diré por qué han venido. Tenemos preguntas para ustedes, y las responderán. Si no lo hacen, les encerraré en una celda hasta que les apetezca hablar. ¿Queda claro?

—No puede hacer eso —protestó Ikki—. ¡La Ide... ella no se lo permitirá!

—¿Por qué iba a importarle? Ustedes no son Ide, no son Shiko... De hecho, dejarles encerrados es el modo más sencillo de asegurarse de que las negociaciones no sufran los problemas que ustedes siempre causan. —Batu dejó que reflexionaran sobre ello durante unos segundos antes de añadir—: Pero soy generoso. Cuando respondan a las preguntas del Grulla, podrán marcharse.

—¿Con nuestro dinero? —preguntó Ikki.

Shin se llevó una mano al kimono y extrajo el saco de koku que Kitano le había dado. Lo lanzó al suelo delante de ellos.

—Confío en que esté todo ahí —dijo sin alzar la voz. Ikki lo fulminó con la mirada, pero solo por un instante. Él y sus compañeros se apresuraron a recoger las monedas.

Cuando acabaron, Ikki hizo el ademán de empezar a hablar, pero Shin lo interrumpió.

—Me alegro de que estén dispuestos a hablar conmigo.

—Por supuesto, mi señor —dijo el bajito, Aito, en un tono servicial. Los otros dos asintieron, con las cabezas balanceándose como corchos en el agua. Aito tragó saliva y añadió—: Aunque debo decir que ya hemos prestado testimonio sobre lo que ocurrió, y la *ronin* confesó. Eso debería ser el fin de todo, ¿no?

Shin le dedicó una débil sonrisa.

—Normalmente, sí. Aun así, me gustaría que me contaran lo que ocurrió aquel día, todo lo que recuerden.

Se miraron entre ellos. Era como si compartieran una sola mente y cualquier decisión tuviera que contar con la aprobación de los tres. Shin reprimió una sonrisa y esperó a que decidieran quién iba a hablar. Tal como esperaba, el elegido fue Ikki. El esbelto samurái se llevó las manos a las rodillas y se aclaró la garganta.

—Fue tal como le contamos al juez, mi señor. Nuestro primo Gen quería confrontar a su prometida, y nosotros no nos hubiéramos quedado tranquilos si dejábamos que fuera solo.

—¿Por qué?

—Por la guardaespaldas, mi señor. Es muy violenta.

—Ya veo —dijo Shin, asintiendo—. Por favor, continúe.

Ikki tragó saliva.

—Tal como le contamos al señor Batu, confrontamos… Gen las confrontó en el mercado. Gen le habló con dureza a la dama Aimi, y su guardaespaldas le atacó. No fuimos lo suficientemente rápidos como para impedir lo que sucedió después.

—¿Ella le atacó sin provocación previa?

Ikki miró a los otros de reojo y asintió.

—Antes de que nos diéramos cuenta, ella ya había desenvainado su espada y lo había abierto en canal. —Su rostro adquirió una expresión de dolor frustrado—. ¡Ni siquiera le dio la oportunidad de defenderse!

Shin se percató de que Aito había apartado la mirada, por lo que aprovechó la oportunidad.

—¿Es eso cierto, señor Aito?

Aito dio un respingo y se volvió.

—Sucedió tal como le ha contado Ikki, mi señor. —Tragó en seco—. Aunque… es posible que Gen estuviera empuñando su espada. —Ikki lo fulminó con la mirada, aunque no abrió la boca.

—Ah. ¿Y eso no se podría considerar una provocación?

—No le habría hecho daño —insistió Ikki.

—¿Cómo iba a saberlo ella? ¿O su guardaespaldas? —Shin se rascó la barbilla—. ¿Por qué le pareció buena idea atacar a su prometida de ese modo?

—Gen afirmó que alguien le había dicho que ella no le estaba siendo fiel —dijo Ikki, resentido, y se rascó la garganta—. Que tenía un amante.

—¿El rumor contenía algún nombre?

—No era ningún rumor, era la verdad —dijo Ikki.

—¿Cómo lo sabe?

—¡Ella no lo negó!

Aito carraspeó.

—Siendo justos, sí que lo hizo. Varias veces. —Miró a Shin de soslayo, con el rostro lleno de vergüenza—. Gen no estaba de humor para atender a razones.

Shin clavó una mirada penetrante en Aito.

—Porque ustedes le habían convencido de ahogar sus penas, ¿me equivoco?

Aito agachó la cabeza.

—Parecía lo más apropiado —murmuró.

Shin miró a Ikki.

—Así que le animaron a confrontarla. ¿Por qué?

—Acabo de decir... —empezó a decir Ikki, pero Shin lo interrumpió con un ademán.

—La razón de verdad, por favor. No iba a sacar ningún provecho de una confrontación como esa, y lo sabe. Así que, ¿por qué?

Ikki se lamió los labios.

—Los Zeshi son arrogantes, se creen mejores que nosotros. Quería estar allí cuando Gen le lanzara su dote a la cara. —Hizo una mueca—. Un poco de pelea le habría venido bien. A todos nosotros.

Shin se reclinó en su sitio.

—¿Qué ocurrió después de que el señor Gen la desafiara con esa revelación?

Ikki guardó silencio, y Aito clavó la mirada en el suelo. Shin posó su atención sobre Giichi. El hombre alto tragó saliva, nervioso, y miró a todas partes, como si quisiera encontrar un modo de huir de allí.

—Puede... puede que la amenazara de muerte —dijo finalmente.

—¿Puede?

—Sí lo hizo —dijo Aito con un suspiro—. Todos lo oímos. Solo que no iba en serio. Gen era todo fanfarronería.

—¿Ella sabía eso?

Los tres se quedaron callados, y Shin esperó. Aito soltó un gruñido y contestó:

—Aun así, eso no era un motivo para matarlo. Lo que pasa es que la *ronin* estaba esperando su oportunidad.

—¿Por qué dice eso? —preguntó Shin, directo.

Aito se estremeció.

—Se... se veía de lejos, mi señor. No son de fiar. Los *ronin*, quiero decir. Tienen mala reputación, no pertenecen a ningún clan... no se puede confiar en ellos.

—¿Es ese su razonamiento?

—¡No! No. Quiero decir que ella siempre lo estaba vigilando. A todos nosotros. Como si fuéramos una amenaza.

—¿En algún momento el señor Gen o alguno de ustedes le dio alguna razón para que pensara eso?

—No —espetó Ikki.

—Sí —dijo Giichi. Miró a los demás, como si los estuviera desafiando a detenerlo—. Gen la fue a ver una noche. Iba borracho. Le hizo unos comentarios... inapropiados, y ella hizo que lo echaran.

—¿Y cómo sabe usted eso? —preguntó Shin. Ya se imaginaba qué tipo de comentarios habrían sido.

—Estábamos allí —repuso Aito—. Fuera. Puede que lo hubiéramos… animado un poco antes de que entrara. —Tragó saliva—. Fue solo una broma. Inofensiva.

Ikki fulminó con la mirada a sus primos, asqueado.

—Estaba en su derecho. Iban a casarse.

—A decir verdad, algo así no está en el derecho de ningún hombre, casado o no. Me sorprende que no muriera en aquel mismo momento. —Shin hizo una pausa—. ¿Me equivoco al pensar que ese incidente avivó sus ganas de creer que tenía un rival por el afecto de la dama Aimi?

Los otros dos miraron a Ikki, quien se ruborizó. Shin asintió con la cabeza.

—Ah, así que no fue solo él.

—Algo estaba pasando —le espetó Ikki, antes de menear la cabeza—. ¿Por qué si no iba a ser tan… tan fría, eh? Gen era un buen hombre.

—Era bueno metiéndonos en líos —musitó Aito, aunque dejó de hablar cuando Ikki lo fulminó con la mirada.

—¿Qué le parecía al señor Gen la idea de su matrimonio? —preguntó Shin.

—Estaba contento —dijo Ikki—. ¿Y por qué no iba a estarlo? Ella era una candidata apropiada, incluso si se trataba de una Zeshi. —Le devolvió la mirada a Shin—. Es por eso que actuó como actuó. Su traición le hizo daño, y él hizo bien en confrontarla. ¿Qué habría hecho usted, mi señor?

—No habría ido a por ella espada en mano —repuso Shin con delicadeza—. Y desde luego no habría macerado mis pensamientos en sake antes de hacerlo.

Ikki se sonrojó incluso más e hizo un gesto como para ponerse de pie. Batu se tensó, y los otros dos detuvieron a Ikki con miradas y gestos. Shin los observó sin decir nada. Estaba seguro de que le estaban contando la verdad, al menos hasta donde ellos sabían. No eran lo suficientemente ingeniosos como para mentir, y menos a él.

—Antes les he preguntado quién podría haberle contado

al señor Gen sobre esta supuesta traición y no han llegado a responderme. Así que lo preguntaré otra vez: ¿quién se lo dijo?

—No nos lo contó —insistió Aito.

—Hagan una suposición —murmuró Shin—. ¿Quién se lo podría haber dicho?

Los tres intercambiaron una mirada. Finalmente, fue Ikki quien contestó.

—Reiji. Creo que fue Reiji.

—¿Zeshi Reiji? —Shin alzó una ceja—. ¿Por qué piensa eso?

—Le… le llevó algo a Gen. Algo que lo molestó.

Shin consideró la nueva información. Tenía que hablar con Reiji lo antes posible.

—¿Y han hablado con Zeshi Reiji desde entonces?

—No, mi señor —dijo Aito—. Consideramos que lo mejor sería alejarnos de los Zeshi, y ellos de nosotros. Nadie quería que se produjera otro… incidente.

—Sabia decisión —dijo Shin e hizo un ademán elegante—. Gracias por su tiempo, mis señores. Pueden marcharse. Aunque puede que quiera volver a hablar con ustedes dentro de poco.

Sin embargo, cuando estuvieron a punto de levantarse, Shin volvió a hablar.

—Una cosa más, si me permiten… —Los tres se quedaron paralizados, a la espera—. Hablando de Zeshi Reiji, se dice que tiene deudas con ciertos individuos de poca moral. ¿Es eso cierto?

Los tres se miraron entre ellos. Ikki asintió.

—Sí, mi señor. El muy… estúpido se cree un buen apostador. Según sé, está hasta el cuello de deudas.

—¿A quién le debe dinero?

Otra pausa. Lo que podría haber sido una expresión calculada pasó por el rostro de Ikki, quien dijo:

—Honestidad-sama.

Batu siseó, sorprendido. Shin no le hizo caso.

—Ah. He oído ese nombre varias veces desde mi llegada, pero aún no he tenido el placer de contar con su compañía. ¿Tanto miedo da?

—No tengo cómo saberlo —se apresuró a contestar Ikki—. Solo sé lo que he oído, y lo que he oído es que Reiji está desesperado por saldar sus deudas. Honestidad-sama no es el tipo de hombre al que le importa la posición social de alguien. Enterrará a un *bushi* y a un plebeyo con la misma facilidad. —Parecía incómodo mientras lo decía, y Shin le hizo un ademán.

—Muchas gracias. Eso es todo, pueden marcharse.

Abandonaron la sala. Cuando se alejaron lo suficiente, Shin se volvió hacia Batu.

—¿Qué opina? —le preguntó.

—Que no nos han dicho nada nuevo.

—Tal vez. Antes el señor Shijan me ha dado a entender que fue la dama Aimi quien provocó al señor Gen para escapar del matrimonio.

Batu frunció el ceño.

—Eso es… interesante.

—A mí se me ha ocurrido otra palabra.

—A mí también —dijo Batu—. Conveniente.

—Exacto. —Shin hizo una pausa—. El señor Shijan estaba enfadado, pero también tenía miedo. Puede que haya sido una estratagema para hacer que sintiera más compasión hacia su revelación, pero no creo que sea tan buen actor. —Hizo un gesto con su abanico—. Algo lo tiene preocupado, y no creo que seamos nosotros. —Lo pensó unos instantes—. O al menos no solo nosotros.

—El señor Shijan tiene mucho que perder si se llega a producir una guerra y lo sabe —dijo Batu—. No es el tipo de hombre capaz de liderar a su familia a salvo a través de una tormenta. Si ocurre lo peor, los Zeshi enviarán a otro para que se encargue de las operaciones de la ciudad.

—¿Y qué me dice de la dama Aimi?

Batu lo consideró.

—La señora Aimi es demasiado joven, demasiado terca. Dentro de unos pocos años, con los maestros apropiados, es posible que se convierta en una buena líder. Ahora mismo ninguno de los dos cuenta con experiencia en esos asuntos. —Se encogió de hombros—. Aunque los Shiko tampoco.

—Y, aun así, es posible que quieran arriesgarse si la recompensa es lo suficientemente buena.

—En eso me sigo atascando —dijo Batu de repente—. La recompensa… ¿Cuál es la recompensa de todo esto? ¿Qué pueden ganar con la guerra? Aún no tenemos una respuesta a esa cuestión.

—No, y eso me preocupa. El señor Shijan nos ha dado una solución elegante al dilema. Una chica terca que quiere huir de una situación que no le gusta ingenia la muerte de su prometido. Tal vez no pretendía que el señor Gen muriera, pero así fue. Y Ruri, *yojimbo* leal que es, quiere proteger a su señora.

—¿Pero qué hay de lo que le dijo? Lo de su relación con Ruri.

Shin negó con la cabeza.

—Nada de lo que nos dijo contradice la revelación del señor Shijan. De hecho, refuerza la teoría.

—Solo que usted no cree que sea cierta —dijo Batu.

—¿Y usted? —Shin se pasó una mano por el cabello—. Usted la conoce desde antes que yo; ¿es la dama Aimi capaz de un engaño así?

Batu negó con la cabeza lentamente.

—No. O al menos eso es lo que habría dicho antes de que todo esto ocurriera. Es obstinada, sí, pero no astuta. Inteligente, pero no de esa forma. ¿Entiende lo que le quiero decir?

Shin asintió.

—Sí. Si no quisiera haber seguido con los planes de matrimonio, no habría accedido a ello en primer lugar. Que sí lo hiciera sugiere que quería hacer lo mejor para su familia, fueran cuales fuesen las consecuencias personales. —Guardó silencio unos instantes antes de continuar—: ¿Y Reiji?

—¿Qué le pasa?

—El señor Shijan también ha mencionado que puede que Reiji le haya robado algunos documentos.

—¿Documentos?

—Registros de la forja.

Batu gruñó por lo bajo.

—¿Ha mencionado algo más mientras estaba tan hablador?

—Que Reiji ha desaparecido.

—Estupendo.

—Si Reiji está buscando algún método de saldar sus deudas con Honestidad-sama, vender ese tipo de información podría ser un modo de hacerlo —dijo Shin—. Y considere esto: ¿cuán difícil le habría resultado obtener registros similares de los Shiko? En especial si era amigo del señor Gen.

Batu negó con la cabeza.

—Conozco al chico, señor Shin. No es más que un idiota quisquilloso.

—Yo también lo he visto, aunque fuese por un instante, y estoy de acuerdo. Pero este es el tipo de cosas que podría hacer un idiota quisquilloso. Y más si el idiota en cuestión le debe dinero a alguien como el infame Honestidad-sama.

Batu gruñó.

—¿Es eso una teoría o un hecho?

—Eso depende de si cree que el señor Shijan e Ikki han dicho la verdad —repuso Shin—. Creo que tendré que hablar con Ruri una vez más; mañana por la mañana tal vez. Y usted debe empezar a buscar a Reiji.

Batu asintió con cautela.

—A Ide Sora no le gustará eso si llega a enterarse.

—Cuanto antes lo encontremos, menos posibilidades habrá de que ella se entere. —Shin se puso de pie—. Como buenos cazadores, solo tenemos que seguir el rastro hasta donde nos lleve. —Se detuvo en la puerta—. Aunque debo decir que este está demostrando ser de lo más retorcido.

CAPÍTULO VEINTIDÓS
Trato

Aimi recorrió la casa como un fantasma, casi sin ver las habitaciones que la rodeaban. Se arrepentía de haber quemado los poemas: eran lo único que tenía de Ruri. Si llegara a ocurrir lo peor, no le quedaría nada de ella.

Apretó las manos una y otra vez. Su padre le había dicho que aquel hábito era como cuando uno hablaba consigo mismo en voz baja. No sonrió al pensarlo, pues los recuerdos de su padre no le provocaban alegría, sino tristeza.

Se detuvo. Sus pies la habían llevado hasta el estudio de su padre y se había quedado frente a la puerta. Shijan había pasado a encargarse de aquella sala, al igual que había pasado a encargarse de todo lo demás. Aimi no le guardaba rencor por esos privilegios, aunque le habría resultado muy fácil hacerlo.

Su padre no estaba, por lo que alguien tenía que estar al mando, alguien tenía que capitanear el barco. El pensamiento trajo consigo otra oleada de tristeza. Primero su padre, luego Ruri... había sido demasiado. Era lo suficientemente honesta consigo misma como para saber que no estaba preparada para unos desafíos así. Tal vez algún día lo estuviera, pero no en aquellos momentos. Distraída, echó un vistazo a la sala y se sobresaltó.

—Reiji, ¿qué haces aquí? —lo llamó. Su hermano estaba agazapado y rebuscaba en uno de los armarios que delineaban la pared más alejada. No debería haber estado allí; Shijan se enfadaría si lo descubriera.

Reiji se volvió, sorprendido.

—Estoy buscando algo —respondió, tan rápido que casi no pudo comprender lo que decía. No se molestó en signar; casi nunca lo hacía—. Aunque no es asunto tuyo, hermana. ¿No deberías estar lloriqueando por alguna parte? ¿O ya lo has asumido por fin?

Aimi lo fulminó con la mirada. Reiji disfrutaba de su sufrimiento. Siempre lo había hecho, incluso cuando era pequeño. Al ser el menor, tenía rienda suelta para hacerlo, y ella lo había soportado como buena hermana mayor. Solo que no pensaba hacerlo en aquel momento.

—No es culpa mía que Gen haya muerto —signó ella—. Era un idiota.

—Gen no era ningún idiota… salvo en lo que tenía que ver contigo —dijo Reiji. Estaba rebuscando en los armarios uno por uno. Aimi se preguntó qué intentaba encontrar.

Entró en la sala y se colocó cerca de su hermano.

—¿Qué intentas decir? —Sus signos eran bruscos, combativos.

Reiji casi se le echó encima, y ella dio un paso hacia atrás.

—Le diste falsas esperanzas y, cuando se hartó, hiciste que la leona que tienes de mascota lo matara.

Aimi negó con la cabeza, paralizada por sus palabras. Reiji siempre había vivido en su propio mundo: veía las cosas como quería, no como eran en realidad. Su padre lo había consentido demasiado, pues había sido muy pequeño cuando su madre había muerto, poco más que un bebé, y su padre no había tenido el valor necesario para disciplinarlo, al menos no de un modo que importara. Y Shijan era incluso peor.

—Le dejé bien claro lo que sentía —signó ella, y sintió cómo la ira que había mantenido en su interior crecía. Al ser el menor, debería haber sido Reiji quien se casara por motivos políticos, pero ella se había cargado aquella responsabilidad por voluntad propia, por mucho que no le gustara.

Reiji soltó un resoplido.

—Di lo que quieras, hermana, pero yo sé la verdad. —Se puso de rodillas y levantó una tarima de tatami. Le dio un golpecito al suelo. Ella no oyó nada, pero él pareció contento por el sonido que hubiera emitido—. ¡Ajá! Lo sabía.

Aimi le dio unos golpecitos en el hombro para intentar hacer que la mirara. Cuando no le hizo caso, dijo:

—¿Sabías qué, hermano? ¿Qué haces?

—Recupero lo que se me debe. —Empezó a levantar un tablón de madera del suelo, el cual salió con más facilidad de la que ella había esperado. Reiji metió una mano y extrajo un saco que tintineaba.

—Le estás robando a Shijan —signó Aimi, sin poder creérselo.

Reiji se puso de pie mientras sopesaba el saco en la palma de la mano.

—No, Shijan me robó a mí. Estas son mis ganancias de mi última partida de dados, él me las confiscó. Me dijo que era el precio que debía pagar por avergonzarlo. —La miró con una enorme sonrisa—. Cree que no sé dónde esconde las cosas. Para ser cuidador, no se le da muy bien cuidar de las cosas.

Aimi frunció el ceño y signó con lentitud.

—¿Estás loco o solo eres tonto?

—¡Ya te he dicho que no estoy robando nada! Esto era mío.

Reiji se quedó paralizado en cuanto las palabras salieron de su boca, y Aimi se volvió tras percatarse de que había alguien detrás de ellos. Shijan estaba en la puerta, examinándoles a ambos con lo que parecía ser algo de diversión.

—Llévatelo —dijo, signando además para que ella lo entendiera mejor—. Te sugiero que lo uses para saldar algunas de las deudas que te quedan. —Entró en la sala, y sus primos se apartaron. El sirviente de Shijan esperaba en el pasillo con la cabeza gacha.

Aimi lo observó discretamente. No lograba recordar cuándo

había empezado a trabajar para Shijan. No solía recordar mucho de los sirvientes, algo por lo que Ruri siempre la reprendía. Shijan miró al agujero del suelo y luego a Reiji.

—¿Pensabas volver a poner el tablón o…?

Reiji hizo una mueca de desdén.

—Hágalo usted. Es su suelo.

—Sí lo es —asintió Shijan.

—Hasta que Aimi sea mayor de edad, al menos. Entonces será suyo. O mío.

—Aun así. Hasta entonces, yo estoy al mando. Muy a tu pesar.

Reiji frunció el ceño.

—¿Qué quiere decir?

Shijan clavó la mirada en él.

—Los Ide han sugerido, con bastante amabilidad debo añadir, que se organice un nuevo matrimonio. Para ti. Una mujer de otra provincia con lazos familiares tanto con los Ide como con los Shiko. Me dicen que es una buena pareja.

—No… no quiero casarme con ninguna Shiko… —empezó a decir Reiji.

—Me da igual lo que quieras, Reiji. Lo harás y no se diga más. Pero, primero, saldarás tus dichosas deudas. Y te esconderás, porque el señor Batu te está buscando.

Reiji parpadeó, perplejo.

—¿Qué…? ¿Por qué?

—Porque es el señor Batu, y porque el Grulla le ha susurrado al oído. No importa. Te esconderás hasta que acaben las negociaciones. ¿Queda claro?

—No… no puede hacer esto —farfulló Reiji—. No daré mi consentimiento. ¿Por qué no lo hace usted?

—Porque el cuidador soy yo, chico —dijo Shijan con una sonrisa nada alegre—. Si eres el heredero, debes ser tú quien se case. —Hizo una pausa—. Creo que te hará bien. Se supone que ella es bastante simple, pero sensata. Nos vendría bien algo de sentido común en esta familia.

Reiji se volvió y salió corriendo sin más. Aimi lo observó marcharse con cierta compasión, aunque muy poca. Sabía lo que era que a uno lo ofrecieran como moneda de cambio política. La diferencia entre ellos dos era que ella había estado dispuesta a cumplir su papel, mientras que Reiji era, bueno, un idiota.

—Puede que huya de la ciudad, ¿sabe? —signó ella.

—Tú no lo hiciste —dijo Shijan, volviendo a colocar el tablón de madera en su sitio.

—Reiji no es tan valiente como yo.

—Cierto. Tú siempre has tenido más coraje que sentido común. —Shijan desenrolló la tarima de nuevo y se puso de pie. Se volvió, doblando y estirando los dedos—. Es algo que admiro, prima.

—Pensaba que era todo lo contrario —signó ella.

Shijan inclinó la cabeza, pero no dejó de signar.

—Debo salir. Tengo cosas que organizar antes de mañana. Las negociaciones se acabarán de decidir entonces. Te agradecería que asistieras a la reunión; deberíamos mostrar un frente unido.

—¿Unido pero sin Reiji? —preguntó en voz alta.

Su primo hizo el signo de la certeza.

—Sí. Creo que será mejor así.

• • •

Tashiro escuchó la canción del vicio y le pareció tan molesta como de costumbre. El traqueteo de los dados, el murmullo de las prostitutas… el hedor rancio del sake y el vino de arroz derramado. El aire viciado por el opio y los gases del alcohol le nublaban los sentidos y hacían que le lloraran los ojos.

Se agachó para pasar por debajo de una cortina hacia la parte trasera, lejos del ruido de la sala común. La Liebre de Jade estaba repleta aquella noche. Siempre lo estaba. Demasiados habitantes de la ciudad iban en busca del placer sin sentido en cuanto la Diosa Sol se escondía. Aunque, según el parecer de Honestidad-sama, así era como debía ser.

Nadie sabía de dónde había salido ni por qué había escogido Hisatu-Kesu como su hogar. Lo que sí se sabía era que en menos de dos semanas desde su llegada había empezado a derramar sangre para conquistar los bajos fondos de la ciudad. Antes de que acabara, los cadáveres llenaron las cloacas hasta desbordarlas. En aquel momento, todas las bandas merecedoras de serlo trabajaban para él. Y el que no lo hacía no tardaba en acceder, o en arrepentirse de no haberlo hecho. Incluso la Secta de Hierro actuaba con cuidado a espaldas de Honestidad-sama, y solo cuando era absolutamente necesario.

Tashiro jugueteó con la empuñadura de su katana conforme recorría el pasillo de madera, acompañado por el crujido del suelo de ruiseñor. Su jefe, pues no se podía llamar señor a un hombre así, era de naturaleza precavida. Y, al igual que todos los hombres precavidos, también era calculador. Tenía muchas viviendas en la ciudad, y todas ellas eran también una fortaleza hasta el punto en que su estructura lo permitía. Nunca residía en una de ellas más de una sola noche cada vez.

Incluso en aquellos momentos, Tashiro solo sabía de la existencia de algunas de ellas. A pesar de que en apariencia era socio de Honestidad-sama, eso no significaba que su jefe confiara demasiado en él. Aquello era una decisión sabia por su parte, aunque también un poco molesta, pues Tashiro debía su verdadera lealtad a la Secta de Hierro.

La secta lo había animado a adentrarse en la banda para influenciarla mejor. Sin embargo, hasta el momento su influencia estaba limitada a algún comentario ocasional, además de a los asesinatos tan frecuentes que Honestidad-sama requería de su *ronin* favorito. Aun así, Tashiro no le había contado eso a nadie, y mucho menos a Emiko. No le haría ningún bien dejar que los otros pensaran que su utilidad tenía sus límites.

Al final del pasillo había un hombre corpulento, con los

brazos desnudos cruzados sobre un pecho fuerte. Unos tatuajes adornaban cada centímetro de la piel visible del hombre. Tashiro tenía unos tatuajes similares, aunque a regañadientes y no en los brazos. Honestidad-sama creía en marcar su propiedad.

El hombretón lo examinó con indiferencia y llamó suavemente a la puerta. Dentro se produjo una invitación amortiguada, y el hombre deslizó la puerta para que Tashiro pudiera entrar. Por dentro, el despacho era como cualquier otro de los que Honestidad-sama tenía por toda la ciudad. No contaba con ningún ornamento ni color y solo tenía unas cuantas velas a modo de iluminación. No tenía ventanas, solo la única puerta. Tashiro entró y se detuvo en seco. Honestidad-sama tenía un invitado.

Aquello no resultaba sorprendente por sí mismo. Muchos acudían a él, pues Honestidad-sama era famoso por otorgar favores y perdones… por el precio adecuado. No obstante, la mayor parte de peregrinos eran *heimin*, la nobleza no pisaba los despachos de Honestidad-sama con demasiada frecuencia.

Cuando la puerta se cerró tras él, Honestidad-sama le hizo un gesto a Tashiro para que se acercara. Era un hombre grande y corpulento, pero no suave. Parecía un obrero, salvo por la elegancia de su kimono. No había nada de tinta en su piel, y llevaba la cabeza rapada. Su rostro estaba lleno de arrugas causadas por haber pasado mucho tiempo en el exterior y en tierras áridas.

Estaba sentado en un cojín simple, con un cuenco de sopa y arroz cerca de la rodilla. Una taza de té se encontraba en el lado opuesto. A sus invitados no se les ofrecía ninguna bebida hasta que concluyeran su negocio. El hombre sonrió cuando Tashiro se arrodilló a una distancia respetuosa, hacia el lado y un poco por detrás de él, y dejó a un lado sus espadas.

—Tan cortés como siempre, Tashiro —murmuró el jefe del crimen.

Como de costumbre, a Tashiro le sorprendió lo suave y cálida que era la voz del hombre. No sabía quién había sido antes, pero Honestidad-sama tenía la voz de un miembro de la corte: suave y amable, aunque dijera algo sumamente terrible.

—Continúe, amigo mío —dijo Honestidad-sama, haciendo un gesto hacia su invitado—. Puede hablar con libertad delante de Tashiro, es mi mano derecha.

—Si insiste. Pero le pido que mande a sus sirvientes a otra parte. —La voz le resultaba lo suficientemente familiar como para que Tashiro se sobresaltara, aunque solo por un instante, y sin que ninguno de los otros dos se percatara. Examinó de cerca al invitado. El *bushi*, y estaba seguro de que era un *bushi* por cómo hablaba y se sentaba, iba ataviado con una túnica oscura elegante y una máscara de tela. La tela se asemejaba a la que llevaban los miembros de alto rango del Clan del Escorpión, aunque no tenía ninguna marca identificativa. Era simplemente un velo de tela oscura con agujeros en los ojos.

Honestidad-sama negó con la cabeza.

—Ambos son mudos y no saben escribir. No contarán nada de lo que vean ni oigan. —Sonrió—. No soy dado a los caprichos, como bien sabe. Si están aquí, es porque tienen un propósito. Al igual que usted.

Fue un insulto muy calculado, y el hombre enmascarado se tensó de forma visible. Tashiro reprimió una sonrisa. No sabía el nombre del noble; solo unos cuantos miembros de la secta lo conocían, y él no era miembro, después de todo, sino tan solo un peón. Lo que sabía era que el *bushi* debería haber estado tratando de pasar desapercibido tal como Emiko le había dicho que hiciera, no buscando una audiencia con un jefe del crimen. Se preguntó qué era lo que lo había conducido allí.

—Bueno, hablemos de negocios —continuó Honestidad-sama—. Debo decir que me sorprendió recibir su mensaje. ¿Por qué quería verme?

—Quiero hacer un trato.

—¿Un trato? —Honestidad-sama cruzó los brazos sobre su

estómago y esbozó una sonrisa benigna—. Se podría decir que es un poco arrogante hacer un trato con alguien a quien se le debe tanto dinero.

—Puedo hacer que gane más koku de los que le debo —dijo el *bushi* con un tono ácido—. Lo menos que puede hacer es escucharme. Me debe eso, al menos.

—Tashiro.

Tashiro se puso de pie y se llevó la mano a la espada al mismo tiempo. Liberó la espada de su vaina con el pulgar, listo para desenvainarla y atacar con un solo movimiento. El *bushi* se cayó de espaldas, con los ojos cómicamente grandes detrás de su máscara.

—¡Espere! ¡Espere!

Honestidad-sama alzó un dedo, y Tashiro se detuvo.

—¿Por qué? Me ha insultado. Y después de lo bien que hemos trabajado juntos todos estos meses... —Tashiro dirigió una mirada al jefe del crimen. Sabía que el *bushi* había estado proporcionando información a la banda después de que la secta se lo hubiera pedido. Se suponía que estaba saldando sus deudas, pero en realidad no tenía ninguna oportunidad de librarse de ninguno de los dos bandos, pues les resultaba demasiado útil.

—Perdóneme, he hablado sin pensar —balbuceó el *bushi*—. Estoy... estoy sobrepasado.

—Ese no es mi problema. —Honestidad-sama se inclinó hacia delante—. Pero tiene razón, me ha sido de utilidad, y por tanto me siento bondadoso con usted. ¿Qué es lo que quiere?

—Eh... hombres.

—Ya tiene hombres. Es un *bushi*. Tiene un montón de soldaditos con los que jugar.

—Necesito hombres de cierto... calibre. Hombres que no dejen un rastro que conduzca hacia mí.

Honestidad-sama sonrió.

—Ah, necesita asesinos. ¿Cuántos?

—Tantos como pueda otorgarme.

Tashiro frunció el ceño. ¿Qué hacía aquel idiota contratando asesinos? Debía estar tramando algo... pero ¿qué? Si bien quería exigir respuestas, sabía que no debía mostrar ningún interés, pues Honestidad-sama podría preguntarse por qué le importaba, y aquello podría volverse incómodo rápidamente.

—¿Está tramando algo, amigo mío? ¿Algo interesante? —Honestidad-sama se rascó el cuello con una expresión llena de curiosidad. Hizo un gesto, y Tashiro dejó que su espada volviera a introducirse en su vaina—. ¿Algo provechoso, tal vez? ¿Quizá algo que tenga que ver con las negociaciones?

El *bushi* dudó antes de contestar.

—Tal vez. El tiempo dirá.

Tashiro se preguntó si debería matar al idiota antes de que hiciera algo que pusiera en peligro a la secta. Siempre podría disculparse con Honestidad-sama después. Pero no... aún no. Tenía que andarse con cuidado.

—¿Qué me ofrecerá a cambio? —preguntó Honestidad-sama—. ¿Más documentos? ¿Más registros? Tendrían que ser muy importantes para que acceda a algo así.

—Los tengo. Tome. —El *bushi* se llevó una mano al kimono, y Tashiro se tensó. El *bushi* extrajo un pequeño saco de cuero y se lo entregó. Tashiro se lo dio a Honestidad-sama, quien lo abrió y examinó su contenido. Luego soltó un gruñido.

—Son los manifiestos de entrega de las siguientes seis semanas, que incluyen varias entregas de Shiro Iuchi. Cualquiera de ellas le será de muy buen provecho, en especial si las vende al otro lado de las montañas.

—No me diga cómo llevar a cabo mis negocios. —Honestidad-sama guardó silencio durante unos instantes—. Por lo que me acaba de ofrecer, puedo proporcionarle dos docenas de hombres. —Tashiro abrió mucho los ojos tras oír aquel número. Aún no sabía a ciencia cierta de cuántos hombres disponía

Honestidad-sama, pero dos docenas de asesinos era un pequeño ejército.

—Necesito hombres que sepan empuñar una espada, no charlatanes y apostadores.

—Oh, le aseguro que serán forajidos con experiencia. Morralla asesina todos ellos.

El *bushi* dudó antes de añadir:

—También necesito arqueros.

Honestidad-sama frunció el ceño ante aquella petición.

—¿Arqueros? Sí, dispongo de varios hombres a los que se les da bien el arco. Unos cuantos que antes eran *ashigaru* y varios cazadores furtivos. Saben cómo llevar una flecha hasta su objetivo. ¿Le parece suficiente?

—Sí. Siempre que puedan seguir órdenes.

—Seguirán sus órdenes siempre que yo les diga que deben hacerlo. —Honestidad-sama esbozó una sonrisa e hizo un gesto amplio—. ¿Está seguro de que no me dará una pista sobre lo que está planeando? Tal vez pueda serle de más ayuda.

El *bushi* negó con la cabeza.

—Digamos que provocará unos grandes cambios en la ciudad. Y unos grandes beneficios para usted, si todo sale bien.

Tashiro volvió a su asiento mientras se preguntaba lo que quería decir el *bushi*. Planeara lo que planeara, tendría que contárselo a los demás… y tendrían que encargarse de él.

—Bueno, el cambio es algo constante, como se suele decir. —Honestidad-sama dio una palmada, y una de sus sirvientes se levantó sin hacer ni un solo ruido de donde había estado arrodillada cerca de la puerta—. Comida y bebida para mi invitado. Y una jarra de leche de yegua. Celebraremos nuestro acuerdo del modo tradicional, como hicieron nuestros antepasados en el desierto.

CAPÍTULO VEINTITRÉS
Verdad

La mañana comenzó con más práctica. Por una vez en su vida, a Shin le pareció más relajante que molesto. Se acostumbró rápidamente al ritmo, con la espada de práctica moviéndose como una extensión de su brazo. Como solía ocurrir en ocasiones como aquella, pensó en el tratado sobre el manejo de la espada de Kakita. Si bien los Daidoji preferían un enfoque más pragmático en cuanto al manejo de la espada, el enfoque más filosófico de Kakita tenía su encanto.

—Las personas mienten —dijo Shin, cuando él y Kasami se separaron y bajaron sus espadas de práctica—, los ojos engañan y las emociones ocultan el camino.

—El acero nunca miente —siguió Kasami—. En la espada se encuentra la verdad. —Se quedó callada. Como de costumbre, su rostro solo estaba cubierto por una fina capa de sudor. Shin, por otro lado, jadeaba, aunque no tanto como al empezar la semana—. ¿Qué ocurre? —continuó ella.

—Un pensamiento distraído sin más. —Clavó la espada de práctica en el suelo suave y se apoyó en la empuñadura—. Me siento como si estuviera flotando en el océano, con unas grandes siluetas que nadan debajo de mí, entre la oscuridad.

—¿Y eso qué tiene que ver con Kakita?

—Que se nos está escapando algo. Nuestros ojos nos engañan. Lo que vemos no es la verdad.

—¿Qué quiere decir con eso? —preguntó Kasami.

—Que... no sé. —Shin señaló hacia un pájaro que picoteaba la tierra cerca de ellos—. Picoteamos y picoteamos y, aun así, no hemos encontrado ningún gusano.

—Tal vez no haya ninguno.

—Siempre hay gusanos. —Shin se enderezó y le lanzó la espada de práctica a Kasami—. Solo tenemos que seguir cavando. —Se pasó las manos por el cabello—. Creo que ya hemos practicado suficiente por hoy. Quisiera hablar con nuestra invitada y darme un baño antes de encontrarme con el mercader, el tal Yuzu.

—Es libre de hacer lo que le plazca.

—Quiero decir que tú deberías encargarte de eso último.

—No soy su sirviente.

—Entonces, por favor, busca a mi sirviente y pídele que lo haga —dijo Shin, mirando hacia atrás. La dejó enfurruñada y avanzó hacia donde la prisionera seguía encerrada. Los guardias se hicieron a un lado para dejarle pasar. La luz entraba a través de las ventanas con barrotes y Shin oyó unos leves sonidos de esfuerzo que provenían de la celda de Ruri.

Los sonidos cesaron cuando el Daidoji se aproximó a la celda, y este dijo en voz alta:

—No tienes por qué parar por mí. Kasami me informó de que habías encontrado un modo de seguir tu rutina de ejercicios diaria. —Shin fue en busca de un taburete que estaba cerca de la pared y lo acercó hasta la celda.

—Ya he terminado de todos modos —contestó Ruri.

—He venido a hablar contigo de nuevo —dijo Shin, dejando el taburete en el suelo frente a la puerta de la celda. Luego se ajustó el kimono y se sentó—. Espero que no te importe.

Ruri lo observó a través de los barrotes.

—Como la otra vez, no tengo elección. —Dudó unos instantes antes de decir—: Tiene cierta habilidad con la espada.

—¿Un cumplido?

—Una observación —dijo ella, tensa—. Lo he estado viendo practicar estos días. Al principio me pareció divertido. Se le da tan bien hacerse el tonto que casi olvida que sabe hacerlo mejor.

Shin guardó silencio, sorprendido.

—Tienes buen ojo.

—Una guerrera debe aprender a leer la historia que escribe su contrincante.

—¿Has decidido que somos contrincantes?

—¿Cómo nos describiría usted?

—Aliados. Un tanto incómodos el uno con el otro, tal vez, pero creo que tenemos el mismo objetivo. O eso espero.

—Mi único objetivo es cumplir con mi juramento. Usted se interpone en mi camino.

Shin se quedó callado durante unos instantes.

—¿Por qué quieres morir ahora cuando antes, según tus propias palabras, te mostrabas reacia a ello?

—Es mi deber. Yo maté al señor Gen, y alguien debe pagar por ello. Mejor que sea quien acabó con su vida. No puede haber un final más apropiado para alguien tan indigna como yo. —Inclinó la cabeza con el remordimiento apropiado. O tal vez con testarudez.

Impaciente, además de un poco frustrado, Shin le dijo:

—Me he enterado de lo de los poemas.

La *ronin* alzó la mirada, ardiente y salvaje. Por un momento, Shin pensó que se abalanzaría sobre él, a pesar de los barrotes que los separaban.

—No dirá nada de ellos —gruñó ella—. No dirá nada, o…

—¿O qué? —la interrumpió él con brusquedad—. ¿Qué piensas hacer desde ahí? Puedes gruñir todo lo que quieras, Leona, pero has renunciado a tu autoridad en este asunto. La Grulla ha decidido posarse en el espacio que has dejado libre. Ahora estás bajo la sombra de mis alas.

Ruri lo fulminó con la mirada, con los dedos aferrados a los barrotes y los nudillos blancos.

—No dirá nada —repitió, y Shin oyó la súplica en sus palabras. Su ira repentina se apagó como la llama de una vela.

—Ella misma me lo dijo.

Ruri parpadeó, perpleja. Su expresión se tornó insegura, y retrocedió.

—¿Cómo dice?

—La dama Aimi. Ella misma me lo dijo. —Shin se levantó con las manos detrás de la espalda—. Debería haberme percatado antes, claro. El modo en el que reaccionaste cuando te enteraste de que había escrito a los Iuchi en busca de clemencia para ti… ese hecho por sí solo debería haberme contado toda la historia. —Meneó la cabeza—. ¿Cómo llegó a ocurrir?

—No importa.

—Eso lo decidiré yo. Cuéntame.

Ruri se lo quedó mirando durante tanto tiempo que Shin pensó que no iba a contarle nada. Luego, tras una leve exhalación, dijo:

—No pretendía que ocurriera. Ella pertenece a la nobleza y yo soy… lo que soy. Ambas sabíamos que no iba a ser más que un idilio pasajero. Un sueño que acabaría cuando despertáramos.

—Aun así, sucumbiste a ello. —Shin, quien había leído un gran número de libros de almohada y poemas nostálgicos, sintió un atisbo de empatía. A pesar de que el romance no era una de sus preocupaciones, lo comprendía. Como un jardinero que admiraba una flor silvestre, una parte de él ansiaba verlo florecer—. Lo entiendo, la dama Aimi es hermosa.

—No es… no era por eso. —Ruri esbozó una leve sonrisa—. No solo por eso. Ella me ve. ¿Me entiende? Ella me ve como soy, como quiero ser… no como alguien sin clan, sino como… como… —Se quedó sin palabras.

—Como una León —añadió Shin en voz baja—. Ella ve la verdad que hay en ti. ¿Pero qué hay de ti? ¿Qué ves tú en ella?

—Es valiente —dijo Ruri—. Obstinada y alocada a veces, pero valiente. —Hizo una pausa—. Tiene manos fuertes. Los Unicornios tienen un dicho… «una mujer con la que cabalgar por las planicies». Y eso es Zeshi Aimi, una mujer con la que cabalgar por las planicies. Será una muy buena esposa para quien sea lo suficientemente afortunado como para ser su pareja. No seré yo, y no pienso permitir que me usen para negarle esa oportunidad a ella o a su pareja.

—¿Y qué piensa ella sobre el tema?

La mirada de Ruri se endureció.

—Lo mismo que yo.

Shin se dio un golpecito en el labio con un dedo, pensativo.

—¿Estás segura?

—¿Por qué?

Shin apartó la mirada.

—Por su primo, el señor Shijan. Me ha confesado que puede que ella sea la responsable de ponerte en esta situación… a propósito.

Ruri negó con la cabeza lentamente.

—No. No es posible.

—Sí lo es, por eso lo pregunto.

—¿Cree que se lo contó al señor Gen? ¿Por qué? ¿Para que me viera obligada a matarlo?

—Así es. El señor Shijan insiste en que la dama Aimi no quería casarse con el señor Gen.

—Porque no quería. No era un marido apropiado, no era nada más que un patán y un idiota. Pero se habría casado con él de todos modos, por el bien de la familia.

—Eso dice ella.

—¿Y usted cree al señor Shijan antes que a ella? —Ruri soltó un resoplido—. Pensaba que era más sensato que eso, Grulla.

—Tengo la sensatez suficiente para no verlo todo según lo que parece. Al haberme comprometido, debo explorar todas las posibilidades. Incluso las que no parecen muy agradables. —Shin volvió a mirarla y se acercó más a los barrotes—. No te ha visitado desde que te encerraron aquí, excepto una sola vez.

—Porque le pedí que no lo hiciera.

—¿Por qué?

—Lo mejor para ella es que me olvide.

—Ella no parece estar de acuerdo.

—Ya lo estará.

—Desde luego, parece que eso es lo que quiere el señor Shijan. Háblame sobre él. Me has contado que observas a tus enemigos... ¿qué has observado en el señor Shijan?

Ruri dudó antes de decir nada. Incluso en aquel momento en el que una espada pendía sobre su vida, era leal a toda la familia, no solo a Aimi. A Shin le pareció algo tan admirable como irritante. Se permitió hacer un gesto de impaciencia.

—No vaciles ahora. No es el momento para hacerlo.

—El señor Shijan es fiel a sí mismo —dijo ella finalmente—. Que se identifique a sí mismo con su familia es para el bien de ellos, pero su lealtad hacia ellos, hacia su apellido, es más tenue de lo que le gustaría admitir. Es, o, mejor dicho, era, el sobrino de la madre de Aimi, Sachi. Ella quiso que lo enviaran aquí para que aprendiera a ser un verdadero hijo de los Zeshi, o eso me contó Aimi.

—¿Qué le ocurrió a la madre?

—Murió joven, si no me equivoco. Aimi casi no la recuerda, y Reiji menos aún.

—¿Y el señor Shijan?

—Eran cercanos. Era el más cercano a ella, excepto Aimi.

—Si ese es el caso, ¿por qué querría culpar a la dama Aimi de todo esto?

—No lo sé. Creo... creo que la quiere. No más que a sí mismo, pero más que a cualquier otra persona. Antes de todo esto, es probable que él mismo hubiera querido casarse con ella.

—¿Y qué pensaba ella de eso?

Ruri esbozó una sonrisa.

—Nada. Dudo que pensara en él como algo más que el primo sobreprotector. —Inhaló profundamente—. Si va a preguntarme si él podría haberlo orquestado todo, no veo qué podría sacar con ello. El señor Shijan quiere ser importante y que otras personas importantes lo respeten. Una guerra contra los Shiko no le da nada de eso.

—Que nosotros sepamos —dijo Shin, más que nada para sí mismo—. ¿Qué me puedes decir de Reiji, el hermano de la señora Aimi?

Ruri soltó una carcajada.

—Un cachorro imberbe. El señor Shijan al menos es astuto. Reiji no.

—¿No?

—Es un idiota.

—Como el señor Gen.

Ella dudó antes de contestar.

—Sí, solo que el señor Gen era un hombre hecho y derecho, demasiado inflexible. Reiji aún es joven, puede que alcance la sabiduría algún día.

—¿Y qué sabes de sus deudas?

—Que las tiene. Aimi me habló de ellas. Más allá de eso no sé nada.

—¿Sería capaz de robar?

—Casi todo el mundo lo es, por determinadas razones. —Ruri frunció el ceño, pensativa—. Aimi me dijo que algunas cosas habían desaparecido… documentos y dinero más que nada. ¿Cree que fue él?

Shin hizo caso omiso de la pregunta.

—¿Cuánto tiempo hace que desaparecen cosas?

—Varios meses —repuso Ruri, apartando la mirada.

—¿Y nadie se lo recriminó?

—Justo antes de que… desapareciera, su padre, el señor Hisato, habló con alguien. Oímos la discusión por toda la casa. Supuse que se trataba del señor Shijan, pero también es posible que hubiera estado gritándole a Reiji.

—¿Por qué pensaste que se trataba del señor Shijan?

—Siempre estaban discutiendo. El señor Shijan se considera un miembro de la corte, pretende olvidar que es un *bushi* provincial sin un solo koku que no le haya otorgado su familia. —Apartó la mirada y la posó sobre la única ventana de la celda—. Tal vez he dicho demasiado.

—O no lo suficiente. —Shin hizo un gesto para que Ruri no dijera nada, pues había percibido el sonido de unos pasos sobre la hierba del exterior. Unos instantes más tarde, Kasami entró en el edificio.

—Ha venido la dama Nishi.

—¿Ha dicho qué quiere? —preguntó Shin tras pensarlo un momento.

—Ver a la prisionera.

Shin miró a Ruri, quien negó con la cabeza. La *ronin* se alejó de los barrotes y se sentó de espaldas a la puerta. Shin consideró decir algo, pero cambió de idea. La dejó allí y fue al encuentro de la dama Nishi en el exterior. A pesar de que ella no se sorprendió de verlo, sí alzó una ceja al ver cómo iba vestido. Shin se percató, un poco tarde, de que aún llevaba puestas las vestimentas de práctica.

—¿No quiere verme siquiera? —preguntó ella sin mayor preámbulo, cuando se alejaron un poco de los guardias. Kasami los siguió con diligencia.

—Por desgracia, no. ¿Le gustaría que le transmitiera algún mensaje…?

—No. No tiene importancia.

—Si ese fuera el caso, no habría venido hasta aquí, en contra de los deseos expresos de Ide Sora. Nos dejó muy claro al señor Batu y a mí mismo que no debemos hablar con ningún miembro de las familias.

Ella asintió.

—Ide Sora me ha permitido venir con la promesa de que no respondería a más de sus preguntas, señor Shin. No ha dicho nada sobre que no podamos mantener una conversación.

—En ese caso, ¿le gustaría algo de té, mi señora? —ofreció Shin, con una sonrisa.

—Prefiero un poco de leche de yegua con especias. Soy un poco tradicional.

—Las tradiciones tienen su lugar. Nosotros los Grullas somos firmes creyentes en el poder de las tradiciones —sonrió Shin—. Al menos cuando juegan a nuestro favor.

—Eso he oído. —Apartó la mirada—. No creo que me quede el tiempo suficiente para una taza de té. No sé por qué he venido, en realidad. No esperaba que accediera a verme, y no sé lo que le habría dicho si hubiera accedido.

—La incertidumbre es la imperfección de la hoja —dijo Shin—. Lo escribió Kakita. Antes estaba pensando en su tratado sobre el manejo de la espada. —Miró de reojo a Kasami, quien puso los ojos en blanco. Shin contuvo una sonrisa y devolvió su atención a Nishi.

—¿Y usted está de acuerdo con Kakita? —preguntó ella.

—En este caso, no. La incertidumbre es algo tan natural como respirar. ¿El agua conoce su camino o solo sigue su curso y espera llegar al mar?

—No creo que el agua se pregunte muchas cosas. —Nishi soltó un suspiro—. A veces pienso que sería más sencillo ser agua.

—Pero menos interesante.

Nishi se rio con suavidad.

—He hablado con la dama Umeko —dijo tras unos instantes—. Me contó que había compartido sus sospechas con usted.

—E imagino que también las compartió con usted.

—Así es. —Nishi clavó la mirada en el suelo y soltó un largo suspiro—. La dama Aimi no tiene la culpa de nada. Y la *ronin* tampoco. A Gen le gustaba... luchar. Veía desafíos por todas partes, y mis primos solo le animaban a ello.

—Si me disculpa el comentario, sí me parecieron ser... unas malas influencias.

Nishi lo miró de soslayo.

—¿Habló con Ikki, entonces? ¿Por eso tenía un aspecto tan escarmentado cuando regresó a casa ayer?

—Le dijimos unas cuantas cosas, sí. —Una vez más, miró de reojo a Kasami, y en aquella ocasión Nishi le siguió la mirada y rio por lo bajo.

—Me alegro. No debería haberles invitado a venir aquí, pero después del accidente de mi marido me sentí con necesidad de rodearme de mi familia.

—Si no es molestia… ¿podría decirme qué le ocurrió a su marido? ¿Tuvo algo que ver con los Zeshi?

Nishi negó con la cabeza y no mostró ningún indicio de que una pregunta tan directa le hubiera sorprendido.

—No que nosotros sepamos, aunque quizá sería más fácil si ellos fueran los responsables. Fue un accidente: estaba cabalgando por las laderas, poco después de que nos mudáramos a la ciudad. Algo asustó a su caballo, y el animal cayó sobre él, lo que le rompió el cuello y le hizo daño en la columna. Sus guardaespaldas no pudieron hacer más que cargar con él hasta casa e ir en busca de un médico.

—¿No se pudo hacer nada por él?

—Nada salvo asegurar que estuviera cómodo. No es algo muy conocido, pues escogimos que no se hablara de ello en cualquier casa de sake e hicimos jurar silencio a todos los testigos.

—Una sabia precaución. —Shin hizo una pausa—. Cuando nos conocimos, su marido habló de ello como si no creyera que se tratara de un accidente. Por eso imaginaba que los Zeshi habían sido los culpables de ello.

Nishi esbozó una sonrisa llena de amargura.

—Él prefiere que así sea, pues busca razones para llevarnos a la guerra, por mucho que sepa que eso sería nuestra ruina. Si no fuera por el autocontrol del señor Hisato, bien podríamos habernos enfrentado ese mismo día.

—¿Y eso no habría sido lo mejor? El señor Mitsue mencionó que pensaba que una batalla abierta podría ponerle punto final al problema de un modo decisivo.

Nishi soltó una leve carcajada.

—Así es mi marido; cree que una espada puede solucionarlo todo.

—¿Y usted no piensa igual?

—Creo que en general las espadas han causado más problemas de los que han solucionado. —Su sonrisa se tornó triste—. Gen pensaba del mismo modo.

—Hasta que conoció a la dama Aimi.

—Así es —asintió Nishi.

—Pero ella no compartía esos miramientos.

Nishi vaciló antes de hablar.

—Gen tenía su lado bueno. Con el tiempo, la dama Aimi podría haberlo descubierto. O aprender a vivir con el resto de él.

—Su primo insistió en que la dama Aimi le había sido infiel al señor Gen.

—¿De dónde sacaría él eso? —preguntó Nishi, con el ceño fruncido.

—No lo dijo, aunque mencionó a Zeshi Reiji.

—¿Su hermano?

—Al parecer, era un buen amigo del señor Gen. Al menos según sus primos.

Su expresión se tornó desconcertada.

—No me lo puedo ni imaginar. Gen odiaba a los Zeshi. —Frunció el ceño—. A menos que estuviera utilizando al chico de algún modo.

—¿Utilizándole en qué sentido?

—No sabría decirle. —Hizo una pausa—. A Gen le gustaba apostar. Y se le daba bien.

—Se dice que Reiji debe mucho dinero a varios individuos. ¿Es posible que le contara al señor Gen sobre la… relación de la dama Aimi a cambio de saldar su deuda?

Nishi se puso pálida.

—Si es así… —Se llevó las manos a la boca—. Mi pobre Gen. Mi pobre e ingenuo Gen. —Miró a Shin con una expresión llena de dolor pero firme—. Si eso es cierto, entonces Gen fue el arquitecto de su propio destino. Diré algo, pediré que se le perdone la vida a la *yojimbo*.

Shin sintió una repentina oleada de alivio.

—Se lo agradecería mucho, mi señora. Y estoy seguro de que la dama Aimi también. He… —Lo interrumpió la llegada súbita de Nozomi, quien le dijo a Kasami algo con prisas. La guardaespaldas de Shin avanzó a grandes zancadas hacia este y Nishi.

—Mis disculpas —dijo, inclinándose hacia Nishi—. El señor Batu ha recibido un mensaje… Han localizado a Zeshi Reiji.

CAPÍTULO VEINTICUATRO
Reiji

—Allí —murmuró Nozomi, señalando hacia un edificio al otro lado de la calle situada junto al callejón en el que se encontraban. Incluso si no hubiera estado allí para guiarlos, el hedor punzante y embriagador del opio le habría indicado a Kasami que habían llegado a su destino.

Todo el barrio apestaba a ello, además de a sake, cuerpos sucios, grasa hirviendo y otros hedores menos fáciles de identificar. Los edificios de aquel lugar estaban apretujados, y las calles se amontonaban una sobre otra conforme serpenteaban a través del terreno rocoso. Las esclusas de los canales llevaban agua caliente desde lo alto de la montaña y la dispersaban por las distintas casas de baño sin licencia que llenaban aquella parte de la ciudad antes de llevar el resto a las curtidurías de las laderas.

El edificio que había indicado Nozomi era anodino y se encontraba rodeado de otros edificios igual de poco impresionantes. La única diferencia era el sello maltrecho, una liebre de jade, que colgaba sobre la puerta, además del *heimin* de aspecto desaliñado que hacía de guardia.

—No tenías por qué venir. Somos capaces de arrestar a un sospechoso nosotros mismos. —Pese a que la voz de Batu era tranquila, Kasami oyó el reproche en sus palabras, por lo que inclinó la cabeza para aceptar lo dicho.

El juez estaba detrás de ella, junto con Nozomi y otros dos *yoriki*. El resto del grupo de Batu —cuatro samuráis, todos ellos *yoriki* como Nozomi— y media docena de soldados *heimin* se encontraban en el otro lado de la calle, esperando a entrar por la puerta trasera de la Liebre de Jade.

—Mis disculpas, pero el señor Shin quiere asegurarse de que todo vaya bien mientras él está ocupado con otros menesteres. —No quería pensar demasiado en el hecho de haber dejado a Shin sin supervisión. Sin embargo, debía obedecer, incluso cuando no había ninguna necesidad de ello. Por suerte, había logrado sonsacarle la promesa de que no iría a ninguna parte hasta que ella regresara. El Daidoji había jurado que no haría nada que demandara más esfuerzo que pensar en lo que la dama Nishi le había dicho.

—Y tú te encargarás de que así sea, ¿no?

Kasami asintió.

—Exacto.

Batu permaneció en silencio durante unos instantes.

—No te falta confianza.

—No —se limitó a contestar Kasami. Con el rabillo del ojo vio que Nozomi trataba de contener una sonrisa—. Dudo que mi presencia vaya a ser necesaria, mi señor. Pero mi madre decía que un par de manos extra nunca está de más.

—Sabia mujer. —Batu se volvió cuando un *heimin* vestido con ropa común salió al callejón, lo que interrumpió la conversación—. ¿Y bien? —le preguntó Batu, y el *heimin* hizo una profunda reverencia.

—Tal como esperaba, mi señor: el lugar está repleto, a pesar de que aún no es de noche. —El *heimin* se enderezó con una sonrisa—. No tienen ni idea de que estamos aquí.

—El que no corre, vuela —murmuró Batu antes de mirar a Nozomi—. Quiero hacerlo como de costumbre. Cubriremos ambas entradas. Si alguien intenta huir, dejadle pasar, si no, tendremos otro baño de sangre en nuestras manos. No quiero más muertes relacionadas con este asunto.

—¿Cree que está aquí? —preguntó Nozomi, ansiosa—. Me refiero a Honestidad-sama.

—Creía que estábamos buscando a Zeshi Reiji —dijo Kasami. Batu la miró de soslayo.

—Eso hacemos, pero la Liebre de Jade es uno de los establecimientos de Honestidad-sama. Si yo fuera Reiji y estuviera tratando de vender documentos robados, vendría aquí. Es posible que lo pillemos con las manos en la masa. Si es así, esto pondrá fin a todo.

—¿Y si escapa?

—Si no recuerdo mal, para eso has venido tú. Para asegurarte de que no lo haga. —Batu hizo un gesto hacia su guardaespaldas—. Nozomi, tú primera.

Nozomi asintió y sonrió. Cruzó la calle a ritmo tranquilo, acompañada de los dos *yoriki*. Batu la observó avanzar y dijo:

—Tú vendrás conmigo. Entre todos deberíamos ser capaces de encontrar a Reiji.

—Como usted diga, mi señor. —Kasami quería preguntar cuánto tiempo iban a esperar, pero decidió ahorrarse el aliento. Batu no entraría hasta que hubieran bloqueado todas las salidas, pues así era el privilegio de un juez.

—Antes has hablado de sabiduría —dijo él, examinando la calle—. Creo que la sabiduría es algo que a tu señor le falta en gran medida.

—¿Mi señor?

—Esto. Todo esto. Un hombre sabio lo dejaría pasar. —La miró directamente—. Nunca ha sido sabio. Shin, quiero decir. Ni una sola vez en todos los días desde que le conozco. Incluso en su juventud, la sabiduría era su enemiga. —Batu apartó la mirada, y Kasami cambió de posición, desconcertada por las palabras del juez—. Trataron de inculcársela a golpes, ¿sabes?

Kasami no dijo nada. Shin no solía mencionar su juventud, salvo para soltar alguna ocurrencia.

—Los Daidoji eran muy estrictos. El hierro personificado. Y luego estaba Shin, revoloteando por todas partes sin que nada le importase. —Batu sonrió, perdido en sus recuerdos—. Fue el primero en hablar conmigo, ¿sabes? El primero que me preguntó cómo me llamaba. El primero al que le importé.

—Todo le importa demasiado —dijo ella sin pensar. Batu le dedicó una mirada intensa, pero en lugar de darle una reprimenda, asintió.

—Sí, ese siempre ha sido su problema. Intenté enseñarle lo contrario, pero algunas lecciones nunca calan. Creo que tú has intentado enseñárselo también; te deseo más suerte de la que yo tuve. —Se alisó el doblez de su kimono—. Habla muy bien de ti, ¿sabes? No creo que sea capaz de funcionar sin ti.

Kasami, quien pensaba lo mismo, se limitó a asentir. Se preguntó por qué Batu le estaría contando todo eso. Tal vez se tratara de una conversación sin más, Shin solía hacer eso. Muchos samuráis solo hablaban para oírse hablar a sí mismos, sin ningún otro propósito. Aunque no creía que se tratara de eso. Batu no parecía ser así.

Al otro lado de la calle, Nozomi y sus compañeros ya habían hecho huir al guardia *heimin*. El otro grupo de *yoriki* ya había desaparecido; probablemente estuvieran avanzando para entrar por detrás, tal como indicaba el plan.

—Se mueven con rapidez —murmuró ella.

—Hemos hecho esto cien veces como mínimo. —Batu sonaba cansado, en lugar de complacido—. Cuanto más tiempo paso aquí, mejor entiendo la actitud de mis predecesores respecto a estas cosas. Nosotros estamos para mantenerlo todo equilibrado, no para cambiar nada.

Se estaba reuniendo una multitud en las esquinas, pues estaba claro que esperaban que se produjera algún problema y querían disfrutar de él desde una distancia segura. Kasami se preguntó con cuánta frecuencia se repetiría una escena como aquella en esa parte de la ciudad que se había transformado en un espectáculo; tal vez una docena de veces o más. Pensó en lo que le había dicho Nozomi sobre por qué los Unicornios toleraban la actividad criminal. No parecía correcto y, aun así, sucedía. Y no solo allí, sino en todas partes.

Kasami apartó el pensamiento de su mente. Si bien antes no se solía preocupar de aquellas cosas, últimamente cada vez le costaba más no ver las grietas en la superficie de la existencia. Culpaba a Shin de ello, el modo en el que hablaba de esas cosas no era digno de un *bushi*. Demasiados pensamientos en la cabeza era algo similar a tener demasiado sake en el estómago: lo volvían a uno estúpido y lo enfermaban.

—Ven. Ha llegado el momento de hacer mi entrada.

Batu empezó a cruzar la calle, y Kasami lo siguió. El juez se movía con un andar peculiar, no como el de un marinero, sino uno parecido al de un jinete sin caballo. Solo portaba un *wakizashi*, pues dejaba los ataques con espada a Nozomi y al resto de sus hombres. Aquello mostraba una confianza o una arrogancia extraordinarias. Kasami no estaba segura de cuál de las dos sería.

La muchedumbre reunida en las esquinas había aumentado. Tanto *heimin* como *hinin* observaban y tal vez apostaban por el resultado de la escena. Todo un espectáculo. Kasami entornó los ojos cuando pasó la mirada por una figura que le resultó familiar: una mujer, menuda y con una túnica hecha jirones. Con un bastón de bambú en una mano.

La mujer ciega; la música.

Kasami se detuvo, sorprendida por su presencia. ¿Qué hacía allí? Batu se percató de que se había detenido y la miró de reojo.

—¿Ocurre algo?

—Esa mujer, la que lleva un *shamisen* en la espalda… —No sabía por qué estaba llamando la atención sobre aquella mujer. Tal vez era algo que Shin le había dicho. La mujer no parecía representar ninguna amenaza, y, aun así, todos los instintos de Kasami le estaban diciendo que algo iba mal allí.

—¿Qué le pasa?

Antes de que Kasami pudiera responder, se produjo un repentino clamor en el interior de la Liebre de Jade. Unos gritos resonaron desde dentro, y luego, como si hubiera reventado una presa, una cascada de cuerpos golpearon las puertas y se desperdigaron por la calle. Montones de personas —apostadores, *geishas* y borrachos— salieron del antro a empujones. Kasami se llevó la mano a su espada cuando la multitud se dirigió hacia ella y Batu y se interpuso en su camino con rapidez, pero la oleada de personas se separó y se esparció en direcciones distintas.

Uno de ellos, un joven *bushi* a juzgar por su vestimenta, se detuvo en seco al ver a Batu. Los miró con la boca abierta, apenas un instante, y luego salió corriendo. Batu se volvió con rapidez.

—¡Allí! ¡Ese es Reiji!

Kasami ya estaba en movimiento en cuanto las palabras salieron de los labios del juez. Pese a que Reiji le sacaba ventaja, no se movía con tanta rapidez como hubiera podido, y Kasami pensó que debía estar borracho, aunque estaba espabilándose rápidamente. La adrenalina y el pavor solían tener ese efecto.

Reiji esquivó el carro de un vendedor ambulante y se adentró en una calle lateral a toda velocidad. Kasami, quien no conocía bien la ciudad, consideró ralentizar el paso, pero solo por un momento. En su lugar, saltó por encima del carro, lo que hizo que el vendedor cayera al suelo por la sorpresa. Luego, siguió corriendo en cuanto sus pies tocaron el suelo.

Nada más doblar la esquina, vio el destello del acero y que Reiji se caía de espaldas con las manos alzadas. Había dos hombres cerniéndose sobre él, y ambos iban vestidos como matones callejeros. Uno sostenía un machete de plebeyo por encima de la cabeza y parecía que iba a clavárselo a Reiji. Kasami llevó la mano a la empuñadura de su katana.

—Quieto —ordenó en voz alta.

Todos se quedaron inmóviles, y tres pares de ojos se clavaron en ella.

—Esto no es asunto tuyo —dijo el que empuñaba el cuchillo antes de bajar el arma. Ni siquiera él parecía creer sus propias palabras. El segundo hombre se colocó a su lado con una hoja en la mano. Kasami le hizo caso omiso y se centró en el que acababa de hablar.

—Es mío. Déjalo ir.

Reiji miró de los hombres a Kasami en repetidas ocasiones y empezó a balbucear.

—Esto… Todo esto es un error. Decidle… Decidle a Honestidad-sama que tengo el dinero.

—Silencio —ordenaron Kasami y el hombre del machete al unísono. Este último miró a su compañero y luego a ella una vez más.

—Vete, samurái. Puede que te paguemos por ello.

Kasami frunció el ceño. Como si aquello hubiera sido una señal, el segundo hombre empezó a cargar contra ella; un matón. La *yojimbo* desenvainó su espada y la blandió en un solo movimiento, lo que hizo un tajo en el hombre que lo abrió desde la ingle hasta el rostro. El hombre giró sobre sí mismo y manchó de rojo los laterales del callejón. Kasami se volvió y desvió la espada del otro con la suya. Él tenía más habilidad que su compañero, la suficiente como para reconocer que tenía las de perder. Retrocedió con los ojos entornados.

—Ya te he dicho que no es de tu incumbencia. —Sonaba desesperado y parecía estar suplicando.

—He hecho que sí lo sea. —Aguardó con la espada baja, sosteniéndola sin ejercer presión—. ¿Por qué quieres matarlo?

—Eso es asunto nue… mío.

Kasami ladeó la cabeza.

—Huye si quieres, no te perseguiré. —Desvió la mirada hacia Reiji—. Ya tengo lo que quería.

El hombre se lamió los labios. Kasami vio la intención en su mirada antes de que hiciera el primer movimiento. Su forma no era del todo mala; con entrenamiento habría podido ser un buen espadachín, teniendo en cuenta que era un plebeyo. El primer tajo de Kasami le cortó la mano dominante al hombre, y el segundo le abrió la garganta hasta el hueso. La sangre empezó a brotar y manchó la armadura de Kasami mientras el hombre caía lentamente. La *yojimbo* observó el cadáver, sorprendida por su estupidez. Alguien debía haberle estado pagando muy bien. Kasami sacudió la sangre de su espada mientras se volvía.

—¿Por qué ha salido corriendo?

Reiji se puso de pie a trompicones e hizo caso omiso de su pregunta.

—No tengo que darte ninguna explicación. Soy… soy un *bushi*, no un *heimin*. —Se volvió como si quisiera irse, o salir corriendo, en realidad.

—Yo también —dijo ella—. ¿Por qué no ha luchado? Está armado. —Usó su espada para señalar a las de Reiji, las cuales seguían en sus vainas—. No eran más que morralla de los bajos fondos. ¿Acaso es un cobarde? —El insulto fue adrede y cumplió su objetivo. Reiji se volvió y se llevó la mano a la empuñadura de su katana. Si la desenvainaba, Kasami iba a tener que matarlo.

En su lugar, ella le dio un golpe en la mano con la parte plana de su espada. Reiji soltó un gritito y apartó la mano inmediatamente. Kasami envainó su espada y se acercó a Reiji, lo agarró de la muñeca y, con un solo movimiento fluido, lo puso de cara a la pared. A pesar de que él se resistió, Kasami logró dejarle el brazo atrapado contra su propia espalda.

Reiji soltó otro gritito, y ella le dio un golpecito en la nariz con dos dedos.

—Silencio —le dijo—. Solo los niños lloriquean así. ¿Es usted un niño?

—¡S… Suéltame y verás lo hombre que soy!

Kasami le dio una colleja.

—Solo los idiotas amenazan así. ¿Es usted un idiota también? —Hizo una pausa—. Pensándolo mejor, se suele decir que las Fortunas protegen a los idiotas y a los niños. Puede que eso explique por qué sigue con vida.

—¡Suéltame!

Ella apretó más su agarre, y Reiji soltó un alarido.

—Basta de fanfarronadas. Cálmese o le partiré el brazo. ¿Le gustaría eso?

Reiji se quedó callado. Kasami lo sujetó durante unos momentos más antes de soltarlo. El joven se volvió, frotándose el brazo.

—No —dijo a regañadientes—. Supongo que debo agradecerte tu ayuda.

—Bien. —La guardaespaldas dejó de hablar cuando un sonido llegó a sus oídos: unos golpecitos suaves e insistentes. Como los de un bastón de bambú que se empleaba para tantear el camino. Luego el sonido se desvaneció, y Kasami devolvió su atención a su prisionero—. Ahora venga conmigo. Alguien quiere hablar con usted.

CAPÍTULO VEINTICINCO
Yuzu

Lavado y limpio, Shin se agachó para entrar en el baño de vapor a través de la estrecha abertura. La sala era una de varias áreas privadas a disposición de aquellos que estuvieran dispuestos a pagar por el privilegio de bañarse a solas. Debido a la falta de ventanas y las espesas nubes de vapor, le era prácticamente imposible ver más allá de un poco por delante de su rostro.

Tosió con educación para hacer saber a cualquier otro ocupante que había llegado. Cuando no se produjo ninguna respuesta, imaginó que se encontraba a solas. Soltó un suspiro y se sentó tras ajustarse la toalla que llevaba para guardar el decoro. El calor en su piel le resultaba agradable, y cerró los ojos para ordenar sus pensamientos antes de que llegara Yuzu.

Allí sentado, escuchó el murmullo de las voces y la música suave que pasaba a través de la partición. La Casa de Baño Ibusuko, en la calle de la Luna Menguante, era uno de los *onsen* más populares de la ciudad. Al parecer, Yuzu llevaba a cabo muchos de sus negocios en sus confines, pues el calor y la calma resultaban relajantes. El propio Shin se estaba empezando a sentir bastante relajado, aunque sabía que tendría que pagar por ello más adelante.

Había enviado a Kasami con Batu. Si todo iba mal, confiaba en que ella no le decepcionaría. Shin no había visto ningún motivo para acompañarles. O Reiji estaba allí o no lo estaba. O lo atrapaban o se escapaba. Fuera como fuese, ella se iba a enfadar cuando regresara y descubriera que Shin se había marchado, pues le había prometido que no iría a ninguna parte sin ella. Aun así, ¿qué culpa tenía él si estaban tardando tanto en volver?

Estaba seguro de que ella lo entendería. Y, si no, sería Kitano quien se llevaría la peor parte de su ira. Shin lo había dejado atrás para que explicara su ausencia, por si regresaban antes de que él lo hiciera. Esbozó una sonrisa solo de pensarlo, aunque esta desapareció de su rostro casi tan rápidamente como se había formado.

Se acomodó para considerar el problema desde todos los ángulos posibles. Sabía que la imagen completa todavía no se había revelado, aunque ya contaban con las piezas suficientes como para proporcionar unas circunstancias atenuantes que le salvaran la vida a Ruri. De hecho, la palabra de la dama Nishi por sí sola podría solucionar aquel problema. Aun así, incluso si se solucionaba ese hecho, el problema subyacente seguía en pie. Les dio vueltas a los hechos en su mente y los reordenó como si fueran piezas de un rompecabezas.

Si bien Ruri y Aimi estaban enamoradas, ninguna de ellas había querido poner en peligro las negociaciones, por lo que habían decidido poner fin a su relación. Sin embargo, alguien había descubierto su idilio y lo había usado para conducir a Gen, un individuo famoso por no ser demasiado estable, a un frenesí homicida. Sin importar lo que pasara, aquello pondría fin a los planes de matrimonio y la incipiente alianza moriría antes de materializarse.

Alguien estaba complicando las cosas y manteniendo el ambiente cargado de tensión. Pese a que existían múltiples razones posibles para ello, la más obvia era que alguien, en algún lugar, quería que se produjera una guerra entre los Zeshi y los Shiko. Solo que ¿por qué? Tal vez fuera por dinero. El dinero siempre estaba involucrado en asuntos como aquel, aunque fuera de manera tangencial. Sin embargo, ningún miembro de ninguna de las dos familias podría obtener beneficios de una guerra entre ellas.

—Se me escapa algo —dijo Shin en voz alta.

—Entonces tal vez le pueda ser de ayuda, mi señor —contestó una voz de repente, y Shin se incorporó tan repentinamente que casi se cayó del banco. Una ligera carcajada siguió a las palabras—. Perdóneme, no pretendía asustarle.

Shin miró a través del vapor y vio a una figura corpulenta sentada en el lado opuesto a él.

—Soy yo quien debería pedirle disculpas, maestro Yuzu —dijo él—. Tenía la cabeza en otro lado.

—Ya lo imagino. —Otra risita. Shin apartó una nube de vapor y examinó al hombre sentado frente a él. Yuzu era un hombre fornido con una barba poblada y unos ojos grandes y oscuros. Su toalla era demasiado pequeña como para cumplir su función con facilidad, por lo que el hombre se la tenía que ajustar constantemente—. Aun así, no es necesario que se disculpe, mi señor.

—Debo darle las gracias por acceder a reunirse conmigo, además de por darme una excusa para disfrutar de uno de los excelentes *onsen* de esta ciudad.

—No ha sido nada —dijo Yuzu—. ¿Quería hablarme de algo? ¿Tal vez los Daidoji quieran establecerse en Hisatu-Kesu? Si es así, estaría encantado de brindarle toda la ayuda que necesite.

Shin se echó hacia delante.

—No es nada de esa índole, por desgracia. A decir verdad, me gustaría hacerle unas cuantas preguntas, si es posible.

—¿Preguntas, mi señor? —Yuzu pareció extrañarse. Casi tanto como para resultar cómico, según le pareció a Shin. No estaba tan sorprendido como quería aparentar—. ¿Sobre qué?

—Negocios. En concreto, los suyos. O, mejor dicho, los negocios de la asociación de mercaderes.

Yuzu entornó los ojos, y la deferencia desapareció para dejar paso a la cautela.

—¿Qué desea saber, mi señor?

—El señor Batu me ha explicado las razones para fundar la asociación de mercaderes: para proteger el comercio y controlar los precios. El Concilio Comercial Daidoji se formó por esa misma razón. Lo que me gustaría saber es cómo describiría la relación de la asociación con los Zeshi y los Shiko. Dada su importancia en los negocios de la ciudad, puedo imaginar que es… —Shin hizo un gesto para animarlo a hablar.

Yuzu frunció el ceño.

—¿Por qué desea saber eso?

Shin se rascó la barbilla.

—Por curiosidad.

Yuzu lo examinó durante unos instantes.

—Necesitaré una mejor respuesta que esa, mi señor. —Sonó arrepentido al pronunciar esas palabras, pero firme.

—Ya lo imaginaba —dijo Shin, asintiendo—. Muy bien. ¿Sabe por qué he venido a la ciudad?

—Discúlpeme por ser tan directo, pero… la mayor parte de la ciudad lo sabe, mi señor.

Shin esbozó una sonrisa.

—Sí, bueno. Creo que hay algo más en la muerte del señor Gen de lo que todos creen.

—No veo qué tiene que ver eso con nosotros… —Yuzu se quedó callado—. A menos que… ¿las negociaciones? —Frunció el ceño—. Ha habido algunos rumores sobre eso.

Shin alzó una ceja.

—¿Ah, sí? Por favor, ilumíneme.

Yuzu se acomodó y se rascó la nariz.

—Estas negociaciones entre los Zeshi y los Shiko han durado años. Últimamente la tensión ha ido en aumento: algunos envíos han desaparecido, hay acusaciones de sabotaje, cosas así.

—Lo normal, se podría decir —murmuró Shin, pensando en los registros y horarios de envíos que habían desaparecido.

Yuzu asintió, aunque sin sonreír.

—Por desgracia. Aunque la situación nunca ha sido tan mala como ahora. Es como si… —Dejó de hablar.

—Alguien estuviera intentando avivar las llamas adrede.

—Como es natural, temimos que cualquier sospecha en ese sentido cayera sobre nosotros. Nuestra relación con los Zeshi y los Shiko no era… precisamente agradable.

—Habría dicho todo lo contrario, dado que necesitan materias primas.

—Sí, bueno, nos escatiman hasta el último koku. Aunque debo admitir que lo hacen menos cuando están enfrentados entre ellos. —Yuzu se llevó una mano a la barbilla—. En ese sentido, nos ha ido muy bien.

—¿Cuando dice «nos» se refiere a la asociación de mercaderes?

—Exacto. Actuamos como una sola entidad cuando es necesario.

—¿Y los Zeshi y los Shiko no tienen nada que objetar ante eso?

Yuzu soltó una carcajada.

—Oh, claro que lo tienen, mi señor. Pero no pueden hacer nada más que tratar de intimidarnos, y eso conlleva el riesgo de desencadenar ciertas ramificaciones.

—Existe un dicho… «En tiempos de guerra, solo los mercaderes sacan provecho».

—Un dicho muy sucinto, mi señor, pero, si me disculpa, no es cierto del todo. La estabilidad es nuestra aliada, y ahora mismo nada es estable. Albergamos grandes esperanzas, pero, por supuesto, haremos todo lo que esté en nuestras manos para ayudar a resolver el problema. Es por ese motivo que accedimos a esta reunión, después de todo.

—Por lo cual le vuelvo a dar las gracias —dijo Shin. Se reclinó, con los ojos cerrados, y dejó que el calor relajara sus músculos al tiempo que las palabras de Yuzu se asentaban en su mente—. ¿Qué opinaba usted del matrimonio?

Yuzu tosió.

—No quisiera decirlo, mi señor.

Shin abrió un ojo.

—Así que se había formado una opinión.

Yuzu sonrió por lo bajo y jugueteó con su barba.

—Todo el mundo lo hizo, mi señor. Era un tema de conversación muy popular entre nosotros los plebeyos. —Sus palabras ocultaban un trasfondo de amargura.

—¿Y qué es lo que decía todo el mundo?

—Seguro que ya no tiene importancia.

—Imagino que no, pero me gustaría saberlo igualmente. En especial lo que pensaban usted y sus compañeros mercaderes. ¿Les parecía bien? ¿Les preocupaba?

Una vez más, Yuzu volvió a dudar antes de contestar. Shin casi podía verlo calcular cuál sería la mejor manera de responder. El mercader le estaba ocultando algo, pero ¿qué? Tal vez era solo la reticencia natural de un mercader.

—Pensábamos que era un mal trato.

—¿Qué quiere decir?

—Los Shiko pagaron una enorme cantidad de dinero por esa chica —dijo Yuzu—. O, mejor dicho, por el matrimonio.

—Pensaba que se trataba de un matrimonio político.

—La política y el dinero suelen ir de la mano, mi señor. Y más aquí arriba. —Yuzu se inclinó hacia delante y les hizo una seña a los sirvientes que esperaban fuera para que echaran más agua a los carbones—. Los rumores dicen que había un apéndice en el contrato, un anticipo por decirlo de algún modo. No reembolsable.

—¿Pagado a los Zeshi?

—A un Zeshi.

—El señor Shijan —dijo Shin, al comprender lo que el mercader le quería decir. Yuzu se dio un golpecito en el lado de la nariz para mostrar que la conjetura de Shin era correcta—. ¿Por qué iba a hacer eso? Los Zeshi son ricos, una de las familias más acaudaladas de estas tierras.

—Los Zeshi tienen capital, solo que no estos Zeshi. No de verdad. Cuando empezaron los problemas, se produjeron todo tipo de sucesos desafortunados, incluido el sabotaje. Perdieron una enorme cantidad de suministros, tuvieron que devolverles el dinero a los clientes, cosas así. Y, por supuesto, están los rumores de siempre.

Shin, quien sabía muy bien la forma que tomaban los rumores normalmente, asintió.

—¿Con quién están endeudados? Imagino que no con los Shiko. ¿Con uno de ustedes?

—Con nosotros también, pero no. Hablo de unas deudas de carácter menos aceptable. Creo que ya sabe de cuáles le estoy hablando. —Yuzu esbozó una sonrisa a la que le faltaban varios dientes y se frotó dos dedos juntos. Shin se reclinó en su asiento.

—Me cuesta imaginármelo. He conocido al señor Shijan, y no me parece ese tipo de persona.

—Tal vez es por eso que tan pocas personas están al tanto de ello. Se esfuerza mucho por esconderlo. O culpa de esas pérdidas a su primo Reiji.

Shin pensó en cómo Shijan había admitido las debilidades de Reiji, en lo fácil que habían parecido salir de él las acusaciones. Cuando sucedió, Shin había creído que Shijan simplemente necesitaba alguien con quien desahogarse, pero en aquel momento… En aquel momento le pareció que se debía a otro motivo.

—Sería lo suficientemente sencillo, dadas las aficiones del chico. Pero si lo esconde tan bien, ¿cómo es que lo sabe usted?

La sonrisa de Yuzu fue taimada.

—Bueno, eso, mi señor, es una historia un tanto embarazosa. Dejémoslo en que a mí también me gusta apostar.

—Ah —dijo Shin, comprendiendo lo que le quería decir. Parecía propio de Shijan apostar con sus inferiores, al imaginar que le iban a dejar ganar—. ¿Cuánto dinero le sacó?

—Lo suficiente como para que no haya querido volver a jugar contra mí. —Yuzu soltó una carcajada y se dio un golpe en la rodilla. Echó un vistazo a la puerta—. El vapor se está yendo. Creía haberles pedido que echaran más agua a los carbones. —Se incorporó como para mirar a través de la puerta y un movimiento repentino hizo que cayera de espaldas al duro suelo de madera. Shin se puso de pie al instante. Yuzu soltó un grito y empezó a hacer aspavientos cuando un tercer hombre entró en la sala. Este estaba completamente vestido y tenía una expresión seria. El machete de plebeyo manchado de rojo que empuñaba indicaba que no había ido allí a disfrutar del vapor.

Actuando por instinto, Shin se quitó la toalla, la enrolló en forma de látigo y le dio un golpe a la mano del recién llegado. El hombre soltó un grito de sorpresa y soltó el cuchillo. Se agachó a recogerlo sin pensar, y Shin le volvió a dar otro latigazo, aquella vez en la cara. El hombre se echó atrás como si un insecto le hubiera picado, pero luego se abalanzó hacia delante con un rugido salvaje y las manos en dirección a la garganta de Shin. El Daidoji le lanzó la toalla a la cara y esquivó la embestida con destreza.

Cuando su atacante pasó por su lado, Shin le clavó los codos en el costado, lo cual mandó al hombre contra la pared opuesta.

—Yuzu, el machete —le ordenó Shin. El mercader lo miró con la boca abierta un segundo antes de alcanzar a trompicones el arma que había caído al suelo. Para entonces, el oponente de Shin ya se había recuperado. Se había vuelto a poner de pie, se había dado la vuelta y estaba cargando una vez más. En aquella ocasión, Shin no fue lo suficientemente rápido para esquivarlo, y el hombre lo empujó contra la partición de la entrada, con sus grandes manos rodeándole el cuello.

—Matarte —gruñó el hombre.

—E… Eso imagino —dijo Shin, casi sin voz. Los bordes de su visión se estaban tornando oscuros. Tensó los dedos de la mano izquierda y los clavó en el plexo solar de su contrincante, tal como le había enseñado cierto monje que conocía. La presión sobre su tráquea se relajó de inmediato, y Shin pudo librarse del agarre de su atacante. Tras apartarse el sudor de los ojos, apretó las manos en torno a la cabeza del hombre, dándole una sonora palmada a sus oídos, lo que le arrancó un grito de dolor. Su atacante se echó atrás, con las manos en la cabeza.

Se volvió como si quisiera salir corriendo… y se detuvo en seco. Shin lo agarró e intentó echarlo hacia atrás, pero el hombre cayó de lado y casi arrastró a Shin con él. Un machete, su propio machete, sobresalía de su estómago. Yuzu estaba frente a él, con los ojos muy abiertos, y se miraba las manos ensangrentadas.

—No… no quería…

Shin se agachó rápidamente para examinar a su contrincante, pero estaba claro que este ya había muerto. Alzó la mirada hacia Yuzu.

—¿Está…? —empezó a preguntar el mercader.

—Por desgracia, sí —repuso Shin. Se puso de pie y recogió su toalla. Oía gritos alarmados en el exterior. Se preguntó si su atacante habría matado a alguien antes de entrar en la sala, aunque esperaba que no. Un muerto ya era lo suficientemente nefasto.

—¿Por desgracia? ¡Ha intentado matarnos!

Shin se pasó las manos por su cabello mojado.

—Sí, pero me gustaría saber por qué.

CAPÍTULO VEINTISÉIS
Revelaciones

Fuera, en el balcón, Shin observaba las laderas y Owari del norte y las desafiaba a compartir sus secretos. Todavía le dolían la garganta, los brazos y la espalda debido al encontronazo en el *onsen*, y pensó con cierto pesar que Kasami tenía razón: sí necesitaba más práctica. Se frotó el hombro para tratar de aliviar una punzada persistente, Kasami se había enfadado, por supuesto. Se había puesto furiosa, a decir verdad. Batu también.

—¿Duele? —preguntó este último al acompañar a Shin en el balcón.

—Un poco —gruñó Shin.

—Se supone que las visitas a los *onsen* son para aliviar achaques y dolores.

—Sí, bueno, ya presentaré una queja a la asociación de mercaderes. —Shin se volvió hacia el juez—. ¿Quién era ese hombre?

—Se llama... se llamaba Yacha. Una buena pieza. Cuenta con al menos dos asesinatos a su nombre, aunque es probable que más. Solía trabajar en la calle de plebeyos que recorre las laderas, pero últimamente se le había visto como uno de los matones de Honestidad-sama.

Shin se espabiló ante aquellas palabras.

—¿Está involucrado, entonces?

—Si lo está, nunca lo sabremos —repuso Batu, apartando la mirada.

—Lástima. Estaba empezando a considerar la teoría de que él estuviera detrás de todo esto.

Batu soltó un resoplido.

—No. La guerra es mala para los negocios, o al menos para los suyos. —Se estiró, claramente cansado. Shin sabía cómo se sentía—. No, no me cabe ni la menor duda de que está tratando de mantenerse tan alejado de todo esto como sea posible. A los de su calaña no les gusta la luz.

—En ese caso, ¿cómo explica la presencia de sus hombres? Si el tal Yacha era uno de los suyos, entonces es probable que los que atacaron a Reiji también lo fueran.

—Esa clase de hombres está a disposición de quienquiera que les pague —dijo Batu, restándole importancia—. Solo necesitarían la promesa de unos cuantos koku para destripar a sus propias madres.

—Una imagen muy reconfortante. —Shin meneó la cabeza—. Pero ¿serían capaces de aceptar un encargo sin el permiso de Honestidad-sama?

—Tal vez —contestó Batu, apartando la mirada. No sonaba como si lo creyera de verdad.

—Exacto —asintió Shin—. Owari del norte ha estado revoloteando por los bordes de este asunto desde el principio. Puede que a usted no le guste, pero es así. —Hizo una pausa—. Por cierto, ¿cómo está Yuzu? —Sus sirvientes se habían llevado al mercader después de que Batu llegara al *onsen*. Estaba pálido y parecía tener ganas de vomitar por lo ocurrido, pero también estaba enfadado.

—Bien. Sobresaltado, pero sigue de una pieza. Gracias a usted.

—Solo intentaba seguir con vida.

—Mire que se lo advertí —dijo Batu—. Le dije que no saldría nada bueno de todo esto.

Shin desestimó sus palabras con un ademán.

—¿Y qué hay de Reiji? ¿Ha dicho algo ya?

—Estaba siendo un tanto obstinado, así que lo encerré.

Shin parpadeó, perplejo.

—¿Me está tomando el pelo?

Batu se apoyó en la barandilla al lado de Shin.

—No. Lo he encerrado en una celda opuesta a la de Ruri. Puede que ella pueda inculcarle algo de sentido común.

—¿Aún no la ha liberado?

—No, y no pienso hacerlo hasta que se resuelva este asunto. —Batu alzó la vista hacia el cielo nocturno—. Creo que será más seguro así, y no solo para ella.

—¿Y qué piensan los Zeshi de que usted haya puesto a Reiji en… detención preventiva, digamos?

—No están muy contentos.

—No, ya lo imaginaba.

—Pero no por las razones que piensa. Se supone que las negociaciones van a concluir mañana, y Reiji es la clave de todo lo que han organizado.

Shin lo consideró unos instantes.

—¿Otro matrimonio?

Batu esbozó una sonrisa de satisfacción y asintió.

—Eso parece.

—¿Quién es la desafortunada?

—Alguna hija joven de la provincia Garanto —respondió Batu, encogiéndose de hombros—. Ide Sora y la casamentera, Umeko, ya han organizado los preparativos. La chica llegará en unas semanas.

—Atada y amordazada, supongo.

—Reiji no es tan malo.

—Tampoco es tan bueno. —Shin soltó un suspiro—. ¿Y qué significa eso para Ruri?

Batu frunció el ceño.

—La decisión final recae sobre mí, aunque me han sugerido con cierta insistencia que saque a Ruri de la ciudad sea como sea. —Miró a Shin—. No puede quedarse aquí. Por mucho que le hayamos salvado la vida, tendré que desterrarla.

Shin apartó la mirada.

—Eso es un tanto desafortunado, además de injusto.

—Sabía que diría eso. —Batu soltó una carcajada llena de amargura—. No importa si es justo o no. La armonía debe mantenerse, y su presencia en esta ciudad provocará todo lo contrario. Así que se irá, ya sea por su propio pie o con los pies por delante.

Shin torció el gesto.

—Usted no se anda con miramientos.

—Soy un hombre directo, tal como usted mismo ha señalado.

—¿Y qué me dice de la investigación?

—Los Ide están satisfechos. Los Zeshi y los Shiko… bueno, no importa.

—¿Y los Iuchi?

—Ide Sora habla en nombre de ambas familias en lo que concierne a este asunto. Una paz duradera es lo único que buscan. Seguir rebuscando solo lo complicará todo. —Batu hizo una pausa—. Es una mujer impresionante. Orgullosa. Autoritaria.

Shin lo miró de soslayo.

—¿Le gusta?

Una expresión llena de pánico pasó por el rostro de Batu.

—¿Qué? ¡No! Cómo se atreve… Este no es el momento ni el lugar. ¡Cállese!

—Sí le gusta —dijo Shin, entretenido por la idea.

—¡Silencio! —Batu parecía estar al borde del pánico.

Shin esbozó una sonrisa implacable.

—No. ¿Quiere que le hable bien de usted?

—¡No! Deje de hablar de esto. —Batu se volvió para no mirarlo.

—Tal vez debamos hablar con la señora Umeko. Estoy seguro de que puede organizar algo.

Batu se tapó el rostro con las manos.

—Por favor, cállese.

Shin sonrió todavía más.

—A decir verdad, no me sorprende. Da la impresión de ser capaz de cargar con un caballo por una montaña; tal como a usted le gusta. —Lo decía en serio. Sora era una mujer fuerte, del tipo con el que podía imaginar a Batu. No alguien que fuera a burlarse de él, sino alguien que encaraba la vida con la misma filosofía.

—No la insulte solo para fastidiarme —dijo Batu, todavía con el rostro tapado.

—No era un insulto. La fuerza es atractiva, solo a un idiota no se lo parecería. —Shin se inclinó—. Con esta sí le doy mi aprobación —dijo en voz baja, casi en un susurro.

—Gracias —musitó Batu con amargura.

Shin decidió darle algo de espacio.

—Creo que pondría a toda la ciudad en buena forma en un par de meses.

—¿Podemos dejar de hablar de esto?

—Vale.

Batu soltó un suspiro.

—Gracias.

—Por ahora. Una vez se haya resuelto el problema, pretendo retomar donde lo hemos dejado.

Batu meneó la cabeza, horrorizado.

—Si le pido que lo deje estar, se negará, por supuesto —dijo tras unos momentos.

—Por supuesto. ¿Me lo pedirá?

—No. La primera regla de un juez es no dar una orden que se sabe que no se va a seguir. —Suspiró y se pasó los dedos por el cuero cabelludo—. Dicho eso, no sé por dónde puede seguir desde aquí. Las familias ya no tienen ninguna razón para hablar con usted. De hecho, tienen todas las razones del mundo para no hacerlo. En especial el señor Shijan.

Shin restó importancia a sus palabras con un gesto.

—¿Cree que Yuzu dijo la verdad?

—¿Por qué me lo pregunta a mí? —gruñó Batu—. Es usted quien afirma ser un investigador.

Shin soltó una carcajada.

—Sí dije eso, ¿verdad? Por suerte, ya no requiero de su cooperación. —Dirigió la mirada hacia las laderas—. Ya he averiguado todo lo posible de ellos, pero sigo convencido de que el asunto no se ha resuelto. Alguien ha tratado de matarme. Incluso si no creyera que sucede algo más, continuaría. Los intentos de asesinato, en especial los torpes, me molestan.

—A mí también. Imagine qué dirían de mí si usted hubiera muerto.

Shin volvió a reír.

—Su sentido del humor parece estar poniéndose en forma.

—No pretendía ser gracioso. —Batu frunció el ceño—. Podría haber muerto de verdad, ¿sabe?

Shin no dijo nada. Batu gruñó por lo bajo y meneó la cabeza.

—Y ahora, ¿qué? —preguntó el juez.

Shin se apartó de la barandilla.

—Ahora hablaré con Reiji.

—Espero que tenga más suerte de la que tuve yo.

Shin salió hacia la parte trasera de la vivienda, en dirección al edificio exterior en el que los prisioneros estaban encerrados. Habían encendido las linternas, y varios guardias armados estaban de patrulla. Kasami los acompañaba, puesto que había decidido recorrer los terrenos de la mansión por si algún otro asesino estaba al acecho.

Cuando lo vio, Kasami lo fulminó con la mirada.

—Debería estar dentro. ¿Qué hace aquí? —Avanzó hacia él a grandes zancadas. Seguía ataviada en su armadura completa, a pesar de que iba en contra del protocolo—. ¡Vuelva a entrar de inmediato!

—Tengo que hablar con Reiji.

—Me da igual. ¡Alguien ha intentado matarle!

—No es como si fuera la primera vez —protestó Shin. Kasami se ruborizó, y Shin se apresuró a continuar—. Acompáñame si quieres, no creo que Reiji resulte ser una gran amenaza, pero nunca se sabe. —Pasó por su lado antes de que Kasami pudiera protestar más y siguió avanzando hacia el edificio exterior. Los guardias se apartaron de su camino con rapidez.

El interior del edificio estaba iluminado aquella noche, seguramente por el bien de Reiji. En su celda, Ruri estaba entonando una canción suave y melodiosa sobre amores perdidos y encontrados. Se quedó callada cuando se acercaron y le hizo un ademán con la cabeza a Shin.

—Pronto serás libre —dijo él, tras devolverle el gesto.

—Pero no hoy.

—No, hoy no. —Shin se volvió. Reiji tenía la mirada clavada en él desde el interior de su propia celda. Shin hizo un gesto, y Kasami retiró la barra de hierro que mantenía la puerta cerrada. Reiji dudó y luego retrocedió. Shin lo siguió hasta el interior de su celda—. Muchas gracias por acceder a responder a mis preguntas. Tiene mi más sincero agradecimiento.

—No he accedido a nada —dijo Reiji.

—Contestará a sus preguntas o le… —empezó a decir Kasami. Shin hizo un gesto, y ella se calmó. Reiji se lamió los labios, nervioso. Shin sonrió.

—Las responderá porque es por su propio bien. Las responderá porque, si no lo hace, seguirá encerrado aquí hasta que decida responderlas.

—No puede dejarme aquí encerrado para siempre.

Shin asintió.

—Cierto. Pero sí podemos hacerlo durante varios días. Aunque es posible que eso le parezca bien, dado lo que le espera si lo devolvemos a su familia.

Reiji lo miró en silencio, y Shin asintió como si hubiera dicho algo.

—Hizo que fuera bastante difícil encontrarle. No lo suficiente, claro. Nosotros le encontramos, y también esos hombres que lo atacaron. Y puede que vuelvan a hacerlo, y entonces Kasami no estará allí para salvarle la vida. —Shin lo miró de cerca—. ¿Les conoce? A quienes le atacaron.

—No los había visto en mi vida.

—¿Por qué cree que querían matarlo?

Reiji se encogió de hombros como si quisiera aparentar que no le preocupaba.

—Quizá querían robarme. Todos los *heimin* son iguales. Ven a un miembro de la nobleza y piensan que es rico.

—No creo que quisieran robarle. Creo que querían matarlo. De hecho, diría que habían ido allí específicamente para hacer eso.

—Tonterías.

—Alguien intentó matarme a mí también.

—Eso sí me lo creo —le espetó Reiji.

Shin esbozó una sonrisa.

—Sí, bueno, sea como sea, parece que hemos hecho enfadar a la misma persona. Me gustaría tratar de averiguar de quién se trata antes de que lo intente una vez más. Para tal fin, lo mejor sería que usted respondiera a mis preguntas.

Reiji vaciló antes de decir:

—Vale. Pregunte.

—Bien. Hábleme del señor Gen.

Reiji lo fulminó con la mirada.

—Éramos amigos.

—Usted le debía dinero.

—¿Quién le ha dicho eso? —exigió saber Reiji.

—¿Es cierto?

—Tal vez.

—¿Cuánto?

—Más de lo que podría llegar a devolverle —repuso Reiji a regañadientes—. Me prestaba dinero cuando lo necesitaba. Y yo se lo devolvía cuando podía. Cuando él me lo pedía.

—Si no tenía dinero, ¿cómo le devolvía lo que le prestaba? Reiji volvió a dudar.

—Con favores —dijo finalmente—. Bueno, solo fue uno.

—¿Cuál?

Reiji apartó la mirada, y Shin se echó hacia delante.

—No puedo serle de ayuda si no habla conmigo. Y, si no me equivoco, necesita mucha ayuda. ¿Cuál fue el favor?

—Convencí a mi padre de que Aimi debía casarse con Gen. —Reiji se desplomó y se deslizó por la pared de la celda hasta quedar sentado—. Eso habría solucionado los problemas de todo el mundo. —Torció el gesto—. Pero, cómo no, Aimi no lo veía así. Mi hermana no le hacía ni caso, y eso, para un hombre como Gen, era un insulto. Cuando encontré esos poemas, pensé… pensé que por fin había entrado en razón.

—¿Por qué?

Reiji lo miró como si a Shin le acabara de salir otra cabeza.

—Pues porque ella los escribió para Gen. ¿A quién si no se los iba a escribir?

—La señora Aimi no los había escrito —dijo Shin, distraído—. Me sorprende que no notara la diferencia en la forma de escribir. ¿Quién le dijo que los había escrito ella?

Otro titubeo. Shin podía ver cómo giraban las ruedas en la cabeza del joven. No era un idiota rematado, sino tan solo egoísta y poco observador.

—Shijan. Él… bueno, su sirviente, Yo, me dijo que los había encontrado y que eran … una señal de que ya no le desagradaba tanto la idea. De que su intransigencia no era más que una apariencia. Shijan me pidió que se lo contara a Gen, que le mostrara los poemas… —Se quedó callado y miró a Shin con una expresión interrogante—. ¿Por qué me lo pediría si ella no los había escrito?

—Exacto. ¿Y usted por qué le robó documentos a su primo?

—¡No he hecho nada de eso! ¡No soy ningún ladrón! —El asqueo de Reiji ante aquella acusación era real.

Shin frunció el ceño.

—No, no lo hizo, ¿verdad?

El Daidoji recordó las palabras de Yuzu y pensó en las deudas de Shijan y en los documentos que habían desaparecido. Y en el padre que también lo había hecho. En accidentes y sabotajes. Y luego pensó en el propio Shijan: ambicioso, pero fuera de lugar. ¿Qué podría llegar a hacer un hombre así si creía que no tenía otra opción?

Shin dio un paso hacia atrás.

—El señor Batu le liberará mañana bajo custodia de los Zeshi. —Cerró la puerta de la celda, y Reiji se puso de pie de repente.

—¡Espere… no!

—Sí. Estará a salvo aquí, y su seguridad es esencial.

Kasami volvió a colocar la barra de hierro en su lugar. Shin se volvió, y ella lo siguió hasta el exterior.

Batu los estaba esperando fuera.

—Acabo de recibir un mensaje de Ide Sora. El señor Shijan exige la liberación de su primo, y ella está de acuerdo.

—¿Les ha explicado lo ocurrido?

—Aún no he enviado ningún mensaje en respuesta. —Batu se volvió y observó las luciérnagas danzar entre los árboles—. ¿Qué le ha contado?

—Lo suficiente para saber que, si eso ocurre, morirá en unas horas a manos de su primo.

—¿El señor Shijan? —preguntó Batu, mirándolo con incredulidad.

Shin asintió.

—Por desgracia, eso me temo. Fue el señor Shijan quien le dio los poemas de Ruri a Reiji y le animó a mostrárselos al señor Gen.

—¿Por qué? Debía haber sabido lo que iba a pasar.

—Creo que contaba con ello.

—Debemos decírselo a alguien… a Ide Sora. No, lo arrestaré. Esta noche. —Batu hizo un gesto como para marcharse, pero Shin le detuvo.

—Espere.

Batu negó con la cabeza.

—No. Le hemos pillado. Usted tenía razón.

—Si acusa al señor Shijan, ¿qué conseguirá? —se apresuró a decir Shin—. Será su palabra contra la suya, y usted es Iuchi, así que la suya tendrá más peso. Pero ¿qué ocurrirá si Ide Sora lo defiende?

—Un empate —dijo Batu, frunciendo el ceño.

—Exacto. Y se decantarán por ella, dada la importancia de las negociaciones para ambas familias. Debemos contar con testigos, tenemos que llenarlos de testigos. Debemos tener confesiones que rechacen las afirmaciones de inocencia de Shijan.

—¿Qué tipo de confesiones? ¿Por parte de quién?

—De Honestidad-sama, para empezar.

Batu clavó la mirada en él.

—¿Está loco?

—No. Pero ha sido Honestidad-sama quien ha enviado a alguien a matarme, y no tiene ninguna razón para hacerlo, a menos que alguien le haya pagado. Y lo mismo ocurre con los atacantes de Reiji. No me sorprendería saber que han planeado más asesinatos.

Batu meneó la cabeza.

—Pero ¿qué provecho saca él de todo esto?

—Buena pregunta. —Shin se quedó callado unos instantes—. ¿Las negociaciones van a concluir mañana?

—Así es.

—¿Dónde?

—No… no lo sé. Imagino que en la finca de los Shiko.

—Y todos estarán allí, ¿verdad?

—Sí, ¿por qué?

—Si quisiera perturbar las negociaciones, una reunión con todos los miembros de ambas familias me parecería un regalo de las Fortunas. ¿Qué ocurriría si uno o varios de ellos murieran durante dicha reunión? —Shin miró a Batu—. El señor Shijan, si es que se trata de él, ya ha demostrado ser capaz de contratar a asesinos a sueldo para que hagan el trabajo sucio por él. ¿Qué le impide volver a hacerlo?

—Está claro que vería que es inútil intentarlo. Tendrán guardias...

—Los guardias se pueden sobornar o matar. Y hay otros métodos a su alcance más allá de abrirse paso a la fuerza. El veneno, por ejemplo.

—¿Veneno?

—En la comida. El resultado será el mismo si lo hace con sutileza o con brutalidad: confusión, caos, y ambos bandos en busca de alguien a quien culpar. —Shin esbozó una sonrisa de satisfacción—. De verdad no le podría haber salido mejor. ¿Qué ocurriría si, por ejemplo, una Ide de alta posición social muriera ahí?

Batu se puso pálido.

—No osaría. Nadie podría ser tan... tan desvergonzado.

—Tal vez no. Tal vez usted tenga razón. Pero ¿y si no la tiene? —Shin se volvió, cruzando las manos sobre su pecho—. Tengo una sugerencia, si quiere escucharla.

Batu se frotó el rostro con los ojos cerrados.

—Cuénteme.

—Sugiera celebrar la última reunión aquí. Así podrá mantener vigilado a Reiji esta noche.

—Jamás accederán a eso.

—¿Y si les dice que dictará sentencia a Katai Ruri en la reunión? Así ambos bandos podrán oírla en persona y quedarse satisfechos con su decisión. No podrán resistirse al drama de ello, si no me equivoco. —Shin esbozó una enorme sonrisa—. A mí personalmente me costaría mucho hacerlo.

Batu le dedicó una mirada cargada de sospecha.

—¿Qué se trae entre manos?

—Solo quiero resolver todo esto, Batu, y de un modo en el que su familia aprecie la posición que en realidad debería tener. —Shin le sonrió—. A decir verdad, todo esto es por su bien. Podría darme las gracias… aunque me disculpará si no me hago muchas ilusiones.

—¿Y qué pretende hacer usted mientras lo organizo todo?

Shin sonrió.

—Pretendo hacerle una visita a Honestidad-sama y descubrir por qué ha tratado de matarme.

CAPÍTULO VEINTISIETE
Apuesta

—¡Ha intentado matarme!

Yuzu estaba furioso. Emiko nunca había visto al mercader así, pues normalmente era imperturbable.

—Es inaceptable —rugió, antes de darle un manotazo a una partición.

En aquella ocasión, se estaban reuniendo en la sala trasera de un *onsen*. Emiko podía oler el sulfuro y saborear la humedad en el ambiente. Oía cómo los tablones del suelo crujían en algún lugar cercano mientras los bañistas se dirigían al agua.

No era su lugar favorito para reunirse, pues contenía demasiados olores y sensaciones, pero no podían reunirse en el mismo lugar dos veces seguidas. Era demasiado peligroso, en especial en aquellos momentos.

La ciudad estaba enardecida por lo que había ocurrido, y los soldados del juez se encontraban en cada esquina y registraban a cualquier persona que les pareciera mínimamente sospechosa. Aquello incluía a las músicas invidentes. Emiko sabía quién era el responsable de todo y sintió una punzada de molestia consigo misma por no haber lidiado con él cuando había tenido la oportunidad. En aquellos momentos, todo por lo que habían trabajado estaba en peligro, y todo porque un hombre no había sido capaz de hacer lo que le habían ordenado.

—El objetivo era el Grulla, no tú —dijo Fumihiro, amonestando a Yuzu. Emiko podía oír la sonrisa en la voz del mercader noble mientras hablaba. Pese a que a Fumihiro le había hecho mucha gracia el roce con la muerte de Yuzu, a Emiko no tanto. Por mucho que no pudiera ver, no era ciega para lo que realmente importaba.

Tashiro les había contado que Shijan se traía algo entre manos. ¿Por qué si no iba a contratar a hombres para matar al Grulla y a su propio primo? Aquellas no eran las acciones de alguien que pretendía pasar desapercibido hasta que las cosas se calmaran. Se preguntó si no habría sido mejor matarlo en el santuario.

—No creo que los asesinos a sueldo hagan tales distinciones. Era un testigo. Me habría destripado sin pensárselo dos veces si el Grulla no hubiera intervenido. —Yuzu hizo una pausa para recobrar el aliento—. Esto ha durado demasiado. Debemos pasar a la acción.

—¿Qué propones? —gruñó Eiji—. Fuiste tú quien nos aconsejó no hacer nada, dejar que él fuera a lo suyo. Ahora no puedes quejarte por eso.

—Y, aun así, aquí estoy, quejándome. En cuanto a lo que propongo, es simple... Lo matamos. Ahora. Hacemos que desaparezca al igual que hemos hecho que otros desaparezcan.

En el silencio que siguió a esa propuesta, Emiko supo que se había convertido en el centro de atención. Esbozó una leve sonrisa y negó con la cabeza.

—Hay demasiados ojos puestos en él ahora mismo, con las negociaciones a punto de concluir. Que desaparezca solo llamaría más la atención. Y eso sigue siendo algo que queremos evitar, ¿no?

—Tiene razón —dijo Fumihiro.

—Y Yuzu también —interpuso otra voz. Ichika. La *geisha* hablaba con suavidad, con una voz amable y melodiosa—. Nuestro amigo ya no es nuestro amigo. Es una roca que amenaza con arrastrarnos hasta el fondo. Debemos dejarle ir.

—Como he dicho, lo matamos —dijo Yuzu.

—Sería lo suficientemente fácil. Tenemos a alguien en su

casa que puede encargarse de ello. Podemos asegurarnos de que las pruebas sobre sus deudas y otras prácticas desagradables lleguen a manos del juez para que parezca que ha sido un asesinato por venganza. —Emiko soltó un suspiro y negó con la cabeza a modo de burla—. Todo el mundo sabe que los criminales de Owari del norte matan a cualquiera, sea cual sea su posición social.

—Buena idea —dijo Yuzu con aprobación.

—¿Y qué ocurre si escapa? —rebatió Eiji—. ¿Qué hacemos entonces, eh? ¿Le damos caza o dejamos que escape?

Otra larga pausa siguió a su pregunta. Emiko escuchó los murmullos y susurros de sus compañeros viajeros. Si fuera por ellos, discutirían sobre el asunto hasta el fin de los tiempos. Consideró no decir nada más, pues, en su opinión, había hecho suficiente. Aun así, la Gran Obra nunca cesaba, y todos debían contribuir a ella.

Dio un golpe al suelo con el bastón. El sonido resonó por la sala, y se hizo el silencio. Emiko alzó la cabeza.

—Hay peligro aquí, pero también oportunidades.

—Continúa —la animó Ichika. Sonaba entretenida. Emiko se preguntó si ella también se habría percatado, porque estaba claro que los demás no lo habían hecho.

—Si ya no es nuestro aliado, estará desesperado por ocultar su complicidad —dijo Emiko—. Al intentar hacerlo, es probable que juegue a nuestro favor sin querer. Así que dejemos que elabore sus planes y se meta en líos él solo. Haga lo que haga, sacaremos provecho de ello. Luego, cuando haya jugado sus cartas, atacamos. Cortamos la cuerda y dejamos que el peso de su justicia caiga sobre él y solo sobre él.

Alguien carraspeó… Tashiro. Había sido el último en llegar.

—Hay otra complicación más. El Grulla… ha hecho saber durante las últimas horas que desea hablar con Honestidad-sama.

—¿Y? —preguntó Yuzu.

—Honestidad-sama no está dispuesto a escuchar; de hecho, creo que pretende matar al Grulla como advertencia a los demás, como mínimo.

—Eso sería desafortunado —se apresuró a decir Yuzu—. La muerte del Grulla provocaría más investigaciones, y por parte de su clan, para colmo.

—Estoy seguro de que la culpa recaería sobre los Unicornios —dijo Eiji, quien sonaba complacido—. La muerte del Grulla les perjudicaría a ellos.

—O a nosotros —dijo Yuzu—. En especial si se establece alguna conexión con nuestro *bushi* domesticado, o, mejor dicho, con el *bushi* que estaba domesticado.

Fumihiro soltó un resoplido.

—¿Y cómo ocurriría eso? ¿Planeas contárselo tú?

—Solo digo que la muerte del Grulla nos expondría a un peligro mayor —gruñó Yuzu—. Y parece todo un desperdicio, además.

—¿Qué quieres decir? —preguntó Ichika.

—Que el Grulla podría ser un candidato al que reclutar —dijo Emiko.

Se hizo el silencio. El reclutamiento era una preocupación grave: era algo necesario, pero también peligroso. Si bien la secta no podía sobrevivir sin ello, cada nuevo recluta tenía el potencial de poner en peligro todo por lo que habían trabajado. Tenían que observarlos de cerca, desafiarlos y probarlos, y, por último, los otros miembros tenían que llegar a una decisión unánime para permitirles entrar. Si fracasaban durante algún momento del proceso, se deshacían de ellos.

—¿Por qué no lo compramos como hicimos con el Zeshi? —preguntó Fumihiro—. Es mucho más simple y eficiente.

—Pero mira dónde nos ha llevado eso —dijo Yuzu, mordaz—. No, el Grulla tiene potencial, pero solo si sobrevive a lo que sea que Shi... que nuestro amigo haya planeado.

—O tal vez te has encariñado porque te salvó de que te cortaran ese cuello enorme que tienes —le espetó Fumihiro—. Fuiste tú quien nos dijo lo peligroso que era el Grulla. Él es la amenaza de verdad aquí, no ese idiota de Shijan. —Un murmullo ahogado siguió a aquellas palabras, y Fumihiro soltó un resoplido—. Oh, por favor. Prácticamente nos hemos deshecho del Zeshi ya. Podemos llamarlo por su nombre.

—El Grulla es una amenaza —dijo Ichika. Emiko oyó que Yuzu emitía un sonido de protesta que se reprimió al instante, y la *geisha* continuó—. Pero tal como ha dicho Emiko, en el peligro hay oportunidades. Y un gran peligro conlleva una gran oportunidad.

Emiko sonrió.

• • •

Shijan se quedó mirando por la ventana las luces que había más abajo. La ciudad. Su ciudad, dentro de poco. Si su apuesta salía bien. Pensó que se le debía una victoria. Con suerte, las Fortunas estarían de acuerdo. Si bien había sido una lástima que su jugada inicial hubiera fracasado, por supuesto, no se podía esperar que todo fuera a pedir de boca en lo que concernía a los juegos de engaños y muerte.

Oyó que Yo entraba en la sala por detrás de él y soltó un leve suspiro.

—¿Alguna novedad?

—No, mi señor. Su primo sigue bajo custodia.

—Bueno. Quizá sea mejor así, solo se interpondría en mi camino. —Shijan se volvió—. ¿Y Aimi?

—La dama Aimi está en sus aposentos.

—Bien. Nos acompañará mañana. —La petición de Batu para que las negociaciones concluyeran en su casa había sido una preocupación momentánea, pues un cambio de lugar significaba un cambio de planes, pero uno tenía que saber adaptarse.

—¿Está seguro de que eso es lo más sensato, mi señor?

—Es necesario —dijo Shijan, aunque con cierto pesar. Aun así, la victoria no podía conseguirse sin algún sacrificio, y las grandes victorias solían requerir de grandes sacrificios—. ¿Los hombres están preparados?

—Tanto como pueden estarlo unos hombres como esos.

—¿Y saben lo que se debe hacer?

—Si no lo saben, lo sabremos dentro de poco. —Un extraño destello de humor en Yo, quien no solía tener ni una pizca de gracia. Shijan frunció el ceño.

—Eso no será suficiente. Todo debe salir a la perfección o nos arriesgamos a perder todo por lo que nos hemos esforzado. No será suficiente.

—No, no lo será. —Yo hizo una pausa—. Dígame, mi señor, ¿qué sentido tiene todo esto?

Shijan soltó una carcajada.

—¿Y tú me lo preguntas?

Yo guardó silencio, y un breve destello de desconcierto cruzó su rostro. Shijan esbozó una sonrisa de satisfacción.

—Va, va. No te hagas el tonto. Sé a quién sirves de verdad. Sé que no estás aquí por mi bien, sino por el de tus señores invisibles.

Yo inclinó la cabeza.

—Entonces tal vez quiera responder a mi pregunta.

Shijan soltó un resoplido.

—¿Qué sentido crees que tiene, idiota? Cumplir mis fines y los vuestros.

—Sus fines, tal vez —dijo Yo en voz baja—, pero creo que no los nuestros. Le pedimos que pasara desapercibido. Que esperara. Esto no es esperar, y desde luego no pasará desapercibido.

Shijan no devolvió la mirada anodina a su sirviente.

—No lo será, no. Pero servirá a vuestros propósitos de todos modos. Cuando todo esto acabe, a tus compañeros les resultaré más útil que nunca, y me lo agradeceréis.

—No creo que lo hagamos —dijo Yo. Incluso en aquellos momentos le hablaba con respeto. El sirviente ladeó la cabeza, con sus ojos abiertos y honestos fijos en Shijan—. Hemos hecho mucho por usted, Zeshi Shijan, y le hemos pedido muy poco a cambio. Y ni siquiera puede darnos eso.

La ira volvió a él, aunque a decir verdad nunca había desaparecido del todo. Recordó su humillación cuando se percató de que Yuzu le había ganado en una partida de dados. El mercader *heimin* lo había forzado a servirles, como si no fuera más que un plebeyo.

Y luego había sucedido lo peor: la amenaza de revelar su humillación a menos que vendiera información a Honestidadsama; y no solo información sobre las entregas de los Zeshi, sino también las de los Shiko. No sabía cómo Yuzu las había conseguido y no había querido preguntar.

Se había visto atrapado entre dos tigres, obligado a alimentarlos a ambos para que no se lo comieran vivo a él. Obligado a sabotear a su propia familia, además de a los Shiko, para salvarse a sí mismo. No para salvar su vida, sino para ahorrarse la vergüenza que todo ello comportaba. O eso se decía a sí mismo.

Luego había llegado la orden de impedir el matrimonio para agravar la hostilidad entre las familias. Solo que en aquel momento, según parecía, sus misteriosos esclavizadores estaban preocupados por lo que él había hecho. Aún peor: estaban asustados. Y, finalmente, había aparecido una oportunidad para transformar su esclavitud en una ventaja.

—¿Qué es lo que habéis hecho por mí? —exigió saber Shijan, dejando que la ira que sentía se adentrara en su voz—. Amañáis una partida de azar, me endeudáis con un criminal, me convertís en una marioneta… esos no son los regalos que tú crees.

—Dice que no le hemos dado nada. —La expresión de Yo no cambió ni un ápice—. Pero quitamos a su tío de en medio, ¿no es así?

Shijan se quedó callado. Siempre había sospechado que aquel era el caso, pero no estaba seguro. Incluso en aquel momento se preguntó si se trataría de una broma, de una historia conveniente cuyo objetivo era atarlo más aún a ellos.

—No os pedí que lo hicierais.

—Y, aun así, lo deseaba. Esperaba que ocurriera. Como todos los de su calaña, escalaría una pila de cadáveres sin pensárselo dos veces si eso significara disfrutar de un día más en la cima de la montaña de estiércol en la que han convertido esta tierra. —Yo dio un paso hacia él.

—¿Quién eres tú para hablarme así?

—Un hombre libre. Uno que ya no está atado por la falsa cortesía. —Yo avanzó otro pasó más hacia Shijan, y este retrocedió por instinto—. Me ordenaron que observara y escuchara, y eso he hecho. Ahora sé que la Invidente debería haberle matado cuando tuvo la oportunidad.

—Aléjate de mí, Yo. Abandona esta sala y no hablaremos más de esto.

Yo soltó un suspiro.

—Me temo que eso no es posible. Ha perdido su utilidad, mi señor. Me compadezco de usted, aunque imagino que no será capaz de apreciarlo en este mismo momento. Tal vez en la próxima vida. —Metió la mano en su túnica y la volvió a sacar empuñando un cuchillo.

Yo blandió la hoja y se abalanzó sobre Shijan. Por instinto, Shijan desenvainó su *wakizashi* e interceptó un ataque contra su cabeza. Yo se tambaleó un poco, pero recobró el equilibrio con mayor rapidez de la que Shijan había esperado. Se rodearon en círculos.

Si bien Shijan sostenía su espada con incomodidad, las lecciones estaban volviendo a su mente. Yo era rápido, pero, sin el factor sorpresa a su favor, no era más que un plebeyo, no podía soñar con enfrentarse a un *bushi* con una espada y salir con vida. O, al menos, Shijan esperaba que ese fuera el caso.

Apretó los dientes y trató de concentrarse. Yo se deslizó hacia delante con un movimiento ligero y con el rostro fijo en aquella dichosa expresión anodina que siempre había tenido, como si no estuviera llevando a cabo una tarea más ardua que dar un paseo por la calle. Shijan contraatacó, y la desesperación le otorgó velocidad, aunque no precisión.

Sus espadas chocaron en el aire y se deslizaron la una de la otra. Shijan cuadró los hombros y aprovechó el impulso, tal como le habían enseñado sus maestros, para girar en el último momento. Su golpe le abrió la espalda en canal a Yo, y el sirviente ahogó un grito cuando la fuerza del golpe lo lanzó al suelo. Su espada se le deslizó de la mano.

Algo sobresaltado por lo repentina que había sido su victoria, Shijan solo fue capaz de quedarse mirando a su contrincante, quien tanteaba con debilidad en busca de su arma. Entonces el frío cálculo del momento volvió a asentarse. Shijan alzó su espada e hizo que la cabeza de Yo saliera rodando de su cuerpo con un solo corte irregular.

Entre jadeos, levantó su espada y examinó la sangre que recorría su escasa longitud. Nunca había matado a nadie antes, algo que siempre lo había hecho sentirse avergonzado en secreto.

No era tan complicado como se había imaginado.

Conforme limpiaba la espada, sintió un extraño alivio. Se decía que había cierta claridad en la muerte, aunque sospechaba que no era eso a lo que se referían.

Ya no había vuelta atrás. Todo se decidiría con un último lanzamiento de dados.

Ganara o perdiera, la partida acabaría al día siguiente.

CAPÍTULO VEINTIOCHO
Reuniones

—Esta tiene que ser la mayor estupidez que haya cometido jamás —dijo Kasami, y Shin asintió, de buen humor.

—De momento —la corrigió él—. Que haya cometido de momento. —Alzó la mirada. La Diosa Sol cabalgaba bien alto en el cielo—. No nos apresuremos. Después de todo, el día acaba de empezar.

Batu había estado en contra, por supuesto, pero solo contaban con un breve lapso de tiempo en el que averiguar algo que les fuera de utilidad. De lo contrario, Shijan se les podría escapar, al menos con su reputación intacta. Si bien Shin había considerado otras opciones para derribarlo, entre ellas una violenta campaña de rumores, pensó que lo que había decidido sería más satisfactorio a la larga.

Shijan había tratado de empuñar la espada de la justicia rokuganí para sus propios fines, y en aquel momento ellos planeaban blandirla para acabar con él. ¿Qué otro final para aquella historia en particular sería mejor que ese?

Para tal fin, Shin había dado a conocer por toda la ciudad, mediante la sorprendentemente extensa red de informantes de Batu, que quería hablar con Honestidad-sama sobre un asunto urgente.

—Hay peores modos en los que emplear mi tiempo —dijo—. Podríamos estar escuchando cómo los señores Shijan y Koji discuten sin cesar en lugar de disfrutar de un paseo matutino.

Kasami soltó un gruñido y miró a su alrededor. Se encontraban en un callejón de Owari del norte, no muy lejos de la Liebre de Jade. El mensaje había llegado aquella mañana, a través de ciertas rutas que solo los informantes de Batu conocían: Honestidad-sama estaría encantado de recibir la visita del señor Shin. Si el honorable Grulla fuera tan amable de encontrarse con un representante en una localización acordada, lo conducirían hasta Honestidad-sama de inmediato.

—Es una trampa.

—Claro —dijo Shin, olisqueando el ambiente—. Una bastante obvia. Es astuta, de un modo un tanto pueblerino. Si voy, me llevarán como a un cerdo a la matanza. Si no, siguen mandando el mensaje que quieren transmitir: con Honestidad-sama no se juega.

—Entonces, ¿por qué estamos aquí?

—Porque pretendo jugar con él.

Kasami meneó la cabeza y apartó la mirada.

—Es una estupidez.

—No. Es curiosidad. Es con eso con lo que estoy contando. Honestidad-sama sabe algo, pero yo también. Como todo buen criminal, querrá saber cuánto sé y a quién se lo he contado.

—O tal vez se limite a matarle directamente, por si acaso.

—Bueno, para eso estás tú aquí.

Kasami frunció el ceño y se negó a mirarlo.

—A veces me resulta agotador.

—El cansancio es bueno para el alma.

La *yojimbo* lo miró de reojo.

—¿Eso es algo que ha leído en uno de sus libros?

—Sí, ¿por qué?

—Porque solo saca ese tipo de tonterías de ellos.

Shin sonrió.

—Sí, bueno, no todos podemos subsistir a base de arroz y deber. Algunos de nosotros necesitamos alimentos más sustanciales, tanto de forma literal como figurada. —Shin entrevió al *ronin* que acechaba en el lado opuesto de la calle; no podía ser otra cosa, dado su kimono y las espadas que llevaba. Shin le dio un codazo a Kasami, quien asintió.

—Lo he visto hace un rato. Debería prestar más atención a sus alrededores. —Kasami pasó por su lado y se interpuso entre el Daidoji y el *ronin* que se acercaba a ellos—. Ni un paso más.

El *ronin* se detuvo. Era alto y de aspecto saturnino. Su kimono no llevaba ningún sello y era del color del polvo.

—¿Usted es el Grulla?

Shin se miró su kimono azul, como si quisiera comprobarlo.

—Eso creo.

—Bien. Venga. —El alto *ronin* hizo un ademán con la cabeza—. Por aquí.

—¿Adónde vamos?

—Usted quería ver a Honestidad-sama. —El *ronin* ya se estaba alejando por la calle—. Le llevaré hasta él.

—¿Y cómo te llamas? —preguntó Shin, siguiéndolo.

—No tiene importancia.

—Discrepo.

El *ronin* lo miró de soslayo.

—Tashiro —dijo, casi a regañadientes.

—Es un placer conocerte, Tashiro.

El *ronin* soltó un gruñido, pero no contestó. Shin miró a Kasami.

—No es muy hablador, ¿eh?

Kasami respondió con un gruñido, con los ojos fijos en la espalda de Tashiro, y Shin soltó un suspiro.

Tashiro les condujo por todo un circuito de callejones y calles laterales, lejos del flujo principal de transeúntes. A Shin le recordó cuando se dirigía a los bastidores del Teatro del Fuego Fatuo. Vio a niños persiguiéndose entre ellos a través de calles polvorientas, mendigos congregados en el sotavento de los edificios altos y carros de estiércol que traqueteaban al avanzar.

Llegaron por fin a uno de los almacenes bajos y robustos que marcaban el lugar en el que la ciudad empezaba a deslizarse hacia las laderas. Esos almacenes eran muy distintos a los que Shin estaba acostumbrado, pues eran poco más que cabañas cerradas cuyo objetivo era proteger lo que contenían hasta que pudieran trasladarse hasta las laderas. Tashiro hizo un ademán con la mano.

—Ahí.

—¿Dentro?

Tashiro asintió. Cuando entraron, Shin se percató de que no había juzgado bien el tamaño del lugar: lo habían construido en la cara de la montaña, y se extendía mucho más de lo que había imaginado. El almacén estaba vacío salvo por algunas pilas de lonas y madera que algún antiguo propietario había dejado allí. Shin imaginó que Honestidad-sama era el propietario del edificio en aquel momento, pues, según Batu, poseía varias propiedades como aquella.

—Esto no me gusta —murmuró Kasami—. Este es un buen sitio para una emboscada.

Shin se encogió de hombros.

—La calle también, o los callejones.

Tashiro los condujo hasta la parte trasera del edificio, donde una pesada puerta de madera se había colocado en la cara de la montaña. El *ronin* llamó una sola vez y arrastró la puerta para abrirla. La sala que había al otro lado era oscura y apestaba a polvo y humedad. Shin miró de reojo a su escolta.

—¿Ahí? —preguntó, dudando.

—¿Dónde si no?

—¿En algún sitio un poco mejor iluminado, tal vez? ¿Con un lugar para poder tomar té?

El *ronin* soltó un resoplido.

—Es una guarida para una conspiración criminal, no una sala de recepciones. Entre o márchese de aquí.

Shin frunció el ceño y miró a Kasami. Ella asintió sin decir palabra, con la mano colocada sobre la empuñadura de su katana. Tashiro la vigilaba de soslayo, como si estuviera calculando cuántos problemas podría causar. Shin estaba seguro de que cualquier conclusión a la que hubiera llegado sería la equivocada. Soltó un suspiro y entró en la sala.

A pesar de la falta de luz, sabía que no estaba a solas en la sala. Al menos había cuatro personas acechando entre las sombras, tal vez más. Sintió una punzada de incertidumbre; tal vez sí había sido una mala idea de verdad. La puerta se cerró tras él, lo que le impidió seguir viendo a Tashiro y a Kasami, y Shin contuvo las ganas de darse la vuelta cuando se quedó totalmente a oscuras.

—Bueno, supongo que usted será Honestidad-sama —dijo en voz alta.

Una leve carcajada fue la única respuesta. Luego el siseo de una llama, cuando una cerilla se encontró con una mecha. Iluminado bajo el tenue brillo de una sola vela, apareció un rostro conocido.

La mujer ciega sonrió.

—Nos volvemos a encontrar, mi señor.

• • •

Batu soltó un suspiro cuando las negociaciones se adentraron en su tercera hora. Estaba sentado en su lugar de costumbre y se esforzaba por no dejarse caer o encorvarse conforme la interminable discusión roía su disminuida paciencia. Pese a que había creído que el asunto ya estaba resuelto, parecía todo lo contrario, como si no hubiera una sola manzana de la discordia, sino un manzano entero.

Había preparado una mesa baja para que sus invitados pudieran sentarse a su alrededor, lo que implicaría que había una igualdad de posiciones y estimas; había sido idea de Shin, por supuesto. Ide Sora estaba sentada cerca de él y se abanicaba para combatir el calor. La mujer estaba observando la discusión entre

Shijan y Koji con una expresión de satisfacción entretenida. Umeko, la casamentera, estaba sentada justo por debajo de ella.

Había otras personas en la reunión: Himari, quien siempre estaba al lado de su marido; Aimi y Reiji, ambos con aspecto impaciente; la dama Nishi y el señor Mitsue; además de la abundancia de sirvientes de siempre, quienes atendían a las necesidades de sus señores. La dama Sora había llevado consigo a sus propios sirvientes, y estos estaban arrodillados a una distancia respetuosa de ellos y transcribían todo lo que se decía.

Ambos bandos solo habían traído consigo a la escolta mínima permitida como muestra de buena fe. La mayoría de ellos eran *ashigaru*, y todos esperaban fuera, a una distancia segura entre ellos y observando la casa. Los sirvientes *bushi* estaban en las escaleras, justo al otro lado de las puertas principales, bajo la mirada atenta de su *yoriki*. Había menos tensión de la que había imaginado en un principio.

Para tratar de distraerse a sí mismo, repasó los preparativos mentalmente. Nozomi estaba patrullando el terreno de la casa junto con otros *yoriki*. Los *doshin* estaban desperdigados por todo el recinto y protegían las entradas y a la prisionera. Cuando las negociaciones hubieran concluido, ordenaría que condujeran a Ruri hasta la sala para que pudiera dictar su sentencia frente a las partes reunidas.

Después de aquello… bueno, todo dependía de Shin. Batu se había opuesto a que fuera a ver a Honestidad-sama. Había temido que no hubiera nada que averiguar allí, pero Shin ya se había decidido. Lo que averiguara podría usarse como prueba de lo sucedido. Batu volvió a dirigir la mirada hacia Shijan.

El Zeshi no parecía nervioso ni molesto. De hecho, parecía tranquilo, lleno de compostura. Como si se hubiera quitado un gran peso de encima. Aun así, parecía estar sumido en cierta expectativa. Si bien ello podría deberse a las negociaciones, Batu pensaba que no se trataba de eso. Estaba seguro de que Shijan se traía algo entre manos.

Llevó la mirada a uno de los sirvientes, arrodillado detrás de Shijan. Había algo en aquel hombre que le resultaba familiar… ¿Dónde lo había visto antes? Sabía que no era el sirviente usual de Shijan. Se preguntó qué le habría ocurrido al *heimin* de rostro anodino.

—Está frunciendo el ceño —dijo Ide Sora desde detrás de su abanico.

Batu se inclinó hacia ella.

—Pensaba que ya estaba todo decidido, salvo las formalidades. ¿Me equivocaba?

Ella no lo miró.

—Estas son las formalidades. Todos los detalles ya se han organizado, ahora todo lo que queda es decidir la fecha y el lugar.

—¿Así que están discutiendo sobre quién tiene el privilegio de organizar la boda?

—Sí. ¿No estaba escuchando?

—No.

Sora lo miró de reojo.

—Parece distraído.

Batu dudó antes de contestar. ¿Cómo podía explicárselo? Así que no dijo nada. Sora esbozó una sonrisa gélida.

—Me sorprendió que ofreciera su hogar como territorio neutro. Pensaba que se quería alejar del asunto.

—El señor Shin me convenció de que no lo hiciera.

—Ah, el Grulla. Ahora tiene sentido. ¿Esperaba mejorar su menguante reputación?

Batu soltó un gruñido, distraído.

—Nunca me ha preocupado mucho mi reputación. —Las palabras salieron de sus labios antes de que las pensara bien, y se ruborizó. Sora apartó la mirada.

—No, ya lo imaginaba. Por todo lo que he oído sobre usted, esperaba una bienvenida más brusca. Me sorprendió su… amabilidad efusiva antes.

—Es un asunto importante. No pretendo ser quien lo lleve todo a la ruina.

Sora asintió.

—Aun así, ha permitido que el Grulla picotee por ahí.

Batu casi soltó una carcajada.

—Si quiere tratar de detenerle, por mí adelante.

Sora frunció el ceño.

—A todo esto, ¿dónde está? Esperaba encontrarle por aquí.

—Oh, está picoteando por alguna parte.

—¿Es eso una broma?

Batu guardó silencio unos segundos antes de contestar.

—Supongo que eso depende de cómo quiera tomársela.

Sora meneó la cabeza.

—Humor Iuchi. —Devolvió su atención a las negociaciones—. Me alegra ver que decidió liberar a Reiji, en especial cuando no tenía ninguna causa para retenerlo.

—Soy juez, esa es toda la causa que necesito.

—Cuanto más se apoye en esa autoridad, más débil se vuelve.

—¿Aún pretende presentar una queja formal? —formuló la pregunta con brusquedad, con la esperanza de sobresaltarla, y le salió bien, pues ella le dedicó una mirada curiosa.

—No —contestó ella finalmente.

—¿Por qué?

—Ya no serviría de nada.

Batu asintió y se enderezó.

—Bien. Ya tengo suficientes problemas.

Sora emitió un sonido que podría haber sido una risa contenida, y Batu sintió una satisfacción momentánea. Shin no era el único que sabía flirtear.

—¿Qué hay de la guardaespaldas? —preguntó ella tras recobrar la compostura.

—La liberaré cuando todo esto acabe.

—Y la desterrará, o eso espero.

Batu frunció el ceño.

—Sí.

Sora asintió.

—Será lo mejor. —Dirigió la mirada hacia Aimi—. La chica no estará contenta.

—Hace mucho tiempo que no lo está —dijo Batu con cierta compasión.

—La felicidad es un regalo, no un derecho —murmuró Sora, y Batu la miró.

—Eso mismo pensaba yo. —Iba a continuar hablando, pero lo interrumpió un grito que provino del exterior. Solo uno, y acabó de repente. Batu se tensó y vio que Shijan hacía lo mismo.

—¿Qué ocurre? —preguntó Sora.

—No lo sé. —Se medio levantó de su tarima y percibió el olor a humo en el ambiente. Algo cercano estaba ardiendo.

—Quédese aquí.

Rodeó la sala y se acercó a las puertas. En el exterior, el humo llenaba el pasillo. Había cadáveres en el suelo, y dos hombres, vestidos como los sirvientes de los Zeshi, se acercaron a él espada en mano. Se volvió con rapidez para gritar una advertencia y notó que algo le perforaba el costado. Cuando cayó al suelo, vio que el sirviente de Shijan se levantaba de detrás de su maestro, sosteniendo un cuchillo.

Lo último que oyó fue el grito de la dama Sora.

CAPÍTULO VEINTINUEVE
Acuerdo

—Creo que tú no eres Honestidad-sama —dijo Shin. La luz de la vela no se extendía mucho más allá de sus inmediateces, por lo que no podía ver los rostros de las otras personas que se encontraban en la sala con ellos ni cuántos eran, algo que sin duda habían organizado a propósito.

—¿Por qué? ¿Porque soy ciega o porque soy mujer?

—Porque eres demasiado bajita.

La mujer se quedó en silencio, y su rostro se arrugó en una expresión confusa.

—¿Cómo?

—Eso mismo. Estabas en Dos Pasos cuando atracamos con nuestro barco. Ahora te recuerdo. Y luego en mi cena de bienvenida. Kasami también mencionó haberte visto. —Echó una mirada en dirección a la puerta—. Confío en que tu compañero no trate de hacerle daño.

La mujer ladeó la cabeza.

—Impresionante. Y ella está totalmente a salvo.

Shin frunció el ceño, aunque aceptó sus palabras. Tampoco podía hacer mucho más en aquel momento.

—Creo que no me dijiste tu nombre la última vez.

Ella lo miró extrañada.

—Emiko.

—Un nombre encantador. ¿Y quiénes son tus amigos? —Miró más allá de ella, a la oscuridad—. ¿No me dirán sus nombres?

—No —dijo una mujer, en una voz tan baja que Shin casi no llegó a oírla—. No es su derecho saber nuestros nombres. Pero nosotros sí sabemos el suyo, Daidoji Shin.

—Eso no me impresiona demasiado. Mi fama me precede. —Shin volvió a centrar su atención en Emiko—. ¿Qué está pasando?

—Le estamos salvando la vida. Honestidad-sama lo habría matado.

—Estoy al tanto de que lo habría intentado.

Otra pausa por parte de Emiko.

—En ese caso, ¿por qué ha venido?

—Por lo que podría haber dicho antes de intentar una estupidez como esa. —Shin soltó un suspiro teatral—. De lo único de lo que me habéis salvado ha sido de conseguir las últimas pruebas que necesitaba contra el responsable de una gran cantidad de problemas. —Aplaudió con ironía—. Muy bien hecho.

—Nos insulta —dijo una voz refinada. Era un tono de la corte, aunque con un atisbo de aspereza provincial. Shin siguió el sonido de aquella voz.

—¿Es un insulto afirmar un hecho? Yo creo que no. Pero no me gusta hablarle a la oscuridad. Mostrad la cara y conversemos como personas civilizadas.

Emiko negó con la cabeza.

—No.

—¿Por qué?

—Porque usted es quien es y nosotros somos quienes somos.

Shin lo consideró.

—¿Pero a ti no te da miedo mostrar la cara?

—Yo no soy importante —dijo ella—. Soy solo una parte de un conjunto más grande. No tema, no pretendemos hacerle daño.

Shin soltó un resoplido, fastidiado por todo el drama, aunque se alegraba de que la muerte no estuviera en el orden del día.

—Maravilloso. Es una conspiración, entonces. ¿Y qué queréis?

—Decirle lo que quiere saber. El nombre del responsable —dijo una nueva voz, amortiguada, aunque le resultaba familiar igualmente.

—Zeshi Shijan —dijo Shin, y esbozó una sonrisa cuando sus palabras provocaron un silencio de sorpresa—. Estoy al tanto de la perfidia de Shijan. Es solo que necesito pruebas: un testigo, una confesión, lo que sea. —Entornó los ojos—. Os lo preguntaré una vez más, ¿quiénes sois?

—Nuestras identidades no tienen importancia —dijo la mujer entre las sombras.

—Discrepo. Yo diría que son de suma importancia. ¿Cómo sabéis algo sobre este asunto? —Miró a su alrededor—. A menos que estéis involucrados de algún modo.

—Somos ciudadanos preocupados —dijo Emiko.

Shin negó con la cabeza.

—No, no lo creo. Hay algo más aquí, un misterio debajo del misterio.

—Todo lo que debe saber es que Shijan es su presa, y nosotros podemos ayudarle a derribarle —dijo una voz masculina, ronca e impasible.

—No necesito vuestra ayuda para eso, ya he organizado preparativos para hacerlo.

—¿El juez? —preguntó Emiko, con la cabeza ladeada.

—¿Y qué?

—No será suficiente.

Shin guardó silencio unos instantes.

—¿Qué es lo que sabéis?

Alguien carraspeó.

—Parece que sí sabemos algo que usted no.

—Tal vez —dijo Shin, frunciendo el ceño.

—Entonces tal vez tengamos algo de lo que hablar, después de todo.

—¿Me habéis traído aquí para negociar? —preguntó Shin, antes de soltar una carcajada—. Deberíais saber que no regateo con alguien si no puedo verle la cara.

—En esta ocasión, deberá hacerlo —dijo la voz amortiguada.

—Es posible. —Shin miró hacia la oscuridad y reflexionó antes de decir—: Si sabéis lo del señor Shijan, entonces debéis estar involucrados de algún modo. Sé que el señor Shijan está lleno de deudas y sospecho que ha estado vendiendo información para saldar dichas deudas. Lo que no sé es a quién se la ha estado vendiendo. Hubiera creído que se trataba de Honestidad-sama.

—Y tendría razón —dijo la voz amortiguada.

—¿Y cómo sabéis eso?

—Porque es lo que le pedimos que hiciera —dijo Emiko. Shin la miró; había esperado algo similar. Todo empezaba a encajar en su lugar. ¿Quién mejor que alguien con una posición tan alta como la de Shijan para perturbar las negociaciones?

—¿Cómo? ¿Por qué?

—Eso no tiene por qué saberlo —ronroneó la voz de la mujer—. Lo único que tiene que saber es que sus suposiciones estaban en lo cierto. Shijan es el culpable.

Shin miró a su alrededor y asimiló la sala oscura, la vela encendida, Emiko. Soltó una leve carcajada.

—Pues claro. ¡Claro!

—¿Por qué se ríe? —preguntó Emiko.

—Porque todo tiene sentido ahora. No veía ningún motivo para nada de lo sucedido, incluso el motivo del señor Shijan resultaba sospechoso. Vender información para saldar deudas… es posible, pero un *bushi* dispone de más métodos para conseguir dinero si lo necesita. A menos que no tuviera otra opción. A menos que alguien le obligara a hacerlo de ese modo. Tal vez con amenazas de sacar a la luz sus problemas. —Meneó la cabeza—. Me preguntaba qué era lo que no veía, y aquí estáis. ¿Sois la razón por la que Shiko Gen haya muerto?

Se produjo otro momento de silencio. Casi podía sentir cómo se miraban entre ellos.

—No pretendíamos que Shiko Gen muriera —contestó la voz refinada—, solo queríamos que continuaran las tensiones entre las familias. A Gen se le daba bien causar problemas, tanto para su propia familia como para los Zeshi. Nos era más útil con vida.

—Su muerte fue culpa de Shijan —dijo la voz amortiguada.

—Pero vosotros sois quienes tiran de los hilos del señor Shijan. —Shin esbozó una pequeña sonrisa—. Y ahora pretendéis cortarlos… ¿por qué? —Alzó una mano para impedir que le contestaran—. Dejadme que lo adivine: mi investigación os pone en peligro de algún modo. O tal vez solo queríais tener cuidado. Sea como sea, ¿por qué me habéis traído hasta aquí? ¿Por qué no dejar que Honestidad-sama se encargue del problema por vosotros si es capaz de hacerlo?

—Ya ha ido más allá de eso —contestó la voz amortiguada—. Shijan quería acabar con su vida. Nosotros se lo prohibimos.

—Pues os desafió.

—Ha ido por libre.

—Tal vez se haya dado cuenta de que ya no os era de ninguna utilidad. —Shin sentía la tensión de quienes le rodeaban, por mucho que no pudiera verles la cara. Shijan no solo los había enfadado, los había asustado. Por eso estaban en aquel lugar en aquel momento.

—Mucha más razón para someterlo —dijo la voz amortiguada.

—Pues hacedlo —dijo Shin, sin emoción. Hizo un gesto para señalar a sus alrededores—. Está claro que disponéis de los recursos necesarios. Usadlos. Haced que desaparezca, como sin duda hicisteis con el señor Hisato.

—¿Cómo lo sabe? —siseó la voz refinada, tras dudarlo unos instantes.

—No lo sabía —dijo Shin—. Ha sido una conjetura, pero gracias por confirmarla. Una estratagema muy pulcra; os deshacéis del señor Hisato, elevais al señor Shijan a su posición y luego lo chantajeáis. Digno de un miembro de la corte. —Miró a las figuras en las sombras—. Por desgracia para vosotros, no sois más que unos aficionados. No tuvisteis en cuenta todas las variables, por lo que ahora tenéis que improvisar.

—No todos hemos sido bendecidos con la mente retorcida de un Grulla —dijo Emiko. Shin la miró y se percató de que estaba esbozando una sonrisa, pero la expresión no era nada agradable. Al Daidoji le recordó a un tigre que había visto en una ocasión, mientras masticaba la pata de una cabra.

—No, pero lo hacéis lo mejor que podéis igualmente, por lo que os felicito. —Se alisó el kimono—. Creo que me habéis traído aquí porque tenéis miedo de que el señor Shijan esté planeando otra cosa, algo que os dejará mal. ¿Estoy en lo cierto?

—Así es —dijo la voz amortiguada.

—Entonces, contádmelo.

Se hizo el silencio durante unos instantes.

—Shijan cuenta con más hombres a su disposición de lo que usted cree. Un pequeño ejército, de hecho. Dos docenas de hombres como mínimo. Asesinos: forajidos y bandidos.

Shin parpadeó, desconcertado.

—¿Por qué iba a necesitar a tantos? Qué otros objetivos además de Reiji y de mí mismo podría… No. —Un escalofrío le recorrió el cuerpo entero—. El fin de las negociaciones. La representante de los Ide, los Shiko, los Zeshi, Batu… todos estarán reunidos.

—No tiene nada que ganar si los mata —dijo Emiko.

—Lo puede ganar todo. Ahora, al menos. —Soltó una leve carcajada—. Sus únicas opciones son el éxito o la muerte. —Se rascó la barbilla mientras trataba de verlo todo desde la perspectiva de Shijan. Ambición, miedo, necesidad... ¿qué podrían llevarlo a hacer?

Shin alzó la mirada.

—Imaginad, por ejemplo —empezó a decir—, una conspiración para socavar a las familias del Clan del Unicornio. —Señaló a las figuras entre las sombras, que cambiaron de posición, incómodas, y sonrió. Carraspeó antes de continuar.

»La conspiración lanza un ataque mortal contra dos familias vasallas al mismo tiempo que estas tratan de conseguir la paz —explicó—. Todos los presentes mueren, salvo un superviviente milagroso, quien, con la ayuda de los Iuchi e Ide, ansiosos de venganza, da caza a los culpables de la muerte de su familia. La conspiración cae derribada, y el héroe del momento se alza al lugar que merece en la estima de los Unicornios.

Pese a que era una buena historia, solo era eso: una historia. No tenía cómo saber si de verdad era el plan de Shijan o si solo se lo estaba imaginando. Sin embargo, un buen miembro de la corte sabía que la verdad se amoldaba a menudo para agradar al público. Ellos ya sospechaban de Shijan, por lo que lo único que tenía que hacer él era darles un motivo para tenerle miedo.

—Solo un idiota creería que podría salirse con la suya con un engaño semejante —soltó una de las figuras enmascaradas, aunque sin demasiada convicción. Shin se rio.

—¿Y quién lo contradirá? ¿Vosotros? ¿O en su lugar os desperdigaréis y os esconderéis con la esperanza de que no sepa más sobre vosotros de lo que vosotros sabéis sobre él? —Volvió a reír—. Es un estratega y un apostador. Esta es su última tirada de dados. Si pierde, está acabado. Pero si gana... oh, si gana, su fortuna está asegurada.

Un murmullo recorrió a las figuras al tiempo que estas se miraban entre ellas. Shin miró a Emiko de soslayo y vio que ella, al menos, no parecía muy nerviosa.

—¿No te preocupa? —murmuró él.

—Shijan es débil. Siempre iba a terminar quebrándose. La

única pregunta era cuántos problemas provocaría cuando lo hiciera. Me alegra ver que mi estimación era correcta.

Shin parpadeó, sorprendido.

—Bueno, me alegro de que te alegre. —Miró a los demás. Estaban discutiendo, aunque en voz baja—. Basta. ¡Basta! —dijo, alzando la voz, y el resto guardó silencio—. Es posible que me equivoque, que el señor Shijan se limite a huir. Pero no lo creo. Así que, ¿qué haréis ahora?

Alguien carraspeó.

—¿Qué quiere decir?

—Lo que he dicho. Me habéis traído aquí para contarme que el señor Shijan era el culpable. ¿Por qué? Porque habéis perdido el control de la situación y queréis cortar el lazo que os une a él. Tal vez hayáis tratado de hacerlo vosotros mismos y hayáis fracasado. Sea como sea, ahora esperáis que yo lo haga por vosotros. Muy bien, lo haré.

—Y luego, ¿qué? —preguntó alguien.

—Eso depende de él. Mi esperanza es entregarlo al juez.

—Eso es inaceptable.

Shin esbozó una sonrisa fría y seca.

—Por fin llegamos a eso. Siempre iba a ser ese el trato, ¿verdad? ¿Qué es lo que queréis?

—A Shijan.

—Si podéis encontrarlo, adelante.

—Queremos su palabra de que si lo atrapa nos lo entregará.

Shin soltó una risotada.

—No pienso prometer eso.

—No tiene otra opción —dijo Emiko a media voz. Lanzó la vela al aire, y Shin la atrapó al vuelo en un acto reflejo. Se produjo un siseo de acero, y el Daidoji se quedó petrificado cuando el borde de una hoja se acercó a la parte hueca de su garganta. Emiko, con la cabeza ladeada, sostenía su espada con firmeza.

»Buenos reflejos —dijo ella con una ligera sonrisa—. No saldrá de aquí a menos que lleguemos a un acuerdo, Grulla.

Shin se alegró de que Kasami estuviera a salvo al otro lado de la puerta. Si se hubiera encontrado allí con él, todo habría ido a peor muy rápidamente.

—¿El mismo tipo de acuerdo que teníais con el señor Shijan?

—Él es un idiota —dijo la voz amortiguada—. Usted no. Usted es inteligente, y tenemos usos para las personas inteligentes. Para quienes ven la verdad en el mundo. Tiene razón sobre todo lo que ha dicho. Cometimos un error y lo agravamos por culpa de la ignorancia y la arrogancia. Rectificaremos dicho error, pero a nuestro modo. Seguro que entiende por qué.

—Lo entiendo. Si el señor Shijan confiesa, existe el riesgo de que alguien le crea. Su confesión llegará a un registro que tal vez lea alguien de mente abierta en algún momento y decida investigar. —Shin miró en dirección a la voz amortiguada—. Y eso sería malo para usted, ¿verdad, maestro Yuzu?

Un grito ahogado respondió a sus palabras. Tras unos momentos, Yuzu salió a la luz de las velas.

—¿Cómo lo ha sabido?

—Me lo dijo usted mismo, ¿no lo recuerda? Es usted con quien el señor Shijan está endeudado. ¿Quién más sería capaz de ejercer tanto poder sobre él?

Yuzu soltó una carcajada.

—Os dije que era listo.

—O tal vez tú fuiste un idiota —dijo la voz refinada.

Yuzu hizo un gesto de enfado.

—Sea como sea, debemos llegar a un acuerdo. —Miró a Shin—. Le debo la vida.

—Tiene un modo extraño de devolver los favores —dijo Shin. Alzó una mano, y con un dedo apartó despacio y con amabilidad la espada de Emiko de su garganta.

—Usted nos ayuda, y nosotros le ayudamos a usted —propuso Yuzu, sujetándose las manos detrás de la espalda—. Estoy seguro de que ve lo sensato que es. Tenemos el mismo objetivo.

—Sonrió—. Pero decídase rápido. Conozco a Shijan, por lo que diría que no tiene mucho tiempo.

• • •

—Si le hacen algo, te mataré a ti y a quien sea que esté escondido en esa sala —dijo Kasami casi con pereza, con la mirada fija en la puerta que la alejaba de Shin. Tamborileaba los dedos de manera rítmica sobre las empuñaduras de sus espadas. El *ronin* se tensó y llevó la mano hacia su propia espada.

Ojalá el *ronin* desenvainara su arma. Descargar sus frustraciones con el hombre la haría sentirse un poco mejor. Sin embargo, muy para su molestia, él apartó la mirada.

—Puede que eso le resulte más difícil de lo que cree —dijo él.

Kasami clavó la mirada en él en un desafío silencioso.

—Lo dudo mucho.

El *ronin* frunció el ceño, aún sin devolverle la mirada.

—Si les quisiéramos muertos, ya lo estarían. Podríamos haber llevado a una docena de hombres a aquel callejón.

—Eso me da igual. Solamente estoy exponiendo un hecho. —Mientras hablaba, se preguntó quiénes serían esos «nosotros» detrás de sus palabras. Imaginó que no se trataba de Honestidad-sama. Ya había lidiado con suficientes criminales en nombre de Shin como para saber que aquello era algo distinto. Y no le gustaba nada.

No le gustaba nada de lo que estaba ocurriendo. Un problema bastante simple se había convertido en algo extenso y enredado por culpa de la insistencia de Shin de entrometerse en todo.

El *ronin* hizo una mueca y se rascó el cuello. No se había afeitado e iba mal arreglado; era el tipo de *ronin* que le daba mala fama al resto. Kasami miró a su alrededor. El almacén era pequeño y estaba vacío, salvo por los restos que quedaban de épocas más provechosas.

—¿Dónde estamos?

—En una de las propiedades de Honestidad-sama.

Kasami alzó una ceja.

—¿Cómo lo sabes?

El *ronin* gruñó y apartó la mirada. Kasami soltó un resoplido. Podía oír voces en el interior de la sala. Shin era quien más hablaba de todos, como era de esperar. Casi había imaginado que se trataba de algún tipo de emboscada. Que no pareciera ser el caso le resultaba un poco decepcionante.

La antigua frustración volvió a aparecer en su interior. Una vez más, Shin casi había muerto mientras ella estaba en otro lugar. Los recuerdos del Teatro del Fuego Fatuo todavía hacían que sintiera una punzada de vergüenza en su interior. ¿Qué clase de guardaespaldas era ella si no podía alejar a un Grulla de las fauces del zorro? Frunció el ceño. Claro que sería más fácil si Shin no insistiera en meterse él solito en las fauces del zorro cada vez que se le presentaba la oportunidad.

La puerta se abrió de repente, y Shin salió de la sala. Tenía el rostro pálido, como si estuviera enfadado. Lo seguía la mujer ciega. Sin decir nada, Shin agarró del brazo al *ronin*.

—Trabajas para Honestidad-sama, ¿verdad?

El *ronin* parpadeó, sorprendido, antes de contestar.

—¿Qué?

—Los tatuajes que tienes en el cuello y en el pecho, los he visto de refilón. Son similares a los que tenía el hombre que intentó matarme.

—Yacha —gruñó el *ronin* antes de tirarse de su kimono, como si quisiera esconder los tatuajes en cuestión—. Era un idiota.

—Así que lo conocías.

—Los conozco a todos.

—Bien. —Shin hizo un gesto hacia la mujer ciega—. Emiko dice que tienes cierta autoridad sobre los matones que el señor Shijan ha contratado. Que es posible que puedas hacer que se retiren.

—No sin una buena razón —protestó el *ronin*.

—Tashiro —dijo Emiko en voz baja.

El *ronin* la miró y puso una extraña expresión durante un instante. Kasami se preguntó de qué se trataría y qué pasaba con el modo en el que la mujer ciega le tocaba el brazo. Shin estaba demasiado ocupado para percatarse. Kasami conocía bien aquella expresión en su rostro: su mente estaba centrada en el problema por resolver. El *ronin*, Tashiro, asintió.

—Puedo hacerlo, sí.

—Bien. Entonces vendrás con nosotros.

—Y yo también —dijo Emiko.

—No —respondió Tashiro.

—Una mujer ciega es más estorbo que ayuda —empezó a decir Kasami. Oyó un siseo de acero y apenas pudo interponer su espada a tiempo para desviar un golpe que le habría seccionado la yugular. Emiko sonrió y dio un paso hacia atrás mientras envainaba su espada.

—No necesito ojos para matar —dijo ella.

Kasami la fulminó con la mirada, por mucho que ella no pudiera verla, y alzó su espada.

—Pero necesitas una cabeza para vivir —gruñó, dando un paso hacia delante. La mujer ciega frunció el ceño y retrocedió, alzando su bastón.

Shin se interpuso entre ambas mujeres.

—No.

—Apártese. Casi me mata.

—No tenemos tiempo para esto. Ellos han ofrecido su ayuda, y yo he aceptado su ofrecimiento. Eso quiere decir que tienes que dejar su cabeza pegada al cuello en el que la has encontrado. —Shin se volvió hacia la mujer ciega—. Y tú mantén envainada esa espada que tienes hasta que te diga lo contrario.

—Usted no me da órdenes, *bushi*… —empezó a decir Emiko.

Shin giró sobre sí mismo y se inclinó cerca de ella, lo que la obligó a dar un paso hacia atrás sin querer.

—Por ahora sí que lo hago. Ese es el acuerdo al que hemos llegado. Si no te gusta, háblalo con tus camaradas de ahí dentro. —Señaló a la puerta—. Si no, deja de molestar a mi guardaespaldas, o permitiré que te corte la cabeza.

Kasami miró a Shin.

—No podemos fiarnos de ellos —le dijo, aunque sin demasiada intención. Shin ya se había decidido. Kasami se preguntó cuál sería la naturaleza del acuerdo que acababa de mencionar y quiso preguntárselo a él, pero no era el momento.

—No, no podemos. Pero tenemos que hacerlo. —Empezó a avanzar hacia las puertas—. No tenemos tiempo para hacer otra cosa. Ahora vamos, tenemos que darnos prisa.

Kasami se apresuró a seguirlo.

—¿Por qué? ¿Qué está pasando?

—El señor Shijan planea atacar la reunión para las negociaciones. Nuestros… amigos van a ayudarnos a detenerlo.

—¿Por qué? —preguntó ella, recelosa—. ¿Quiénes son?

—Ciudadanos preocupados —dijo él, cortante. Se detuvo en las puertas—. No llegaremos a tiempo si tenemos que ir andando. Ni siquiera tú puedes correr tan rápido hasta tan lejos.

—Caballos —gruñó Tashiro.

Shin se volvió.

—¿Hay alguno cerca?

Tashiro esbozó una ligera sonrisa.

—Es una ciudad del Clan del Unicornio, Grulla. Hay caballos por todas partes. Solo tiene que saber dónde buscar.

—Usted odia los caballos —murmuró Kasami.

—Sí. —Shin trató de sonreír—. Pero más odio perder.

CAPÍTULO TREINTA
Jugada

Shijan podía oler el humo y oír el estruendo de las armas. No sonaba tan aterrador como había imaginado. Respiró profundamente, a pesar de que sabía que no era muy recomendable. Se sintió un poco aliviado al comprobar que la claridad que había notado por primera vez la noche anterior seguía allí. No más dudas. No más miedo. Solo acción.

Los cadáveres de varios sirvientes estaban apoyados contra la pared, doblados sobre sí mismos al morir. Los supervivientes, incluido el par de inútiles que servían a Batu, estaban atados en la cocina, donde sin duda perderían la vida, ya fuera por el humo o por el fuego en sí.

Sintió una punzada de culpabilidad al pensar en ello, pues parecía un desperdicio de buenos sirvientes. Sin embargo, las situaciones desesperadas requerían medidas desesperadas. Además de él mismo, había tres hombres más vigilando a los representantes de las familias, quienes seguían sentados. A pesar de que esos hombres iban vestidos con los colores de los Zeshi, no eran sirvientes. O, al menos, no eran sus sirvientes, no de verdad.

Pertenecían a Honestidad-sama en cuerpo y alma. Eran hombres duros, asesinos y ladrones. Distraído, Shijan se preguntó si había sido así como todo había empezado con las grandes familias hacía tanto tiempo. Un bautismo de sangre, con asesinos que pasarían a la historia como guerreros heroicos, si es que alguien los llegaba a recordar. Miró al más cercano de los tres, al que había apuñalado a Batu.

—¿Y bien?

El hombre asintió. Se llamaba Kota y hablaba con calma, aunque con el acento áspero de alguien que había nacido en las laderas.

—Está saliendo bien. Taka y su grupo están haciendo llover fuego sobre el lugar. Chiko y el resto se están encargando de los guardias; los distraerán como mínimo.

—Bien. —El plan era simple: divide y vencerás. Los hombres de Honestidad-sama se habían dividido en tres grupos. Uno de ellos, formado por quienes sabían disparar con un arco, se había situado a cierta distancia del terreno y había lanzado flechas incendiarias para distraer a los guardias y hacerlos salir al exterior. Una segunda y tercera volea había reducido sus números y había obligado a los supervivientes a ponerse a cubierto.

Con los guardias distraídos de aquel modo, el segundo grupo había escalado por los muros o había entrado por la puerta principal. Sumidos en aquella confusión, su objetivo era acabar con quienquiera que se interpusiera en su camino. Entre las flechas ocasionales, los esfuerzos por apagar el incendio y los asesinos armados de Chiko, tanto la escolta de las familias como los soldados de Batu estaban desperdigados y se veían sobrepasados.

Sobre el tercer grupo había recaído la tarea más ardua: hacerse pasar por sirvientes. Habían llevado armas a escondidas y habían matado a cualquier sirviente de verdad que se hubiera enfrentado a ellos. Eran ellos quienes cumplían la parte más importante de su plan.

Todo había sido sencillo, tanto que lo había sorprendido, de hecho. Se preguntó, mientras lo hacía, si le serviría de algo haber aprendido el arte de la guerra después de todo. Aunque tal vez su familia no había pretendido que empleara sus lecciones de aquel modo.

—Aun así, no hemos podido impedir que hicieran sonar las

alarmas. Deberíamos salir de aquí pronto, antes de que alguien venga a ver lo que sucede —dijo Kota en un gruñido.

—Eso haremos, pero aún no. —Shijan miró a Batu. El juez no había muerto, pero estaba sufriendo. El cuchillo de Kota lo había alcanzado en el costado, y había una cantidad sustancial de sangre en el suelo. En otros tiempos, ver aquello le habría dado asco. En aquel momento solo sentía satisfacción.

Shijan se puso de cuclillas y miró al hombre herido.

—Casi me pillaron, ¿sabe? Usted y el Grulla. Debo darles las gracias por ello. Si no me hubieran impulsado a hacerlo, tal vez no habría llegado a concebir nada de esto.

Batu gruñó y trató de levantarse, pero Shijan se puso de pie y lo aplastó con el pie para obligarlo a quedarse en el suelo una vez más.

—No se mueva. No quiero que esto sea más doloroso de lo necesario. —Se volvió y miró a los demás—. Para ninguno de ustedes.

—¿Qué… qué ha hecho? —exigió saber Koji. Hizo un ademán para levantarse, pero uno de los hombres de Shijan hizo un gesto con un cuchillo, y el Shiko volvió a hundirse en su asiento—. ¿Qué es esto?

—El fin de la guerra —contestó Shijan—. He ganado, por cierto.

—El Grulla tenía razón sobre usted —dijo Reiji con la voz ronca—. Envió a alguien para que me matara. —Tenía un aspecto tan infantil que a Shijan casi le dio pena.

—Sí, Reiji —contestó Shijan—. Y me decepcionaste incluso en eso. Si hubieras tenido la decencia de morir cuando yo quería, todo esto habría sido mucho más fácil.

—Más fácil para usted, quiere decir —signó Aimi, enfadada y con las manos temblando. Lo estaba mirando como si se tratara de alguna especie de serpiente venenosa.

—Sí, bueno, la culpa solo recae sobre todos ustedes. —Se obligó a sonreír—. Nada de esto habría sido necesario si me hubieran hecho caso y ya. Solo que no lo hicieron, y aquí estamos. Les dije que esa *ronin* no daría más que problemas, pero no me escucharon.

—¿Por qué mató a Gen? —graznó Reiji, mirándolo con incredulidad—. ¿Por qué pidió el matrimonio y luego… y luego lo mató?

—Yo no lo maté. No quería que muriera, eso no fue culpa mía. Yo solo quería avivar las llamas un poco, no quemar la casa entera. —Soltó una carcajada—. Y miren hasta dónde hemos llegado. Uno hace sus planes, y las Fortunas se ríen.

—Esto es inaceptable —dijo Ide Sora, tras recobrar la compostura y ponerse de pie donde antes había estado arrodillada. Había perdido las formas tan solo un momento, cuando habían apuñalado a Batu. Antes de que nadie pudiera detenerla, se acercó a Batu y se arrodilló junto a él. Kota hizo un ademán para apartarla, pero Shijan lo detuvo.

—No la toques. Pase lo que pase, sigue siendo una dama de los Ide.

La mujer lo fulminó con la mirada.

—Los buenos modales no lo convierten en hombre, señor Shijan. —Empezó a arrancar jirones del borde de su kimono—. ¿Qué espera conseguir con esta… con esta estupidez? —Conforme hablaba, empezó a vendar la herida de Batu.

Shijan la miró, confuso.

—¿Estupidez? Todo esto ha demandado una excelente planificación. —Hizo un gesto, y Kota le puso un cuchillo en la mano—. Días de preparativos, de debates y consideraciones. Al principio temía no ser tan valiente como para llevarlo a cabo.

—¿Valiente? —preguntó Mitsue—. Esto no es ser valiente. Esto es… —Se quedó callado cuando Nishi lo agarró del brazo. Shijan los ignoró a ambos y se volvió hacia Kota.

—¿Qué hay de la *ronin*?

—¿Qué pasa con ella?

—Debemos asegurarnos de que muera. Nadie puede sobrevivir; excepto yo, está claro. Si no, todo el plan habrá sido en vano. Ve y encárgate de ella tú mismo.

—No —signó Aimi, poniéndose de pie al tiempo que Kota se dirigía a la puerta.

—Siéntate, prima. —Shijan hizo un ademán con el cuchillo—. Si de verdad la amas, estoy seguro de que vuestras almas se encontrarán de nuevo. —Esbozó una sonrisa triste—. O al menos eso espero, por tu bien. —Hizo un ademán, y sus dos hombres se movieron hacia los demás—. Les pido que no se resistan. Cuanto más fácil nos lo pongan, menos dolorosas serán sus muertes. Es la única consideración que les puedo ofrecer.

Sora lo fulminó con la mirada desde abajo.

—¿Consideración? ¿Así es como lo llama?

Shijan la agarró del cabello y le tiró la cabeza hacia atrás para exponerle la garganta. Alzó su cuchillo.

—Diría que es mejor que morir calcinados.

• • •

Kitano saltó hacia atrás cuando otra flecha incendiaria se clavó en la estructura de madera del edificio externo. Había estado tratando de organizar una partida con algunos de los soldados de los Shiko, pero los dados eran lo último en lo que estaba pensando en aquel momento. Él y tres soldados estaban agazapados y trataban de evitar la lluvia mortal que caía por todo el terreno.

Las flechas habían aparecido de la nada. Habían pasado por encima de los árboles y de los muros y se habían clavado en la hierba seca, en las ramas de los árboles y en los edificios externos. Todos ellos estaban en llamas, y el incendio se había propagado por tantos lugares que era imposible contarlos. El humo llenaba el ambiente. Pese a que alguien estaba haciendo sonar una alarma, Kitano dudaba de que alguien fuera a responder. Podía oír el sonido metálico de las armas al chocar en algún lugar entre los árboles, además de frente a la casa.

—¿Qué está pasando? —preguntó uno de los *ashigaru*, agazapándose cuando otra flecha se hundió en el lateral del edificio.

—¿A ti qué te parece? —repuso Kitano, empuñando su cuchillo—. Nos están atacando.

—¿Quién está lo suficientemente loco como para atacar este lugar? —exigió saber el *ashigaru*.

—Sea quien sea, hay muchos de ellos. —Kitano miró hacia la casa. Pese a que el humo le hacía difícil ver algo, creyó entrever formas que se movían hacia el edificio. Miró a los soldados de reojo—. Tenemos que llegar a la casa.

—Yo no pienso salir ahí fuera —dijo uno de los hombres.

—Vuestro señor está en peligro —dijo Kitano.

—Nuestro señor está detrás de unas paredes gruesas, rodeado de soldados del juez.

Kitano lo consideró unos instantes, pues el hombre tenía algo de razón. Aun así, tenía que ir. Negó con la cabeza.

—Como quieras. Iré yo.

—¿Qué? ¿Por qué?

—Es mejor que morir calcinado aquí. —Sin esperar a que le contestaran, Kitano avanzó agazapado a través del humo. A pesar de que empezaron a llorarle los ojos, no dejó de moverse. La hierba había tardado poco en arder, y el crepitar del fuego atronaba en sus oídos. Quien fuera que hubiera planeado el ataque había sido inteligente. El fuego era el mejor amigo de un criminal: brillaba y hacía ruido y atraía la atención de todo el mundo sin excepción. Algunas de las mejores estafas de Kitano habían involucrado incendios. Y a los bomberos siempre les apetecía jugar una o dos partidas, en especial cuando estaban metidos en un fraude de protección.

Se dirigió a la casa, apretándose la manga contra la nariz. Pese a que le ardían los ojos, logró ver varios cadáveres tirados por el suelo. Algunos de ellos tenían flechas clavadas, pero no todos. Además, oía golpes de acero: alguien en algún lugar estaba luchando.

Entre toses, logró llegar a la parte trasera de la casa. Aún no estaba seguro de lo que iba a hacer una vez entrara, pues no era un soldado ni un samurái, sino tan solo un apostador. Sin embargo, si no trataba de hacer… algo, lo que fuera, nunca le permitirían olvidarlo. Cuchillo en mano, deslizó la puerta para abrirla. No había humo dentro. La casa aún no estaba en llamas, pero no tardaría mucho en estarlo a menos que alguien consiguiera apagar el incendio.

Se dirigió a la cocina por instinto. Oyó unos gritos amortiguados y vio a un grupo de sirvientes en el suelo, atados entre ellos mediante unos trapos hechos jirones. Se agachó rápidamente y empezó a liberarlos con su cuchillo. Mientras lo hacía, Hiro le contó lo que había ocurrido. Kitano supo que los habían abandonado allí para que murieran, aunque no dijo nada. No tenía sentido asustarlos más de lo que ya lo estaban.

Cuando hubo acabado, Yuki se aferró a él, llorando. Por muy gratificante que ello fuera, no tenían tiempo, por lo que la apartó de él con amabilidad. Los otros se removieron, asustados y sin saber qué hacer. Kitano llamó la atención de Hiro.

—Alguien tiene que sacar a estas personas de aquí. ¿Puedes llevarlos hasta la entrada de servicio?

—¿Y qué hay de ti? —preguntó el chico, pálido salvo por un cardenal morado en una mejilla. Se había defendido y había pagado por ello. Kitano sonrió.

—Alguien tiene que rescatar a los *bushi*, ¿no? —Hizo una pausa—. Una vez estéis fuera, envía a alguien a buscar a los bomberos. Y a avisar a los vecinos. ¿Podrás hacerlo? —El chico asintió, y Kitano le dio una palmadita en el hombro—. Buen chico. Yo…

La puerta se abrió y lo interrumpió. Un hombre vestido con los colores de los Zeshi apareció en la puerta, con una expresión confusa en el rostro y un cuchillo en la mano.

—¿Qué está pasando aquí? ¿Quién eres tú?

Kitano se puso de pie y dejó que el hombre viera su propio cuchillo.

—Nadie importante. —Miró a Hiro de reojo—. ¡Todo el mundo fuera!

Mientras hablaba, el sirviente de los Zeshi, quien no era un sirviente de verdad, cargó hacia él a toda prisa con el cuchillo por lo bajo. Kitano, experto en las peleas a cuchillo de los callejones, se abalanzó sobre su oponente para detener el ataque. Se pelearon e intercambiaron cortes y amenazas. Kitano tuvo la suerte de darle un tajo, y a su contrincante se le cayó el arma. Kitano se aseguró de que no volviera a empuñarla jamás.

Miró a su alrededor y comprobó, con cierto alivio, que Hiro le había hecho caso: los sirvientes se habían ido. Con un poco de suerte, lograrían salvarse. Sin embargo, no podía preocuparse de ello en aquel momento. Jadeando ligeramente y sangrando por varios cortes poco profundos, se tambaleó hasta salir de la cocina y casi perdió la cabeza. Cayó hacia atrás, con las manos arriba.

—¡Estoy de su lado!

Nozomi lo fulminó con la mirada desde arriba.

—¿Qué estás haciendo aquí? —La *yoriki* estaba sangrando, se apretaba el costado con una mano y varias flechas sobresalían de su armadura. No obstante, seguía empuñando su espada y tenía una expresión de seriedad mortal.

—Venía... ¿a ayudar?

Nozomi soltó un resoplido, giró sobre sí misma y su espada abrió en canal al hombre que se había escabullido hasta acercarse a ella. Kitano la miró perplejo, pues ni siquiera la había visto venir.

—¿Q... quiénes son? —preguntó.

—Zeshi.

—No —dijo Kitano, mirando al hombre muerto—. ¿Qué clase de sirviente doméstico tiene esos tatuajes? —Recogió la hoja del muerto—. Esto es algo distinto. —Kitano estaba seguro de que el señor Shin sabría lo que estaba ocurriendo. Solo que el señor Shin no estaba en aquel lugar. Pensó con rapidez—. ¿Ha visto al juez?

—No —contestó Nozomi.

—Habían atado a los sirvientes. Es posible que tengan al señor Batu y a los demás en la sala de recepciones. —Kitano se lamió los labios—. Deberíamos darnos prisa.

Nozomi vaciló, claramente sorprendida.

—¿Vas a venir conmigo?

Kitano le dedicó una débil sonrisa.

—Si la dejara sola, Kasami me cortaría el resto de los dedos.

CAPÍTULO TREINTA Y UNO
La suerte está echada

Tres caballos galopaban a través de las serpenteantes calles de Hisatu-Kesu. Tashiro iba por delante de la comitiva, inclinado sobre el cuello de su corcel. Kasami iba detrás de él con la misma postura. Shin se encontraba en la retaguardia, con Emiko aferrada a él. La invidente había insistido en cabalgar con él, seguramente para asegurarse de que Shin cumplía con su parte del trato. El Daidoji no se lo había discutido.

—Cabalga bien, Grulla —dijo Emiko, apoyada contra él. Shin no sabía si estaba tratando de darle un cumplido o si quería calmarlo.

—¿Cómo lo sabes? —replicó Shin. Si bien odiaba los caballos, sabía cabalgar, como todos los *bushi*. Solo que saber algo y hacerlo eran cosas completamente distintas.

—Aún no me he caído.

La puerta principal de la casa de Batu apareció ante ellos. El humo se alzaba en unas gruesas columnas desde detrás de los muros de piedra, y una campana de alarma estaba sonando. Cuatro hombres de vestimentas comunes estaban cerca de la puerta y lanzaban flechas por encima del muro. Uno se volvió cuando se acercaron los caballos y, sorprendido, alzó su arco.

Tashiro cabalgó hacia ellos con un grito. La flecha no dio en el blanco y se clavó en un edificio cercano. Por suerte, no estaba encendida. El caballo de Tashiro se encabritó cuando este retó a los hombres, quienes se desperdigaron sumidos en una confusión palpable. Shin pasó galopando a su lado, con Emiko aferrándose con fuerza a su cintura. Las puertas estaban abiertas, y su montura las cruzó sin detenerse.

—¿Tiene algo planeado? —gritó la invidente—. ¿O solo piensa galopar por los alrededores?

—¡El plan es detener al señor Shijan, y el mejor modo de hacerlo es interrumpir lo que sea que ha planeado! ¡Ahora agárrate! —Shin se inclinó sobre el cuello de su caballo mientras animaba al animal a ir más rápido. Tashiro y Kasami se colocaron detrás de él conforme atravesó las puertas y se sumió en el infierno en el que se habían convertido los terrenos de Batu.

—Buscaré a Chiko y a los demás —gritó Tashiro, y Shin aceptó su propuesta con un asentimiento. El *ronin* iba a alejar a tantos hombres de Honestidad-sama como pudiera. Cualquier esfuerzo posible por igualar las tornas. Shin animó a su caballo a continuar hacia la casa, y Kasami lo siguió.

Había cadáveres en el suelo, con flechas que sobresalían de ellos. Otros habían sido derribados cuerpo a cuerpo mientras trataban de huir a alguna parte o de buscar dónde refugiarse. El humo era espeso y llenaba el ambiente. El caballo de Shin relinchó, nervioso, conforme avanzaba entre los muertos. El Daidoji sintió un escalofrío cuando entrevió la casa.

Se deslizó de su montura y ayudó a Emiko a bajar. Kasami hizo lo mismo y desenvainó su espada. Tras dudarlo un instante, Shin la imitó. Las puertas estaban abiertas. Se detuvieron, y la invidente se quedó quieta, atenta.

—No oigo nada —dijo ella.

—Puede que hayamos llegado demasiado tarde —dijo Kasami a media voz.

Shin negó con la cabeza y entró en el edificio. Se apresuró hasta llegar a la sala de recepciones, haciendo caso omiso de los intentos de Kasami por adelantarlo. Se detuvo cuando dos figuras aparecieron de repente en la dirección opuesta. Parpadeó, sobresaltado, al reconocer a Nozomi y Kitano. El aspecto de la *yoriki* dejaba mucho que desear, pues en aquel momento estaba pálida y era obvio que estaba herida. Kitano también sangraba, aunque no tanto.

—Mi señor —empezó a decir Kitano, pero Shin lo hizo callar con un gesto. Las puertas que conducían a la sala de recepciones estaban cerradas. Hizo un ademán para abrirlas, pero un ligero roce en el brazo lo detuvo. Emiko lo adelantó y desenvainó su espada conforme se acercaba a la puerta. Antes de que él pudiera decir nada, la mujer se detuvo, con la cabeza ladeada, y blandió la espada para cortar la partición en dos lugares. Un cuerpo cayó a través de ella hasta el suelo, lo que arrastró la mayor parte de la puerta con él.

El hombre se sacudió levemente y murió sin hacer mayor ruido. A pesar de que iba vestido como los Zeshi, mostraba los tatuajes de un criminal. Emiko retrocedió con la cabeza inclinada. Shin y los demás entraron en la sala.

Un cuadro petrificado les dio la bienvenida. Nadie se movía. Lo que hubiera estado a punto de ocurrir había quedado interrumpido por su llegada. Shijan los miró con la boca abierta. Estaba sosteniendo a Ide Sora por el cabello y con la otra mano empuñaba un cuchillo. A su lado, otro hombre con los colores de los Zeshi alzaba una espada sobre la cabeza del señor Koji.

—Kasami —espetó Shin.

Pero la orden no había sido necesaria. Kasami ya estaba avanzando, y el espadachín, asustado, retrocedió para alejarse de su víctima. Se defendió a medias y trató de salir corriendo…, solo que Nozomi lo estaba esperando. La espada de la *yoriki* destelleó al moverse, y el desafortunado hombre cayó al suelo con un gruñido ahogado.

—Deje el cuchillo —ordenó Shin. Buscó con la mirada a Batu, quien estaba tirado en el suelo, herido, aunque seguía con vida. Y tenía los ojos abiertos. Parecía aliviado y también enfadado, lo que a Shin le pareció más reconfortante por alguna razón.

Shijan dudó y se lamió los labios.

—No, no lo creo. Creo…

Lo que fuera que iba a decir quedó interrumpido por el rugido de ira de Batu. El juez se impulsó para clavar una rodilla en el suelo y se abalanzó sobre el antebrazo de Shijan. Sora salió despedida por la fuerza del embiste, y el cuchillo hizo un sonido metálico al caer. Shijan apartó a Batu con una maldición y fue en busca de la espada que había perdido su hombre. La recogió antes de que alguien pudiera impedírselo y salió por la puerta un instante más tarde, en dirección a la parte trasera.

—Creo que va a por Ruri —dijo Aimi. Estaba pálida, pero tenía un cuchillo en la mano. Shin dudó y miró a Batu.

—Vaya, señor Shin, atrápelo —dijo Batu, haciendo una mueca de dolor. Sora estaba tratando de ayudarle a ponerse de pie—. Haga lo que había venido a hacer.

Shin asintió.

—Kitano, ayúdalos a salir de aquí. —El Daidoji ya había salido por la puerta antes de que su sirviente hubiera tenido la oportunidad de contestar. Corrió hacia el exterior, con Kasami y Aimi pisándole los talones. Pese a que quería decirle a la joven que esperase, no tenían tiempo para discutir.

En el exterior, las llamas se alzaban hacia el cielo, y el humo era espeso entre los edificios externos. Podía oír gritos y campanas de alarma. Alguien estaba intentando apagar el fuego, pero no tenía cómo saber quién era. Entre el humo vio a Shijan, corriendo entre los edificios. Estaba llamando a alguien a gritos: un hombre vestido con los colores de los Zeshi.

Este había abierto las puertas del edificio exterior de par en par. Se volvió y abrió un poco más los ojos al ver a Shijan correr hacia él.

—Kasami —ordenó Shin, tosiendo cuando el humo sopló en su dirección. Kasami aceleró el paso y cargó contra el hombre situado en las puertas, quien retrocedió, asustado, y Shijan saltó para alejarse.

El hombre empuñaba una espada larga, una hoja de plebeyo, y tenía cierta habilidad con ella, solo que no la suficiente. Kasami lo derribó sin soltar una palabra antes de verse obligada a retroceder cuando Shijan atacó en su dirección. Shijan se adentró en el edificio.

—No hay cómo salir de ahí —dijo ella cuando Shin la alcanzó.

—Solo una salida —dijo Shin. Hizo un ademán para que Kasami y Aimi retrocedieran y entró en el edificio. Shijan lo estaba esperando en el otro extremo, cerca de la celda de Ruri. Había abierto la puerta, y la *ronin* estaba de pie, con la punta de la espada del hombre apoyada en su garganta.

Shin envainó su espada y cruzó los brazos.

—Hola, señor Shijan. ¿Qué hace usted por estos lares? —Alzó la mirada—. Menudo tiempo estamos teniendo.

—Cállese —gruñó Shijan.

Shin forzó una sonrisa.

—¿Ese es modo de hablarle al hombre que le va a salvar la vida? Diría que incluso en un momento así sería capaz de aunar una pizca de cortesía.

Shijan soltó una risotada.

—¿Salvarme la vida? Si ha sido usted quien me la ha arruinado… y todo por una *ronin* inútil. —Giró su espada, y la punta de esta se clavó en la garganta de Ruri. Ella no hizo ningún sonido, y su rostro manchado de hollín mantuvo su expresión de calma.

A Aimi se le daba peor mantener la compostura e ignoró el intento de Shin por hacerla quedarse atrás.

—Déjela, Shijan. Úseme a mí en su lugar, yo soy una mejor rehén. —Movía las manos a un ritmo frenético, lo que traicionaba la calma monótona de su voz.

Shijan frunció el ceño, como si lo estuviera considerando. Shin habló antes de que el Zeshi pudiera tomar una decisión.

—Si lo pensamos bien, yo soy incluso una mejor opción

—dijo él—. Si muriera, hay un riesgo mayor para todos los involucrados.

Shijan lo fulminó con la mirada.

—No sé si podría confiar en no cortarle el cuello. —Hizo un gesto a su prima—. Ven aquí. ¡Ahora!

Aimi empezó a avanzar, pero Shin la agarró del brazo.

—No, creo que no.

—Mataré a la *ronin* —insistió Shijan.

—Lo sé —dijo Shin a media voz. Le devolvió la mirada a Ruri y esta asintió ligeramente—. Pero debe saber que ese es un intercambio que no pienso permitir.

Shijan soltó un resoplido.

—¿Después de todo lo que ha hecho para salvarla?

—Aun así.

Aimi se aferró a su brazo y soltó un grito suave e inarticulado. Shin la ignoró y mantuvo la mirada fija en Shijan.

—Si la mata, le ordenaré a Kasami que lo capture con vida igualmente. Sin una mano, tal vez, o sin una pierna. No tiene escapatoria.

Shijan se quedó en silencio durante unos momentos.

—Cuénteme, ¿adónde ha ido hoy? Esperaba verlo aquí, pero no ha sido así. Ha ido a alguna parte a hablar con alguien… ¿Con quién?

Shin no dijo nada, y Shijan asintió.

—Sí, eso creía. Ha hablado con ellos, ¿verdad? Con mis socios silenciosos en todo esto. Intentaron matarme, ¿sabe? Todo esto ha ocurrido por su culpa, ellos me colocaron en este camino y luego se atrevieron a quejarse cuando notaron el calor de las llamas que ellos mismos habían ayudado a avivar.

—Sí. Sí me han parecido unos desagradecidos.

Shijan soltó una carcajada temblorosa.

—No tiene ni idea. No he sido el primero al que han utilizado ni seré el último.

Shin dio un paso hacia él.

—Entonces permítame que le ayude. Juntos podríamos hacer que salgan a la luz. Usted no podrá escapar de la justicia… ¿Por qué deberían poder hacerlo ellos?

Shijan esbozó una sonrisa forzada.

—Puede que tenga razón. Solo que no necesito que me ayude a devolverles el favor. Le aseguro que lo haré a mi modo cuando lo considere oportuno.

—Sea como sea, no lo hará hoy. Deje ir a Ruri, suelte su espada y ríndase. Todavía tiene una oportunidad de sobrevivir a todo esto.

Shijan entornó los ojos y dudó unos instantes: Shin vio que la punta de su espada se deslizaba y se apartaba de la garganta de Ruri. En cuanto lo hizo, ella saltó hacia delante, fuera de la celda, y huyó. Aimi soltó un grito y corrió a su encuentro. Shijan maldijo e hizo el ademán de seguirla, pero Shin se interpuso en su camino.

—Kasami, llévalas hasta la casa —le dijo sin volverse—. Iré en un momento.

—No —dijo ella.

—No era una petición —dijo Shin, sin alterarse. Alzó la espada, y la expresión de Shijan se marchitó. Su confianza se había evaporado, pero el desafío seguía allí. El Zeshi bajó su espada. El gesto pareció satisfacer a Kasami, y Shin la oyó llevar a las otras dos hasta el exterior—. Así me gusta —murmuró Shin—. Ahora podemos hablar en privado.

—No tengo absolutamente nada que decirle —dijo Shijan con voz ronca.

—Ahora no, pero tal vez luego. Cuando haya tenido tiempo para reflexionar. —Shin dio otro paso más hacia él—. Estos amigos suyos, o examigos, mejor dicho, son peligrosos. Usted también, solo que creo que ellos lo son aún más.

—No tiene ni idea. Pero la tendrá. Lo descubrirá tarde o temprano, si ha sido lo suficientemente tonto como para llegar a un acuerdo con ellos. O incluso si no lo ha hecho. Tienen un don para clavarle el anzuelo a alguien, sean cuales sean sus intenciones. —Shijan alzó su espada.

Shin se tensó.

—No lo haga.

—No pienso rendirme. No pienso dejar que me avergüencen, ni usted ni nadie. —Shijan estuvo a punto de decir algo más cuando se produjeron unos golpecitos inconfundibles desde las puertas. Shin se volvió. El humo se apartó, y allí estaba Emiko. La invidente tenía la cabeza ladeada y escuchaba con atención mientras sostenía el bastón contra su cuerpo.

—Creo que es demasiado tarde para eso —dijo ella.

Shijan soltó un sonido ahogado desde el fondo de su garganta y dio un paso hacia delante. Shin creyó ver cómo los debilitados hilos de la valentía de Shijan finalmente se rompían.

—Señor Shijan, escúcheme. Ríndase, y haré todo lo que pueda para…

Shijan no lo estaba escuchando. Cargó hacia delante, con el rostro deformado en un rugido silencioso. Shin se apartó de su camino y evitó un golpe salvaje. Desenvainó su espada, pero Shijan no se detuvo. Cargó hacia Emiko y más allá de ella, hacia el humo.

Shin consideró perseguirlo, pero se detuvo cuando Emiko se volvió para perseguir al noble a la fuga.

—No se moleste, Grulla —le dijo ella—. Tal como le hemos prometido, nos encargaremos de limpiar nuestros estropicios. —Hizo una pausa—. Gracias por su ayuda.

Shin bajó su espada y se volvió. Sentía náuseas, pero había hecho un trato y no iba a retractarse. No podía hacerlo.

No volvió a mirar atrás hasta que los golpecitos del bastón de la mujer se habían desvanecido.

CAPÍTULO TREINTA Y DOS
Despedidas

—Bueno, ha sido divertido.

Shin estaba en las escaleras, mirando a Batu desde abajo. Sus pertenencias ya estaban cargadas sobre un caballo, listas para ser transportadas hasta Dos Pasos y el barco que les esperaba. Detrás de él, Kasami estaba de vigía mientras Kitano comprobaba las maletas.

—Claro que no —contestó Batu. Alzó la vista para mirar a un trabajador que le gritó algo a uno de sus compañeros. La casa estaba llena de ellos, así como los terrenos—. Pero debo decir que ha sido interesante. —Hizo una mueca de dolor y se llevó una mano al costado—. Demasiado interesante.

Shin asintió.

—Y ahora, ¿qué?

Batu se encogió de hombros.

—Las negociaciones han concluido. —Hizo una pausa—. Ide Sora se quedará aquí durante unos días para asegurarse de que todo transcurre como debería.

—¿Es esa la única razón?

—¿Qué otra razón podría haber?

Shin soltó una carcajada.

—No importa. No he dicho nada. —Miró hacia los caballos—. ¿Qué hay de Ruri? ¿Ha cambiado algo?

Batu negó con la cabeza.

—Los Zeshi siguen discutiendo por ello. No llegué a dictar sentencia sobre ella y... bueno, por el momento, la dama Aimi

351

está al mando de las fortunas de los Zeshi en este lugar. Si desea contratar los servicios de una *ronin*, o incluso adoptarla formalmente como parte de la familia, ¿quién se lo va a impedir?

Shin sonrió.

—Me alegro. —Reflexionó un momento antes de preguntar—: ¿Algún rastro del señor Shijan?

—Ninguno —repuso Batu, frunciendo el ceño—. Y no puedo decir que no me alegre. Creo que lo mejor para todos es que haya desaparecido.

—Aun así, con un hombre como ese, preferiría tener pruebas de su muerte —dijo Shin.

—Incluso si no está muerto, ya no puede causar demasiado daño. Los Zeshi lo han desheredado y, por lo que se dice por ahí, Honestidad-sama no está muy contento con él tampoco. Si un bando no lo atrapa, lo hará el otro. No, lo más probable es que esté descansando en algún lugar en una tumba poco profunda. —Batu suspiró y esbozó una sonrisa—. Usted tenía razón.

—¿Sobre qué?

—Sobre todo. Si no hubiera insistido, quién sabe lo que podría haber ocurrido. El señor Shijan podría haberse salido con la suya.

—O tal vez no habría hecho nada de nada.

Batu se encogió de hombros.

—Estaba tratando de ser amable, señor Shin.

—Se lo agradezco, señor Batu. —Shin alzó la vista al cielo—. Creo que ha llegado la hora de marcharnos. —Desplegó su abanico e hizo un gesto para volverse, pero se detuvo—. Lo que le dije iba en serio. Debería venir de visita cuando pueda. Estaría bien verlo más seguido.

Batu asintió.

—Tal vez lo haga. Adiós, Shin.

—Adiós, Batu.

El viaje en caballo hacia las laderas fue tan incómodo como

el que habían hecho para subir hasta allí, aunque Shin lo soportó con una elegancia estoica. Pensó en todo lo que había ocurrido durante los últimos días, desde el incendio. Las negociaciones habían concluido, al menos hasta el punto en el que esas cosas podían concluir de verdad.

Quince personas habían muerto en total en el ataque. Muchos otros habían sufrido heridas, miembros tanto de los Zeshi como de los Shiko. Si bien no estaba seguro de cuántos hombres de Honestidad-sama habían resultado heridos, al menos ocho de ellos habían perdido la vida. Y estaba seguro de que habrían muerto muchos más si no hubieran logrado detener a Shijan.

Había escrito cartas tanto a los Ide como a los Iuchi en las que había detallado los hallazgos de su investigación. No mencionó a la invidente ni a sus socios, pues ello solo enturbiaría las aguas y provocaría preguntas imposibles de responder. No sabía qué iba a ocurrir después de todo aquello. Por suerte, ya no recaía sobre él.

Volvió a pensar en el acuerdo al que había llegado con Emiko y los suyos. Pensar en ello todavía le provocaba ciertas náuseas. Pese a que había sido algo necesario, eso no hacía que le sentara mejor a su estómago. Cuando era pequeño, le habían enseñado una y otra vez a nunca renunciar a su honor personal, pero aquella no era la primera vez que encontraba un defecto en el hierro de sus principios.

—Ha sido necesario —musitó para sí mismo. Los Daidoji hacían lo que era necesario en todo momento. Incluso un Daidoji a regañadientes como él.

Dos Pasos estaba tal como la recordaba. Repleta de personas, pero tranquila. El barco de Lun los estaba esperando donde lo habían dejado. Su tripulación estaba subiendo un cargamento de productos de cuero al barco para venderlos en la Ciudad de la Rana Rica, y la capitana parecía contenta. Mientras los observaba trabajar, se preguntó si Kenzō habría terminado de arreglar sus finanzas. Casi esperaba con ansias aquella conversación. Después de todo lo que había ocurrido durante aquellos días, sería una especie de alivio.

Estaba pensando en el teatro cuando oyó el sonido de un *shamisen*. Se volvió y la vio. Emiko. La invidente estaba a la sombra de una casa de sake, con el rostro inclinado hacia el río. Ella olisqueó el aire, y Shin se preguntó si olería diferente para alguien que no podía ver. Avanzó hacia ella dando grandes zancadas, y sus ojos muertos se volvieron para mirarlo. Shin se percató de que era capaz de oír sus movimientos incluso en medio del clamor del tráfico matutino. Pensar en ello le resultaba inquietante.

—Buenos días, mi señor —dijo ella con una voz clara y llena de calma.

—Buenos días, Emiko —dijo Shin con educación.

Una sonrisa incipiente comenzó a aparecer en los labios de la mujer. A la luz del día, era bella, aunque era la belleza de una víbora, llena de escamas multicolor y movimientos gráciles.

—Regresan a casa —dijo ella. No era una pregunta.

—Así es.

—Les deseo un buen viaje.

Shin oyó algo en su voz que le recordó a la sacudida de la cola de un gato. Examinó su esbelta figura, ataviada en una túnica sencilla, sosteniendo su bastón de bambú y con los ojos apagados, sin centrarse en nada. Sin embargo, la mente que había detrás de ellos estaba tan afilada y era tan mortal como una espada.

—¿Es eso una advertencia?

—Puede tomárselo así si lo prefiere.

Shin miró a Kasami de reojo, quien estaba hablando con Nozomi. Dio un paso rápido hacia la invidente y vio que esta movía su bastón, como si estuviera preparándose para pelear.

—Le aconsejo que actúe con cautela, mi señor. No estoy indefensa.

—Ya. ¿Sabes que lo vi la primera vez que nos conocimos?

Emiko ladeó la cabeza.

—¿Ah, sí?

—El modo en el que lo llevas deja ver su peso. Es un poco más pesado que un bastón de verdad, ¿no? Además, el bambú traquetea ligeramente contra el metal; es un defecto común de las armas ocultas.

Emiko le dedicó una débil sonrisa.

—Es usted muy observador.

—Así es. ¿Quieres saber qué más he observado?

—Si quiere contármelo.

—Quiero hacerlo: estás preocupada.

—Solo algo inquieta. Queremos ser sus amigos, señor Shin. Esperamos que no olvide nuestro acuerdo cuando esté a salvo en esa gran ciudad en la que vive.

—Otra advertencia.

—Tómeselo como le plazca —dijo ella.

—Tal vez no me lo tome de ninguna manera. —Shin echó otro vistazo a sus alrededores. Pese a que no vio ninguna amenaza obvia, aquello no quería decir que no la hubiera—. Tal vez os borre de mi mente en cuanto salga de las tierras del Clan del Unicornio.

—Sería una lástima. Podemos sernos de tanta ayuda...

—¿Igual que ayudasteis al señor Shijan?

Emiko hizo una pausa antes de contestar.

—Shijan... Shijan escogió su propio camino. Tratamos de mostrarle otro, pero él prefirió ir por libre.

—Nunca lo atraparán, ¿verdad?

—¿Quiere que lo atrapen?

Shin esbozó una sonrisa incómoda.

—No me ofrezca lo imposible. Me temo que ya esté muerto y que su cadáver esté enterrado en una tumba poco profunda junto a la de Zeshi Hisato.

Emiko no mostró ningún indicio de haber reconocido el nombre, aunque Shin no había esperado que lo hiciera.

—Es posible. Los forajidos y cosas peores son una amenaza constante para los viajeros de estas montañas. Si huyó a solas hacia la naturaleza, le pueden haber ocurrido un sinfín de destinos desafortunados.

—Un hecho lamentable. —Shin miró hacia el río—. El río es precioso a esta hora del día. Lamento que no puedas verlo.

—Lo bello suele ser peligroso.

—¿Te estás describiendo a ti misma, Emiko?

La mujer esbozó una bonita sonrisa que dejó ver sus dientes manchados de color escarlata.

—Me halaga, mi señor. No soy más que una humilde música, una *hinin* que no le importa a nadie.

—Y, aun así, aquí estás, transmitiéndome una advertencia en nombre de una sociedad que puede que exista o no, salvo en las imaginaciones febriles de unos pocos.

—Uno se podría preguntar si existe una diferencia entre un imperio y su equivalente hipotético. —Emiko inclinó la cabeza hacia arriba, y sus ojos parpadearon contra el calor del sol—. Yo misma no lo creo, pero no soy más que una pobre criatura sin educación que casi no merece hablar con alguien como usted.

—Basta —dijo Shin en voz baja. La mujer se quedó en silencio unos instantes.

—¿Mi señor?

—Basta —repitió él—. Ahórrame la falsa cortesía y ve al grano.

—¿Le he hecho enfadar, mi señor?

—Si lo hubieras hecho, no tendrías que preguntar. —Shin soltó un suspiro—. Dejémonos de juegos. No soy el señor Shijan; no me trates como si lo fuera.

La invidente frunció el ceño, lo que fue la primera grieta en su máscara de la que Shin se percató.

—No, mi señor. Usted no es Shijan. Él era un hombre pequeño con sueños pequeños.

—¿Y qué soy yo?

La mujer lo consideró unos segundos antes de responder.

—Aún no lo sabemos. Es un samurái, pero no actúa como debería hacerlo un samurái. Es inteligente, y los hombres inteligentes son peligrosos.

—Me lo tomaré como un cumplido.

—Esa inteligencia es el motivo por el que queremos ser amigos. Como dijo Yuzu, tenemos usos para hombres inteligentes, hombres cerca de los oídos de los gobernadores y los aristócratas.

—¿Y si decido no ser de utilidad?

Emiko volvió a sonreír: una bella víbora que mostraba unos colmillos escarlata.

—Sería toda una lástima.

Shin digirió las palabras de la invidente mientras consideraba cómo responder.

—¿También amenazasteis al señor Shijan? —preguntó finalmente.

—Nosotros no amenazamos.

—Y, aun así, me siento bastante amenazado. —Desplegó su abanico de un solo movimiento y empezó a agitarlo—. Dejemos de lado la cortesía por unos momentos. Decidisteis ayudarme porque servía a vuestros propósitos.

—Y usted aceptó nuestra ayuda porque servía a los suyos.

Shin asintió.

—Exacto. Nos ayudamos entre nosotros. Y ahora pensáis convertirme en un títere como hicisteis con el señor Shijan. Solo que, como ambos hemos reconocido, yo no soy el señor Shijan. Por tanto, no seré ninguna marioneta. No me intimidaréis ni me halagaréis para hacerme cumplir vuestros propósitos.

—Creía que las Grullas eran conocidas por pagar sus deudas.

—Y lo haré. Cuando y donde yo decida hacerlo, no vosotros. —Si bien era un juego peligroso, Shin estaba dispuesto a jugarlo hasta que pudiera averiguar el mejor modo de lidiar con Emiko y sus amigos.

—Así no funcionan las cosas —dijo Emiko, con el ceño fruncido.

—¿No? Lástima. Porque así será el único modo en el que funcionarán conmigo. —Shin se inclinó hacia delante, con la mirada clavada en los ojos invidentes de la mujer—. No sé el alcance que tenéis, pero sé el que tengo yo y creo que os supero.

—¿Está dispuesto a comprobarlo, mi señor?

Shin rio con suavidad.

—Claro que lo estoy.

La sonrisa de la mujer se desvaneció, eliminada por la carcajada del Daidoji.

—Samuráis… siempre tan engreídos —dijo ella, mostrando sus dientes rojos—. Tan seguros de su invulnerabilidad. Por mucho que no sea capaz de ver, son ustedes quienes están ciegos. —Se quedó callada y alzó el bastón hasta su cara, sosteniéndolo con fuerza y los nudillos blancos. Shin vio que movía el pulgar y oyó el roce suave del acero contra el bambú.

Shin se tensó y llevó la mano a su propia espada, pero luego se detuvo.

—Veo más de lo que crees —dijo él, y ella vaciló. Shin cerró su abanico con un chasquido—. Tu ira es tan solo otra máscara. Tienes muchas de ellas, si no me equivoco. Esta es menos atractiva que las demás, aunque tal vez sea a propósito.

Ante aquellas palabras, ella se relajó de inmediato, y Shin soltó un suspiro de satisfacción. Emiko se enderezó y bajó su bastón.

—Cualquier otro *bushi* me habría derribado.

—Acabas de decir que no soy como otros *bushi*. Tu intento por provocarme ha sido bastante rudimentario. No durarías ni un segundo en la Corte de Invierno.

—Es el mayor cumplido que un hombre me haya dedicado

jamás —dijo ella, y Shin casi se echó a reír. Pese a que no estaba seguro de por qué había tratado de provocarlo, sospechaba que se había tratado de alguna especie de prueba.

—Sí, bueno. —Dio un paso hacia atrás para poner algo de distancia entre ellos—. No suelo negar los talentos de los demás. —Respiró profundamente—. Ni tampoco suelo hacer promesas que no puedo cumplir. Os debo un favor y os lo pienso devolver, pero cuando me convenga. Si eso no os parece lo suficientemente bueno, entonces será mejor que intentéis matarme ahora mismo.

—¿Con su guardaespaldas tan cerca? No soy idiota.

—Me alegra saberlo.

Emiko sonrió y se volvió sin decir nada. Con el bastón por delante, avanzó hacia la multitud y unos momentos más tarde ya había desaparecido del lugar. Shin suspiró y volvió al barco. Kasami le estaba esperando, con una expresión de lo más enfurecida.

—¿Esa a la que he visto escabullirse era la mujer ciega?

—Así es.

—¿Qué quería?

—Darme las gracias por mi ayuda.

Kasami frunció el ceño, pero lo dejó estar y caminó con él.

—Ya ha llegado la hora de subir a bordo. ¿Está preparado o hay algún otro criminal del que quiera despedirse antes de partir?

—No, no. Solo ella. —Miró al cielo y luego a Kasami—. Creo que ya es hora de que volvamos a casa, ¿no?

ELENCO DE *EL BESO DE LA MUERTE*

CLAN DE LA GRULLA

Daidoji Shin — *Haragán, ocioso, detective*

Hiramori Kasami — Yojimbo *al servicio de Shin, se molesta con facilidad*

Junichi Kenzō — *Miembro de la corte, bueno para los números*

CLAN DEL UNICORNIO

Iuchi Konomi — *Miembro de la nobleza, entrometida*

Iuchi Batu — *Juez, muy cansado*

Kenshin Nozomi — Yojimbo *al servicio de Batu*

Ide Sora — *Miembro de la nobleza, resolutiva*

Suio Umeko — *Casamentera del daimyō de los Ide*

Zeshi Shijan — *Miembro de la nobleza, primo de Aimi*

Zeshi Aimi — *Miembro de la nobleza, prometida de Gen*

Zeshi Reiji — *Miembro de la nobleza, hermano de Aimi*

Shiko Gen — *Cadáver, prometido de Aimi*

Shiko Mitsue	*Miembro de la nobleza, padre de Gen*
Shiko Nishi	*Miembro de la nobleza, esposa de Mitsue*
Shiko Koji	*Miembro de la nobleza, hijo de Mitsue y Nishi*
Shiko Himari	*Miembro de la nobleza, esposa de Koji*
Totara Ikki	*Miembro de la nobleza, primo de Nishi*
Totara Giichi	*Miembro de la nobleza, primo de Nishi*
Totara Aito	*Miembro de la nobleza, primo de Nishi*

OTROS

Ito	*Mercader, espía*
Wada Sanemon	*Dueño de la compañía de actores de las Tres Flores*
Nao	*Actor, coqueto*
Lun	*Capitana de barco, expirata*
Kitano Daichi	*Sirviente de Shin, apostador*
Yo	*Sirviente de Shijan, muy anodino*
Katai Ruri	Ronin, yojimbo *al servicio de Aimi*
Honestidad-sama	*Jefe del crimen, da miedito*
Gozen Emiko	*Música, asesina, miembro de la Secta de Hierro*
Tashiro	Ronin *al servicio de Honestidad-sama, miembro de la Secta de Hierro*

Natsuo	*Herborista, miembro de la Secta de Hierro*
Yuzu	*Mercader, miembro de la Secta de Hierro*
Fumihiro	*Mercader, miembro de la Secta de Hierro*
Eiji	*Herrero, miembro de la Secta de Hierro*
Ichika	Geisha, *miembro de la Secta de Hierro*

SOBRE EL AUTOR

JOSH REYNOLDS es un autor, editor y seguidor semiprofesional de las películas de monstruos. Ha sido autor profesional desde 2007 y ha escrito más de treinta novelas y numerosos relatos cortos, entre ellas para los universos de *Arkham Horror*, *Warhammer: Age of Sigmar*, *Warhammer 40.000* y algún que otro audiolibro. Se crio en Carolina del Sur y en la actualidad reside en Sheffield, Reino Unido.

Josuamreynolds.co.uk

Twitter.com/jmreynolds